NANCY PICKARD
Verborgene Wahrheit

Buch

In einem Kanal in Bahia Beach, Florida, wird die Leiche der fünfjährigen Natalie gefunden. Marie Lightfoot, eine bekannte Autorin, verfolgt den Fall in der Absicht, ihn in ihrem neuen Buch zu verarbeiten. Während sie mit ihren Recherchen beginnt, verhaftet die Polizei einen Verdächtigen: Raymond Raintree, der trotz seiner achtundzwanzig Jahre nicht nur das Aussehen, sondern auch die Intelligenz eines unterentwickelten Kindes hat. Raymond wird vor Gericht gestellt, schuldig gesprochen und zum Tode verurteilt. Dann überstürzen sich die Ereignisse: Am Ende der Gerichtsverhandlung attackiert Raymond die Richterin, woraufhin diese auf den Verurteilten schießt. Der nur leicht verletzte Raymond nutzt das allgemeine Chaos und flieht aus dem Gerichtssaal.
Nachdem sich die überregionale Presse auf den spektakulären Fall gestürzt hat, erhält Marie eine E-Mail von einer Familie namens Kepler. Die Keplers behaupten, Raymond sei ihr totgeglaubter Sohn Johnnie, der als Kind entführt wurde und spurlos verschwand. Maries Recherchen bestätigen die Aussagen der Keplers. Außerdem findet sie heraus, dass der kleine Raymond/Johnnie vor seiner Entführung jahrelang missbraucht wurde. Ist Raymonds grauenvolle Kindheitserfahrung das Mordmotiv? Wurde also das Opfer zum Täter? Maries Liebhaber, der schwarze Rechtsanwalt Franklin DeWeese, behauptet, ein Mörder sei ein Mörder, egal was sein Motiv sei. Marie informiert die Polizei über ihre Nachforschungen – aber für Raymond könnte es längst zu spät sein. Denn nicht nur die Polizei sucht den Flüchtigen ...

Autorin

Nancy Pickard arbeitete als Journalistin und Lektorin, bevor sie sich ganz dem Schreiben von Kriminalromanen widmete. Sie war Präsidentin der »Sisters of Crime« und wurde mit dem »Anthony Award«, einem »Macavity Award« und bereits zweimal mit dem »Agatha Award« für den besten Kriminalroman ausgezeichnet.

Nancy Pickard

Verborgene Wahrheit

Roman

Aus dem Amerikanischen
von Hans-Joachim Maass

GOLDMANN

Die Originalausgabe erschien 2000 unter dem Titel
»The Whole Truth«
bei POCKET BOOKS, a division of Simon & Schuster Inc., New York.

Umwelthinweis:
Alle bedruckten Materialien dieses Taschenbuches
sind chlorfrei und umweltschonend.

Der Goldmann Verlag
ist ein Unternehmen der Verlagsgruppe Random House.

Deutsche Erstausgabe 8/2001
Copyright © der Originalausgabe 2000 by Nancy Pickard
Copyright © der deutschsprachigen Ausgabe 2001
by Wilhelm Goldmann Verlag, München,
in der Verlagsgruppe Random House GmbH
Umschlaggestaltung: Design Team München
Umschlagfoto: plus 94/Bruch
Satz: deutsch-türkischer fotosatz, Berlin
Druck: Elsnerdruck, Berlin
Titelnummer: 44953
Redaktion: Ilse Wagner
BH · Herstellung: Sebastian Strohmaier
Made in Germany
ISBN 3-442-44953-7
www.goldmann-verlag.de

1 3 5 7 9 10 8 6 4 2

Für meinen Sohn Nick.

ERSTER TEIL

RAYMOND

1

Raymond

Das Gerichtsgebäude in der Innenstadt von Bahia Beach in Florida scheint dafür, dass es die Beweise für so viel Leidenschaft birgt, ein farbloser und kühler Ort zu sein. Ehescheidungen. Vergewaltigung. Morde. Brandstiftung. Körperverletzung. Delikte aller Art, begangen von den verschiedensten Menschen an Menschen, wie sie uns täglich begegnen. Tag für Tag paradiert das Verbrechen an diesen nichtssagenden hellen Wänden des Howard County Courthouse im Einundzwanzigsten Gerichtsbezirk von Florida vorbei. Dies ist ein Ort greller Gegensätze und schmerzlicher Paradoxa, stiller Ironien und unerwarteter Überraschungen. Vor den langen, schmalen Fenstern des Gerichtsgebäudes brennt die Sonne von Südflorida so heiß, dass sie einem Touristen die Haut verbrennen kann, aber drinnen sorgen Jalousien und Klimaanlagen für angenehme Kühle.

Beim Schreiben dieser Sätze habe ich das Gefühl, die Fingerspitzen in Eiswasser getaucht zu haben. Die Wörter scheinen eine Überraschung oder eine Art Schock zu versprechen, obwohl niemand im Gerichtssaal in dieser Hinsicht etwas erwartet. Wir gehen davon aus, dass die Geschworenen heute einen Schuldspruch verkünden werden, und erwarten alle, in ein paar Wochen wieder herzukommen, um zu hören, wie diese Geschworenen die Todesstrafe empfehlen.

Und dennoch scheinen meine Sätze etwas anderes ahnen zu lassen.

Seltsam, aber ich habe keine Ahnung, was das sein könnte.

Während der zehn Tage des Prozesses gegen Raymond Raintree wegen der Entführung und Ermordung von Natalie Mae McCullen habe ich mit steifen und kalten Fingern Notizen gekritzelt. Jetzt, wo wir den Urteilsspruch erwarten, presse ich die Finger in die Handflächen, um sie zu wärmen, bevor ich meinen Kugelschreiber wieder in Bewegung setze. Ich benutze keinen Laptop, weil das leise Tippen der Finger auf den Tasten die Richterin verrückt macht, und folglich hat sie Computer verboten.

Der Gerichtssaal von Edyth Flasschoen – Nummer drei im zweiten Stock – ist besonders kühl, weil sie den Thermostat auf eine ungewöhnlich niedrige Temperatur einstellt. Es ist hier im Saal so kalt, dass ich die Luft der Klimaanlage riechen kann, ein metallisches Aroma, das mir in die Nase steigt und dort bleibt, bis ich es mit dem Knoblauch des Essens aus einem der Restaurants unten auf dem Bahia Boulevard überdecke. Die Richterin nimmt allerdings Rücksicht auf ihre Geschworenen: Denen bläst keine Klimaanlage die Luft direkt ins Gesicht.

Die Richterin sitzt hoch oben in ihrem ledernen, braunen Richterstuhl auf Rollen und tippt mit einem pinkfarbenen Fingernagel gegen ihr Mikrofon. Sie ist ein knallhartes altes Weib, zweiundsechzig Jahre alt, mit einer Frisur aus dem Schönheitssalon und dem Stoffwechsel eines Florida-Moskitos. Als ich sie wegen des dokumentarischen Kriminalromans interviewte, den ich über diesen Fall gerade schreibe, sagte sie: »Es ist immer viel zu heiß, um mir zu gefallen. Ich könnte unter meiner Robe nackt sein und würde trotzdem noch schwitzen wie ein Schwein im Unterholz.«

»Sorgen Sie dafür, dass wir anfangen können«, befiehlt sie jetzt ihrem Gerichtsdiener.

Mit den anderen Zuschauern sitze ich in der Sitzreihe hinter dem Tisch des Staatsanwalts. Die tägliche Entscheidung, auf welche Seite ich mich setzen soll, war für mich ein Gefühl, als hätte ich bei einer Hochzeit, bei der niemand hinter dem Bräutigam sitzen möchte, entscheiden müssen, ob ich links oder rechts vom Gang sitzen will. Die Bänke hinter dem Angeklagten sind voll besetzt, aber die Menschen dort machen auf mich den Eindruck, als wäre ihnen unwohl. Niemand möchte den Eindruck erwecken, mit Ray Raintree Mitgefühl zu haben.

Richterin Flasschoen funkelt die Verteidiger übellaunig an.

»Ich mache das Publikum und die Verteidiger von vornherein darauf aufmerksam, dass ich keine Missfallenskundgebungen wegen des Urteils dulden werde, wie immer es ausfällt. Haben Sie mich verstanden?« Leanne English, die Hauptverteidigerin, bekommt das meiste von dieser Standpauke ab, was nicht ganz fair erscheint angesichts der Tatsache, dass sie nicht viel unternommen hat, um den Lauf der Gerechtigkeit zu einer Verurteilung aufzuhalten. Wenn die einzige Verpflichtung eines Verteidigerteams darin besteht, die Staatsanwaltschaft dazu zu zwingen, die Anklagepunkte zu beweisen, ist Leanne das auf bewundernswerte Weise gelungen. Gleichwohl droht ihr die Richterin mit einem manikürten Finger. »Missachtung des Gerichts ist unter meinem Vorsitz keine leere Phrase. Wollen Sie selbst vor Gericht stehen? Wollen Sie erleben, wie es ist, angeklagt zu sein? Das lässt sich machen, und zwar für jeden, der nicht still sitzt und ruhig bleibt.«

Leanne, eine gepflegte kleine Rothaarige in einem adretten schwarzen Anzug, nickt mit dem Kopf.

Die Geschworenen haben sie nicht gemocht, dafür aber den Staatsanwalt angebetet, Franklin DeWeese. Er ist ein hoch gewachsener, gut aussehender Schwarzer mit einem gewinnenden Wesen und einem Namen, der politisch für die Zukunft einiges verspricht. Der Staatsanwalt hat in diesem Prozess seine Sache vorzüglich gemacht. Er hat die Aufmerksamkeit der Geschworenen auf die Beweise gelenkt, die den Angeklagten als Täter festnageln, und sie von den zwei verstörenden Fragen abgelenkt, die noch unbeantwortet sind: Man hat kein Motiv feststellen können, und niemand weiß, wer der Angeklagte wirklich ist.

Ray Raintree ist ein Mann ohne Identität.

In einem Land, in dem sich die meisten Menschen darum Sorgen machen, wie mühelos Fremde sich Zugang zu den Fakten ihres Lebens verschaffen können, scheint Ray spontan vom Himmel gefallen zu sein. In der Verbrecherkartei im Computer war er nicht erfasst, ebenso wenig konnte er über Fingerabdruckvergleiche oder DNS-Tests identifiziert werden. Er hat keine Vergangenheit, die irgendjemand, darunter auch ich, finden könnte. Dies ist keine gute Nachricht für eine Schriftstellerin, die dokumentarische Kriminalromane schreibt und ihrer Lektorin in zwei Wochen ein Buch auf den Schreibtisch legen soll.

In seinen abschließenden Bemerkungen betonte Franklin: »Es kommt nicht darauf an, wer Ray war oder woher er kam, bevor er den Mord an Natalie Mae beging. Es spielt keine Rolle, wer Ray zu sein behauptete, nachdem er sie umgebracht hatte. Es gibt nur eins, was zählt: nämlich wo er war und was er in dem Moment tat, in dem sie starb. Und in diesem Augenblick hätte er in einem früheren Leben Präsident der Vereinigten Staaten sein können, es würde nichts ändern. Er hätte am nächsten Tag den Nobelpreis gewinnen können, und es würde auch darauf nicht ankommen. Ray kann sich nennen, wie er will, aber wenn er derjenige ist, der dieses Kind ermordet hat – und er ist es –, werden wir ihn alle einen Killer nennen. Das ist er. Miss English wird Sie davon zu überzeugen versuchen, dass Sie sein Motiv zu Natalies Ermordung kennen müssen, aber ich verspreche Ihnen, dass das Gesetz nicht von Ihnen zu wissen verlangt, warum er es getan hat. Sie brauchen nur zu wissen, *dass* er es getan hat. Und das wissen Sie, weil wir es mit an Sicherheit grenzender Wahrscheinlichkeit nachgewiesen haben. Er hat dieses Kind entführt, das kleine Mädchen getötet und ihren Körper verstümmelt. Das ist alles, was Sie wissen müssen, um ihn für schuldig zu erklären.«

Mich hatte er überzeugt und die Geschworenen vermutlich auch.

Aber das wird den Mittelteil meines Buchs nicht mit Tatsachen füllen, und der Gedanke, dass mein Heimatstaat vielleicht einen Mann ohne Identität hinrichten wird, verursacht mir Unbehagen. Ich weiß zwar nicht genau, warum mir das Probleme macht – von meiner persönlichen Sorge um mein Buch einmal abgesehen –, aber es ist so.

Der Sprecher der Geschworenen erhebt sich, ein Blatt Papier in den Händen.

An diesem Tag der Urteilsverkündung trägt der Sprecher einen hellblauen Anzug, ein weißes Hemd und eine marineblaue Krawatte. Er hat rote Wangen, glatt zurückgekämmtes Haar und sieht aus, als wäre er soeben von einer Farm in die große Stadt gefahren. Er macht einen düsteren und nervösen Eindruck. Die Bedeutung seiner Rolle und dieses Augenblicks scheint ihm bewusst zu sein. Die anderen Geschworenen sehen ihn an, als fürchten sie sich davor, irgendeinen anderen anzusehen, aus Angst, ihre Entscheidung zu verraten, als wüssten wir nicht schon alle, wie sie lauten wird.

Ich habe bereits an vielen Prozessen teilgenommen und viele Geschworene erlebt, und in Augenblicken wie diesem wirken sie fast alle ängstlich und ernst. Da ich selbst Geschworene gewesen bin, weiß ich, wie sie sich fühlen. Ray ist jetzt mit Leanne und ihrem Team aufgestanden. Franklin und seine Assistenten haben sich ebenfalls erhoben. Im Saal herrscht eine Ahnung darum, dass wir alle den Atem anhalten, obwohl das Urteil vorhersehbar ist.

Mein Herz schlägt schneller, als ich erwartet hätte.

»Geschworene, sind Sie zu einem Urteil gekommen?«

»Das sind wir, Euer Ehren«, erklärt der Sprecher mit starker, volltönender Stimme. Nach einigen juristischen Floskeln spricht er es schließlich aus: »Wir Geschworenen erklären den Angeklagten in dem Anklagepunkt Nummer sechs-sieben-zwei für schuldig. Das Urteil ist einstimmig.«

Es überrascht mich, wie zutiefst erleichtert ich bin, es zu hören.

Das zeigt, wie sehr ich einen Schock oder eine Überraschung erwartet hatte: Genauso sollte der Prozess enden, und so hat er jetzt auch geendet, und ich kann das Schlusskapitel schreiben.

Gehorsam wahren wir im Gerichtssaal die Form.

Und dann fahren wir bei einem plötzlichen lauten Geräusch zusammen.

Nattys Vater, Tony McCullen, hat soeben seine fleischige Exboxerhand auf das hölzerne Geländer niedersausen lassen, das ihn vor den vor ihm sitzenden Staatsanwälten trennt. Ganz von allein sagt diese Hand für alle anderen von uns: *Ja!*

Tony und seine Frau Susan haben mein ganzes Mitgefühl. Dieses Urteil ist vielleicht ein notwendiger Schritt bei ihrer Genesung, und es ist eine, wenn auch sehr kleine Wiedergutmachung für den Verlust ihres niedlichen kleinen Mädchens.

Ray hat seit der Verlesung des Urteils nicht mit einer Wimper gezuckt.

Leanne hat den linken Arm um ihn gelegt und flüstert ihm etwas in das rechte Ohr. Franklin DeWeese verhält sich ebenfalls ruhig und gibt seinen Assistenten die Hand. Jetzt umarmt er Tony McCullen. Susan, die Mutter des Opfers, war Zeugin und hat ausgesagt, wo Natty sich vor dem Mord aufgehalten hatte, sodass sie die anderen Tage des Prozesses auf einer Bank vor diesem Gerichtssaal zugebracht hat, umgeben von Freunden und Familienangehörigen, die sie zu trösten versuchten. Susan hätte zur Urteilsverkündung hereinkommen können, doch als ich sie heute draußen traf, sagte sie mir, dass sie sich das nicht anhören wolle.

»Ich möchte ihn sterben sehen«, sagte sie mir. Sie war dünn und sah gequält aus.

Sie will ihn vor diesem letzten Tag nicht mehr sehen müssen.

Nach der Verkündung des Schuldspruchs setzen sich die Geschworenen ...

Die Geschworenen starren Ray Raintree mit einem seltsamen Ausdruck im Gesicht an. Was geht da oben vor? Was hat er gerade getan? Die Geschworenen Nummer sechs und sieben werfen einander einen Blick zu. Geschworener Nummer eins in der vordersten Reihe runzelt die Stirn. Der links von ihm sitzende Geschworene sieht aus, als wäre ihm übel geworden. Einige der anderen Geschworenen wenden die Gesichter ab, als wollten sie alles ansehen, nur nicht Ray.

Die Richterin scheint nichts Ungewöhnliches bemerkt zu haben. Sie sitzt dort oben auf ihre Bank und sammelt ihre Papiere zusammen, um einen Termin für die Verkündung des Strafmaßes festzulegen.

Aber immer noch geht da oben bei den Geschworenen etwas vor.

Ich denke, ich werde möglichst unauffällig aufstehen und so tun, als wollte ich mir die Beine vertreten, und sehen, ob ich entdecken kann, was da oben los ist. Ich habe während des gesamten Prozesses Verständnis für die Geschworenen gehabt, und das nicht zuletzt deshalb, weil sie Raymond zehn Tage lang jeden Tag ertragen mussten. Aus persönlicher Erfahrung weiß ich, dass es schwer ist, ihn anzusehen. Jeder, der je in seine unheimlichen Augen geblickt hat, verabscheut die Tatsache, dass dieses Gesicht das Letzte war, das das Kind zu sehen bekam.

Ich sehe, dass Leanne English etwas zu Franklin sagen will.

O mein Gott! Ray hat sie gerade heftig zur Seite gestoßen und schiebt sie quer über den Gang auf den Staatsanwalt zu. Franklin ruft »Au!«, als sie gegen ihn fällt. Leanne schreit auf und klammert sich an Franklins Armen fest. Er versucht, sie zu ergreifen, doch sie entgleitet seinen Händen und stürzt zu Boden.

Sie schreit wieder auf, ebenso einige andere Menschen.

Im Gerichtssaal ist plötzlich die Hölle los!

Ray hat seine Rechtsanwältin zur Seite gestoßen, ist quer über ihre Beine hinweggesprungen und stürzt auf Richterin Flasschoens Beine zu.

»Töten Sie mich!«, brüllt er sie an. »Töten Sie mich jetzt! Tun Sie es! Töten Sie mich jetzt!«

Richterin Flasschoen steht auf. Mit der rechten Hand greift sie in den langen schwarzen Ärmel, der ihren linken Arm verhüllt, und zieht eine kleine Pistole hervor.

Sie zielt und schießt auf Ray.

Ray stürzt noch ein paar Schritte vorwärts, bevor er fällt.

O mein Gott, eine Richterin hat einen Angeklagten erschossen!

Ich höre meine Stimme, die zusammen mit einem Dutzend anderer Stimmen ruft: »Ist er tot? Hat sie ihn getötet?«

Die kleine Meerjungfrau

von Marie Lightfoot

ERSTES KAPITEL

Der Süden Floridas ist von Salzwasserkanälen durchzogen, die alle unweigerlich zu dem großen Intracoastal Channel führen, der sich von Texas nach Boston erstreckt und eine Verbindung zum Atlantik herstellt. Allein in Bahia Beach ist das Wasser so leicht zu erreichen, dass Eltern ständig nervös sind. Es ist für ein Kind erschreckend einfach, nur ein paar Meter außer Sichtweite zu laufen und, zum Beispiel während eines Telefongesprächs, ins Wasser zu stolpern. In Bahia Beach gibt es 327 Kanäle, von denen die meisten auf beiden Seiten von Wohnhäusern gesäumt sind. In sehr, sehr vielen dieser Häuser leben Kinder, Kinder, die, seitdem sie krabbeln können, immer wieder ermahnt werden: »Geht nicht in die Nähe des Wassers!«

Wenn man in der Stadt Auto fährt, muss man viele Brücken überqueren; manche von ihnen sind Zugbrücken, die sich öffnen, um größeren Schiffen die Durchfahrt zu erlauben, wobei sich lange Autoschlangen bilden.

Die meisten Brücken von Bahia sind jedoch kleine hübsche Betonkonstruktionen, die schmale Kanäle überspannen. Eine interessante Möglichkeit, sich diese Brücken anzusehen, besteht darin, in einem kleinen Boot unter ihnen hindurchzufahren. Vor allem Kinder lieben das, es sei denn, es wird ihnen unheimlich, denn unter einer Brücke befindet man sich in einer anderen Welt – einer feuchten, schattigen Höhle, in der man auf dem Grund Rankenfußkrebse sehen kann, und man riecht Fisch und Salzwasser. Doch dazu muss man die Ebbe abwarten, denn sonst kommt man unter den Brücken überhaupt nicht durch, weil das Wasser, das täglich vom Atlantik hereinströmt und wieder abfließt, gegen die Unterseite der Brücke schlägt. Wenn die Flut sich zurückzieht, können die Bootsfahrer, die die Kanäle in ihrer Freizeit zum Spaß oder als Transportweg benutzen, unter den Brücken hindurchgleiten, indem sie sich flach in ihren kleinen Booten hinlegen, während die Unterseiten der Brücken nur Zentimeter von ihrer Nase entfernt vorübergleiten. Doch irgendwann ist der Wasserspiegel wieder so niedrig, dass selbst ein hoch gewachsener Mann wie Bradley Williams mit seinen zwei Metern hindurchfahren kann, ohne den Kopf einzuziehen.

Am Morgen des sechzehnten Juni saß Brad, siebenundfünfzig Jahre alt und immer noch mit einer Mähne dichten, sandfarbenen Haars, am Heck seines geliebten, knapp fünfeinhalb Meter langen Motorboots *Carousel* aus massivem Teak. Seine Frau Jeannie, einundsechzig und bei dem vielen Tennisspielen attraktiv und vor Gesundheit strotzend, saß, mit dem Gesicht zum Bug gewandt, vor ihm. Sie strickte eine Weste für ein Enkelkind, als sie und Brad gemächlich mit der unermüdlichen Kraft des Elf-PS-Dieselmotors der *Carousel* dahintuckerten. Das kleine Boot ist ein Familienerbstück, das Brad persönlich mit äußerster Sorgfalt pflegt und das jeder – auf beiden Seiten der Familie – wie einen Familienhund liebt. Wie ein unermüdliches Pony trägt es sie fast überallhin, zu den Picknickplätzen und Parks von Bahia Beach, die man per Boot erreichen kann, zu den Häusern von Freunden, die am Wasser leben, sogar auf den Ozean hinaus, wo es wie ein fröhlicher, unsinkbarer brauner Seehund auf den Wellen hüpft.

An diesem Dienstagmorgen fuhren Jeannie und Bradley zum Wohnhaus von Brads betagten Eltern an einem nahe gelegenen Kanal. Die älteren Williams ziehen es vor, in der Sommerzeit in ihrem Geburtsstaat Maine zu leben und überlassen es ihrem Sohn und ihrer Schwiegertochter, sich um ihr Haus zu kümmern. Da sie jeden Tag hinfahren, um nach dem Rechten zu sehen, haben Brad und Jean immer einen angenehmen Vorwand, in die *Carousel* zu springen und am frühen Morgen eine Bootsfahrt zu genießen.

Über ihnen rauschte auf den geschäftigen Straßen von Bahia Beach, einer Stadt von hunderttausend Menschen, der Verkehr der Rushhour. Unten auf dem Wasser war alles heiter und gelassen. Der kleine Motor der *Carousel* ist rücksichtsvollerweise leise, sodass sie an Hintergärten vorbeituckern können, ohne den Frieden des gutbürgerlichen Viertels sehr zu stören, in dem sie und Brads Eltern leben.

Um das Haus von Brads Eltern zu erreichen, müssen sie unter drei Brücken hindurch. An der ersten, die über ihnen die Sunrise mit der Fourteenth Street verbindet, war Jeannie so eifrig mit Stricken beschäftigt (damit die winzige Weste zu einer Taufe am Sonntag angezogen werden konnte), dass Brad sie daran erinnern musste, dass sie den Kopf einziehen solle.

Es herrschte noch keine starke Ebbe. Die Williams bückten sich, um unter den Brücken hindurchzukommen, doch daran waren sie gewöhnt. Nachdem sie mehr als dreißig Jahre in der Nähe des Wassers gelebt haben, ducken sie sich unter Brücken so selbstverständlich wie andere Menschen unter dicken Ästen. Außerdem ist Brad so hoch gewachsen, dass er selbstironisch sagt, er habe den größten Teil seines Lebens damit zugebracht, irgendwelchen Dingen auszuweichen.

Folglich nahmen sie mühelos die erste Brücke, und Jeannie ließ keine einzige Masche fallen. Die Weste, an der sie arbeitete, war zu Ehren des Anlasses weiß. Das Seidengarn war so fein, dass sie befürchtete, ihre Finger – die durch das jahrelange Schmirgeln des Teakholzes ihrer Boote rau waren – könnten an den Fasern hängen bleiben und sie herausziehen.

Obwohl sie wie mit glühenden Nadeln strickte, hatte Jeannie trotzdem ein Auge für die Schönheit, die sie umgab. Perfekte grüne Rasenflächen neigten sich zu Bootsanlegern und gepflegten Kaimauern aus Stein und Zement hinab. Wunderschöne Häuser. Majestätische Palmen. Das Schnattern wilder Sittiche. Gärten mit eigenen Orangen-, Avocado- oder Grapefruitbäumen, von denen die meisten sich zu dieser Jahreszeit unter der Last ihrer Früchte bogen. Mehrere Pelikane mit großen Schnäbeln, die auf Anlegepollern hockten. Seemöwen, die über hohe Masten hinwegschwebten. Und über allem ein klarer, sonniger Florida-Himmel. Es schien ein vollkommener Morgen zu sein, wie fast jeder, an dem die glücklichen Bewohner Südfloridas jeden Tag erwachten. Zwar betrug die Temperatur um sieben Uhr morgens schon dreiunddreißig Grad Celsius, aber unten am Wasser war es angenehm.

Jeannie wurde solcher Tage nie überdrüssig.

Bradley hielt ihr Glück nie für selbstverständlich.

An Morgen wie diesem fühlten sie sich besonders gesegnet und sagten es einander auch. Seit fünfundzwanzig Jahren verheiratet. Drei wundervolle Töchter. Und jetzt ein erstes Enkelkind, ein pummeliges blondes Schätzchen namens Melanie. Brad war schon dabei, ihr »ein Bett für ein großes Mädchen« zu basteln, das die Form eines Boots hatte. Wenn es fertig war, würde es sie sanft wiegen, als würde sie draußen auf dem Meer segeln.

Die zweite Brücke auf ihrem Weg war auch leicht zu bewältigen. Kopf einziehen. Unter der Brücke durch und auf die andere Seite.

Besucher der Williams lieben diese Ausflüge in der *Carousel*, obwohl es Landratten Angst einjagt, sich in die Schatten unterhalb der Straße zu begeben. Es ist aufregend, besonders wenn sie sich tief ducken müssen, so tief, dass sie Angst haben, sie würden sich am Betonfachwerk den Rücken oder den Kopf anschlagen. Bis jetzt haben die Williams jedoch noch niemanden verloren.

Jeannie und Brad sahen die dritte und letzte Brücke auf sich zukommen. Dahinter lag das Haus seiner Eltern.

»Ist nicht abgebrannt«, witzelte Brad in seinem lakonischen Maine-Akzent, der ihm immer noch anzumerken war, obwohl er seit seinem zwanzigsten Lebensjahr nicht mehr in Maine gewesen war.

»Jemand hat seine Angelrute zurückgelassen«, bemerkte Jeannie. Spuren ihrer Jugend in Boston waren ihren Worten immer noch klar anzumerken. »Sieht auch aus, als hätten die Cops ihn erwischt.«

Tatsächlich, als sie sich der dritten Brücke näherten, sahen sie, dass eine Angelrute zwischen zwei der Betonpfosten auf der Oberseite der kleinen Brücke befestigt war. Das Fischen dort war verboten, aber die Leute taten es trotzdem. Es gibt in Bahia einen erstaunlichen Reichtum wie in Pompano oben im Norden und Fort Lauderdale im Süden, aber Obdachlose strömen auch dort zusammen und müssen essen. Jeannie würde nichts essen wollen, was man in diesen Kanälen fangen konnte. Sie sei vielleicht ein bisschen pingelig, sagt sie, aber sie muss immer unwillkürlich an all diese großen Boote auf dem Intracoastal Channel denken und an all den Unrat, den sie unweigerlich zurücklassen müssen. Von den Industrieabwässern ganz zu schweigen. Nein, was in diesen Kanälen lebt, kann nach Jeannies Ansicht auch dort bleiben. Sollte sie je hungern, was Gott verhüten möge, würde sie sich lieber in einer Schlange vor einer Sozialstation einreihen, als von diesen Brücken zu angeln.

Als sie langsam näher trieben, sahen sie, dass die Fiberglasrute stark gebogen war und die Leine straff gespannt.

»Haben vielleicht einen alten Gummischlauch von einem Autoreifen gefangen«, vermutete Jeannie.

»Damit verrätst du dein Alter«, neckte Brad sie. »Weißt du denn nicht, dass Autoreifen keine Gummischläuche mehr haben?«

»Ich habe doch gesagt, dass es ein alter ist, oder etwa nicht?«

Bradley stellte fest, dass die Rute recht kräftig aussah wie etwas, das sein angelverrückter Schwiegersohn vielleicht benutzen würde, um einen großen und schweren Schwertfisch an Bord zu ziehen, und nicht wie eine billige alte Rute, die ein Landstreicher benutzen würde, um eine vorüberhuschende Krabbe oder eine kleine Seezunge zu erwischen. Man würde nicht glauben, dass jemand so ein Ding einfach stehen lassen würde. Selbst wenn sich der Haken an etwas unter der Brücke festgehakt hatte, hätten sie die Leine durchschneiden und die Rute retten können.

Er nahm Gas weg, um langsamer zu werden.

Jetzt konnten sie sehen, dass ein Beamter in der braun-hellbraunen Uniform des Bahia Beach Police Department über die Seite der Brücke ins Wasser blickte. Er trug ein kurzärmeliges Hemd, und sie konnten erkennen, wie sich die Sonne an der Polizeimarke über seinem Herzen spiegelte. In seiner linken Hand baumelte eine Sonnenbrille. Er blickte dorthin, wo die gespannte Leine in dem dunklen Wasser unter der Brücke verschwand, und betrachtete dann sie in ihrem Boot. Er rief ihnen zu: »Können Sie sehen, was sich da unten an der Leine verfangen hat?«

Als Bradley die *Carousel* so nahe heranmanövrierte, wie er konnte, ohne die Leine zu berühren, glitt Jeannie nach Steuerbord hinüber, um einen Blick ins Wasser zu werfen. Zunächst konnte sie nichts erkennen, weil das Wasser unter der Überführung von Schatten verdunkelt war. Doch dann konnte sie kurz etwas sehen …

Ein Fisch?

Nein! Sie wich instinktiv zurück, da ihr zweiter Blick ihr etwas zeigte, was wie Haare aussah, und sie dachte sofort: Wasserratte. Sie nahm sich zusammen und sah noch mal hin. Nein, das Haar war zu hell und zu lang, um …

Jeannie schlug bestürzt die Hände vor den Mund.

Sie schrie auf. Brad wusste sofort, dass etwas passiert sein musste, und es versetzte ihm einen schweren Schock, als seine Frau rief: »Es ist eine Leiche! O mein Gott! Es ist ein Kind!«

Jeannie erinnert sich nicht, das gesagt oder auch nur aufgeschrien zu haben. Woran sie sich erinnert, was sie nicht vergessen kann, ist, dass sie eine Strähne Haars im Wasser treiben sah, und am Ende davon befand sich eine pinkfarbene Haarspange aus Kunststoff, wie sie ein kleines Mädchen tragen würde.

Als die Ebbe an jenem Morgen unaufhaltsam voranschritt, gab sie den entsetzten Beobachtern den Blick auf eine kleine menschliche Leiche frei, ein Mädchen, das an der Angelleine, die um ihren gebrochenen Hals gewickelt war, von der Brücke hing.

Der uniformierte Beamte lief die Kanalböschung hinunter und stürzte sich ins Wasser, ohne sich vorher auch nur die Schuhe auszuziehen. Falls überhaupt eine Chance bestand, sie wiederzubeleben, wollte er sie sofort aus dem Wasser holen. Doch als bereits Salzwasser seine Lederschuhe füllte, sagten ihm seine Vernunft und Erfahrung, dass sie schon eine Zeit lang tot war: Ihr Hals sah gebrochen aus, ihre Haut war runzlig, und der kleine Körper hing schlaff und schwer im Wasser.

Er kam zu dem Schluss, dass sie tatsächlich unwiderruflich tot war. Und deshalb war es wichtig, sie genauso zu lassen, wie er sie gefunden hatte, um vorschriftsmäßig mit der Untersuchung ihres Todes beginnen zu können.

Klatschnass kletterte er aus dem Kanal ans Ufer.

Eine kleine Menge von Fußgängern versammelte sich.

Es war scheußlich, zuzusehen, wie der Körper des Mädchens allmählich aus dem Wasser auftauchte, als der Wasserspiegel sank. Erst ihr Kopf, der unnatürlich zur Seite geneigt war, dann ihre schmalen Schultern, die in einem weißen T-Shirt steckten, das so nass war, dass ihre Haut durchschimmerte. In einer schrecklichen Ironie trug das T-Shirt ein Bild der *Kleinen Meerjungfrau,* einer bei kleinen Mädchen beliebten Filmfigur. Die Zuschauer sahen auch pinkfarbene Shorts, nackte Beine und Füße, doch das erst, als die Leiche des kleinen Mädchens schließlich behutsam und vorsichtig in ein Polizeiboot gelegt wurde. Bis es so weit war, musste die kleine Leiche warten und weit länger an der Brücke hängen, als die meisten Zuschauer mit ansehen konnten, während Polizeifotos gemacht, Diagramme gezeichnet und Notizen gekritzelt wurden.

Das Haar des Kindes hing in strähnigen Büscheln fast bis zu den Schultern, und da es durchnässt war, konnte man nicht erkennen, dass es blond war. Das Haar des Mädchens hatte die dunkle, unbestimmte Farbe, die blondes Haar annimmt, wenn es nass wird. Die pinkfarbene Haarspange hing immer noch am Ende eines der Haarbüschel.

Niemand wollte sie dort auch nur eine Sekunde länger als nötig hängen lassen. Doch ebenso wenig wollte jemand einen Fehler machen, der vielleicht verhindern würde, dass die für dieses Verbrechen verantwortliche Person festgenommen und verurteilt wurde. So etwas wie eine bewusste Schnelligkeit war zwingend geboten, selbst wenn sie die Menschen des Viertels abstieß. Mehr als einer der Zuschauer schrie die Beamten unten in dem Polizeiboot auf dem Wasser an: »Um Gottes willen, schneiden Sie sie doch ab! Können Sie sie nicht wenigstens abschneiden?«

Unten im Boot befanden sich zwei Beamte der Wasserschutzabteilung des Bahia Beach Police Department, einer unschätzbaren Abteilung der Gesetzeshüter der Stadt, die erst 1965 »vom Stapel gelaufen« war. Damals mussten ein Sergeant und zwei Streifenbeamte mit einem einzigen vier Meter langen Beiboot auskommen, um über zweihundert Kilometer innerer Uferlinie und acht Kilometer Strand zu überwachen. Natürlich eine unmögliche Aufgabe. Jetzt, Jahrzehnte später, rühmt sich die Abteilung eines Dutzends besonders ausgebildeter Wasserschutzpolizisten, die mehreren verschiedenen Bootstypen zugeteilt sind. Das Boot, das an diesem Tag im Wasser lag, war ein siebeneinhalb Meter langer Boston Whaler. Die Beamten der Wasserschutzpolizei sind im Grunde Verkehrspolizisten zu Wasser – sie verteilen Strafzettel wegen zu schnellen Fahrens und nehmen betrunkene Bootsfahrer fest –, aber die Einheit wird auch dann alarmiert, wenn Taucher nötig sind oder vom Wasser aus der Zugang zu einem Tatort wie diesem.

Die Beamten in dem Boot schnitten das Mädchen ab, sobald sie konnten, doch das musste warten, bis die Spurensicherung ihre Genehmigung dazu erteilte. Die Alternative dazu, sie ins Boot zu senken, wäre gewesen, sie an der Angelschnur hochzuziehen. Die Beamten am Land waren zwar nicht zu zimperlich oder zart besaitet, um das zu tun, aber wenn sie es taten, liefen sie Gefahr, die Halswunde zu verschlimmern und postume Verletzungen zu verursachen, welche die Ergebnisse der Autopsie gefährden konnten.

Jeder spürte die Erleichterung, den kleinen Körper von seiner

Schlinge befreit zu sehen, und empfand es als Gnade, als das Mädchen in einen schwarzen Leichensack gelegt wurde. Die Wasserschutzpolizei brachte es auf dem Wasserweg weg. In Bahia Beach hat sogar die Polizei Anlegebrücken – an der North East Twelfth Street. Es war schneller und weniger auffällig, sie auf diesem Weg wegzubringen.

Unterdessen blieb die Brücke einige Zeit zum Teil gesperrt, was diejenigen Autofahrer und Freizeitkapitäne ernsthaft verärgerte, die den Grund nicht kannten. Doch dies war Bahia Beach, und deshalb hätten sie es gewöhnt sein müssen, darauf zu warten, bis die Brücken wieder befahrbar waren.

Die Williams, Brad und Jeannie, nannten der Polizei ihre Namen und die Adresse und befolgten dann die Anweisung, die *Carousel* wegzubringen. Sie fuhren tief erschüttert zum Haus von Brads Eltern weiter. Sie sahen nicht, wie die Leiche des toten Mädchens aus dem Kanal gezogen wurde. Dafür war Jeannie dankbar, denn bereits das, was sie gesehen hatte, war mehr, als sie für den Rest ihres Lebens in Erinnerung behalten wollte.

An jenem nächsten Sonntagmorgen in der St. Pious Cathedral hielten Jeannie und Brad einander fest an den Händen, und bei Melanies Taufe vergossen beide ein paar stille Tränen. Sie dachten an das andere Kind und an die Großeltern, die um das kleine Mädchen trauerten. Inzwischen wussten sie wie alle in Südflorida, wer sie war und wer sie geliebt hatte. »Das Leben ist etwas ganz Besonderes«, sagte Jeannie an jenem Tag ihren Töchtern. »Ich bin jeden Tag dankbar dafür, dass ihr Mädchen es mit uns auf dieser Erde teilen dürft.« So denkt sie für den Rest ihres Lebens, und sie wird es auch aufrichtiger meinen als je zuvor, und sie weiß, dass es ihr schwer fallen wird, ihre Enkelkinder aus den Augen zu lassen, wenn sie auf sie aufpasst.

Die Kriminaltechniker von der Spurensicherung kamen kurz nach 7.30 Uhr an der Brücke an.

Der erste uniformierte Beamte am Tatort, Sergeant Jimmy Clubman, leistete eine Menge, bevor die Kriminaltechniker eintrafen. Gewissenhaft, wenn auch voller Unbehagen, mühte er sich in seinen nassen Schuhen und der durchnässten Kleidung ab. Clubman, ein junger Beamter mit nur zweijähriger Erfahrung bei der Polizei, hat selbst zwei kleine Kinder, und diese makabre Entdeckung hat ihn erschüttert.

»Ich fuhr einfach meine Runde.« Der Sergeant erklärt, wie er jeden Morgen langsam die Wohnstraßen entlangfuhr. »Ich entdeckte diese Angelrute, die auf der Brücke festgesteckt war, sah aber niemanden, dem sie zu gehören schien. Ich nehme an, dass die Leute mich haben kommen sehen, weggerannt sind und nicht genug Zeit hatten, ihre Rute freizubekommen. Ich stieg aus, um sie zu suchen, weil ich mir dachte, dass sie nicht weit weglaufen würden, nicht mit dieser hübschen Rute, die da oben festgeklemmt war.«

Er habe versucht, sie zwischen den Zementstützen hervorzuziehen, doch sie sei an etwas im Wasser festgehakt gewesen, sodass er sie nicht habe von der Stelle bewegen können.

»Wenn diese Leute in dem kleinen Boot nicht vorbeigekommen wären, wäre ich wahrscheinlich wieder in meinen Wagen eingestiegen und hätte das Ding einfach dort gelassen«, gesteht er, »denn als ich sah, wie straff diese Leine gespannt war, dachte ich mir, dass das für einen Angler eine bessere Lektion sein würde als jede Ermahnung, die ich ihm geben konnte. Es passiert wirklich leicht, dass so eine Leine sich an dem Unrat verhakt, der an diesen Brücken vorbeitreibt.«

Bevor die *Carousel* aufkreuzte, zog er ein paar Mal fest an der Leine, hatte aber kein Glück. Hinterher zitterte er am ganzen Körper bei dem Gedanken, wie es gewesen wäre, wenn er es geschafft hätte, die Leine weit genug hochzuzerren, um zu sehen, was sich an deren Ende verfangen hatte. Er war froh, dass das nicht passiert war. In seinen zwei Jahren bei der Polizei hatte er scheußliche Dinge gesehen. Er wusste, dass es einiges gab, über das er nicht gern stolpern würde, wenn er allein war. Es half ein wenig, Gesellschaft zu haben, selbst wenn es nur zwei verängstigte Zivilisten waren.

Er wusste, dass er seine Arbeit erledigen musste.

Er wies die Williams an, in ihrem Boot zu bleiben, bis die Kriminaltechniker von der Spurensicherung eintrafen. »Sie taten mir Leid«, sagt er. »Ich meine, wie schrecklich, auf so etwas zu stoßen, wenn man am frühen Morgen eine Bootsfahrt macht.« Er hatte jedoch nicht die Zeit, mit den Williams zu plaudern. Sie würden sich gegenseitig trösten müssen. Er musste den Tatort nach bestem Vermögen allein sichern, wobei er seinen Streifenwagen einsetzte und orangefarbene Kegel, die er aus seinem Kofferraum holte, um die Straßenspur abzusperren, die der Angelrute am nächsten war.

Er hielt es nicht für richtig, beide Fahrspuren zu sperren, da diese Straßen vom Menschen geschaffene Halbinseln sind, auf drei Seiten von Wasser umgeben. Wenn er die ganze Brücke absperrte, wären die Bewohner während der gesamten Untersuchung des Tatorts in ihren Häusern eingesperrt. Sie wären unglücklich, und der Feuerwehr würde es auch nicht gefallen. Als Clubman seine Vorgesetzte anrief, um den Leichenfund zu melden und Hilfe anzufordern, bat er sie, die Wasserschutzpolizei loszuschicken, damit diese mit ihren Booten mithelfen konnte, die Gegend zu sichern, um den Zugang vom Wasser aus zu sperren.

Bevor jemand eintraf, notierte Sergeant Clubman 7.12 Uhr als die Zeit, zu der er die Leiche gefunden hatte. Er hielt auch die Temperatur fest, vierunddreißig Grad Celsius, und meldete Sonnenschein mit einer sehr leichten Brise aus Südost, keine Wolken, Luftfeuchtigkeit neunzig Prozent.

Er hoffte, dass diese Informationen – vor allem Zeit, Temperatur und Luftfeuchtigkeit – dem Coroner dabei helfen könnten, den Todeszeitpunkt festzustellen. Die Wassertemperatur musste ebenfalls gemessen werden, doch das konnten die Beamten der Spurensicherung ebenso übernehmen wie die Bestätigung der anderen Daten. Er notierte sorgfältig eine Beschreibung der Leiche und des Fundorts und hielt auch seine Beobachtung fest, dass das Gesicht des Opfers »friedlich« erschienen sei. Er ging davon aus, dass die Beamten der Spurensicherung eigene Notizen machen würden, doch er hofft es eines Tages zum Detective zu bringen. Er versucht, sich für die Zukunft weiterzubilden, indem er wie ein Detective denkt und notiert, was sie für wichtig halten würden. Ihm fiel auf, dass nichts von hervorquellenden Augen und einer heraushängenden Zunge zu sehen war, nichts von dem scheußlich anzusehenden Gesicht, das ihn erwartet hätte, wenn man das Mädchen erdrosselt hätte.

»Persönlich ging ich davon aus, dass sie nicht durch das Hängen an dieser Angelleine gestorben ist«, sagt er. »Ich nahm an, dass sie schon tot war, bevor man sie aufhängte, und es schien mir ziemlich offenkundig zu sein, dass sie ermordet worden war. Ich meine, was hätte es sonst sein können?«

Weder er noch sonst jemand, der diesen Tod untersuchte, zog je ernsthaft die Möglichkeit eines Selbstmords in Betracht. Erstens war da das junge Lebensalter der Verstorbenen. Es war aber nicht so, dass Kindergartenkinder sich nie umbrachten, das passierte leider von Zeit zu Zeit. Doch es war auch die Art, in der das Kind aufgehängt worden war, die es dem Anschein nach unmöglich selbst hatte fertigbringen können. Die Männer spielten kurz mit dem Gedanken, dass dies eine Art makabrer Unfall sein könnte. Am frühen Morgen jenes ersten Tages hatte jemand mit abartigen Vorstellungen von den Fähigkeiten des Menschen gemeint, ein paar Kinder hätten vielleicht »Fischer« gespielt und dabei das Kind als »Köder« benutzt. Dann seien sie verängstigt weggelaufen, als sie die Konsequenzen gesehen hätten. Doch im Großen und Ganzen schrien der Fundort, das Opfer und die Methode der Polizei das Wort »Mord« ins Gesicht.

Clubman schätzte das Alter des Opfers auf etwa sechs Jahre.

Mit dieser Vermutung hatte er den Nagel auf den Kopf getroffen; der letzte Geburtstag war am ersten Mai gewesen. Das Kind war weiß. Später wurde sie exakt gemessen. Sie war genau 88,6 Zentimeter groß, wog sechsunddreißig Pfund. Sie war ein zierliches kleines Mädchen mit dunkelblondem Haar, das in Schulterlänge gerade geschnitten war. Sie hatte lange Ponyfransen getragen. Wie später jeder erfuhr, hatte sie es gern gehabt, wenn ihre Mutter die Seiten ihres Haars aus ihrem hübschen Gesicht zurückgestrichen und sie mit einer ihrer unzähligen Haarspangen aus Plastik auf dem Scheitel befestigt hatte. Sie hatte eine Spange in fast jeder Farbe, die sie benennen konnte. Sie hatte dunkelblaue Augen gehabt. Die Männer der Spurensicherung erfuhren das erst später, denn als sie Natalie zum ersten Mal sahen, waren ihre Augen geschlossen. Für die Männer, die sie abschnitten und sie dann behutsam in die Polizeibarkasse hinabließen, war das eine Gnade. Selbst den härtesten unter ihnen fällt es schwer, einem toten Kind in die Augen zu sehen.

Die Polizei von Bahia Beach identifizierte sie schnell.

Überraschenderweise war die Tote nicht als vermisst gemeldet. Doch die kleine Natalie hatte in der rechten Tasche ihrer Shorts in einer schützenden Plastikhülle einen Ausweis bei sich.

»Mein Name ist Natalie Mae McCullen. Ich wohne in 2533 Palm Sunrise, Bahia Beach, Florida. Meine Telefonnummer ist 394–999–1232. Meine Eltern sind Susan und Anthony McCullen. Bitte rufen Sie sie für mich an. Vielen Dank.«

Es mag seltsam erscheinen, dass sie diesen Ausweis bei sich trug, weil sie alt genug zu sein schien, um sich an ihre Adresse und Telefonnummer erinnern zu können. Der Ausweis, säuberlich in Schwarz auf Weiß getippt, erweckte fast den Eindruck, als erwartete jemand, dass Natalie McCullen von Fremden identifziert werden würde. Die Erklärung des Ausweises war in fett gedruckten schwarzen Buchstaben zu lesen: Ich bin taub.

Sergeant Clubmans Chefin brauchte fast ganze zehn Sekunden, um zu erkennen, dass dies ein Aufsehen erregender Fall sein würde, in dem unter den Augen der Öffentlichkeit ermittelt werden würde. Der Killer schien das Kind absichtlich offen sichtbar dort platziert zu haben. Opfer, Methode und Stadtviertel ergaben insgesamt einen wichtigen Fall, so wie diese Faktoren eingeschätzt werden. Sie erwartete, dass die Medien sich auf den Fall stürzen würden, und handelte schnell: schob den Fall in die richtige Richtung, bis zwei gute Detectives, Paul Flanck und Robyn Anschutz, mit den Ermittlungen beauftragt wurden.

Detective Paul Flanck sieht aus wie ein Hispano-Amerikaner, ist es aber nicht.

»Es ist hilfreich«, sagte er, »besonders hier unten, wo es den Anschein hat, als würde jeder zweite Spanisch sprechen.« Zu der Zeit, als er auf den Fall des kleinen Mädchens angesetzt wurde, das, von der Brücke hängend, aufgefunden wurde, war er zweiunddreißig Jahre alt und nach eigener Aussage ein »fanatischer Läufer, Gewichtheber und Helfer in allen Lebenslagen«, und er stammte aus Fort Myers in Florida. Er war geschieden und hatte keine Kinder. Sein ständiges Hobby war es, Spanischunterricht zu nehmen. »Ich kann die Zukunft sehen«, erklärt er ironisch und will damit sagen, dass es eine Zukunft ist, in der Englisch im Süden Floridas die *zweite* Sprache ist.

Das ist eine Auffassung, die Detective Robyn Anschutz nicht mit ihm teilt. Die Vierunddreißigjährige, die mit dem Sohn eines Exilkubaners verheiratet ist, hat das Gefühl, dass den Hispano-Amerikanern der Minderheitenstatus erhalten bleiben wird, egal, wie es um ihre Bevölkerungszahl bestellt ist. Robyn, eine hübsche Frau mit kurzem blondem Haar, einem warmherzigen Lächeln und nüchternen braunen Augen, passt körperlich auffallend gut zu ihrem Partner Paul Flanck. Sie sind gleich groß, 1,77 Meter, obwohl Robyns auf dem Scheitel leicht zurückgekämmtes Haar sie zweieinhalb Zentimeter größer macht, womit sie ihn gern aufzieht.

Die hispano-amerikanische Bevölkerung ist nur ein Thema von vielen, über das die beiden Detectives sich fast wie ein altes Ehepaar zanken, was im Polizeikorps wohl bekannt ist. Beide geben offen zu, dass sie ein Paar sind, das nicht im Himmel zusammengespannt wurde. »Weit gefehlt«, sagt Robyn lachend, womit sie sagen will, dass sie ein Gespann sind, das so weit vom Himmel entfernt gemacht wurde, wie es nur möglich ist – im Erdgeschoss des Polizeihauptquartiers, um genau zu sein, wo die obersten Bosse in beiden erstklassige Detectives erkannten.

Mit ihrem warmherzigen Lächeln bringt Robyn Schwerverbrecher zum Reden, und mit seinem entschlossenen, intensiven Auftreten schüchtert Paul Menschen ein, ohne sie je zu berühren. Beide sind als engagierte Polizisten bekannt. Wenn überhaupt ein Team schnelle und verlässliche Ergebnisse bringen konnte, die für die Polizeibehörde nie peinlich wurden, dann schafften Flanck und Anschutz das. Aber es wurde von ihnen erwartet, dass sie ihre persönlichen Differenzen beilegten.

Eines der wenigen Dinge, die sie gemeinsam haben – von der Tatsache einmal abgesehen, dass sie gute Cops sind –, ist, dass keiner der beiden Kinder hat, nicht mal Stiefkinder. Paul fragte später, ob das einer der Gründe dafür gewesen sei, dass man ihnen die Ermittlungen übertragen habe. »Sollte uns das objektiver machen?«, fragte er ihre Chefin, Captain der Detectives. »Haben Sie geglaubt, wir würden deswegen emotional weniger beteiligt sein? Denn wenn das der Grund gewesen sein sollte, hat es nicht funktioniert.«

Ihm wurde erklärt, das habe nichts damit zu tun gehabt.

Solche Bedenken tauchten später auf, wenn sich – zurückblickend betrachtet – jeder Fall besser bearbeiten lässt. Am Montagmorgen kann einem jeder Fußballspieler erklären, wie es besser hätte laufen können. Am Morgen des sechzehnten Juni wussten die Detectives Flanck und Anschutz nur, dass ihnen befohlen wurde, möglichst schnell zum Tatort zu fahren. Die Detectives würden auf die Spurensicherung angewiesen sein, die zur Kriminalpolizei gehört. Wie Paul erklärt: »Sie sind unsere Spurensicherer und Spezialisten. Sie sammeln Beweise am Tatort und sind dafür zuständig, sie zu verwahren und vor Gericht zu präsentieren.«

Die Organisation der Polizeibehörden im Staat Florida unterscheidet sich von der einiger anderer Staaten. So gibt es in Florida beispielsweise keine Staatspolizei. Natürlich gibt es eine staatliche Highway-Streife, aber deren Arbeit besteht überwiegend darin, was ihre Dienstbezeichnung vermuten lässt: auf den staatlichen Highways Streife zu fahren. Ohne staatliche Polizei oder ein staatliches kriminaltechnisches Labor gehen viele Zuständigkeiten auf die Sheriff-Dienststellen in jedem Verwaltungsbezirk über. So hat beispielsweise jeder Bezirk ein eigenes kriminaltechnisches Labor, und überdies dienen die Stellvertreter der Sheriffs als Polizeikräfte für die kleineren Städte. Aber wie Fort Lauderdale ist auch Bahia Beach groß genug, um eine eigene Polizeibehörde zu unterhalten und eigene Fälle zu bearbeiten, vom Mundraub bis zum Massenmord.

Die Beamten der Spurensicherung fanden am Tatort wichtige Hinweise.

Doch es war Paul, der den Fußabdruck auf dem Hatteras-Boot entdeckte. Und die Asche. Und Fingerabdrücke auf der Angelrute. Und Vertiefungen im Erdboden, wo der Täter die Zehen in die Erde gebohrt hatte, um hinaufzuklettern, und dann auf dem Weg nach unten die Fersen in die Erde gedrückt hatte. Alles Spuren, die später direkt mit dem Verbrechen in Verbindung gebracht wurden. Und es war Robyn, welche die Wahrheit erspürte, die auf direktem Weg und mit erstaunlicher Schnelligkeit zur Festnahme des Verdächtigen führte.

Das Wissen um die Ermordung eines Kindes und das Erlebnis, von etwas Zeuge zu werden, wie von dem, was die Williams sahen, verändern Menschen, manchmal dramatisch. Doch wie Paul sagt: »Traurige Art, das zu lernen. Ich wäre lieber mein dämliches altes Selbst, wenn das Natty zurückbrächte.«

Es ist schon schlimm genug, der schlimmste Albtraum von Eltern, zu erfahren, dass ein Kind tot ist, das vermisst war und von dem man verzweifelt etwas zu erfahren wünscht. Wenn ein Schicksalsschlag womöglich noch schlimmer ist als das, ist es vielleicht die Nachricht, die Natalie McCullens Eltern an jenem Morgen erhielten.

Sie wussten nicht einmal, dass ihre Tochter verschwunden war.

Anscheinend war Natalie zu irgendeinem privaten kleinen Abenteuer aus dem Haus gegangen. Es muss nach dem Gutenachtkuss ihrer Mutter gewesen sein, als sie sie zu Bett gebracht hatte, etwa gegen neun Uhr am Montagabend des fünfzehnten Juni.

Nach allem, was zu hören war, war sie ein mutiges kleines Mädchen. Anders als die meisten Kinder hatte Natalie nie Angst vor der Dunkelheit. Wann immer sie abends draußen spielte, mussten Susan oder Anthony sie dadurch »rufen«, dass sie immer wieder die Taschenlampe ein- und ausschalteten, wenn die Sonne untergegangen war. »Natty wäre die ganze Nacht draußen geblieben und hätte gespielt, wenn wir sie gelassen hätten«, sagt Susan. »Sie hat sich immer vorgestellt, auf einem Stern geboren zu sein.« Das Kind war für ihre Familie tatsächlich ein kleiner Stern, ein funkelndes Licht, das Tage und Nächte ihrer Eltern erhellte, ein Kind, das nie einem Fremden begegnet war, das neugierig und wagemutig war wie ein Welpe.

Als es um 8.30 Uhr an jenem entsetzlichen Dienstagmorgen bei McCullens an der Tür klingelte, machte Susan in ihrem Bademantel auf und sah auf der Schwelle zwei Detectives stehen, einen Mann und eine Frau. Sie stellten sich vor und fragten sie dann so behutsam, wie es ihnen nur möglich war: »Sind Sie die Mutter von Natalie McCullen?«

»Ja, wieso, hat sie was angestellt? Sie ist doch erst sechs!«

»Ma'am – es tut uns Leid, das fragen zu müssen, aber wissen Sie, wo Ihre Tochter ist?«

»Natürlich weiß ich das! Sie liegt in ihrem Zimmer und schläft!«

»Würden Sie bitte nachsehen, nur um sicher zu sein?«

»Warum?« Susan wartete jedoch nicht auf die Antwort der beiden Polizisten. Plötzlich von der bedrückendsten, erschütterndsten, herzzerreißendsten Furcht ihres Lebens getrieben, eilte sie davon und lief durch den Flur zum Zimmer ihrer Tochter.

Sie hörten sie schreien: »Natty! Natty, wo bist du?«

Auf der Vordertreppe holte Robyn Anschutz zitternd Luft. Sie spürte, wie sich ihre Augen mit Tränen füllten und wie ihre Lippen zu zittern begannen. Ihr Partner presste die Lippen zusammen und dachte einfach, o Scheiße, o Scheiße, o Scheiße.

»Wo ist mein Baby!«

Die verzweifelte und verängstigte Mutter lief zu den beiden Polizeibeamten zurück, die wünschten, sie könnten im Erdboden versinken oder jede andere Art von Nachricht überbringen, nur die nicht, die sie jetzt zu sagen hatten.

Sie erzählten ihr, dass man die Leiche eines kleinen Mädchens gefunden habe – sie sagten ihr nicht, wie, noch nicht – und dass das Kind eine Art Ausweis in der Tasche gehabt habe, der sie als Natalie Mae McCullen identifizierte. Sie beschrieben sie und ihre Kleidung und sagten Susan, sie glaubten, dass ihre Tochter – die sie schlafend gewähnt hatte – tot sei. Sie sagten, dass die Leiche ihrer Tochter, falls das Kind Natty sei, zum Leichenschauhaus unterwegs sei.

»Es war genug«, sagte Paul Flanck später, »um mich wünschen zu lassen, den Polizeidienst zu quittieren und mir stattdessen meinen Lebensunterhalt mit Rasenmähen zu verdienen.«

Die unvermeidliche Tatsache, dass bei der Ermordung eines Kindes immer die Eltern die ersten Verdächtigen sind, machte es noch schlimmer. Das bedeutete, dass sie Susan und Anthony McCullen während der ersten Augenblicke des größten Schocks und des größten Kummers in ihrem Leben befragen mussten. Es fiel beiden Detectives sehr schwer, zu glauben, dass die schöne, verzweifelte junge Frau, die in der Türöffnung vor ihnen stand, ihr eigenes Kind auf so schauerliche Weise hätte ermorden können. »Mein Baby, mein Baby«, schrie Susan McCullen, bis sie stöhnend, weinend und schreiend auf dem Fußboden zusammenbrach. »Nein, nein, nein.« Der muskulöse, gut aussehende junge Mann, der herbeigelaufen kam, schien durch die Nachricht vom Tod seines Kindes so außer sich zu sein, dass der erste Impuls von Detective Robyn Anschutz nicht war, ihn zu befragen, sondern ihn in den Arm zu nehmen.

2
Raymond

»Dies ist mein Gerichtssaal!« Richterin Flasschoen hat ihre Pistole hingelegt und ihren Hammer in die Hand genommen, den sie immer wieder auf die hölzerne Tischplatte der Richterbank niedersausen lässt. »Ruhe! Ruhe in meinem Gerichtssaal!«

Niemand hört auf sie.

Wir recken alle immer noch die Hälse, um zu sehen, was mit dem Mann geschehen ist, auf den sie geschossen hat.

Sie setzt sich so abrupt hin, dass ihr Stuhl zurückrollt und an die Wand knallt, was ihren Kopf so hart nach hinten reißt, dass ihre Halswirbelsäule hörbar in das an ihrer Robe befestigte Mikrofon knackt. Sie reibt sich den Nacken und zieht sich in eine Pose stummer richterlicher Würde zurück, während um sie herum das Chaos explodiert.

Ich erhasche einen schnellen Blick auf Ray, der regungslos unterhalb der Richterbank liegt.

Durch die Menschenmenge sehe ich, wie Leanne sich aufrappelt und an seine Seite eilt, wo sie niederkniet und schreit: »Um Gottes willen, tun Sie doch etwas! Rufen Sie 911! Wir brauchen einen Arzt!«

Ich zucke zusammen, als die Doppeltüren an der hinteren Wand des Gerichtssaals aufgehen und gegen die Wände knallen. Fünf Hilfssheriffs des Howard County stürmen herein. Zwei von ihnen, Männer in den dunkelgrünen kurzärmeligen Uniformen mit den goldfarbenen Polizeimarken, postieren sich nicht weit von mir, um die Menschen daran zu hindern, den Saal zu verlassen. Ein dritter läuft den Mittelgang entlang und ruft:

»Meine Damen und Herren, setzen Sie sich hin, und seien Sie ruhig. Ruhe bitte! Setzen Sie sich. Wir werden Sie hinauslasssen, sobald wir können, aber im Augenblick brauchen wir Ihre Mitarbeit.«

Langsam und zögernd befolgen wir Zuschauer seine Befehle, obwohl wir nach wenigen Augenblicken wieder aufspringen. Der Lärmpegel erreicht erneut seine vorherige Lautstärke.

Es verbreitet sich das Gerücht, dass Ray noch lebt, aber bewusstlos ist. Als ich das höre, rücke ich behutsam weiter vor und hoffe, dass keiner der Polizisten mich aufhalten wird. Ich möchte mich selbst überzeugen, für mein Buch.

»Entschuldigen Sie mich. Ich muss da durch. Vielen Dank.«

Die Leute tun mir den Gefallen und treten zur Seite. Einige stutzen, als hätten sie mich nach einem Klappenfoto auf einem meiner Bücher oder aus Zeitschriften- oder Fernsehinterviews erkannt. Einer von ihnen sagt sogar: »Sind Sie nicht …?«, woraufhin ich nicke, ein Lächeln aufsetze und mich weiter nach vorn dränge.

Ich komme fast bis ganz nach vorn durch, und da ist er …

Ich bleibe wie angewurzelt stehen. Beim Anblick von Ray Raintree, der mit dem Gesicht nach unten auf dem Fußboden des Gerichtssaals liegt, werden mir die Knie weich. Sooft ich über Morde auch geschrieben habe – hier habe ich zum ersten Mal erlebt, wie tatsächlich geschossen wird. Kalte Leichen in Leichenschauhäusern sind eine Sache – ich habe schon genug von ihnen gesehen, um mich fast an den Anblick gewöhnt zu haben –, aber ein verletzter, blutender Mensch, den ich kenne … das jagt mir Angst ein. Da ich kein Blut sehe, muss es ihm langsam ins Fleisch gesickert sein und die Kleider durchtränkt haben. Seine Anwälte haben ihn mit einem weißen Hemd, dunklen Hosen und einer Krawatte ausstaffiert, um zu versuchen, ihm ein normales Aussehen zu geben. Seine schwarzen Laufschuhe – zu Straßenschuhen hatten sie ihn nicht überreden können – liegen immer noch auf den Hartholzdielen des Fußbodens.

Vielleicht ist er tot, nicht nur verletzt?

Ich blicke nach rechts und halte nach Tony McCullen Ausschau. Ich sehe ihn, wie er sich inmitten all der aufgeregten Menschen hinsetzt, die um ihn herum stehen. Nattys junger Vater sieht aus, als hätte ihn der Schuss völlig aus der Fassung gebracht. Während ich ihn beobachte, beugt er sich vor und steckt den Kopf zwischen die Beine, als würde er gleich in Ohnmacht fallen.

»Marie! Komm hier rauf!«

Ich fahre zusammen, als ich meinen Namen höre.

Es ist Leannes Anwaltsgehilfe, Manny Meade, der mich ruft.

Außer der Richterin und einigen Geschworenen ist Manny auf der anderen Seite des Geländers, das die Akteure von den Zuschauern trennt, die älteste Person. Mit seinen Hängebacken, seinem Übergewicht und seinen stets schlampig wirkenden, ausgebeulten, schreiend bunten Anzügen sieht Manny eher aus wie eine Gestalt aus einem Roman Damon Runyons als wie ein Anwaltsgehilfe. Mir ist noch nicht eingefallen, wie ich das in meinem Buch taktvoll ausdrücken soll, und ich habe noch nicht entschieden, ob ich wirklich preisgeben soll, dass er ein Exstrafgefangener ist, der Sportergebnisse manipuliert und deswegen eingesessen hat. Als ehemaliger Verbrecher kann Manny nicht Anwalt werden, aber die Gesetze Floridas lassen ihn nahe an dieses Ziel herankommen. Er ist dreiundsechzig Jahre alt, ein Kriegsveteran. »Ältester Anwaltsgehilfe südlich des Pfannenstiels von Florida«, prahlt er gern, obwohl ich bezweifle, dass es stimmt.

Ich zwänge mich durch die Öffnung, die er für mich frei macht, indem er die Halbtür aufschiebt, durch welche die Zeugen den Saal betreten und verlassen.

»Manny!« Ich höre Adrenalin in meiner Stimme und beherrsche mich auf der Stelle. Es erscheint mir ungehörig, so blutrünstig auf Details versessen zu sein. »Wie schlimm ist Ray verletzt? Ist Leanne was passiert?«

»Keine Ahnung, Marie.«

Ich drehe mich um, um Leannes Anwaltskollegen, Jaime Suarez, zu fragen, doch dieser zuckt die Achseln und sagt: »Sie wissen genauso viel wie wir, Marie.«

»Warum seid ihr nicht da oben und helft ihr?«

»Leanne hat alles unter Kontrolle«, behauptet Manny.

»Ich möchte ihn nicht anrühren«, sagt Jaime mit einem Ausdruck des Abscheus. »Diesen widerlichen Scheißkerl.«

Wenn sein Mandant das hören könnte, gäbe es eine Verwarnung von der Anwaltskammer. In einer frühen Fassung eines Kapitels meines Buches habe ich Jaime als »hoch gewachsen, schlank, gut angezogen und durchtrainiert wirkend« beschrieben, als »einen Mann mit dem ausdruckslosen Gesicht eines Kriegsgefangenen und dem zynischen Mund eines Straßengangsters«. Dann habe ich das gestrichen, weil es nicht mein Stil ist, meine Personen zu beleidigen.

»Zitieren Sie mich nicht, in Ordnung?«, fügt er schnell hinzu.

»Ich tue es nicht, wenn« – ich lächle hintergründig – »Sie mir erzählen, was Leanne zu Ray gesagt hat.«

»Wann?«

»Kurz bevor der Schuss fiel. Sie hat sich zu ihm hinübergebeugt und ihm etwas ins Ohr geflüstert. Was hat sie ihm gesagt?«

»Hat sie etwas gesagt?« Jaime sieht seinen Gehilfen an, der mindestens dreißig Jahre älter ist und um ebenso viele Pfunde schwerer als er. Manche Leute behaupten, dass es auch bei ihren IQ's einen ähnlichen Unterschied gebe, wobei sich die Waagschale zugunsten des älteren Mannes neige. Das ist eine weitere Beobachtung, die ich gestrichen habe, nachdem ich sie hingeschrieben hatte. »Haben Sie sie etwas sagen hören, Manny?«

Die Antwort ist ein behäbiges Kopfschütteln: nein.

»Sie hat den Arm um ihn gelegt«, erinnere ich sie, obwohl mir klar ist, dass sie es vielleicht nicht gesehen haben. »Außerdem hat sie etwas zu ihm gesagt. Und ein paar Sekunden später drehte er durch. Sie wissen nicht, was sie gesagt hat?«

Manny brummt auf komische Weise etwas aus dem Mundwinkel: »Sie sagte: ›Bezahlen Sie mich vor dem Ersten des Monats, Ray.‹«

Ich lächele über seinen respektlosen Scherz auf Kosten ihres Mandanten.

Jaime zeigt mit einer Kopfbewegung auf die andere Seite des Mittelgangs. »Sie werden sie also wie Helden aussehen lassen, Marie, und uns wie Knallköpfe?«

»Marie lässt nie jemanden schlecht aussehen«, korrigiert ihn Manny. »Mit Ausnahme der Killer.« Er zwinkert mir zu, bevor er sich wieder seinem jungen Chef zuwendet. »Sie ist nicht einfach nur ein hübsches Gesicht, sie ist fair zu jedem, über den sie schreibt. Lesen Sie ihre Bücher nicht?«

»Oh, vielen Dank, Manny.«

Ich lächele über die Schmeichelei.

»Wer hat Zeit, über Verbrechen *zu lesen*?« Jaime hört sich bedrückt an. »Außerdem: Weshalb sollte ich Geld dafür zahlen wollen, dass andere Anwälte den ganzen Ruhm einheimsen?«

Manny beugt sich nahe an mich heran und sagt in einem gespielt vertraulichen Tonfall: »Jaime ist nur deshalb Rechtsanwalt geworden, um der Menschheit zu dienen.«

»Offenbar ein Mann von Grundsätzen«, erwidere ich.

»Ja.« Der fragliche junge Mann schnaubt. »Menschheit. So als wäre Ray Raintree ein Mensch. Nein.«

Diesmal wirft ihm sein Gehilfe einen Blick zu wie ein strenger Vater, der einen vorlauten Sohn ermahnt.

Jaime presst die Lippen zusammen und hält den Mund.

»Wie kann er bewusstlos sein?«

Ich drehe mich zu der skeptischen Stimme um, die diese Worte geäußert hat, und sehe direkt hinter dem Verteidigertisch eine grauhaarige Frau. Sie ist eine Besucherin, die ich jeden Tag beim Prozess bemerkt habe. Als ich einen Polizeibeamten fragte, wer sie sei, klärte er mich darüber auf, dass sie ein »Dauergast« sei, ein Prozess-Junkie. Bei interessanten Fällen kreuze sie immer im Gerichtsgebäude auf.

»Es war doch nur eine klitzekleine Waffe des Kalibers .22«, sagt sie mir mit einer verächtlichen Handbewegung. »Ich habe selbst so eine, um die Eichhörnchen von meinem Vogelhäuschen zu verscheuchen. Ich glaube nicht, dass man damit auch nur einen Spatzen töten könnte. Von einer klitzekleinen Wunde einer Kugel des Kalibers .22 kann man nicht verbluten. Wie also kann er bewusstlos sein?«

Manny sagt: »Vielleicht hat sie ihm zwischen die Augen geschossen?«

Jaime und die Frau lachen, doch dann beugt sich die Frau vor und sagt mir mit einem Bühnenflüstern: »Ich weiß, was Miss English zu ihm gesagt hat, bevor die Richterin auf ihn schoss. Wollen Sie das für Ihr Buch wissen? Was sie Ray zugeflüstert hat? Nach der Urteilsverkündung? Sie sagte: ›Machen Sie bloß nicht die Richterin sauer, Ray, sie hat immer eine Pistole bei sich!‹«

»Danke«, sage ich und schreibe es vorsichtshalber auf, da ich mich noch ein bisschen benommen fühle.

Ich weiß nicht, ob ich ihr glauben kann, aber ich notiere mir ihren Namen und versuche, damit Eindruck zu machen, dass ich ihn richtig schreibe. Sie sieht erfreut und befriedigt aus. »Ich liebe Ihre Bücher«, vertraut sie mir an und scheint mich nur zu gern in eine Unterhaltung verwickeln zu wollen.

Doch genau in dem Moment geht die Tür zu dem kleinen Fahrstuhl zum Gerichtssaal auf, und zwei Sanitäter in marineblauen Uniformen treten heraus. Sie haben eine Trage und medizinische Ausrüstung bei sich. Das bietet mir einen taktvollen Vorwand, um mich abzuwenden und mir wieder Notizen zu machen. Als die Sanitäter einige Zeit später Ray auf die Trage heben und zum Fahrstuhl tragen, macht er den Eindruck, als wäre er schon tot. Sein Kopf wackelt, dreht sich in unsere Richtung, und es ist offensichtlich, dass die Richterin ihm nicht zwischen die Augen geschossen hat. In der Mitte des weißen Hemds sehe ich einen Blutfleck. Ob kleine Kugel oder nicht, er scheint mit Sicherheit verletzt und bewusstlos zu sein. Einige Augenblicke später haben sie ihn in den Fahrstuhl geschoben, den sie mit Leanne English und einem Deputy Sheriff betreten.

Die Fahrstuhltür geht zu.

Das Spektakel ist vorbei.

»Leb wohl, Ray«, sagt Manny Meade tonlos.

»Den Scheißkerl wären wir los«, lässt sich Jaime Suarez vernehmen.

Ein Zuschauer beginnt zu klatschen, und die Frau hinter uns ruft aus: »Richterin, Richterin!« Der Beifall schwillt an, und schon bald hat es den Anschein, als riefe der ganze Gerichtssaal nach Ihren Ehren. Richterin Flasschoen steht auf und hebt die Arme. Die Ärmel ihrer schwarzen Robe rutschen zurück und geben den Blick auf einen schwarzen Riemen frei, der an ihrem linken Unterarm befestigt ist. Dort musste sie die Waffe befestigt haben. Sie verneigt sich vor der Menge, und die Menschen trampeln, jubeln und pfeifen, während die Polizeibeamten vergebens die Ruhe wieder herzustellen suchen.

Während der Huldigung kritzele ich eine Bemerkung darüber, wie unnatürlich klein und mager Ray auf der Trage aussah. Aus der Ferne hätte er als Kind oder aus der Nähe als Teenager durchgehen können. Einen unheimlichen kurzen Moment lang, gerade als er hochgehoben wurde, hätte ich schwören können, dass sich seine Augenlider ein wenig öffneten und er mich direkt ansah.

Als ich hochblicke, sehe ich, dass der Staatsanwalt Franklin DeWeese mich mit einem unergründlichen Ausdruck auf seinem ebenmäßigen Gesicht anstarrt. Mein Herz macht einen peinlichen kleinen Satz, und ich bin froh, dass Herzen von außen nicht zu sehen sind. Ich ertappe mich dabei, dass ich seinen

Mund anstarre, und blicke schnell in seine Augen, was Objektivität kein bisschen leichter macht.

Ich trete näher an ihn heran, damit er mich hören kann.

»Meinen Glückwunsch, Franklin.«

»Vielen Dank, Marie. Sind Sie jetzt auf deren Seite?«

»Wie bitte? Nur weil ich hier stehe?«

Es erstaunt mich, was manche Menschen über meine Vorlieben vermuten, obwohl ich mich doch so sehr bemühe, überhaupt keine zu zeigen.

»Was werden Sie wegen der Richterin unternehmen, Franklin?«

»Wenn es nach den Menschen hier ginge, müsste ich ihr eine Medaille verleihen.«

»Nun, Florida ist ein Staat mit der Todesstrafe, und sie hat gerade versucht, Ihnen zuvorzukommen.«

Diese Bemerkung entlockt ihm ein Lächeln. »Sogar unser elektrischer Stuhl ist effizienter als das hier, Marie.« Der elektrische Stuhl von Florida ist dafür berüchtigt, in den unmöglichsten Augenblicken einen Kurzschluss zu bekommen. »Es kommt nur selten vor, dass wir sie erst verwunden und später töten.«

»Wohin bringen Sie ihn?«

»Wollen Sie es sehen?«

»Gern!«

»Dann kommen Sie mit, Mädchen, nichts wie raus hier.«

Der Staatsanwalt packt mich am Ellbogen, und instinktiv weiche ich ein wenig zur Seite. Er lässt die Hand sinken. Dann lenkt er mich etwas subtiler auf den Fahrstuhl zu, mit dem Ray, die Sanitäter, ein Polizeibeamter und Leanne English soeben hinuntergefahren sind.

Seite an Seite warten wir vor der Tür, in deren metallener Oberfläche sich ein schwarzer Mann in einem dunkelgrauen Anzug und eine blonde Frau in einem hellen Sommerkleid spiegeln. Unsere Blicke treffen sich in dem Metall, weichen dann aber schnell wieder aus.

Der Fahrstuhl kommt in unserem Stockwerk mit einem Ruck zum Stehen.

Als die Tür schließlich wieder aufgeht und wir sehen, was sich in der Kabine befindet, fange ich an zu schreiben. Derselbe Polizeibeamte, der eben hinuntergefahren ist, ist im Fahrstuhlkorb zusammengesackt. Es ist ein junger Mann, der nicht älter als dreißig sein kann, doch jetzt hat er voller Angst die Augen aufgerissen, und aus einer schrecklichen Wunde in seinem Gesicht strömt Blut. Er weint.

Die kleine Meerjungfrau

von Marie Lightfoot

ZWEITES KAPITEL

Es gab einmal eine Zeit, in der sich Susan und Tony McCullen gesegnet fühlten.

Sie waren jung, immer noch verliebt und Eltern einer schönen Tochter und niedlicher Zwillinge, zweier Jungen. Sie verstanden sich gut mit ihren Familien. Tony hatte einen anständigen Job mit guten Zukunftsaussichten. Zu allem Überfluss lebten sie in einem der schönsten Häuser in Bahia Beach. Tony hielt es für das Geschäft seines Lebens, weil sie keinen Cent dafür zahlen mussten.

»Es gehört meinem Chef«, erklärte Tony jedem, der unverfroren genug war, sich zu erkundigen, wie ein Vertreter für Autoteile und eine Kassiererin in einem Lebensmittelladen sich ein Zuhause in einem der schicksten Stadtviertel von Bahia Beach leisten konnten. »Er kommt recht oft hierher, aber seine Frau kann dies nicht. Es fällt ihr schwer, sich Zeit zu nehmen. Sie haben viele Kinder in Schulen auf der ganzen Welt, sodass sie gern an einem Ort bleibt, damit ihre Kinder wissen, wo sich ihr Zuhause befindet.«

Und hier also war nun diese schöne Ranch im Florida-Stil mit vier Schlafzimmern, einer Garage für drei Autos und einem Swimmingpool in einem der sündteuren Kanalviertel in Bahia gleich in der Nähe des Intracoastal Channel. Es war ein elegantes Viertel, in dem mächtige Palmen in gleichmäßigen, hoch aufragenden Reihen auf beiden Seiten der Straße wuchsen und wo die Häuser für sechsstellige Beträge und mehr den Eigentümer wechselten. Tonys Chef wollte sein Haus nicht verkaufen, aber auch nicht an Fremde vermieten. Folglich trat er an seinen Vertreter heran und fragte ihn eines Tages: »Tony, würden Sie mit Ihrer Familie gern in mein Haus einziehen?«

Kostenlos.

Oder fast gratis. Die McCullens zahlten für die Nebenkosten, und da sie vollständig ohne Klimaanlage auskamen und nur die Deckenventilatoren benutzten, reduzierten sie diese Rechnungen auf praktisch nichts. Alle anderen Kosten trug ihr Chef: Rasenmähen, Wartung des Pools, sogar die Reinigung des Hauses einmal im Monat. Er hatte nicht mal etwas dagegen, dass die McCullens drei kleine Kinder und ein paar Katzen hatten.

»Was ist, wenn wir etwas kaputtmachen?«, fragte ihn Tony.

»So was kann passieren«, gab sein Chef zu. »Aber ich kenne Sie und Susan und kann mir niemanden vorstellen, dem ich mehr vertrauen würde. Wenn etwas kaputtgeht, sind die Versicherungen da. Machen Sie sich deswegen keine Sorgen.«

»Wollen Sie es nicht verkaufen?«

»Teufel, nein, wir haben das verdammte Ding darauf angelegt, um dort als Pensionäre zu leben, und es ist gar nicht mehr so lange bis dorthin. Ich mag dieses Haus. Meine Frau liebt es. Wir werden eines Tages darin leben, aber es scheint mir eine Schande zu sein, es leer stehen zu lassen, wenn eine Familie wie Ihre es nutzen könnte.«

Und so zogen die McCullens ein.

Damals waren Tony und Susan beide siebenundzwanzig Jahre alt. Natty Mae war vier, und die Jungen, Todd und Troy, waren achtzehn Monate alt. Susan weinte vor Freude, als sie vom Angebot des Chefs erfuhr, weinte, als sie zum ersten Mal das Haus betrat, und weinte auch an dem Tag, an dem sie einzogen. Es bedeutete weit mehr als einen Ort, an dem sie kostenlos leben konnten.

Jetzt würden sie keine Miete mehr für ihre Wohnung zahlen müssen oder für den Kindergarten. Sie konnte zu Hause bleiben, ohne sich schuldig zu fühlen, weil sie kein Geld mit nach Hause brachte, und von Tonys breiten Schultern wurde auch eine Menge Druck genommen. Doch Susan ist eine Frau, die sich von Natur aus ständig Sorgen macht, und ihr neues und erstaunliches Wohnarrangement beruhigte sie nicht ganz.

»Das hier geht doch weit über unsere Möglichkeiten«, sagte sie besorgt zu Tony. »Wie sollen wir uns in einem Haus wie dem hier je den Strom leisten können? Unsere Kinder können noch nicht mal schwimmen. Was ist, wenn eines von ihnen in den Pool fällt oder in den Kanal da hinten?«

Er sagte, sie könnten ohne Klimaanlage leben, wenn sie müssten, und außerdem würde er den Kindern das Schwimmen beibringen und ihnen erklären, wie man sich im Wasser verhält.

Das half, doch das war nicht alles, was Susan Sorgen machte.

»Wir wussten, dass wir eines Tages ausziehen müssen«, sagt sie, »und wie würden sich unsere Kinder dann fühlen, wenn sie in ein Milieu zurückkehren müssen, in das sie eigentlich gehören? Es ist schwer, wieder abzusteigen, wenn man einmal von Luxus umgeben gewohnt hat. Meine Großmutter sagte immer: ›Wie willst du sie auf der Farm halten, nachdem sie Paris gesehen haben?‹«

Ihre Ängste wegen des Geldes schienen grundlos zu sein, zumindest während ihres ersten behaglichen und vergnüglichen Jahres in dem Haus. Sie wurden von allen beneidet, die sie kannten. Sie luden ihre Freunde und Verwandten zu Besichtigungstouren ein und gaben Poolpartys, zu denen jeder selbst etwas zu trinken mitbrachte und wo niemandem erlaubt wurde, sich daneben zu benehmen, aus Furcht, etwas zu zerbrechen oder die Nachbarn zu belästigen. Die McCullens begannen, für ihr eigenes Haus zu sparen, eine weit bescheidenere Bleibe, die sie sich eines Tages leisten zu können hofften.

Sie waren glücklich, ihr Chef war glücklich, auch wenn die anderen Angestellten neidisch waren und dies auch sagten.

Doch als die Ersparnisse der Familie McCullen wuchsen, wuchs auch ihr Wunsch nach einem Boot, nur einem kleinen, mit dem sie die Kanäle befahren konnten, die am Ende des Hintergartens lockten. Das Haus hatte einen wunderschönen Anleger aus Holz, und was ist ein Anleger ohne Boot?

Und so kauften sie zu Beginn ihres zweiten Jahres, in dem sie dort lebten, ein gebrauchtes kleines Motorboot für achttausend Dollar auf Kredit, leisteten eine Anzahlung und gaben ihm den Namen *Lucky Ducky*.

»Ich hatte keine Ahnung, dass der Unterhalt von Booten so teuer ist«, sagt Susan. Sie waren Leute aus dem Mittelwesten, die erst seit ein paar Jahren in Bahia gelebt hatten. Bisher waren sie zu sehr damit beschäftigt gewesen, Kinder zu bekommen und sie großzuziehen, um dem Multi-Millionen-Dollar-Geschäft des Bootssports im Süden Floridas viel Aufmerksamkeit zu schenken. »Mann! Wir hätten dieses Boot ebenso gut zu 100-Dollar-Scheinen tranchieren können!«

Tony sagt, so schlimm sei es nicht gewesen, Susan übertreibe das Ganze, doch irgendwann musste der Motor vollständig überholt werden, eine Reparatur, mit der sie nicht gerechnet hatten, und außerdem gab es eine Unmenge weniger kostspieliger Reparaturen sowie Ersatzteile, die gekauft werden mussten.

»Weißt du, dass man für ein Boot sogar eine besondere Schlüsselkette kaufen muss?«, erzählte Susan ihrer Mutter in Dayton, Ohio. »Man muss einen Schlüsselring haben, der schwimmt, falls der Schlüssel ins Wasser fällt.«

Irgendwie stiegen auch die Ausgaben, und das einfach nur, weil sie in einem so wohlhabenden Viertel lebten, in dem es für die Mütter nichts Besonderes war, eine Wagenladung voller Kinder mehrmals in der Woche zu McDonald's zu fahren, manchmal öfter als ein Mal am Tag, in einer Gegend, in der Susan das Gefühl hatte, dass Natalie nicht in die nahe gelegene Grundschule gehen konnte, wenn sie erheblich einfacher gekleidet war als die anderen Mädchen.

Es war kostspielig, und dabei machten sie nicht einmal den Versuch, mit den Nachbarn mitzuhalten! Sie wollten allerdings nicht, dass ihre Kinder sich beim Vergleich mit ihren Spielkameraden anders fühlten oder das Gefühl hatten, etwas zu entbehren.

»Ich wollte nicht, dass sie sich schämen«, sagt Susan.

Zu der Zeit der Nacht, in der Natalie starb, fiel es Susan zunehmend schwerer einzuschlafen, da sie sich darum sorgte, wie sie mit ihrem Geld auskommen sollten. »Und ich war nicht die Einzige in jener Straße, der es so erging«, behauptet sie. »Eines habe ich dort gelernt, nämlich dass es auch reichen Menschen Kopfzerbrechen macht, wie sie ihre Rechnungen bezahlen sollen.« Sie lernte, dass die Menschen überall dazu neigen, über ihre Verhältnisse zu leben, gleichgültig, wie gut es um diese Verhältnisse bestellt ist.

Das geschenkte Haus verwandelte sich allmählich in eine Belastung, und das auf eine Art und Weise, wie sie es nie erwartet hatten. Sie hasste es, sich undankbar zu fühlen, doch sie begann zu wünschen, dass Tonys Chef es ihnen nie angeboten hätte. Am liebsten wäre es ihr gewesen, wenn sie noch immer in ihrer winzigen Wohnung in einem Wohnblock im Arbeiterviertel der Stadt lebten. Und dann geschah das Schlimmste, und das Haus ihrer Träume verwandelte sich in den Schauplatz des schlimmsten Albtraums für Eltern.

Tony McCullen hat eine vernünftige Art zu sprechen, die zu seiner äußeren Erscheinung passt. Der ehemalige Amateurboxer ist 1,83 Meter groß, kräftig und muskulös gebaut. Als er noch im Ring war, war sein Spitzname: der Gorilla, doch nicht wegen seiner ungewöhnlichen Reichweite, sondern auch weil er behaart ist – überall wächst ihm lockiges schwarzes Haar, auch auf den Armen, den Beinen, auf der Brust und dem Rücken.

»Er war gut«, sagt Susan loyal über seine Zeit im Boxring, »aber ich sagte ihm, dass ich ihn nicht heiraten würde, wenn jemand ihm das Nasenbein bricht.« Das ist nur halb im Scherz gesagt. Die Wahrheit ist, dass Susan seine Boxkämpfe hasste. Und sie bestand darauf, dass er aufhörte, weil sie eine Todesangst hatte, er könnte einen Gehirnschaden davontragen.

»Ich habe sie genug geliebt, um aufzuhören«, sagt er. Susan, die früher an Schönheitswettbewerben teilgenommen hatte, war das hübscheste und aufrichtigste Mädchen, das er je gekannt hatte, und er wollte sie nicht verlieren.

»Ich fand ihn wirklich niedlich«, sagt Susan. »Außerdem wollte ich nicht mit einem verblödeten Typ mit einer zerbeulten Nase und Blumenkohlohren verheiratet sein.« Es machte sie wütend, zu hören, wenn die Leute ihn Gorilla nannten. Als er mit dem Boxen aufhörte, sprach sie noch einmal ein Machtwort: kein Spitzname mehr. Sein Name sei Anthony, ein schöner Name. Künftig solle man ihn so nennen, oder Tony. Kein Gorilla mehr, zumindest nicht in Hörweite seiner frisch gebackenen Ehefrau.

Ihre Besorgnis um alles, was ihn betraf, schmeichelte Tony.

»So talentiert war ich übrigens gar nicht«, gesteht er. »Sie hat mir einen Vorwand geliefert, auszusteigen.«

Er ist ein ehrlicher Mann, offenherzig, kann sich gut ausdrücken, ist intensiv und konzentriert, was vermutlich Eigenschaften sind, die dazu beitrugen, ihn zu einem aufstrebenden Vertreter der Motor Land Company zu machen. Als er von den Detectives in Bahia Beach vernommen wurde, sah er ihnen offen in die Augen, »auch als er weinte«, wie Detective Anschutz in ihren Notizen über die erste Befragung festhielt.

Die alten Chinesen glaubten, dass in der Welt heimliche Kräfte am Werk seien, die Menschen zueinander hinzögen, die zusammengehörten. Diese »heimlichen Kräfte« waren uneingeschränkt wohltätig. Erst als die Menschen ihre Freiheit halsstarrig und aufsässig missbrauchten, hätten die Götter sie dem Schicksal überantwortet.

Irgendwann würde es möglich sein, die Abfolge »halsstarrigen und aufsässigen« menschlichen Fehlverhaltens zu verfolgen, das Ray Raintree von allen möglichen Nächten und Zeiten und Bootsanlegern in Südflorida ausgerechnet zum Bootsanleger der McCullens hinzog, genau in jener Nacht und zu diesem Zeitpunkt. Es war auch möglich, das »menschliche Fehlverhalten« zurückzuverfolgen, das einem kleinen Mädchen auffordernd eine Tür offen ließ, sodass sie es leicht hatte, sich in jener Nacht mit ihrem Mörder zu treffen.

»Ich sehe mir im Wohnzimmer so gut wie immer ein wenig Leno an, bevor ich zu Bett gehe«, erklärte Tony den Detectives unglücklich. Er meinte die Talkshow mit dem Gastgeber Jay Leno. »Ich nehme an, ich entspanne mich dabei.« Im Süden Floridas wird *The Tonight Show* erst um 23.30 Uhr gesendet.

»Wie lange sehen Sie sich die Talkshow an?«, fragte ihn Detective Robyn Anschutz.

»Ich weiß nicht. Ich sehe mir den Eröffnungsmonolog an und danach nicht mehr viel, es sei denn, er hat einen wirklich guten Gast, den ich sehen möchte. Dennis Rodman. Tanya Harding. Leute, um die es Kontroversen gibt. Besonders bekannte Sportler, solche Leute.«

Doch Jay Lenos erster Gast an jenem Abend war ein Schweinedompteur gewesen, der auf Jahrmärkten auftrat, und das hatte Tony nicht gereizt, noch länger aufzubleiben. Er schaltete den Fernseher und das Licht im Wohnzimmer aus und ging zu Bett.

»Haben Sie noch mal nach den Kindern gesehen, Tony?«

An jenem Abend habe er es nicht getan, weil er es nicht immer tue. Alle drei hätten einen leichten Schlaf, und es sei ein Fehler, ein plötzliches Geräusch zu machen, das sie aufwecken könnte. Natalie sei zwar taub, reagiere aber äußerst empfindlich auf Bewegungen im Haus. Beide Eltern sagten, wenn sie eines der Kinder aufweckten, hätten sie eine lange Nacht vor sich, die sie mit Versuchen zubrächten, sie wieder zum Einschlafen zu bewegen.

Folglich sei er auf Zehenspitzen an den Türen der Kinderzimmer vorbeigegangen, um dann weiter durch den Flur zu dem Zimmer zu gehen, das er mit seiner Frau teile. Während Tony den Detectives all das erzählte, kamen ihm wieder die Tränen. Er sagte, er wünschte, er hätte noch ein letztes Mal nach Natalie gesehen. Noch ein letztes Mal ihr niedliches, schlafendes Gesicht zu sehen bekommen. Er wünschte, er hätte es getan, dann wäre sie vielleicht aufgewacht, und dann wäre das Schlimmste, was hätte passieren können, gewesen, dass er erst ein wenig später hätte einschlafen können.

Doch er machte ihre Tür nicht auf.

Er sah kein letztes Mal nach seiner Tochter.

Unter all den Segnungen, die es für Susan und Tony vor dem Einzug der Familie in das kostenlose Haus gab, waren die drei wichtigsten ihre Kinder. Da waren die Zwillinge: Troy und Todd, zwei gleichermaßen anbetungswürdige blonde Babys, die in einem Bett schliefen und seit dem Moment ihrer Zeugung jede Minute ihres Lebens gemeinsam verbracht hatten. Sie waren unzertrennlich und immer in Bewegung (»Sogar bei mir im Bauch!«, wie sich Susan mit einer Grimasse erinnert und dabei die Augen verdreht) und immer laut. »Sie machen alles mit höchster Lautstärke«, behauptet ihre Mutter. Das ist eine Art Ironie, da ihre ältere Schwester nie auch nur einen einzigen Schrei hören konnte, den sie als Babys von sich gaben, oder auch nur ein einziges Wort, das sie äußerten, als sie älter wurden. Als die Zwillinge auf die Welt kamen, war ihre Schwester zwei Jahre alt und bereits stocktaub.

Natalie wurde jedoch nicht so geboren.

»Es war eine ungewöhnliche Häufung von Mittelohrentzündungen, die das bewirkt hat«, erklärt Dr. Norma Battle, ihre Kinderärztin. »Ich habe nie erlebt, dass ein Kind in so schneller Folge so viele schwere Mittelohrentzündungen bekommt. Sie fingen an, bevor sie drei Monate alt war, und es schien, als hätten wir nicht eine richtig auskuriert, bevor die nächste kam. Wir konnten sie nie entzündungsfrei genug bekommen, um sie zu operieren. Als sie achtzehn Monate alt war, war sie schon fast vollständig taub.« Die siebenundfünfzigjährige Ärztin und vierfache Großmutter wirkt bei der bloßen Erinnerung bestürzt. »Ich muss unwillkürlich denken, dass sie in einem anderen Jahrhundert an den Entzündungen gestorben wäre, und zwar lange vor dem Alter, in dem sie getötet wurde.«

Die Kinderärztin gesteht: »Angesichts einer chronischen Entzündung habe ich mich selten so hilflos gefühlt.«

Beim Sprechen über diese Zeit zeigt sie ein müdes Lächeln.

»Als Natalie taub wurde, hörten die Entzündungen wie durch Zauberei auf. Fast zum ersten Mal in ihrem Leben war sie schmerzfrei. Taub, aber schmerzfrei. In diesem Sinn war die Taubheit wie eine Erleichterung, falls Sie verstehen, was ich meine. Ich glaube, selbst ihre Eltern würden mir darin zustimmen, dass es leichter war, mit einem tauben – aber im übrigen glücklichen – Kind umzugehen, als es mit einem Kind zu tun zu haben, das entweder vor Schmerz schrie oder mit Medikamenten voll gestopft war.«

Die Ärztin seufzt bei diesen Worten.

»Danach war Natalie so etwas wie das gesündeste kleine Mädchen, das man sich überhaupt denken kann. Aus dem kranken, weinenden, todunglücklichen Kind war über Nacht ein lachendes und fröhliches – wenn auch taubes – Mädchen geworden.«

Warum war das Kind so anfällig für Mittelohrentzündungen?

Die Kinderärztin schüttelt den Kopf. »*Warum* – das ist die letzte große Frage, die in der Medizin noch bleibt, nicht wahr? Das philosophische Rätsel, das allem zugrunde liegt. Warum bekommt überhaupt jemand eine bestimmte Krankheit? Und warum bekommen andere Leute sie nicht, obwohl sonst alles gleich ist? Wir tun so, als könnten wir darauf eine Antwort geben, indem wir unsere Unwissenheit tarnen und hinter Begriffen wie ›Immunschwäche‹ verstecken. Aber hinter der letzten Antwort steckt immer noch ein weiteres ›Warum‹, und dahinter noch eins und unter dem ein weiteres.

Ich weiß nicht, warum.« Dr. Battle, die in ihrem Sprechzimmer sitzt, dreht sich um und starrt hinaus. Es ist ein sonniger Tag. Sie sieht ergriffen aus. »Ich weiß nicht, warum ausgerechnet dieses eine kleine Mädchen vom Schicksal verflucht gewesen zu sein scheint.«

Natalies Eltern stimmen ihr darin zu, dass es leichter war, mit einem tauben Kind umzugehen – in dem relativen Sinn, in dem man diese Dinge überhaupt vergleichen kann –, als mit einem schreienden Mädchen leben zu müssen.

»Es gab Kurse, die wir besuchen konnten und die uns halfen«, sagt Susan. »Es gab Bücher, die wir lesen konnten, es gab sogar eine Sprache, die wir lernen konnten, um mit ihr zu kommunizieren. Ich weiß, dass es sich hart und traurig anhört, aber Sie dürfen nicht vergessen, dass wir plötzlich ein gesundes Kind hatten. Sie lächelte, sie war glücklich. Sie konnte spielen, statt mit Medikamenten voll gepumpt auf der Couch zu liegen. Sie blühte regelrecht über Nacht auf, und ich glaube, das lag daran, dass sie froh war, keine Schmerzen mehr zu haben.«

Susan fährt fort: »Die Taubheit war einfach etwas, womit wir zu leben lernten, und das war in Ordnung, weil wir schließlich ein lachendes kleines Mädchen hatten. Und die Jungen hatten eine Schwester, mit der sie spielen konnten. Hört es sich merkwürdig an, wenn ich sage, dass es für mich okay war, ein taubes Kind zu haben?«

Sie verstummt kurz und äußert dann einen Gedanken, der dem der Ärztin sehr ähnlich ist. »Warum musste ein kleines Mädchen so viele Leiden auf sich nehmen? Sie kam auf diese Erde und litt dann fast zwei volle Jahre, und danach hatte sie nur vier Jahre eines normalen Lebens, um dann auf schreckliche Weise zu sterben. Ich möchte wissen, ich möchte wirklich gern wissen, was ein solches Dasein eigentlich soll.«

Und warum musste auch jeder leiden, der sie liebte?

Das waren die quälenden Fragen, auf die kein Detective je würde antworten können. Sie glaubten jedoch, ein schlüssiges Szenario für Natalies Handeln in der Nacht, in der sie getötet wurde, korrekt zusammengesetzt zu haben.

Es wurde angenommen, dass Natalie aus irgendeinem Grund aufwachte.

Ein Traum. Ein Vibrieren der Hauswände. Ein stärker werdender Schmerz. Genau werden wir es nie wissen. Natalie hat vielleicht selbst nicht genau gewusst, was sie aufweckte.

Ihr Zimmer war dunkel, aber Natalie fürchtete sich nie vor der Dunkelheit. Sie war zu jung, um zu erraten, wie spät es war, und so klug sie auch war, sie konnte nicht die Zeit schätzen. Soviel Natty wusste, waren der Morgen und das Frühstück vielleicht nur ein paar Augenblicke entfernt.

Irgendwann entschloss sie sich aufzustehen. Sie musste die Deckenlampe in ihrem Zimmer angemacht haben, weil Susan sie eingeschaltet fand, als sie durch den Flur rannte, um nach ihrer Tochter zu sehen, als die Polizei am nächsten Morgen erschien.

Dann zog Natalie sich an.

Sie zog sich saubere Höschen aus ihrer Schublade mit Unterwäsche an und ließ diese offen, obwohl ihre Mutter sie immer bat, es nicht zu tun. Sie zog dieselben pinkfarbenen Shorts an, die sie am Sonntag getragen hatte. Aus einem Stapel säuberlich zusammengefalteter T-Shirts in einem Wäschekorb wählte sie eines aus. Das T-Shirt war eines ihrer Lieblingsstücke, obwohl es ein abgelegtes T-Shirt ihrer Cousine Ginny war. Es war ein Souvenir aus dem Film *Die kleine Meerjungfrau*. Natalie hatte ein Video von dem Film. Sie und ihre Spielkameradinnen liebten ihn und sahen ihn sich fast so oft an wie die neueren Disney-Filme. Natty hatte den Film zum ersten Mal gesehen, als sie noch hören konnte, sodass sie ein paar Worte und die Musik auswendig konnte.

Natalie befestigte eine rosafarbene Spange im Haar. Ohne ihre Haarspange ging sie nirgendwohin. Außerdem schnappte sie sich ihr Lieblingsarmband – eine Reihe kleiner, miteinander verbundener Plastikherzen –, obwohl sie es nicht am Handgelenk befestigen konnte, ohne dass ihr jemand dabei half.

Offenkundig zog sie sich keine Schuhe an, denn später wurden keine vermisst. Weder ihre Sommersandaletten für den Strand noch ihre pinkfarbenen Sandalen aus Kunststoff für den Swimmingpool, ebenso wenig ihre Sportschuhe oder ihre feinen weißen Lederschuhe. Natalie sollte im Freien nicht barfuß gehen, aber diesmal schien sie es getan zu haben.

»Ich ging davon aus«, sagt Susan, »dass Tony die Hintertür abgeschlossen hatte. Das tut er immer. Ich habe nicht mal darüber nachgedacht.«

Tony, der noch schlief, hatte auch nicht daran gedacht.

Sie war sehr leise, als sie aus dem Haus schlüpfte. Wenn sie die Haustür oder die Fliegentür zugeknallt hätte, wären die Jungen vielleicht aufgewacht und wahrscheinlich auch ihre Eltern. Ein Geräusch in der Nacht – unerwartet, erschreckend – genügt, um fast jeden hochschrecken und ausrufen zu lassen: »Was war das?«

Aber sie war sehr leise, wie eine kleine Maus.

Am nächsten Morgen fand Susan die Innentür offen. Die Jungen waren bereits aufgestanden und spielten draußen, sodass sie annahm, diese hätten sie offen gelassen.

Natalie liebte es, Gras unter ihren nackten Füßen zu spüren.

Vielleicht war sie auch direkt zu ihrem Bootsanleger hinuntergegangen, vielleicht war sie erst ein wenig herumgewandert. Wahrscheinlich hatte sie keine Angst gehabt. Nicht vor der Dunkelheit. Nicht vor ihrem Garten oder ihrem sicheren Stadtviertel, in dem jeder liebenswürdigerweise nach dem tauben kleinen Mädchen Ausschau hielt, wenn er aus seiner Auffahrt zurücksetzte. Anders als hörende Menschen hätten seltsame Geräusche in der Nacht sie nicht erschrecken können.

Irgendwann landete sie unten beim Bootsanleger.

Natalie fürchtete sich nicht vor dem Wasser und bewunderte Boote. »Wenn kein Erwachsener in der Nähe war und sie im Auge behielt, war es mühsam, sie von unserem Boot fern zu halten«, erzählte ihre Mutter den Ermittlungsbeamten. »Wenn wir bei den Anlegern anderer Leute zu Besuch waren, habe ich sie keine Minute aus den Augen gelassen, denn sonst wäre sie auf dem fremden Boot herumgetobt.«

Vor Fremden hatte sie auch keine Angst.

»Sie ist nie einem Fremden begegnet«, sagt ihr Vater. »Wir versuchten ihr zu sagen, dass nicht jeder ihr Freund sei, doch es hatte den Anschein, als wäre tatsächlich jeder ihr Freund, denn alle Menschen waren nett zu ihr. Wohin sie auch ging, sie lächelte den Menschen zu, und diese erwiderten das Lächeln. Sie konnte nicht hören, was sie sagten, sodass sie ebenso gut totale Dummköpfe hätten sein können – sie hätte es nicht einmal bemerkt.«

Man geht davon aus, dass Natalie von einem hübschen kleinen schwarz-weißen Boot angelockt wurde, das langsam den Kanal entlangtuckerte, als sie in jener Nacht beim Bootsanleger ankam.

Der zweite der drei Anrufe, die etwas mit dem Mord an Natalie McCullen zu tun hatten, erreichte Bahia Beach 911 um 23.55 Uhr am Montag, dem fünfzehnten Juni, der Nacht, bevor man ihren Leichnam, an der Brücke hängend, fand. Der Anruf kam von einer Frau, die auf der anderen Seite des Kanals lebte, den McCullens schräg gegenüber, und die meldete, dass auf dem Wasser ein Boot fahre. Sie hatte das Gefühl, dass es sich verdächtig vorsichtig bewegte. Im Süden Floridas haben Einbrecher sowohl vom Land als auch von der Wasserseite aus Zugang zu den Häusern, sodass die Bewohner beide Seiten im Auge behalten.

»Schicken Sie doch jemanden her, um der Sache nachzugehen«, bat sie.

»Ja, Ma'am«, erwiderte 911.

Die Anruferin war Mrs. Marjorie Noble, eine sechsundachtzigjährige Witwe, die allein lebte und ein wachsames Auge auf ungehörige Aktivitäten auf ihrem Kanal hatte. Zur Zeit des Zwischenfalls ruhte sie sich im Dunkeln im Florida-Zimmer an der Rückseite ihres Hauses aus. Wer noch nie eines gesehen hat: Ein Florida-Zimmer ist eine riesige, geschlossene Veranda und ein weiteres Zimmer im Haus, in dem sich häufig ein Swimmingpool befindet wie bei Mrs. Noble. Sie glaubte gehört zu haben, wie sich von Osten her etwas näherte, von dort, wo der Kanal direkt in den weit größeren Intracoastal Channel übergeht.

Da sie wusste, dass sie unmöglich gesehen werden konnte, stand Mrs. Noble auf und blickte durch das Fliegenfenster, so gut sie konnte. Es war nicht ungewöhnlich, dass Boote zu jeder Tages- und Nachtzeit auf den Kanälen verkehrten, doch Mrs. Noble hatte den Verdacht, dass es nur sehr wenige unschuldige Gründe für Menschen gab, kurz vor Mitternacht in ihrer Nachbarschaft in einem Boot herumzufahren. Sie hatte das Gefühl, dass ihre Nachbarn ihre

Aufmerksamkeit zu schätzen wussten, die, wie sie erklärte, von ihrer Schlaflosigkeit herrühre. In vielen Nächten streckte sich Mrs. Noble auf der Veranda auf ihrer Liege aus und sah stundenlang zu, wie die langsame, friedliche Nacht allmählich verstrich.

Normalerweise ist eine sechsundachtzigjährige Person, die von sich behauptet, nachts kriminelle Aktivitäten zu beobachten, der Traum jedes Strafverteidigers. Beim Kreuzverhör lässt sich der Wert der Zeugenaussage des älteren Bürgers bei allem Respekt aufgrund nachlassenden Sehvermögens, schlechter werdenden Gehörs und versagenden Gedächtnisses zertrümmern. Ob das nun fair ist oder nicht, es lässt sich machen. Doch nicht im Fall von Mrs. Noble. Sie war in Wahrheit der Traum jedes *Staatsanwalts*.

»Meine letzte Staroperation liegt erst sechs Wochen zurück«, erzählte sie den Geschworenen.

»Welche Auswirkungen hatten diese Operationen auf Ihr Sehvermögen, Mrs. Noble?«, erkundigte sich Franklin DeWeese höflich. Die Verteidigung erhob Einwände und behauptete, diese Aussage verlange nach der Ansicht eines Experten, die zu geben sie nicht qualifiziert sei, aber Franklin wies darauf hin, dass sie aufgrund eigener Anschauung die beste Expertin über ihr Sehvermögen sei, und falls die Verteidigung es wünsche, könne er auch die Aussage eines Augenarztes hinzuziehen. Leanne English, die leitende Strafverteidigerin, hörte das gar nicht gern, doch die Richterin erlaubte Franklin DeWeese fortzufahren. Ein Journalist, der den Prozess verfolgte, beobachtete, dass dies eine der Gelegenheiten war, bei denen Franklin aussah, als gäbe er sich Mühe, keinen selbstgefälligen Eindruck zu machen, weil dieser Fall es ihm so leicht machte.

Als es Mrs. Noble schließlich erlaubt wurde, seine Fragen zu beantworten, sagte sie: »Sie haben mein Sehvermögen zu hundert Prozent wieder hergestellt.«

Wie ihr Augenarzt bestätigte, hatte die letzte Operation Mrs. Noble ein Sehvermögen von einhundert Prozent wiedergegeben.

Selbst diese Aussage hätte von der Verteidigung zertrümmert werden können, wenn diese Traumzeugin für die Staatsanwaltschaft nicht noch zwei weitere Gaben besessen hätte: ein Fernglas und Tonbandkassetten, die mit Datum, Uhrzeit und aufgenommenen Beschreibungen komplett vorhanden waren!

»Nachdem ich ihre Aussage gelesen hatte«, sagt Franklin De-Weese, »wollte ich sie küssen. Als ich sie traf, habe ich sie tatsächlich geküsst. Einen Kuss auf die Wange. Ich hoffe, sie hatte nichts dagegen; sie schien nicht gekränkt zu sein. Ich sagte ihr, dass ich sie liebte und sie heiraten wolle.« Bei der Erinnerung an ihre Reaktion lächelt der Staatsanwalt. »Mrs. Noble sagte, das sei in Ordnung, solange ich nichts dagegen hätte, dass sie mittwochs weiterhin zu ihren Bridgeabenden gehe. Ich erwiderte, Teufel, nein, ich werde Sie sogar hinfahren.«

Es war kein Wunder, dass der Staatsanwalt von seiner Zeugin sehr angetan war. Sie war nicht nur ein Muster an Verstand und Wortgewandtheit, sondern hatte zudem noch dieses perfekte Sehvermögen, das Fernglas und die Tonbandaufnahmen.

»Ich bin eine Vogelbeobachterin«, sagte sie aus. »Man muss ein wirklich hervorragendes Fernglas haben, um ernsthaft Vögel zu beobachten. Mit meinem kann ich aus fast fünfzig Meter Entfernung die Kopffedern einer Haubenmeise erkennen.« Eine Haubenmeise sei ein sehr kleiner Vogel, wie Franklin den Geschworenen mit Nachdruck erklärte, viel kleiner als ein Boot auf einem Kanal oder der Mann, der es steuere.

Was ihre Notizen betraf, hatte Mrs. Noble stets einen Kassettenrekorder und ein Tagebuch neben sich auf der Veranda, wo sie den größten Teil ihrer Zeit verbrachte. Sie hatte aus medizinischen Gründen begonnen, Tagebuch zu führen (»Sie glauben gar nicht, was man für diese Ärzte alles im Auge behalten soll!«), doch daraus wurde eine Art Hobby, sodass sie so gut wie alles notierte, was sie tat, sagte oder dachte. Als die Niederschrift zu beschwerlich wurde, wechselte sie zu einem kleinen Kassettenrekorder, den ihr Sohn ihr schenkte.

Von da an sprach Mrs. Noble alles auf Band, als spräche sie zu einem anderen Menschen oder als führte sie Selbstgespräche. Alles war da, in Stapeln winziger Kassetten. Bis der Staatsanwalt sie für den Prozess anforderte, war keines der Bänder je transkribiert worden, doch jedes war in Mrs. Nobles winziger Handschrift datiert. (Ihr schriftliches Tagebuch führte sie weiter, jedoch nur für Notizen, die etwas mit ihrem Gesundheitszustand zu tun hatten.)

Der Kassettenrekorder wurde zu einem Archiv, in dem sowohl die Vergangenheit als auch die Gegenwart festgehalten wurden. Es gab nachdenkliche Passagen auf den Bändern, philosophische Überlegungen, die ihren vielen Lebensjahrzehnten entsprangen, kluge, gereimte Poesie, Erinnerungen, die sie ihren Nachkommen hinterlassen wollte, und natürlich eine lückenlose Buchführung über ihre Tätigkeit, angefangen beim Zähneputzen am Morgen bis zur Beobachtung des Mondaufgangs am Abend.

»Ich glaube, ich höre ein Boot. Zu dieser Stunde? Meine Uhr zeigt, dass es 23.54 Uhr ist. Ich werde mal mit dem Fernglas nachsehen. Es ist ein Motorboot. Klein. Es hat ein hässliches schwarzweißes Muster wie bei einem Schachbrett. Da steht etwas auf der Seite, aber ich kann nicht … Die Zahl, da steht die Zahl Sechs. Ich habe es schon mal gesehen oder ein anderes Boot dieser Art. Ich sehe nur eine Person darin. Sieht aus wie ein Junge, aber bestimmt nicht um diese Stunde. Wenn es einer ist, was denken seine Eltern dann? Er hat ein gelbes Hemd an, pinkfarbene Hosen, eine grüne Baseballmütze. Verrückte Aufmachung. Er sieht aus wie ein Papagei.

Dreiundzwanzig Uhr fünfundfünfzig. Rief den Notruf an. Meldete jungen Mann in einem Boot. Habe um diese Tageszeit nicht in unserem Kanal auf und ab zu fahren. Sie sagten, sie würden jemanden herschicken, um die Sache zu überprüfen. Das kann ich ihnen nur raten!

Null Uhr fünf. Als ich wieder in mein Fernglas blickte, sah ich, wie dasselbe Boot wieder auf dem Kanal zurückfuhr. Ich meine, ich habe es wieder gehört, gesehen habe ich es nicht, weil mir die Sicht durch das Dach auf dem Bootsanleger meines Nachbarn versperrt ist. Sie sollten das Dach entfernen. Ich habe es ihnen immer wieder gesagt.

Null Uhr fünfunddreißig. Du lieber Himmel, in unseren Gärten sehe ich Lichtkegel aufblitzen. Polizei? Nun, wenn es Polizisten sind, kommen sie zu spät. Dieses Boot ist längst verschwunden.«

Es war tatsächlich ein Streifenwagen, dessen Besatzung das Viertel von der Straße aus unter die Lupe nahm. Einige Minuten später notierte Mrs. Noble, sie habe über sich einen Hubschrauber gehört und dann beobachtet, wie der Kanal im Suchscheinwerfer deutlich zu sehen war. Es war so hell, dass sie sogar einen Fisch aus dem Wasser springen sah, als wollte er einen Köder aus falschem Sonnenaufgang schnappen. Die Polizei von Bahia Beach hatte den Hubschrauber jedoch nicht eigens wegen des Notrufs losgeschickt, sondern er überflog das Viertel nur zufällig, um sich einen Überblick zu verschaffen.

Zweieinhalb Stunden später meldete Sergeant Broyle Crouse, der einundvierzigjährige Pilot, er habe fünf Kanäle weiter westlich ein kleines schwarz-weißes Boot gesehen. Er erkannte es als ein Wassertaxi der Firma Checker Crab. Es war also kein Boot, das sich einfach so herumtrieb. Da der Pilot kein Problem sah, machte er eine scharfe Rechtskurve in Richtung Ozean und flog davon. Er meldete, er habe nur eine Person in dem Boot gesehen, das neben einem weit größeren Boot angelegt habe, das neben der Brücke vertäut sei.

Crouse hatte das Wassertaxi Nummer sechs von Checker Crab an der Brücke entdeckt, an der man am nächsten Morgen Natalies Leiche finden würde. Mit hoher Wahrscheinlichkeit war sie zu diesem Zeitpunkt schon tot.

Wegen eines bedauerlichen Schichtwechsels in der Einsatzzentrale der Polizei kam es zu einem dieser Kommunikationsfehler, mit denen selbst die beste Polizeibehörde geschlagen ist. Es hatte in Bezug auf den Fall schon einen früheren Notruf gegeben, der um 23.45 Uhr einging, und zwar von dem wütenden Eigentümer einer Bootswerft, der anrief und meldete, eines seiner Boote fehle und sei vermutlich gestohlen worden.

»Ihr Name, Sir?«

»Donor Miller.«

Auf die Bitte der Telefonistin hin buchstabierte er den Namen.

»Gehört das vermisste Boot Ihnen?«

»Und ob es mir gehört, verdammt, dieses eine und fünf andere, die genauso aussehen. Sagen Sie ihnen, sie sollen nach einem schwarz-weiß gemusterten Boot mit der Zahl Sechs darauf achten. Das ist mein Boot, verdammt.«

Der Einsatzleiter, der Sergeant Crouse anwies, auf dem Wasser nach einem möglichen Eindringling Ausschau zu halten, wusste nichts von diesem Anruf, und so wusste Crouse nicht, dass er um 2.30 Uhr ein Boot entdeckt hatte, das als gestohlen gemeldet worden war. Beide, der Einsatzleiter und Crouse, wussten auch nicht, dass Mr. Miller um zwei Uhr morgens noch einmal angerufen hatte, um seine Beschwerde zurückzuziehen.

»Falscher Alarm«, sagte er der Telefonistin. »Das Boot hat die ganze Zeit hier gelegen, verdammt. Einer meiner dämlichen Angestellten hat es auf die falsche Helling gezogen.«

»Wollen Sie, dass ich Ihre Bitte um einen Beamten streiche, Sir?«

»Teufel auch, ja.«

Die Polizei hat es sich zur Gewohnheit gemacht, selbst dann bei Notrufen einen Beamten loszuschicken, wenn diese später widerrufen werden. Das ist eine wohlmeinende Politik, die darauf abzielt, die Art Situation zu verhindern, zu der es kommt, wenn jemandem, der gerade die 911 wählt, eine Waffe an den Kopf gehalten wird. Die Polizei von Bahia Beach möchte sich gern vergewissern, dass alles in Ordnung ist, indem sie einen Beamten an die Haustür schickt, um sich zu erkundigen: »Sind Sie sicher, dass alles in Ordnung ist, Ma'am?« Oder Sir. Doch zu dieser Vorsichtsmaßnahme kommt es nur selten, weil es einfach nicht genug Beamte gibt, um jedem falschen Alarm nachzugehen, von den begründeten Hilfsuchen ganz zu schweigen. Der Diebstahl eines kleinen Motorboots genießt ohnehin nur geringe Priorität, besonders bei der Nachtschicht. Trotz der Politik der Polizeibehörde fuhr kein Beamter los, um sich zu vergewissern, dass das Eigentum der Bootswerft so sicher war, wie der Eigentümer es behauptete.

Somit hat es den Anschein, dass Natalie irgendwann zwischen 23.55 Uhr, als Mrs. Noble ihr Fernglas hinlegte, um zum Telefon zu greifen, und 2.30 Uhr morgens starb, als Broyle Crouse das Boot in der Nähe der Brücke entdeckte.

3

Raymond

Ray Raintree ist aus dem Bezirksgericht entkommen.

Als ich heute Abend schließlich nach Hause komme, weiß ich genug darüber, wie er es geschafft hat, um davon schreiben zu können, obwohl ich nur zwei Absätze zu Papier bringe, ohne innehalten zu müssen, um ein paar Mal beruhigend durchzuatmen.

Ich schreibe, diesmal auf meinem Laptop:

Er wälzte sich von der Trage herunter und zog dem Polizisten die Waffe aus dem Holster, in dem Moment, als die Fahrstuhltür im Kellergeschoss aufging. Es war eng in dem Fahrstuhl des Gerichtssaals; es gab kaum genug Platz für die vier Menschen, die darin standen, und zusätzlich für die Trage mit Ray. Er nutzte den Vorteil des beengten Raums, um ein Höchstmaß an Panik und Schmerz zu schaffen. Als er wieder auf die Beine kam, ruderte er wild mit den Armen und schlug den Leuten hart ins Gesicht, was sie aufschreien und schützend die Arme hochheben ließ, statt ihn an der Flucht zu hindern.

Sobald er die Waffe hatte, fuchtelte er auch damit herum und schlug jeden, der ihm im Weg war, mit der harten und schmerzenden, metallenen Waffe. Blut spritzte auf, als er Leanne an den Revers ihres Anzugs packte und sie mit sich aus dem Fahrstuhl riss. Hinter ihnen herrschte ein blutiges Chaos. Wie ein wildes Tier mit einem Opfer in den Krallen verließ er den Fahrstuhl und schob seine Anwältin vor sich her.

Beide Sanitäter fielen blutend und schreiend vor dem Fahrstuhl zu Boden.

Die Tür schloss sich und schickte den schockierten und verletzten Polizeibeamten wieder nach oben.
Ich höre auf zu schreiben, da ich aufstehen und mir ein wenig die Beine vertreten muss. Der Mann hat vier Menschen krankenhausreif geschlagen. Ihr Zustand reicht von leicht verletzt bis kritisch. Der arme Polizist wird sich einer kosmetischen Gesichtsoperation unterziehen müssen, und man ist sich noch nicht sicher, ob ihm Knochenfragmente ins Gehirn gedrungen sind. Die Sanitäter haben gebrochene Gesichtsknochen und schauerliche Verletzungen, die bis auf die Knochen reichen, während Leanne English einen gebrochenen Kiefer und eine verrenkte Schulter hat, weil er sie so grob behandelte, bevor er sie mehrere hundert Meter vom Gerichtsgebäude entfernt frei ließ.
Ich setze mich wieder an meinen Computer und versuche es erneut:
Als die Sanitäter wieder zusammenhängend sprechen können, berichten sie von ihrer Schlussfolgerung, dass Ray einen Streifschuss abbekommen habe, als ihn die Kugel aus der Pistole der Richterin getroffen hat. Manchmal prallen Kugeln sogar von den Körpern ab, die sie treffen sollen. Dies ist die übereinstimmende Ansicht beider Sanitäter, da sie dort, wo die Kugel angeblich getroffen hatte, keine Verletzung in der Brust des Mannes entdeckt hatten.
Wenn das stimmt, ist Ray nicht nur verschwunden, sondern auch unversehrt und ganz gewiss in einem weit besseren Zustand als seine Opfer. Die Polizeibeamten haben anhand dessen, was bekannt ist, schon nachvollzogen, was dann geschehen war. Ray warf sein blutiges Hemd in eine Mülltonne. Dann lief er zum New River hinunter, der nicht weit vom Gerichtsgebäude entfernt durch die Innenstadt fließt. Dort stahl er eine Schwimmweste aus einem der Boote, die ständig am Flussufer vertäut sind. Vielleicht hatte er im Fluss Gesicht und Arme gewaschen. Dann begab er sich wieder zurück zum Bahia Boulevard und bestieg einen kostenlosen Trolleybus für Touristen.

Der kleinwüchsige, magere Bursche in den Laufschuhen, den dunklen Hosen und der orangefarbenen Schwimmweste muss den Ortsfremden im Trolleybus ein wenig merkwürdig erschienen sein. Aber verglichen mit anderen durchgeknallten Typen, die sie während ihres Urlaubs im Süden Floridas gesehen hatten, sah er so merkwürdig nun auch wieder nicht aus. Wahrscheinlich trug er eine Badehose unter der Hose, und die Schwimmweste hatte er wohl lieber an, als sie zu tragen. Er lächelte sie an. Sie erwiderten das Lächeln mit leichtem Unbehagen. Wie alt war er überhaupt? Alt genug, um für den Rest des Tages schulfrei zu haben? Seltsam aussehende kleine Person. Die Leute hofften, er würde sie nicht um Geld angehen. Als der Trolleybus noch voller wurde, hörten sie nach einer Weile auf zu starren und ignorierten ihn, um ihre Sightseeingtour zu genießen.

Am Strand stieg Ray mit den anderen Touristen aus. Er schloss sich den zahlreichen Fußgängern an, die auf der Promenade dahinschlenderten. Das Letzte, was man von ihm sah, war, dass er in einer öffentlichen Herrentoilette verschwand.

Und das ist »der letzte bekannte Aufenthaltsort« von Ray Raintree.

Ich stehe wieder von meinem Schreibtisch auf und gehe an meine Fenster.

Ein Schuldspruch, ein Schuss, eine Flucht.

Ich beschließe, mir zu verzeihen, dass ich mich ein bisschen überfordert fühle.

Meine Schiebetür ist offen, die Klimaanlage abgeschaltet, sodass ich nach all den Stunden in Richterin Flasschoens eisigem Gerichtssaal auftauen kann. Ich hebe die Hand bis zum Fliegenfenster und spüre die Maschen an den Handflächen. Ich kann mir vorstellen, wie den Geschworenen zumute ist. Einer von ihnen hat mir erzählt, Ray habe ihnen nach dem Schuldspruch die Zunge ausgestreckt und ihnen so einen obszönen Kuss in ihre Richtung geschickt. Das sei der Grund, weshalb sie vor dem

Schuss so bestürzt und angewidert ausgesehen hätten. Wie erledigt ich mich heute Nacht auch fühle, ich stelle sie mir vor, wie sie, alle viere von sich gestreckt, in ihren Betten liegen und an die Decke starren.

Die Ärmsten, sind sie nervös, weil Ray da draußen frei herumläuft?

Ich öffne die Schiebetür und trete hinaus in meinen hinteren Garten.

Ich lebe am Westufer des Intracoastal Channel am südlichen Rand einer privaten, durch Tore gesicherten Sackgasse gleich nördlich der Bahia Boulevard Bridge. Auf der Wasserseite dieses Fünf-Zimmer-Hauses kann ich an jeder Stelle die Vorhänge zur Seite ziehen, um eine ungehinderte Aussicht auf den Kanal und den Verkehr auf der Brücke zu erhalten. Abends und nachts, wenn die Lichter der Brücke, der Boote und der Häuser auf der anderen Seite des Kanals brennen, sieht es das ganze Jahr wie Weihnachten aus, und ich bin dafür sehr dankbar.

Viereinhalb Meter unterhalb meines hinteren Gartens klatscht das unruhige Wasser gegen die Deichmauer, sodass weder mein Boot noch fremde Wasserfahrzeuge hier einen sicheren Hafen finden könnten.

Ich habe dieses Grundstück im Hinblick auf Sicherheit gewählt, und zwar auf der Vorder- wie der Rückseite.

Am Anfang der Sackgasse bitten rund um die Uhr dort postierte, bewaffnete Wachposten jeden Besucher höflich um seinen Ausweis. Niemand fährt hinein, es sei denn, der Wachposten hat den Namen des Besuchers auf einer Liste oder vergewissert sich durch einen Anruf, dass der Besucher willkommen ist. Von der Wasserseite her gibt es keinerlei Zugang, es sei denn, Eindringlinge sind bereit, das Risiko einzugehen, dass ihre Boote an der Deichmauer zertrümmert werden. Die Grundstückseigentümer dieser Sackgasse, die Boote besitzen, haben sie woanders untergebracht, in privaten Marinas mit eigenen bewaffneten Wachposten.

Die Bauträger haben dieser Enklave den Namen Isle d'Bahia gegeben, obwohl es gar keine Insel ist und selbst als Halbinsel kaum durchgehen könnte, sondern eher einen leicht geschwungenen Landvorsprung um eine bestimmte Stelle des Kanals herum darstellt. Meine Nachbarn nennen diese Gegend im Scherz Paranoia Park, doch wir alle haben unsere Gründe, weshalb wir die Sicherheit hier schätzen. Für mich ist es eine Vorsichtsmaßnahme gegen die Art von Menschen, über die ich in meinen Büchern schreibe, und auch gegen eine winzige, aber besondere Minderheit meiner Leserschaft.

Ich trete wieder ins Haus zurück, mache die Schiebetür zu und verriegele sie.

Da Ray dort draußen frei herumläuft, fühle ich mich hier im Haus sicher.

Obwohl man jemanden wie mich nicht aufs Korn nehmen würde. Die Killer, die ich interviewe, halten mich für ihre beste Freundin, bis mein Buch erscheint. Dann hassen sie mich aus tiefster Seele, weil ich der ganzen Welt die Wahrheit über sie erzählt habe, was keinerlei Ähnlichkeit mit dem hat, was sie sich selbst einreden. Das Buch, das ich gerade über Ray und sein schreckliches Verbrechen schreibe, ist noch nicht erschienen – es ist noch nicht einmal beendet und wird vielleicht auch nie beendet werden –, sodass er mich jetzt noch nicht hassen kann.

Dafür ist es vom Veröffentlichungszeitplan her ein bisschen zu früh.

Ich lächle vor mich hin und trete an ein anderes Fenster, vor eine andere beruhigende Aussicht.

Da die Fenster offen sind, kann ich hören, wie das Wasser plätschert.

Dieses Haus ist das kleinste in der Sackgasse, ein zweistöckiger, aprikosenfarbener, mit Stuck verzierter Würfel in italienischem Stil mit einem Flachdach und grünen Fensterläden. Von der Straße aus ist das Haus hinter sechs hoch aufragenden Zypressen kaum zu sehen. Drei stehen auf jeder Seite der doppelten Haustür, die in einem Grün lackiert ist, das im Farbton fast dem der Zypressen entspricht. Die Bäume selbst sind vom Kanal aus in beiden Richtungen kilometerweit zu sehen und sind für den Verkehr auf dem Wasser ein Orientierungspunkt. Aus der Luft oder vom Wasser aus kann ich den Standort meines Hauses erkennen, bevor die große Brücke überhaupt sichtbar wird.

Andere Menschen können mich jedoch nicht leicht sehen.

Ihre Sicht wird vom Wasser her durch den viereinhalb Meter hohen Felsen und die Tatsache behindert, dass das Haus an einem Abhang liegt, der gerade hoch genug ist, um die Sicht von einem Bootsdeck aus zu versperren. Ich kann die Leute sehen, wenn sie sich nicht gerade direkt unterhalb meiner Fenster befinden, aber sie können mich nicht sehen. Von meinen drei Hintertüren – je eine von der Küche, dem Wohnzimmer und dem Arbeitszimmer – geht es merkwürdigerweise ein kleines Stück bergauf, bis man oberhalb des Wassers steht.

Ich drehe mich um und sehe mich in meinem Haus um.

Manche würden mir widersprechen, aber ich denke, ich kann mich wirklich glücklich schätzen!

Nichts lässt einen das Leben so sehr wertschätzen wie ein Pistolenschuss.

Von meiner Eingangshalle aus gelangt man zu einem großen, sonnigen Wohn- und Esszimmer, das an der Südwand nur aus Glas besteht. Den Westflügel bilden eine Küche mit Rundumverglasung und ein halbes Bad. Im Osten liegen mein Arbeitszimmer auf der Kanalseite und dahinter ein Badezimmer und ein Gästezimmer. Meine Schlafzimmersuite nimmt das gesamte erste Stockwerk ein, aber da das Haus nicht groß ist, scheint der Raum für mein Gefühl perfekt proportioniert zu sein. Mir kommt mein Zimmer nicht wie ein Raum für Riesen vor. Angeregt durch die aprikosenfarbenen Stuckverzierungen der Außenmauern, habe ich das Innere des Hauses in Farben dekoriert, wie man sie in Italien auf dem Land findet oder in einer Schale mit reifen Früchten – in den Farben von Zitronen, Pfirsichen, Orangen, gezuckerten Weintrauben und Erdbeeren.

»So, jetzt hast du dich genug beglückwünscht«, höre ich mich sagen.

Ich kehre wieder an meinen Schreibtisch und meinen Computer zurück, nachdem ich links einen Atlas hingelegt habe, den ich beim Schreiben einsehen kann. Ich sollte inzwischen hungrig sein, bin es aber nicht. In den Stunden seit Rays Flucht habe ich weder etwas gegessen noch mich umgezogen, sondern habe die Zeit dazu genutzt, jeden Beamten zu interviewen, der mit mir sprechen wollte. Dann bin ich nach Hause geeilt, um alles aufzuschreiben. Ich weiß, dass ich mich schmutzig, erschöpft und ausgehungert fühlen werde, wenn ich aufhöre, aber so lange ich schreibe, verschwindet alles andere.

Das ist einer der Gründe, weshalb ich schreibe.

Jetzt möchte ich die umfassende Fluchtszenerie verdeutlichen, besonders für meine Leser, die noch nie in Florida gewesen sind.

»Auf Karten sieht Florida wie ein Staat aus, in dem es leicht sein müsste, jemanden einzufangen«, tippe ich unter häufigen Seitenblicken auf die Karte neben mir. Dies ist der Staat, in dem ich lebe, aber gerade die Dinge, die eine Schriftstellerin als selbstverständlich voraussetzt, sind meist auch die, bei denen sie sich am ehesten irrt. »Je weiter nach Süden sie bei der Flucht gelangen, umso leichter scheint es zu sein, sie zu fangen. Florida ist immerhin eine Halbinsel, die auf drei Seiten von Wasser umgeben ist, und dort sollte sich ein Mensch ebenso in der Falle fühlen wie auf einer Insel. Jeder, der mal versucht hat, den Highway Interstate 95 zu befahren, zu welcher Zeit auch immer, von der Rushhour ganz zu schweigen, weiß, wie sehr man sich auf den Straßen Floridas gefangen fühlen kann.

Von dort, wo Ray flüchtete, konnte er nicht sehr viel weiter nach Süden kommen als nach Homestead, es sei denn, er wäre in die Bucht von Florida getaucht oder hätte sich auf dem Causeway zu den Keys allzu auffällig gezeigt.

Von seinem Fluchtort aus nach Osten gibt es nur den Atlantik.

Die einzige Durchfahrtsstraße, die direkt nach Westen zum Golf von Mexiko führt, ist die Interstate 75, auch unter dem Namen Alligator Alley bekannt, ein gebührenpflichtiger Highway, an dem sich leicht Straßensperren errichten lassen.

In Richtung Norden, nach Georgia, ist es zu Fuß ein zu langer Weg, und die Straßen sind sehr stark befahren, ob er nun die A1A genommen hat, die Interstate 95 oder quer durch den Staat gefahren ist, um auf der 75 weiterzukommen, selbst wenn er sich bis in die Mitte des Staates durchgeschlagen hat, um zum Highway 27 zu kommen.«

Doch das ist nur die eine Seite der Medaille, sage ich mir.

Andererseits ist Florida in vielerlei Hinsicht für entwichene Strafgefangene einzigartig geeignet.

Der Verkehr und die Menschenmengen machen es leicht, sich zu verstecken, per Anhalter zu fahren, sich gleichsam unsichtbar zu machen. Der Staat mag zwar auf allen Seiten von Wasser umgeben sein, aber wo es Wasser gibt, gibt es auch Boote, die man stehlen, entführen oder auf denen man sich als blinder Passagier verstecken kann. Wenn er das richtige Schiff erwischt, kann ein entlaufener Sträfling in weniger als einer Woche in Kolumbien an Land gehen. Auf jeden Highway, der sich leicht sperren lässt, kommen Dutzende kleiner Nebenstraßen, die zu anderen kleinen Nebenstraßen führen, von denen sich viele durch die Everglades ziehen oder durch Sümpfe oder dichte Wälder, in denen sich ein Mann lebenslang verstecken kann, vorausgesetzt, er besitzt die für das Überleben notwendigen Fähigkeiten, sodass er sich versorgen kann – oder er zwingt andere Menschen, ihm das zu geben, was er braucht. Aber nicht nur das – viele der Tausende von Booten, die in Florida vertäut sind, stehen meist leer und warten darauf, dass ihre Eigentümer aus Indiana nach Florida fliegen oder einfach nur ein freies Wochenende haben. Zahlreiche Häuser stehen ebenfalls einen großen

Teil des Jahres leer und warten darauf, dass sie von Touristen gemietet werden, oder sie befinden sich in Neubausiedlungen, die sich nur langsam verkaufen lassen.

In vielerlei Hinsicht ist Florida das Paradies eines Flüchtlings und die Hölle eines Polizeibeamten.

Vorausgesetzt, der entwichene Sträfling weiß, was er tut.

Ich schreibe: »Für jeden anderen Flüchtling ist Florida ein Albtraumstaat aus Alligatoren, Krokodilen, Schlangen, Treibsand, Moskitos, giftigen Fröschen und Insekten, undurchdringlichen Mangrovensümpfen, Schwarzbären, Panthern, anderen gewalttätigen Verbrechen und aus tausend verschiedenen Möglichkeiten, zu ertrinken.«

Mir gefällt dieser letzte Satz, und ich mache eine kurze Pause, um ihn zu bewundern.

Als Nächstes kommt die Suche:

»Noch nicht einmal zwölf Stunden nach seiner Flucht ist Ray Raintree ein Mann, der von annähernd zweihundertfünfzig Polizeibeamten gejagt wird. Sheriff-Beamte aus den Bezirken Howard, Palm Beach, Broward und Dade suchen zusammen mit Beamten der Florida Highway Patrol, der örtlichen Polizei und der Küstenwache nach ihm. Viele von ihnen tragen schusssichere Westen, haben 9-mm-Pistolen bei sich und sind mit Nachtsichtgeräten ausgerüstet. Wenn man dann noch Hunde dazu nimmt, menschliche Spurensucher und Hubschrauber, dann hat man annähernd das, was die Polizei von Florida ›kein Stein bleibt auf dem anderen‹ nennt.«

Ich habe gehört, dass der Gouverneur die Nationalgarde von Florida einsetzen will, wenn Ray nicht schnell wieder eingefangen wird.

»Das werden annähernd einhundert Militärpolizisten und Hilfspersonal von der nächstgelegenen Kaserne der Militärpolizei sein«, hat mir ein Beamter der staatlichen Highway-Polizei gesagt. »Sie werden mit Straßensperren und Suchtrupps helfen. Die meisten von ihnen sind ohnehin zivile Polizeikräfte.«

Die Suchtrupps sind schon dabei, in ganz Bahia Beach und jenseits davon auszuschwärmen, weil sie versuchen wollen, Ray den Weg zu den Fluchtrouten abzuschneiden. Ich wünschte, ich könnte von Rays Standpunkt aus schreiben, doch da werde ich mich vermutlich nie auskennen. Er wird wahrscheinlich sterben oder bei diesem Fluchtversuch getötet werden. Menschenjagden dieses Ausmaßes überlebt kaum jemand, und wenn ja, lebt er nur, um auf dem elektrischen Stuhl zu sterben, obwohl Ted Bundy es schaffte, mit dem Leben davonzukommen, und das sogar in dem Staat Florida. Selbst wenn sie Ray Raintree lebendig einfangen, wird er nie jemandem die Wahrheit darüber sagen, wie es für ihn war, allein da draußen zu stehen und zweihundertfünfzig Waffen auf sich gerichtet zu wissen.

Mein Tischtelefon läutet, und ich nehme ab.

»Miss Lightfoot, hier Detective Anschutz.«

»Hallo, Robyn.«

Ich höre ein leises Lachen. »Hallo, Marie. Es ist nicht ganz leicht, den offiziellen Ton abzulegen.«

»Sagen Sie mir, dass Sie ihn wieder in Gewahrsam haben.«

»Nein, deshalb rufe ich an, wir brauchen Ihre Hilfe.«

»Meine? Aber sicher, was kann ich tun?«

»Captain Giancola – Cynthia – bat Paul und mich, unsere gesamten Notizen über Ray noch einmal durchzusehen, weil wir den Suchtrupps eine Vorstellung davon zu geben versuchen, wohin er sich vielleicht wenden könnte. Verstehen Sie, was ich meine? Als könnte man so darauf kommen, was er wohl als Nächstes tun wird.«

»Viel Glück«, sage ich sarkastisch.

»Wie wahr, wie wahr«, stimmt die Polizistin mit dem gleichen Sarkasmus zu. »Aber Captain Giancola stellt es sich so vor: Paul und ich haben Ray interviewt, Sie haben ihn interviewt, und dann haben Sie uns über unsere Interviews mit ihm interviewt. Können Sie folgen?«

»Aber ja.«

»Also sagt sie, wir sollten alle noch einmal unsere Notizen durchsehen. Vielleicht finden wir dort irgendeinen Hinweis. Die Bitte ist eine ziemliche Zumutung. Würden Sie das übernehmen?«

»Natürlich, Robyn, obwohl ich nicht optimistisch bin.«
»Ich auch nicht. Sie haben meine Nummer.«
»Habe ich, und zu Hause auch.«
»Also rufen Sie mich gleich an, wenn Sie etwas finden.«
»Rufen Sie auch *mich* an, wenn Sie etwas finden?«
Detective Anschutz lacht. »Mein Gott, alles hat einen Preis.«
»Wie wahr, wie wahr.«
»Na schön, abgemacht.«

Nun, das nenne ich interessant. Und gut ist es auch, denn es erlaubt mir, einige der vielen Freundschaftsdienste zu erwidern, welche die Cops mir bei den Recherchen für mein Buch erwiesen haben. Sie haben die Interviews geduldig über sich ergehen lassen, eine Million Fragen von mir beantwortet und sogar für Fotos posiert. Ich tue das jetzt nur zu gern für sie und bin auch ein wenig aufgeregt bei dem Gedanken, vielleicht ein winziges Stück Information zu finden, das sie zu Ray führen könnte.

Ich mache mir eine frische Kanne Kaffee und nehme mir dann meine Akten vor.

Nachdem ich es mir auf meiner Wohnzimmercouch gemütlich gemacht habe, beginne ich mit meinen Kapiteln drei und vier, weil sie zu dem unheimlichen Moment führen, in dem Ray zum ersten Mal in seiner eigenen Geschichte auftaucht, einem Augenblick, der nicht einmal andeutungsweise ahnen lässt, welcher Schrecken im fünften Kapitel kommt.

DIE KLEINE MEERJUNGFRAU

von Marie Lightfoot

DRITTES KAPITEL

Detective Paul Flanck schien einfach nur umherzuschlendern und am Tatort nichts Besonderes zu tun, doch dieser Eindruck war alles andere als richtig. In der Polizeibehörde herrscht die weit verbreitete Ansicht, dass Paul die Dinge umfassender sieht als die meisten Menschen – so lernt er etwa Spanisch, um für die Zukunft gerüstet zu sein. Seine Chefin, Captain Cynthia Giancola, begrüßt es, wenn Paul sich an einem Tatort umsieht, um sich einen Gesamteindruck zu verschaffen. Während andere – buchstäblich – die kleinsten Einzelheiten aufheben, besteht Pauls Aufgabe darin, sich ein Gesamtbild zu machen. Captain Giancola sagt, das ist etwa so, als hätte man nicht nur Großaufnahmen, sondern auch Panoramafotos. Beide sind für die Ermittler unentbehrlich.

Das ist der Grund, weshalb Detective Flanck am Morgen nach der Entdeckung der Leiche des Kindes langsam und im weiten Umkreis das Gelände abschritt, jenseits der Polizeiabsperrungen. Zu diesem sehr frühen Zeitpunkt der Untersuchung wusste niemand der Beamten am Tatort von Mrs. Nobles Notruf vor etwas mehr als sieben Stunden. Ebenso wenig wussten sie, dass Sergeant Crouse von seinem Hubschrauber aus an dieser Brücke ein Wassertaxi von Checker Crab entdeckt hatte.

Paul dachte über die möglichen Zugangs- und Fluchtwege des Killers nach. Mit dem Wagen wäre es leicht, vorzufahren, die Leiche an der Angelschnur über die Brücke zu wuchten und fallen zu lassen, um dann wegzufahren. Auf dem Wasserweg wäre es schwierig, aber doch möglich. Paul fragte sich, ob mehr als eine Person beteiligt gewesen waren; vielleicht hatte jemand ein Boot festgehalten und mindestens ein weiterer die Angelrute an der Brücke befestigt. Es war vorstellbar, dass jemand in einem Auto gesessen und ein anderer sich in einem Boot befunden hatte. Paul wollte seiner Fantasie keine Zügel anlegen, wenn er überlegte, wie es vielleicht passiert war; er spielte mit so vielen Möglichkeiten, wie ihm nur einfielen, und blieb offen für die Überzeugungskraft von Logik, Erfahrung, Intuition und einer Menge gutem altem Pferdeverstand.

»Ich habe gesehen«, erklärt er mit seiner rauen, harten Männerstimme, »dass es unten auf dem Wasser wirklich nur eine Stelle gab, an der man ein Boot vertäuen kann, nämlich auf der Ostseite der Brücke.« Für Paul bedeutete das, dass die Täter von Osten her hätten kommen müssen, wenn sie nur mit einem Boot gekommen waren, denn bis vor ein paar Stunden wäre der Wasserspiegel so hoch gewesen, dass niemand von der West- zur Ostseite der Brücke hätte gelangen können, und das Kind hätte an der Ostseite gebaumelt.

Und nur auf der Ostseite war ein Boot an einem Anleger vertäut. Es war ein großes schönes Hatteras-Motorboot, wie Paul bemerkte, das er (korrekt) auf eine Länge von siebenundvierzig Fuß schätzte. Der Name des Bootes war in blitzenden silbernen Lettern quer über das Heck geschrieben: *Overboard*. Paul lächelte in sich hinein, als er das las. Bedeutete das, dass die Bootseigner das Gefühl hatten, ein wenig extravagant gewesen zu sein, als sie es kauften – dass sie sich hatten hinreißen lassen? Das Boot hatte eine Flybridge, die vollständig fürs Hochseefischen ausgerüstet war. Die glitzernde, makellos gepflegte Hochseeyacht war an einem gepflegten Zementanleger an der Rückseite eines privaten Hintergartens vertäut, von dem aus man auf einem kurzen, aber recht steilen, grasbewachsenen kleinen Hügel zur Straße und zur Brücke gelangen konnte.

Paul sah, dass ein Bootsfahrer neben der Hatteras-Yacht hätte halten können, um an einer der großen metallenen Klampen auf ihrem Deck festzumachen. Dann hätte er mit ihrer Schwimmplattform und der Leiter aufs Achterdeck gelangen können. Er hätte quer über das blitzende weiße Fiberglasdeck gehen können, um dann auf der Straßenseite zur Brücke hinaufzugehen.

Paul stellte sich eine schattenhafte, anonyme Gestalt vor, die genau das tat ... Sie hatte eine Angelrute bei sich, die sie am Geländer der Brücke festklemmte, sodass die Leine herabhing ...

»Nein«, korrigierte sich Paul. »Der Killer hätte die Leine ausgeworfen und sein eigenes Boot mit dem Haken festgehalten, denn wie hätte er sonst die Leine wieder zu fassen bekommen, um sie um den Hals des Mädchens zu wickeln?«

In der Szene, die er sich vorstellte, begab sich der Killer anschließend wieder auf das Deck der Hatteras-Yacht und von dort in sein eigenes Boot hinunter, wo er die baumelnde Angelleine ergriff, sie mehrmals um den Hals seines Opfers wickelte und das Mädchen dann ins Wasser sinken ließ, sodass die hereinströmende Flut die Leiche an der Leine nach Westen zog, ein Stück unter die Brücke, bis sich die Leine spannte.

»Natürlich«, sagt Paul, »wären meine Ideen sämtlich Blödsinn, wenn er mit einem Wagen gekommen ist oder einen Komplizen in einem Wagen hatte.«

Aber wenn der Killer (er oder sie, jedenfalls zu diesem Zeitpunkt) auf dem Wasserweg gekommen war, bedeutete dies nach Pauls Berechnungen, dass der Killer von der Ostseite, von der Seite des Intracoastal Channel in den Kanal hätte einfahren müssen, wegen der Flut. (Später würde sich diese Vorstellung mit der Tatsache vereinbaren lassen, dass die Checker Crab Company ihren Sitz nur zweieinhalb Meilen westlich des Intracoastal Waterway hatte.)

Bis jetzt hatte sich noch niemand am Tatort die Privatyacht hinter dem Haus angesehen. Paul sah zwei Menschen in einem Florida-Zimmer stehen, die das unruhige Treiben auf der Brücke beobachteten.

Er ging nahe genug heran, um ihnen zuzurufen: »Ist das Ihr Boot?«

Wenn in Florida ein Boot am Anleger eines Hauses vertäut ist, bedeutet dies nicht automatisch, dass es den Hauseigentümern gehört. Viele von ihnen vermieten ihre Anleger an andere. Doch ein Mann in Shorts und ohne Hemd, der in den Sechzigern zu sein schien, öffnete die Fliegentür und brüllte zurück: »Ja!«

Innerhalb von Minuten hatte Paul von ihnen eine unterschriebene Erklärung in der Hand, mit der sie sich mit einer Untersuchung ihres Grundstücks einverstanden erklärten. Es war ein Rentnerehepaar aus Oklahoma City in den Sechzigern. Beide waren über die Natur des Verbrechens, das sich praktisch an ihrer Hintertür ereignet hatte, sichtlich bestürzt. Sie hatten absolut nichts gehört, wie sie dem Detective sagten. »Wie furchtbar«, sagte die Frau, Tränen in den Augen. Sie erzählte Paul, dass sie nach Bahia Beach gezogen seien, um ihren Enkelkindern nahe zu sein. Wenn sie irgendwie helfen könnten, würden sie es nur zu gern tun. Kurze Zeit später begab sich Paul durch den hinteren Garten der beiden zu ihrem Bootsanleger, um sich ihre Yacht anzusehen. Er stand auf dem Anleger, an dem sie vertäut lag, und nahm sie in Augenschein.

Hübsch, dachte er, wer hätte so was nicht gern?

Da er selbst Hochseefischer war, musste er unwillkürlich daran denken, wie großartig es wäre, eine Schönheit wie diese an einem Sonntagmorgen um Government Cut herum zu steuern, am Ende einer Leine eine lebende Krabbe auszuwerfen, sie fünfundvierzig Meter ins Wasser zu senken und auf einen etwa siebzigpfündigen Tarpon zu hoffen, vielleicht auch auf ein paar Königsdorsche und Barrakudas. An einem Ort mit mehr als dreißigtausend Booten, von denen manche so groß waren, dass die Eigner mit dem eigenen Hubschrauber darauf landen konnten, war es schwer, nicht neidisch zu werden. Doch Paul rechnete sich aus, dass er als Pensionär anständig leben oder ein großes Boot haben konnte, aber nicht beides. Außerdem kann ein Mann auch von einer achtzehn Fuß langen Ketch einen verdammt großen Fisch fangen, und für

Paul kam es auf die Größe des Fischs an und nicht auf die Größe des Boots.

Fast augenblicklich entdeckte er auf dem makellos weißen Fiberglasdeck der *Overboard* einen dunklen Schmutzfleck. Paul zog sich die Schuhe aus und sprang auf das Boot, um sich den Fleck näher anzusehen.

Er schien ihm wie ein großes Stück Zigarettenasche, das von jemandem platt getreten worden war.

Wenn der Mörder geraucht hatte, hätte er Asche aufs Deck fallen lassen können, ohne es zu bemerken. Wenn sich das Verbrechen nachts ereignet hatte, wovon Paul ausging, hatte der Mörder unter Umständen die heruntergefallene Asche gar nicht gesehen, selbst wenn das weiße Deck vom Mond oder durch Lichter erhellt worden war. Der kleinste Schatten hätte Zigarettenasche oder diesen Schmutzfleck verborgen. Als er dort in Strümpfen stand, bemerkte Paul noch etwas, was sein Herz einen aufgeregten Satz machen ließ.

Am Rand des Decks, genau dort, wo jemand, der von einem anderen Boot kam, vielleicht als Erstes einen Fuß hingestellt hätte, sah man den Abdruck eines Schuhs. Klar und deutlich zu sehen. Mit einem unverkennbaren V-Muster, das die Sohle unregelmäßig durchschnitt, eine individuelle »Abnutzungsspur«, wie sie die Seele jedes Ermittlers erfreut, weil es einfach ist, den Abdruck mit dem Schuh zu vergleichen, der ihn hinterlassen hat. Das heißt, falls es einem gelingt, den Schuh zu finden. Wenn im Boot des Mörders auch nur ein wenig Wasser und Schmutz auf dem Boden waren (immer noch vorausgesetzt, der Mörder war mit einem Boot gekommen) und wenn der Mörder in das Wasser getreten war, bevor er die *Overboard* betrat, hätte er seinen Fußabdruck hinterlassen.

Paul ging vorsichtig ein paar Schritte zurück.

Er verließ die Yacht und zog sich seine Schuhe wieder an, bevor er zu seinen Kollegen hinüberging, um seine eventuell wichtigen Entdeckungen zu melden. Vielleicht bedeuteten sie nichts, vielleicht standen sie in keiner Beziehung zum Verbrechen. Oder …

Paul Flancks Vorstellungen von einem einsamen Mörder in einem Boot erwiesen sich als richtig: Was in der ersten Stunde am Dienstagmorgen geschehen war, hatte sich fast genau so abgespielt.

Detective Robyn Anschutz sagt, sie habe an jenem Morgen am Tatort nur ein Mal etwas Nützliches getan, nämlich einigen ihrer persönlichen Überzeugungen nachzugeben. Da Robyn mit einer Generation junger Cops ausgebildet worden war, die man nicht nur mit FBI-Statistiken und psychologischen Täterprofilen gefüttert, sondern auch auf eher herkömmliche Weise ausgebildet hatte, glaubt Robyn fest an zwei verrückte Ideen, die sich aber bestätigen lassen:

1. Mörder kehren nicht nur an den Schauplatz ihres Verbrechens zurück, sondern sehen auch gern der Untersuchung des Tatorts zu.

2. Viele Mörder sind in Polizeiarbeit vernarrt.

Mit anderen Worten: Sie halten sich gern in der Nähe von Bullen auf.

Und sie mögen es wirklich, diesen Bullen am Schauplatz des Verbrechens, das sie begangen haben, zuzusehen. Sie sind sehr »hilfsbereit«, beteiligen sich vielleicht freiwillig an einer Suchaktion und genießen das Gefühl heimlicher Überlegenheit, das sie erleben, während sie den »dämlichen« Bullen dabei zusehen, wie diese sich in Sackgassen verrennen oder Ermittlungsfehler begehen.

Weil Robyn an die Wahrscheinlichkeit dieser beiden unwahrscheinlichen Thesen glaubt, sah sie sich in der anwachsenden Menschenmenge an jenem Morgen jedes Gesicht sehr genau und lange an. Bullen. Medienleute. Bürger. Jeden.

»Ich schaffe es nicht, mich an zu viele Tatorte von Morden zu begeben«, sagt sie, »was Sie vielleicht überraschen mag. Aber ich liege unseren Standfotografen und den Leuten mit den Videokameras immer in den Ohren, bei ihren Aufnahmen auch die Zuschauer nicht zu vergessen. Ich möchte immer sehen, wer dagewesen war.«

Sie gibt zu, dass es ihr noch nicht gelungen ist, das Gesicht eines Zuschauers mit dem des später Verdächtigen – oder verurteilten Mörders – in Einklang zu bringen, aber sie glaubte trotzdem daran, dass es ihr eines Tages gelingen würde. Robyn sieht sich zu Beginn der Ermittlungen in einem Fall gern die Bilder von »Zuschauern« an, damit sie einen Verdächtigen vielleicht erkennen kann, wenn sie ihm (oder ihr) später über den Weg läuft.

»Bis zu diesem Mord an Natalie Mae McCullen«, sagt sie, »war es nichts weiter als ein albernes Hobby, könnte man sagen.«

An diesem Tatort und an diesem Morgen, als sie ihrem bislang unproduktiven Hobby nachgab, bemerkte Robyn eine Vielzahl typischer Südflorida-Gesichter. Da waren braun gebrannte ältere Frauen in Lilly-Pulitzer-Pink- und Grüntönen, und sie sah Männer in Sommershorts oder Leinenhosen mit Guayabera-Hemden. Sie bemerkte Frauen in Badeanzügen, Sonnenkleidern, Shorts, in rückenfreien Tops oder T-Shirts. Sie sah Männer mit entblößtem Oberkörper. Es war die übliche Mischung aus Touristen, Rentnern und hart arbeitenden Anwohnern, dazu ein paar obdachlose Männer, die man manchmal selbst auf den elegantesten Boulevards fand. Und an jenem Morgen fiel ihr eine Gestalt entschieden ins Auge, die sie zunächst irrtümlich für einen Jungen hielt. Er war in eine schauerlich schreiende Mischung aus Gelb und Pink gekleidet, und das Ganze wurde durch eine grüne Baseballmütze gekrönt. Er sah aus, als hätte ihn seine Mutter für den Strand extrem übertrieben angezogen.

Doch auf den zweiten Blick kam Robyn zu dem Schluss, dass der magere, knabenhafte Körper reifer war als der eines Jungen. Und da entschied Robyn, dass es ein jüngerer Mann war. Sie konnte sein Gesicht unter dem Mützenschirm nicht erkennen, spürte aber, wie aufmerksam er die hektische Tätigkeit der Polizei beobachtete und wie absolut allein er wirkte, selbst inmitten einer Gruppe von Gaffern hinter der Polizeiabsperrung.

Robyn speicherte ihn nicht nur im Gedächtnis ab, sondern schlenderte auch zu dem Tatortfotografen hinüber und wies ihn an, ein Bild von »der supereleganten Type in dem schmutzigen Pink« zu machen.

»Vielleicht war es Intuition«, sagt Robyn, »oder vielmehr Erfahrung. Wenn mir aber jemand gesagt hätte, ich müsste den Mörder aus der Menge herausfischen oder sterben, hätte ich auf ihn gezeigt.«

Und sie hatte Recht.

Das Aufspüren und die Festnahme des Verdächtigen erfolgten fast ebenso schnell und problemlos, wie es die Identifizierung des Opfers gewesen war.

»Wir hätten wissen müssen, dass es zu leicht war«, sagt Paul Flanck bitter. »Ich hätte wissen müssen, dass es später unweigerlich komplizierter werden musste.« Aber er ist auch ein bekennender Zyniker und Pessimist. »Tarnfarbe«, nennt Robyn das. Sie behauptet, manche Bullen brauchten diese Einstellung, um sich vor überwältigender Desillusionierung zu schützen. Wenn Paul das hört, lacht er und gibt zurück: »Oh, komm schon, Robyn, ich bin Realist, das ist alles.«

Er fügt hinzu: »Die Welt kann mir immer noch beweisen, dass sie ein besserer Ort ist, als ich in ihr sehe. Bis dahin mache ich einfach weiter und erwarte von ihr weiterhin das Schlimmste.«

Robyn Anschutz erinnert sich genau an die Puzzlestücke, die sich mit solcher Geschwindigkeit zusammensetzten, dass sie einen Pfeil direkt auf die Checker Crab Water Transit Company richteten.

»Wir haben einen erfahrenen Hubschrauberpiloten bei uns, Broyle Crouse«, erklärt sie. »Und als Broyle hörte, an welcher Brücke wir die Leiche gefunden hatten, fiel ihm wieder das Wassertaxi ein, das er am Abend vorher dort gesehen hatte. Er glaubte nicht wirklich, dass es etwas mit dem Mord zu tun hatte, rief aber trotzdem meinen Partner an. Sie sind seit vielen Jahren befreundet. Sie fliegen und fischen gern zusammen.

Crouse erzählt Paul also davon, wie er dieses Checker-Crab-Wassertaxi direkt neben der großen Hatteras-Yacht geparkt – vertäut – gesehen habe, nämlich an der Nordostseite der Brücke. Er erzählte auch von der Person im Boot, die er gesehen habe. Er glaube, es sei ein Mann gewesen, sagte er. Paul bringt das also mit dem Fußabdruck in Verbindung, den er auf dem Deck der Yacht gesehen hatte, und mit der Zigarettenasche. Und dann hatten wir das unglaubliche Glück dieses 911-Anrufs der alten Dame, die direkt bei McCullens Bootsanleger ein schwarz-weiß kariertes Boot gesehen hatte. Und dann noch der zweite Notruf von dem Eigentümer der Bootswerft. Bimbam, plötzlich kam alles mit einem Schlag zusammen. Es war die Telefonistin in der Notrufzentrale, die es übernahm, uns alles zu erzählen.

Es war, als wäre jeder darüber bestürzt, dass dieses kleine Mädchen umgebracht worden war und dass man ihre kleine Leiche öffentlich hatte hängen lassen, und so war jeder hyperwachsam und erinnerte sich genau an die Dinge, an die man sich erinnern musste.«

Die Detectives Anschutz und Flanck erwirkten einen Hausdurchsuchungsbeschluss.

Wassertaxis machen viel Spaß. Touristen lieben sie, und außerdem sind sie billiger als normale Taxis. Ortsansässige benutzen sie manchmal zu besonderen Anlässen, etwa an Kindergeburtstagen und für Besucher von außerhalb. In Bahia Beach sind drei Unternehmen zugelassen, deren Boote auf den Wasserstraßen tuckern und um die Hotel- und Restaurantfahrten konkurrieren und Touristen zu den Attraktionen fahren, etwa zu dem Ocean World unten in Lauderdale oder sogar zu den Einkaufszentren.

Ob am Tag oder bei Nacht, es ist immer eine wundervolle Fahrt.

Am Tag bekommt der Tourist von der Wasserseite her einen Blick auf den faszinierenden Bootsverkehr auf dem Intracoastal Channel und kann die Hintergärten der Herrenhäuser beäugen, welche die Kanäle säumen. Abends bekommen die Touristen eine zauberhafte Rundfahrt, bei der sich all die glitzernden Lichter in dem schwarzen Wasser spiegeln. Wie der Bürgermeister von Bahia Beach sagt: »Wenn ich jedes Mal einen Dollar bekomme, wenn ein Tourist mit einem Wassertaxi fährt und sagt: ›Himmel, ich wünschte, ich würde hier wohnen‹, könnte ich es mir leisten, mich um das Amt des Gouverneurs zu bewerben.«

Zur Zeit der Entführung und Ermordung Nattys war Checker Crab das kleinste und erfolgloseste Wassertaxi-Unternehmen in Bahia. Die beiden anderen arbeiteten von aufgeräumten, attraktiven Docks direkt am Intracoastal Waterway aus. Doch die Detectives spürten Checker in einer abgelegenen und sumpfigen kleinen Bucht in der Nähe des New River auf. Nicht mehr als drei Stunden nach der Entdeckung von Natalies Leiche an der Brücke fuhren sie auf den mit Kies belegten Parkplatz.

Die Entwicklungen in dem Fall vollzogen sich sehr schnell.

»Was für eine Müllkippe«, lautete Pauls Urteil über den Liegeplatz.

»Viel Atmosphäre«, entgegnete Robyn mit sarkastischer Diplomatie.

Sie gingen allein hinein, doch in der Nähe befand sich ein Hilfstrupp. »Wir wussten zwar nicht, ob wir einen Verdächtigen finden würden«, erklärt Paul, »aber wir waren eindeutig hinter dem Boot her.«

Wie anrüchig der Liegeplatz auch aussehen mochte, schien hier allen Konflikten mit dem Gesetz überraschenderweise aus dem Weg gegangen worden zu sein. Die Boote des Unternehmens passierten die technischen Inspektionen ohne Beanstandungen, die Fahrer erhielten keine Vorladungen wegen Verkehrsverstößen auf den Wasserwegen, und sogar die Steuern wurden rechtzeitig gezahlt. Die Firma war nicht in lokale Auseinandersetzungen verwickelt und hielt sich streng an die Verkehrs- und Arbeitszeitvorschriften. Allem Anschein nach war das Unternehmen kein schlechtes Mitglied der Gemeinde, nur ein schlampiges. Doch selbst als Schandfleck war es hinter dichten Mangrovenhainen, Seetrauben und bartflechtenartiger Tillandsie vor allgemeiner Einsichtnahme sehr gut verborgen.

Die Detectives Flanck und Anschutz glaubten die relative Schäbigkeit des Unternehmens zu verstehen, sobald sie den Eigentümer sahen. In Pauls Worten: »Er sah aus wie ein Verlierer.«

»Sind Sie der Eigentümer?«

»Muss ich das zugeben?«

Der offenherzige Humor des Mannes überraschte sie.

»Sie stehen nicht unter Eid«, witzelte Paul zurück.

Nach Ansicht Pauls und Robyns musste der Eigentümer zu diesem Zeitpunkt der Ermittlung als möglicher Verdächtiger angesehen werden. Er schien etwa fünfundsechzig zu sein und war kleinwüchsig und rundlich, mit einem Schmerbauch, der von einem schmutzigen weißen T-Shirt über schmierigen Bluejeans bedeckt wurde. Er bekam eine Glatze, und seine wenigen Haarsträhnen waren dunkel und fettig. Robyn fand es unangenehm, ihn anzusehen. Sie zuckte zusammen, als sie entdeckte, was er am Hals trug: eine schmutzige Silberkette mit einem kleinen, aber echten Skorpion, der zwischen zwei Glasscheiben platt gedrückt war, die durch einen silbernen Rand zusammengehalten wurden. Der Mann schien sich seit ein paar Tagen nicht mehr rasiert zu haben, und seine Fingernägel waren lang, brüchig und schmutzig. Trotzdem lachte er gutmütig über Pauls Reaktion und forderte den Detective mit einer ausholenden Gebärde auf, ihm in sein Büro zu folgen. Bevor er sich dort setzte, nahm Paul zögernd die Hand, die ihm der Mann über seinen grauen Metallschreibtisch hinweg reichte. Der Schreibtisch sieht aus, dachte Robyn, als triebe er in einem Ozean ungeordneter Papiere.

Der Polizistin reichte der Eigentümer nicht die Hand. Er sah sie nicht einmal an und richtete auch keine seiner Bemerkungen an Robyn. Sie war froh, seine schmierige Hand nicht schütteln zu müssen. Es war nicht das erste Mal, dass man sie ignorierte; im Lauf der Zeit hatte sie sich daran gewöhnt, statt sich darüber zu ärgern. Sie sagt, es biete ihr die Gelegenheit, alles zu beobachten und jede Nuance zu bemerken.

»Mein Name ist Donor Miller«, sagte der Mann und spielte mit dem platt gedrückten Skorpion in dem Medaillon auf seiner Brust. »Ich gestehe, dass mir der Laden hier gehört.«

Paul witzelte: »Ich muss es nicht erst aus Ihnen herausprügeln?«

»Teufel auch, *so* schäme ich mich dessen nun auch wieder nicht.«
»Sagten Sie – Donor? Wie Blut …«
»Genau.«
»Ich muss fragen.«

Mr. Miller seufzte und ließ sein Skorpionhalsband los. »Ich sollte eigentlich einen Button tragen, auf dem es heißt: ›Meine beiden Eltern waren Trinker. Sie lebten von dem Geld, das sie fürs Blutspenden bekamen.‹ Mein Name war ein Scherz für sie. Ich selbst wahrscheinlich auch, vermute ich. Der Scherz geht aber nach hinten los, nicht wahr? Sie sind nämlich tot. Ich nicht. Was kann ich Ihnen erzählen, Detective? Ist meine Konzession abgelaufen, oder was?«

»Sie haben gestern Abend eines Ihrer Boote als gestohlen gemeldet.«

Der Eigentümer der Boote machte ein überraschtes Gesicht, doch dann machte er eine wegwerfende Handbewegung. »Oh, Teufel auch, deswegen sind Sie hier? Das war doch nichts. Ich dachte, das Boot sei weg, aber es lag nur auf der falschen Helling. Als ich später zurückkam, habe ich es entdeckt. Ich werde mir den Arbeiter vornehmen, der das verbockt hat.«

»Sind Sie sicher, dass es die ganze Zeit da war?«
»Warum sollte es nicht?«
»Hätte jemand damit losfahren können?«
»Etwa zu einer Spazierfahrt?«

Paul nickte vorsichtig.

Der Bootseigentümer schüttelte den Kopf. Auf seinem Schreibtisch lag eine alte silberne Mundharmonika. Er hob sie auf und tippte mit dem Ende gegen die Handfläche seiner anderen Hand. »Nein. Er hätte keinen Schlüssel gehabt, und ich habe die Boote so präpariert, dass man sie nicht leicht kurzschließen kann. Einer meiner dämlichen Burschen hat das Boot auf die falsche Helling gelegt, wie ich schon sagte.«

»Welches Boot war es, Mr. Miller?«

»Welches – Sie meinen, mit welcher Nummer ich es bezeichne? Nun, ich habe nur sechs davon, und es war die Nummer sechs.«

»Würden Sie es mir zeigen?«

Robyn sah, wie der Bootseigner verständnislos dreinblickte. Zum ersten Mal zeigte er Spuren von Ungeduld. Er legte die Mundharmonika hin. »Ich habe Ihnen doch gesagt, es war ein Irrtum. Warum wollen Sie sich ein Boot ansehen, das nie verschwunden war?«

»Ich muss doch was in meinen Bericht schreiben.«

Bei dieser Bemerkung lachte Donor Miller laut auf. »Der Amtsschimmel! Er wiehert überall! Na schön, kommen Sie, ich werde Ihnen das verdammte Boot zeigen. Teufel auch, ein Bericht über ein Boot, das nicht gestohlen wurde, ist das nicht ein Ding?«

»Na, und ob.« Paul, der eine Schwäche für die »Mundorgel« hat, fragte: »Spielen Sie das Ding?«

»Das hier?« Miller hob die Mundharmonika auf und warf sie dann achtlos wieder hin. »Die ist was für Amateure, für Leute, die Blues spielen und nur vier Akkorde kennen und ein *glissando*. Ich war früher Musiker, spiele aber nicht mehr. Mache sehr viel mehr Geld mit Booten.«

»Das glaube ich Ihnen gern.«

Die Detectives folgten dem rundlichen Eigentümer der Marina zu den Anlegern.

Auf dem Weg zu den Hellingen erfuhren sie mehr über Checker Crab, ohne zu wissen, ob etwas davon von Nutzen war.

»Wie viele Männer arbeiten für Sie, Mr. Miller?«

»Was haben wir heute? Dienstag? Heute hat bis jetzt noch niemand gekündigt, sodass ich annehme, es sind immer noch elf, obwohl arbeiten vielleicht nicht das richtige Wort ist, das ich verwenden würde, um zu beschreiben, was sie tun.«

»Elf Ganztagskräfte?«

»Oh, Teufel auch, nein, nur ich und mein bester Bootsmechaniker arbeiten ganztags.«

»Sie haben also Teilzeitfahrer und Teilzeitmechaniker?«

»Ja, ich sehe es am liebsten, wenn sie ihre Boote selbst reparieren können.«

»Alles Männer?«

»Ein paar Frauen sind auch dabei, die Leute kommen und gehen, es sind viele junge Leute dabei, verstehen Sie, Collegestudenten, die sich so ihr Studium verdienen. Es ist ein guter Job für sie, macht nicht viel Arbeit, sie bekommen Trinkgelder, und außerdem lernen sie Mädchen kennen.« Er setzte ein schiefes Grinsen auf. »Oder Jungs.«

»Zu welcher Zeit wird bei Ihnen gearbeitet?«

»Von sechs Uhr morgens bis Mitternacht.«

»Es war also gegen Mitternacht, als Sie glaubten, es fehlte ein Boot?«

»Ja.«

»Erinnern Sie sich an den genauen Zeitpunkt, zu dem Sie sahen, dass es nicht auf dem richtigen Liegeplatz lag?«

Das brachte ihm einen scharfen Blick des Bootseigners ein. »Brauchen Sie das auch für Ihren Bericht?«

»Sie haben um 23.45 Uhr die 911 angerufen.«

»Na schön, ich weiß nicht mehr genau, wie lange ich brauchte, um von den Anlegern zum Telefon zu laufen, da ich wirklich stinksauer war und eine Weile herumstand und vor mich hin fluchte.«

»Wie lange, fünf Minuten, zehn Minuten … Zwischen dem Moment, in dem Sie den leeren Liegeplatz sahen, und die 911 anriefen?«

»Etwa so lange.«

»Aber nicht eine ganze Stunde?«

»Nein, so lange nicht. Was für einen Unterschied macht das überhaupt? Na schön, sagen wir, dass es vielleicht fünf Minuten waren.«

»Sie sollen das nicht sagen, nur um es mir recht zu machen. Waren es fünf Minuten oder nicht?«

»Zum Teufel, woher soll ich das wissen! Ich habe die Zeit doch nicht gestoppt. Fünf Minuten hören sich aber richtig an.«

»Und um welche Zeit haben Sie gesehen, dass das Boot wieder da war?«

»Es war nicht wieder da, das versuche ich Ihnen doch gerade zu sagen. Es war die ganze Zeit da.«

Jetzt trat Robyn zum ersten Mal vor. »Mr. Miller, Ihr Boot wurde an jenem Abend mindestens zweimal gesehen, und zwar nach Mitternacht, auf dem Wasser. Boot Nummer sechs. Checker Crab.«

»Was?« Der Bootseigner starrte Paul an, als hätte er soeben gesprochen. »Gott verdammt! Wer hat mein Boot genommen? Warum scheuchen Sie mich hier so herum, obwohl Sie die ganze Zeit die Wahrheit gekannt haben, dass es nämlich tatsächlich verschwunden war?«

Robyn hielt den Hausdurchsuchungsbeschluss hoch, den sie mitgebracht hatten.

»Wir untersuchen das im Zusammenhang mit einem Mordfall.«

»Einem was?«

»Einem Mordfall.«

Die Detectives bemerkten, wie der Mann in Richtung zu den Anlegern starrte, denen sie sich näherten. Sie sahen drei schwarz-weiß karierte Boote, drei leere Liegeplätze und dann noch zehn weitere Boote verschiedener Größe in größeren Liegeplätzen.

»Scheiße.« Er griff nach seinem Medaillon und hielt es fest. »Eines meiner Boote?«

»Wem gehören diese anderen Boote, Mr. Miller?«

»Was? Ich vermiete Liegeplätze.«

Sie gingen zum Kopfende von Liegeplatz sechs.

»Wann haben Sie diese Anrufe bei 911 gemacht, Mr. Miller?«, fragte ihn Robyn. »War zu der Zeit sonst noch jemand hier?«

»Ob ich einen Zeugen habe, meinen Sie? Grundgütiger Himmel! Brauche ich einen? Teufel auch, meine Fahrer kamen und gingen. Vielleicht war jemand gerade da. Du lieber Himmel! Brauche ich etwa einen Anwalt oder so was?«

»Beruhigen Sie sich«, sagte Paul grob. »Dies sind nur Fragen, die wir stellen müssen. Wenn Sie nichts getan haben, müssen Sie sich auch keine Sorgen machen. Wir interessieren uns für das Boot. Ist es das hier?«

»Ja.«

Robyn trat auf den Anleger, während hinter ihr Paul den Bootseigner fragte: »Ist dieses Boot seitdem draußen gewesen?«

Miller schüttelte den Kopf. Seine Redseligkeit versiegte plötzlich. (»Er sah zu Tode verängstigt aus«, erzählte Robyn später ihrem Vorgesetzten. Sie machte Menschen ungern Angst, doch es war fast unvermeidlich, da Ermittlungen in Mordfällen sowohl den Schuldigen wie den Unschuldigen Angst machen.)

Das offene Motorboot auf dem Liegeplatz sah verdreckt aus, als hätte derjenige, der als Letzter damit gefahren war, hinterher nicht aufgeräumt oder sauber gemacht. Als Robyn hinunterblickte, sah sie eine schwarze Persenning, einen halbleeren Beutel mit Popcorn aus einem Lebensmittelladen und mehrere klare Schuhabdrücke.

Und ein Kinderarmband.

»Paul!«

Das Armband trieb auf dem Boden des Boots in etwa zweieinhalb Zentimeter tiefem Wasser. Es war eine Kette aus kleinen Kunststoffherzen. Jedes Herz war in einem anderen rötlichen Pastellton gehalten, vom tiefsten Rosa bis zum blassesten Pink. Das Armband war nicht zerbrochen, als hätte seine kleine Eigentümerin es sich nicht selbst auf das Handgelenk streifen können, und so hatte sie es mitgenommen und in ihrer kleinen Hand umklammert gehalten.

Paul Flanck und der Eigentümer der Marina kamen herbei, um in das Boot zu blicken.

Robyn Anschutz spürte einen eigenartigen Ansturm einander widerstreitender Gefühle: freudige Erregung und eine Welle von Traurigkeit, die so stark war, dass sie befürchtete, sie könnte zusammenbrechen und weinen, gleich hier bei hellem Tageslicht, zwischen ihrem Partner und dem hart gesottenen alten Eigentümer der Firma Checker Crab.

»Was betrachten Sie da?«, fragte Donor Miller sie. »Hören Sie, was immer passiert ist, ich habe nichts damit zu tun gehabt!«

Paul Flancks Gefühle waren nicht im mindesten durcheinander, als er das Kinderarmband sah. Er starrte Donor Miller an und dachte: Frag doch, wer getötet wurde, du selbstgefälliger Scheißkerl. Frag nach dem Opfer, du Arschloch. Wie er später sagte: »Ich fluche, aber nicht laut. Das ist nicht professionell. Es mag sich komisch anhören, aber die Tatsache, dass ich mir Zügel anlege, halte ich für eines der Dinge, die mich von ihnen trennt.«

Die beiden Detectives kamen schnell und direkt auf den Kern dessen zu sprechen, was sie wissen wollten.

»Wer hat dieses Boot gestern Nacht wieder zu dem Liegeplatz zurückgebracht, Donor?«

»Ich weiß nicht.«

»Warum haben Sie versucht, Ihren Notruf zurückzunehmen?«

»Teufel, ich hatte mein Boot doch wieder. Hören Sie, was soll das alles mit diesem Mord zu tun haben, von dem Sie sprachen …«

»Wer war als Letzter mit diesem Boot unterwegs? Wer hat Zugang zu Ihren Schlüsseln? Hat jemand einen eigenen Schlüssel?«

»Warten Sie mal, Moment mal! Ich glaube, ich muss meinen Anwalt anrufen. Ich bin nicht dafür verantwortlich, wenn jemand mit einem meiner Boote etwas Dummes angestellt hat. Es macht heutzutage keinen Spaß mehr, Unternehmer zu sein. Man kann nicht mehr seinen Geschäften nachgehen, ohne dass man verklagt wird. Was, zum Teufel, hat mein Boot mit irgendwas zu tun?«

»Dies Boot wurde in der Nähe einer Stelle gesehen, an der ein Kind getötet wurde.«

»Getötet. Was meinen Sie damit, so wie ermordet? Oder hat jemand ein Kind belästigt, irgendein Perverser? Oder hat es einen Bootsunfall gegeben? War es ein Bootsunfall? Hat jemand mein Boot gestohlen und dann jemanden damit angefahren, der dabei getötet wurde? Das ist nicht meine Schuld.«

Er zeigte auf Boot sechs.

»Da ist kein Kratzer dran.«

»Woher wissen Sie das?«

»Weil ich es ansehe! Überzeugen Sie sich doch selbst!«

»Gehen wir in Ihr Büro und sehen uns an, wer gestern mit dem Boot rausgefahren ist.«

»Paul!«

Während er den Bootseigner mit beunruhigenden Fragen ablenkte, sah sich Robyn in aller Stille um. Die Männer blickten zu ihr hinüber und sahen, wie sie, die Hände in die Hüften gestemmt, dastand und in eine alte metallene Mülltonne auf dem Bootsanleger starrte, die nur Zentimeter vom Bug von Boot Nummer sechs entfernt war.

»Kommen Sie her«, sagte sie.

Als die Männer sich eingefunden hatten, um sich anzusehen, was sie vorhatte, nahm sie einen Kugelschreiber aus der Brusttasche ihrer Bluse und hob damit einen Gegenstand aus der Mülltonne, der auf dem Abfall lag. Mit einer fast übertrieben zimperlich wirkenden Gebärde zog sie den Saum ihrer Bluse heraus und bedeckte damit ihre freie Hand, sodass sie den Gegenstand ablegen konnte, ohne ihn mit ihren Fingerabdrücken zu versehen. Sie hielt ihn den Männern hin, als hinge er an einer Wäscheleine.

Es war ein durchnässtes weißes T-Shirt, auf dem in schwarzen Buchstaben die Worte CHECKER CRAB CO. standen. Auf der Rückseite war ein verschmiertes rötliches Pink zu sehen, das wie verwässertes Blut aussah. Über einer Brusttasche stand das gedruckte Wort RAY.

Detective Anschutz starrte über die Mülltonne hinweg auf den Eigner der Marina.

Sie fragte ihn leise: »Wer ist Ray?«

Die kleine Meerjungfrau

von Marie Lightfoot

VIERTES KAPITEL

»Ray ist dieser komische Kauz, der gelegentlich bei mir arbeitet.«

Das erzählte Donor Miller den Detectives, als sie ihn fragten, wem das T-Shirt in der Mülltonne gehöre. »Ich weiß über ihn nur, dass er tut, was ich ihm sage, solange ich mich einfach ausdrücke.«

Die Detectives Flanck und Anschutz rochen unten bei den Anlegern ein unangenehmes Aroma, aber als geborene Floridianer machte sie das nicht unruhig. Leute aus einem anderen Staat wären vielleicht zusammengezuckt und hätten ausgerufen: »Wer ist hier gestorben?« Doch als eingeborene Floridianer erkannten Paul und Robyn den »Duft« einer Bucht mit Brackwasser. Es war der Geruch von toten Fischen und Schwefel der verrottenden Laubschichten, die von den Ästen der Mangroven um die Marina herum ins Wasser fielen. Dies war immerhin ein Teil des New River, einer faszinierenden Wasserstraße, die sich durch eine Landschaft schlängelt, die sowohl wegen ihrer Kontraste als auch der örtlichen Gegebenheiten einen dramatischen Anblick bietet: Sie führt von den Alleen, Brücken und Bootsanlegern in Fort Lauderdale zu dem großen Seitenarm nach Bahia Beach und dann wieder zurück über den Nordarm zum Lake Okeechobee. Dieses Gewässer ist der Traum jedes Biologen und der Wunschtraum jedes Bootseigners.

»Wie lautet sein voller Name?«

»Raymond Raintree.«

»Wo können wir ihn finden?«

»Teufel, er ist immer hier.«

Robyn Anschutz und Paul Flanck wechselten einen Blick.

»Haben Sie was dagegen, wenn wir nach ihm suchen?«

Der Eigentümer der Boote sank auf ein Geländer und verbarg das Gesicht in den Händen. »Nein«, murmelte er. »Als ob es einen Unterschied macht, was ich will. Mist. Dieser kleine Scheißkerl. Ich bin wahrscheinlich der einzige Mensch auf dieser grünen Erde, der je anständig zu ihm gewesen ist, und so dankt er mir das. Scheiße.«

Paul starrte den Mann voller Abscheu an und dachte wieder: Frag doch mal nach dem Opfer. Nur ein Mal. Tu doch mal so, als hättest du Mitgefühl.

»Ist dieser Ray vorbestraft?«, wollte Robyn wissen. »Hat er eine Feuerwaffe?«

»Oh, Scheiße. Das müssten Sie doch wissen. Teufel auch, nein, er ist nicht vorbestraft. Er hat nicht mal einen Sozialversicherungsausweis.«

Robyn runzelte die Stirn. »Wie alt ist er? Sprechen wir von einem Halbwüchsigen?«

»Einem Einwanderer oder so?«, schaltete Paul sich ein.

»Nein, nein, er ist einfach nur ein bisschen verrückt. Er kreuzte vor langer Zeit eines Tages bei mir auf, woraufhin ich ihm Arbeit gab. Seitdem ist er hier. Na schön, ich gebe zu, dass er nicht mal auf meiner Lohnliste steht. Ich stecke ihm einfach von Zeit zu Zeit etwas Geld zu.«

»Mr. Miller, gehören Ray irgendwelche Waffen, von denen wir wissen sollten, oder hat er welche in Besitz? Pistolen, Gewehre, selbst gemachte Bomben?«

»Atombomben vielleicht?« Der Scherz klang bitter und zornig. »Teufel auch, ich weiß es nicht. Ich bezweifle es aber, er ist nicht der Typ dafür. Er ist kein Kämpfer, eher einer, der sich versteckt.«

»Was?«

»Jemand, der sich versteckt. Schüchtern, vermute ich. Himmel, wenn ich aussähe wie er, wäre ich auch schüchtern. Er hat nicht mal das, was man eine Persönlichkeit nennt. Er ist ein, wie nennt man das noch, ein Einzelgänger. Die anderen Männer nennen ihn den Einsiedlerkrebs.«

Als Robyn das hörte, warf sie dem Unternehmer einen sardonischen Blick zu. Wenn hässlich gleich schüchtern wäre, müsste dieser Typ in einer Höhle auf dem Grund des Ozeans leben.

»Und wo hat er seine ... Schale?«

»He?«

»Wo wohnt er?«

»Hier. Wie ich schon sagte, ich bin wahrscheinlich der Einzige, der je nett zu ihm gewesen ist. Ich lasse ihn auf den Booten schlafen. Wo immer eine leere Koje ist.«

»Ich könnte wetten, dass die Bootseigner das lieben.«

»Glauben Sie, ich würde es ihnen erzählen?«

»Können Sie uns zu ihm führen?«

»Ich weiß nicht genau, wo er ist. Wahrscheinlich könnte ich ihn ins Büro rufen.«

Robyn sah Paul an, und dieser sagte: »In Ordnung.«

Sie folgten Donor Miller wieder in dessen Büro, wo dieser ein Mikrofon in die Hand nahm und den Daumen auf einen schwarzen Kunststoffschalter drückte. »Ray, kommen Sie ins Büro! Ray Raintree, kommen Sie ins Büro.«

Beide Detectives erlebten einen Moment des Entsetzens und dachten: Was haben wir angerichtet? Der Ausruf über Lautsprecher würde vielleicht alles andere tun, als ihnen ihren Verdächtigen ins Büro zu locken – sie hörten, wie die Durchsage über die Anleger dröhnte –, sondern Raintree vielleicht alarmieren und verjagen. Sie waren gerade dabei, in Panik zu geraten, als sie hörten, wie die Außentür aufging.

»Mir wären beinahe die Zähne rausgefallen«, sagte Robyn Anschutz über den Augenblick, als sie Ray Raintree entdeckte. »Er war es. Mein Typ in dem knallbunten Hemd, der mir am Tatort aufgefallen war. Ich meine, wir hatten nicht mal die Zeit, nach unseren Waffen zu greifen, und plötzlich stand er da, genau dieser Typ! Ich hatte unseren Fotografen gesagt, sie sollten ein Foto von ihm machen. Ich konnte es nicht glauben.«

»Sie haben mich gerufen, Donor?«

Der Mann sah nervös aus. Das war Paul Flancks *zweiter* Gedanke. Sein erster war weniger ein Gedanke als vielmehr ein Impuls: zurückzutreten und sich von der seltsam aussehenden Person abzuwenden, die in der Türöffnung stand und sie unter dem Schirm einer leuchtend grünen Baseballmütze anstarrte. Paul wusste nichts von dem Erstaunen, das seine Partnerin in diesem Moment empfand, nichts von dem eiskalten Schauer des Wiedererkennens, der ihr über das Rückgrat lief. Was er empfand, war das gleiche Gefühl, das er einmal gehabt hatte, als er im Dunkeln mit nackten Füßen auf einen Palmenkäfer getreten war. »Palmenkäfer« ist der euphemistische Name der Floridianer für die großen fliegenden Küchenschaben, die ihr Paradies heimsuchen.

Pauls Exfrau hatte eine Redensart über die Kriminellen, die er festnahm, wann immer er ihr Großaufnahmen von ihnen zeigte. »Abstoßendes Geschöpf«, sagte sie mit einem Ausdruck der Überlegenheit und des Abscheus, der ihn ärgerte. Meist fügte sie noch etwas hinzu wie: »Schleimig unter diesen Steinen, nicht wahr?« Das stimmte zwar, doch Paul hatte den Verdacht gehabt, dass sie auch ihn für »schleimig« hielt, weil er sein Leben damit zubrachte, hinter denselben Felsen umherzukriechen, um die Kriminellen zu schnappen. Als sie jetzt ihrem vermutlichen Mordverdächtigen von Angesicht zu Angesicht gegenüberstanden, ertappte sich Paul bei dem Gedanken, was seine Exfrau wohl gesagt hätte: abstoßendes Geschöpf, nicht wahr?

Ist es ein Mann oder ein Junge?, fragte sich Paul.

»Wie alt sind Sie?«, stieß er hervor.

Der Mann zuckte die Achseln, als wüsste er es nicht, doch dann sagte er mit einer Stimme, die sich schrill, erstickt und nervös anhörte: »Achtundzwanzig?«

»Das müssen schon Sie mir sagen«, gab Paul zurück.

Der Bursche nickte, als bestätige er sein eigenes Alter.

Beide Detectives dachten, dass der Mann als viel jünger hätte durchgehen können, sogar als Realschüler. Log er bezüglich seines Alters? Aber warum sollte er? Paul schossen Gedanken über Jugendstrafen durchs Gehirn, die sich mit Bildern aus den besten Büchern mischten, die er je gelesen hatte, *Der Herr der Ringe* von J. R. R. Tolkien. In diesen Romanen gibt es ein ekelhaftes und böses Geschöpf namens Gollum, das so lange tief im Erdinnern gelebt hat, dass es das Aussehen eines bleichen Wurms angenommen hat. Es war ein merkwürdiger Vergleich, den Paul da anstellte, weil dieser Junge/Mann in Wahrheit braun gebrannt war wie totes Laub.

Später versuchte Paul, die Analogie zu rechtfertigen, indem er sagte: »Er hatte so etwas Heimlichtuerisches und Widerliches an sich wie etwas, das sich im Sumpf versteckt hat. Ich stand da und hoffte, ihn nicht zu Boden schlagen zu müssen, weil ich ihn nicht berühren wollte. Ich dachte, ich würde ihm etwas bieten, wenn ich Robyn den Vortritt lasse.«

»Na wenn schon«, schnaubte seine Partnerin, als sie das hörte.

Später versuchten so unterschiedliche Leute wie Reporter, Anwälte und andere Häftlinge zu definieren, was die meisten Menschen dazu brachte, sich in Rays Gegenwart unbehaglich zu fühlen. Niemand gab sich je mit der eigenen Erklärung des Phänomens zufrieden. Meistens sagten die Leute am Ende: »Ich kann es nicht wirklich erklären. Sie müssen ihn selbst sehen.«

»Dies sind Polizisten, Ray«, sagte ihm sein Chef.

Robyn sagte in scharfem Ton: »Würden Sie uns entschuldigen, während wir uns mit Ray unterhalten, Mr. Miller?«

»Sie wollen, dass ich gehe?«

»Genau das.«

»Ich glaube nicht, dass ich das sollte. Was ist, wenn er etwas Belastendes über meine Firma sagt? Ich könnte in eine Menge Schwierigkeiten geraten, die ich nicht verdiene.«

Der Mann oder Junge in dem orange-gelben Hawaiihemd und

den pinkfarbenen Bermudashorts stand nur in der Türöffnung und sah in den Raum. Er fragte nicht, weshalb sie da waren oder was sie von ihm wollten. Er sagte bei dieser ersten Vernehmung überhaupt nichts, es sei denn, sie stellten ihm eine direkte Frage.

»Diese Polizisten wollen mit Ihnen sprechen, Ray.«

»Mr. Miller«, schaltete sich Robyn ein. »Bitte.«

»Wollen Sie, dass ich bei Ihnen bleibe, Ray?«

Der Mann-Junge zuckte die Schultern und trat von einem Fuß auf den anderen.

»Wenn Sie einen Anwalt brauchen, Ray, sagen Sie es mir, ich rufe einen an.«

Paul warf Robyn einen Blick zu, und sein zynischer Gesichtsausdruck sagte deutlich, wenn auch stumm: Die Sache gleitet uns aus den Händen.

Robyn nahm die Sache wieder in die Hand, indem sie ihren Verdächtigen über seine Rechte aufklärte.

»*Raymond Raintree, Sie haben das Recht ...*«

Es verblüffte ihren Partner, aber sie traf die einseitige Entscheidung und handelte danach, da es Robyn vorkam, als würde sich der andere Mann, Donor Miller, als unberechenbar erweisen. Da er als Zeuge alles miterleben würde, was sie und Paul in den nächsten kritischen Minuten taten, kam sie zu dem Schluss, dass es besser wäre, bei den Bürgerrechten dieses Verdächtigen nichts dem Zufall zu überlassen. Wenn er den Mund hielt und ihnen nichts mehr sagte, würde sie am Montagmorgen von all den Schlaumeiern die Prügel einstecken müssen, die sich darüber aufregen würden, dass sie dem Mann so früh seine Rechte erläutert hatte. Aber lieber das, sagte sie sich, als Geschworene, die sich von falschen Behauptungen über Verstöße gegen Bürgerrechte ablenken lassen könnten.

»In Ordnung«, sagte der Verdächtige zu dem Gehörten.

»Sie wünschen keinen Anwalt?«

»Nein.«

»Ihnen ist klar, dass alles, was Sie sagen werden, gegen Sie verwendet werden kann?«

»Ja.«

Donor Miller machte Anstalten zu unterbrechen, und Robyn drehte sich wütend zu ihm um und schnauzte ihn an: »Halten Sie den Mund. Sofort. Sie haben gehört, wie wir ihm seine Rechte vorgelesen haben, Sie haben ihn sagen hören, dass er versteht. Sie haben ihn sagen hören, dass er keinen Rechtsanwalt will und bereit ist, unsere Fragen zu beantworten. Also entweder verschwinden Sie hier, oder Sie setzen sich hin und halten den Mund. Ein weiteres Wort, und wir kriegen Sie wegen Behinderung der Justiz dran. Kapiert?«

Der Bootseigner machte ein schockiertes Gesicht und setzte sich abrupt auf seinen Bürostuhl. Mit einer dramatischen Bewegung schlug er sich die Hände vor den Mund, womit er es schaffte, Robyn Anschutz noch mehr in Wut zu versetzen.

»Und in dieser ganzen Zeit«, erinnerte sich Robyn später, »stand unser Verdächtiger mit offenem Mund und hervorquellenden Augen in der Tür. Er sah aus wie ein gottverdammter toter Fisch.«

Anders als ihrem Partner machte es ihr nichts aus, laut loszuschimpfen.

»Ich kenne den Unterschied zwischen ihnen und mir«, sagt sie und macht sich über Pauls Argumentation lustig. »Und wenn andere Leute ihn nicht kennen, ist das ihr Problem.«

Als sie ihren Verdächtigen hinausgeleiteten, rief ihm Donor Miller widersprüchliche Befehle nach: »Wenn Sie was brauchen, sagen Sie ihnen, sie sollen mich rufen, Ray! Sie haben ein Recht auf einen Anruf! Was mein Geschäft angeht, halten Sie den Mund, verstanden? Mein Geschäft geht die nicht das Geringste an!« Und seine letzte Salve war: »Ich möchte nicht herausfinden, dass irgendein kleines Kind Ihretwegen zu Schaden gekommen ist, Ray!«

»Wirklich, alle Achtung«, sagte Paul Flanck über den Kopf ihres Verdächtigen hinweg zu Robyn. »Am Ende hat der Mann doch so etwas wie Mitgefühl.«

Ihre vorläufige Befragung – und alle ihre anschließenden Vernehmungen – waren etwas, was die Detectives in dieser Form noch nie erlebt hatten. Da Ray im Lauf der nächsten Wochen immer wieder die gleichen Grundfragen gestellt wurden, gibt eine Abschrift einer der frühen Sitzungen einen Eindruck davon wieder, wie alle Vernehmungen verlaufen sind. Sie zeichneten sich vor allem dadurch aus, dass der Verdächtige so gut wie alle Tatsachen eingestand, während er die offenkundigen Wahrheiten, die genau diese Tatsachen vermuten ließen, vollständig abstritt.

»Ray, sind Sie letzte Nacht mit einem von Mr. Millers Booten hinausgefahren?«

»Mh-mhh.« (Ja.)

»Mit welchem?«

»Sechs.«

»Boot Nummer sechs?«

»Mh-mhh.«

»Wo ist es jetzt?«

»Auf Liegeplatz zehn.«

»Wann sind Sie gestern Nacht damit rausgefahren? Um welche Zeit?«

»Ich weiß nicht mehr.«

»Wann haben Sie es wieder zurückgebracht, Ray?«

»Ich weiß nicht.«

Da der Verdächtige keine Armbanduhr trug, war dies möglich.

»Wohin sind Sie damit gefahren?«

»Ich bin auf den Kanälen herumgefahren.«

»Auf welchen Kanälen, Ray? Zeigen Sie es uns auf diesem Stadtplan.«

»Ich bin raufgefahren ... und hier ... und da drüben ... und dann wieder dort entlang.«

»Sie sind auf dem Kanal zwischen Royal Palm und Palm Suprise entlanggefahren?«

Das war der Kanal, an dem Natalie McCullen mit ihren Eltern in dem Haus wohnte, das dem Arbeitgeber ihres Vaters gehörte.

»Mh-mhh.«

»Um welche Zeit waren Sie dort?«

»Gegen Mitternacht.«

Es war fünf Minuten vor Mitternacht gewesen, als Mrs. Marjorie Noble 911 anrief, um zu melden, dass sie auf ihrem Kanal das schwarz-weiß karierte Wassertaxi gesehen habe, demselben Kanal, an dem die McCullens lebten.

»Sie geben zu, um Mitternacht dort gewesen zu sein?«

»Mh-mhh.«

»Wie viel Zeit haben Sie auf diesem Kanal zugebracht, Ray?«

»Ich bin nur hoch gefahren und dann wieder zurück.«

»Haben Sie an einem der Anleger an diesem Kanal angehalten?«

»Ja.«

»An welchem, Ray? Zeigen Sie es uns auf dem Stadtplan.«

»An dem hier.« Ein schmutziger kurzer Stummelfinger zeigte auf den Anleger der McCullens.

»Was haben Sie getan, als Sie an diesem Anleger hielten, Ray?«

»Ich sah ein kleines Mädchen.«

Als Robyn ihn das zugeben hörte, konnte sie nur denken: *O mein Gott.*

»Was passierte dann, Ray?«

»Sie stieg in mein Boot ein.«

»Wie haben Sie sie ins Boot bekommen?«

»Popcorn.«

Auf dem Boden des Boots hatte eine Popcorntüte gelegen.

»Sie ist zu Ihnen an Bord gekommen, um etwas Popcorn zu bekommen?«

»Mh-mhh.«

»Haben Sie sie getötet?«

»Nein, das habe ich nicht getan.«

Das wurde mit totaler Teilnahmslosigkeit gesagt. Die Fragen schienen ihn weder zu überraschen noch aus der Fassung zu bringen.

»Wissen Sie, dass sie tot ist, Ray?«

»Ja?«

»Haben Sie sie getötet?«

»Huh-uh.« (Nein, wie es ein kleiner Junge vielleicht abwehrend sagen würde, wenn er das »Uh« zu zwei Silben macht: (»Huh uh-uh.«)

»Wer hat sie getötet, Ray?«

»Ich weiß nicht.« (Wieder so gesagt, wie es ein Kind vielleicht sagen würde.)

»Ist sonst noch jemand zu Ihnen und dem Mädchen ins Boot gestiegen?«

»Huh-uh.« (Nein.)

»Es waren also nur Sie beide drin, Sie und die Kleine?«

»Ja.«

»Ist sie ausgestiegen und mit jemand anderem weggegangen, Ray?«

»Nee.«

»Sie war also nur mit Ihnen zusammen?«

»Mh-mhh.« (Ja.)

»Aber Sie haben sie nicht getötet?«

»Huh-uh.« (Nein.)

»Sie geben zu, dass sie zu Ihnen ins Boot gestiegen ist und dass sonst niemand bei Ihnen war. Und jetzt erzählen Sie uns noch den Rest, Ray.«

Die Antwort darauf war Schweigen.

»Wo haben Sie sie hingebracht?«

»Ich weiß nicht.«

»Sie wissen es nicht? Zeigen Sie es uns auf dem Stadtplan.«

»Das kann ich nicht. Ich weiß es nicht.«

Mrs. Noble hatte ihn um Mitternacht auf ihrem Kanal gesehen. Der Hubschrauberpilot entdeckte ihn um 2.30 Uhr an der Brücke.

»Wo sind Sie in diesen zweieinhalb Stunden gewesen, Ray?«

»Ich weiß nicht.«

»War sie am Leben, als Sie sie zum letzten Mal sahen?«

»Mh-mhh.«

»Sie war am Leben? Sie meinen … sie atmete noch?«

Ray schüttelte den Kopf: Nein.

»Was? Aber sie war nicht tot? Was sagen Sie da?«

Wieder ein Kopfschütteln als Antwort.

»Was, zum Teufel, soll das bedeuten, Ray?«

Plötzlich begann Ray leidenschaftlich zu rufen: »Sie war nicht tot, sie war nicht tot!«

Bei diesem ersten Mal beruhigten sie ihn, indem sie ihm Handschellen und Fußfesseln anlegten. Beide Detectives verspürten Erleichterung, als das getan war, die Art von Erleichterung, die sich einstellt, wenn man eine giftige Schlange sicher im Sack oder ein tollwütiges Tier ruhig gestellt hat.

Zu diesem Zeitpunkt bestand Robyns schlimmste Befürchtung darin, dass dieser gruselige Mann schlauer war, als er aussah, denn er hatte alles zugegeben, nur nicht das eine: das Kind getötet zu haben. Sie hatte das scheußliche Gefühl, dass er von Anfang an dabei war, seine Verteidigung auf Unzurechnungsfähigkeit aufzubauen, da er schon wusste, dass er durch Beweise überführt war. Dem lag wohl der Gedanke zugrunde, dass er so meschugge war, dass er Gut von Böse nicht unterscheiden konnte. Kurz, Robyn hatte Angst davor, dass sie und Paul es mit einem Mordverdächtigen zu tun hatten, der nur schwachköpfig *aussah*, sich aber als sehr viel cleverer erweisen könnte als sie selbst, und der ihnen jetzt schon mehrere Schritte voraus war. Es war eine der Ängste und Unklarheiten, mit denen viele Menschen nach ihnen ebenfalls zu kämpfen hatten und die nur wenige zu ihrer Zufriedenheit bewältigen würden.

Da Raymond Raintree jetzt Handschellen trug, fassten die Detectives – vor allem Robyn – seine Worte für ihn zusammen.

»So, Sie geben also zu, sie gesehen zu haben, und dass sie mit Ihnen in dem Boot mitgefahren ist, dass sie am Ende nicht atmete, aber dennoch behaupten Sie auch, dass sie nicht tot war und Sie sie nicht getötet haben?«

Ihr Verdächtiger keuchte, den Kopf gesenkt. Er starrte den Fußboden an und sagte kein Wort.

»Das ergibt keinen Sinn, Ray.«

Schweigen des Verdächtigen.

»Das ist etwa so, als würden Sie sagen, Sie sähen den Himmel, aber er sei nicht da.« Dies war die erste einer langen Reihe von Metaphern und Analogien, die frustrierte Polizisten, Anwälte, Schriftstellerinnen und Psychiater ihm anboten. Andere sagten: »Das ist etwa so, als würden Sie sagen, Ihre Hand gehöre Ihnen nicht, Ray.« »Sie könnten genauso gut behaupten, Sie säßen jetzt nicht hier, Ray.« »Wie können Sie immerzu abstreiten, was offen zutage liegt? Es ist so, als würden Sie sich selbst beschreiben, aber dann behaupten, das seien nicht Sie!«

Immer und immer wieder nannte er die Tatsachen, aus denen hervorging, dass Natalie tot war, und dann stritt er ab, dass seine Äußerungen das bedeuteten. Immer wieder gab er jedes Detail zu, das unwiderleglich ihn bezeichnete und niemanden sonst, um dann jedes Mal seine Schuld abzustreiten. Mit seinen eigenen Worten bewies er, dass er sie entführt und getötet hatte. Mit seinen eigenen Worten stritt er aber auch alles ab, was er zu gestehen schien.

Es hätte ein Geständnis sein sollen, doch das war es nicht.

Es hätte ein Schuldbekenntnis sein sollen, doch das war es auch nicht.

»Kennst du dieses Buch?«, sagt Robyn Anschutz zu Paul. »In dem es heißt, dass die Frauen von der Venus stammten und die Männer vom Mars? Ray Raintree kommt vom Pluto, glaube ich.«

Als die persönlichen Habseligkeiten des Verdächtigen katalogisiert wurden, war es eine kurze, aber belastende Liste. Da waren eine billige Gitarre und drei Rucksäcke. Einer davon war voller Comic-Hefte. In dem anderen befanden sich Rasierer, Rasierklingen, Zahnpasta, Zahnbürste, ein Päckchen mit Schlagblättchen für Gitarren und ein Päckchen mit Saiten. Darin befand sich auch eine rote Kinderschaufel aus Kunststoff und ein kleiner weißer Umschlag, der drei Babyzähne enthielt. Die Entdeckung der Zähne elektrisierte und entsetzte die Detectives natürlich wegen ihrer möglichen Bedeutung: Gab es noch einen Mord oder gar zwei oder drei? Waren diese drei winzigen Elfenbeinstücke die Trophäen eines Serienmörders?

Der restliche Raum des zweiten Rucksacks war mit einer bizarren Mischung rezeptpflichtiger Medikamente gefüllt, auf denen die Namen anderer Leute standen. Der dritte Rucksack enthielt Rays Kleidungsstücke. Allein diese drei Rucksäcke hätten schon eigenartig genug gewirkt, aber was das Interesse der Ermittler ebenfalls erregte, war das, was sie nicht fanden: Es gab keinen Führerschein, keine Sozialversicherungskarte, keine Kontoauszüge oder Schecks, keine Rechnungen, weder bezahlte noch fällige, keine Telefonnummern, keine Versicherungsausweise, keine Fotos oder Erinnerungsstücke. Tatsächlich hatte der Mann überhaupt keine Papiere bei sich oder unter seinen wenigen Habseligkeiten, wenn man von dem Papier der Comic-Hefte absieht.

»Es ist genauso, wie er über die Mordnacht spricht«, sagte Robyn zu Paul. »Es kommt mir vor, als würde er seine Existenz leugnen, während er direkt vor uns steht.«

Die kleine Meerjungfrau

von Marie Lightfoot

FÜNFTES KAPITEL

Der leitende Leichenbeschauer des Howard County begann etwa um die gleiche Zeit, zu der Detective Robyn Anschutz Rays blutiges T-Shirt in der Mülltonne entdeckte, mit der Autopsie Natalie McCullens.

Dr. Adam Strough sprach die Uhrzeit in ein Mikrofon, das über einem silbrig glänzenden Tisch baumelte, auf dem der kleine Leichnam nackt und anscheinend unverletzt dalag, wenn man von den Druckspuren der Angelleine absieht, die sich in ihre Kehle gepresst hatte. Ihr Leichnam war für Einschnitte bereit.

Normalerweise hätte Dr. Strough nicht gleich nach dem Eintreffen eines Leichnams mit einer Autopsie angefangen. Bahia Beach ist eine Stadt von einiger Größe, und im Dienstgebäude des Leichenbeschauers finden sich zu jeder Tages- oder Nachtzeit mehrere Leichen, die auf eine Autopsie warten, besonders in den schwülen Monaten, in denen am ehesten zu vermuten ist, dass die Bürger sich gegenseitig drangsalieren. Doch an diesem Tag ließ Dr. Strough wegen des kleinen Mädchens alles andere liegen.

»Fünfzehn Uhr fünf.«

Um Viertel nach vier hatte er ihren Schädel aufgeschnitten, um ihr Gehirn herauszunehmen.

»Ich weiß nicht, warum ich so besonders sorgfältig vorgegangen bin«, sagte er über die anspruchsvolle Arbeit, die beiden Hemisphären freizulegen. »Ich hatte keinerlei Grund zu der Annahme, dass im Kopf etwas nicht stimmen würde. Sie hatte Blut an ihrem T-Shirt, aber nicht im Gesicht, was vielleicht daran lag, dass sie lange genug im Wasser hing, um es abzuwaschen. Mit Ausnahme der Wunde und der Druckmale an der Kehle sah sie vollkommen normal aus. Aber irgendetwas ließ mich behutsam vorgehen.«

Bevor das letzte Schädelstück entfernt wurde, rief er plötzlich ins Mikrofon, damit das Band es für die Nachwelt festhielt: »Mein Gott! Diesem Mädchen fehlt ein Teil des Gehirns!«

Aber wie konnte das sein, wenn ihr ganzer Schädel intakt war, bis er ihn selbst geöffnet hatte?

Stunden später, nach Röntgenuntersuchung und Computertomographie sowie einer peinlich genauen Sektion vertraute er den Akten seine Meinung an: »Es hat den Anschein, als wäre das Gehirn nach dem Tod des Kindes einer Prozedur unterworfen worden, die zu einer Verstümmelung des Gehirns und der Entfernung der Zirbeldrüse der Verstorbenen geführt hat …«

Seine Stimme hört sich auf dem Tonband erstaunt an.

Die Detectives Anschutz und Flanck befanden sich immer noch in der Marina und vernahmen ihren Verdächtigen. Am nächsten Tag ordnete ihre Vorgesetzte, Captain Cynthia Giancola, eine Computerrecherche an, um festzustellen, ob es bei irgendeinem anderen bekannten Mord eine ähnlich bizarre und scheußliche Amputation gegeben hatte.

Bei diesen Nachforschungen ergab sich nichts.

Es schien sich um einen einzigartigen Diebstahl zu handeln.

»Die Zirbeldrüse ist das rätselhafteste Organ des menschlichen Körpers.«

Der Leitende Leichenbeschauer Strough entdeckte, dass er dies so unterschiedlichen Menschen wie der Polizei, den Staatsanwälten, den Verteidigern, den Familienangehörigen des Opfers, Psychologen, Gefängnisbeamten und Journalisten sowie später auch den Geschworenen erklären musste.

Es war so rätselhaft, dass er seine Erinnerung auffrischen und überall nachschlagen musste, um etwas darüber herauszufinden. Er wollte mit einiger Sachkenntnis über diese Drüse sprechen, obwohl er sagte, dass *Sachkenntnis* nicht gerade das erste Wort sei, das einem bei dem Wissen um die Zirbeldrüse einfällt.

Wie er bei der ersten Pressekonferenz erklärte:

»Der Name, Zirbel- oder Pinealdrüse, stammt von dem lateinischen Wort für Tannenzapfen. So sieht die Drüse tatsächlich aus: wie ein winziger, fleischiger Tannenzapfen. Im siebzehnten Jahrhundert erklärte der französische Philosoph René Descartes sie zum Sitz der menschlichen Seele. In der Zirbeldrüse, behauptete er, die tief im Gehirn sitze, kämen eine dualistische Welt aus Materie und Geist zusammen, dort verwandelten sich die schöpferischen Impulse der unsichtbaren Welt von Gedanke und Geist auf magische Weise in die sichtbare Welt realer Dinge. Nur Menschen hätten eine Seele, erklärte Descartes, weil nur Menschen eine Zirbeldrüse hätten. Da irrte er sich jedoch, wie übrigens auch in einigen anderen Dingen. Wirbeltiere haben eine Zirbeldrüse. Doch bis zum heutigen Tag weiß die Wissenschaft nicht sehr viel mehr über Zweck und Funktion der Zirbeldrüse als Descartes. Wir wissen, dass sie ein Bestandteil der inneren Sekretion ist, zu der auch die Hypophyse, die Schilddrüse und andere Drüsen gehören und die Hormone absondern. Wir wissen, dass ihre Funktion etwas mit Licht, Schlaf und dem sexuellen Reifungsprozess zu tun hat, aber selbst zu Beginn des einundzwanzigsten Jahrhunderts wissen wir immer noch nicht sehr viel mehr über sie.«

Als seine Zuhörer immer noch ein verblüfftes Gesicht machten, fuhr er fort:

»Stellen Sie sich einen winzig kleinen Tannenzapfen vor. Stellen Sie sich vor, dass dieser Gegenstand eine graue Farbe hat. Wie ein Tannenzapfen ist er an einem Ende leicht zugespitzt, am anderen Ende aber breiter und abgerundet, und das ganze Ding ist kleiner als Ihr kleinster Fingernagel. Und jetzt bringen Sie das Ding in der Mitte Ihres Kopfes unter, verstanden? Stecken Sie es direkt in die Mitte des Gehirns, obwohl klar sein sollte, dass die Zirbeldrüse kein Teil des Gehirns ist, sondern vielmehr ein Teil der inneren Sekretion, des Hormonsystems.«

»Sie meinen so wie unsere Schweißdrüsen?«, fragte jemand.

»Genau. Und wie unsere Hirnanhangdrüse und die Keimdrüsen. Endokrine Drüsen sondern Hormone ab, und im Fall der Zirbeldrüse heißt das ausgesonderte Hormon Melatonin.«

»Das Zeug, das uns einschlafen hilft?«

»Ja, obwohl wir glauben, dass es noch andere Dinge bewirkt. So scheint es etwa die sexuelle Reife zu regeln, um nur ein Beispiel zu nennen. So ist die Zirbeldrüse bei einem Kind unter sechs Jahren größer als bei einem Erwachsenen, und beim kleinen Kind sondert sie größere Mengen des Hormons Melatonin ab, was sich in einer Verzögerung des Einsetzens der sexuellen Reife auszuwirken scheint. In den seltenen Fällen, in denen ein Kind eine Zirbeldrüse hat, die für sein Lebensalter kleiner ist als normal, reift dieses Kind in sexueller Hinsicht schneller als Gleichaltrige. Die Absonderung des Hormons scheint durch die Jahreszeiten und das verfügbare Licht beeinflusst zu werden. Je mehr Licht, umso mehr Produktion von Melatonin; je weniger Licht, um so weniger Melatonin wird durch die Zirbeldrüse abgesondert.«

»Was bewirkt die Drüse sonst noch, Doc?«

Er presste die Lippen aufeinander und schüttelte den Kopf, als stünde er vor einem unlösbaren Rätsel. Er beschloss, seine Zuhörer nicht dadurch zu verwirren, dass er ihnen erklärte, was über die Funktion der Zirbeldrüse bei niederen Wirbeltieren bekannt war, und lieber bei Menschen zu bleiben. »Ich wünschte, wir wüssten es. Manche Wissenschaftler glauben, dass es ein äußerst wichtiges Organ im Körper sein muss, denn weshalb hätte sich die Natur sonst so viel Mühe geben sollen, es zu schützen? Ich meine, man stelle sich doch nur vor, so tief im Gehirn versteckt, hinter dem harten Schädel und der sehr harten Hirnhaut und dann tief unten im

Mittelhirn. Es ist wirklich kein Wunder, dass Descartes sie für den Sitz der Seele hielt. So wie sich das Herz in der geschützten Mitte unseres Brustkorbs befindet, so sitzt die Zirbeldrüse in dem am allerbesten geschützten Mittelpunkt unseres Kopfs.«

»Wie hat er es gemacht?«, wurde er gefragt. »Wie kann man einen Teil des Gehirns herausbekommen, ohne den Schädel aufzubrechen?«

Dr. Strough zögerte bei dieser Frage. Was er als Nächstes zu sagen hatte, war ziemlich scheußlich, obwohl das Opfer es nicht gespürt hatte. »Ich glaube, er ist durch ihre Nase gegangen.«

Seine Zuhörer schienen wie ein Mann zusammenzuzucken, wobei einige vor Abscheu und Entsetzen aufschrien.

»Er benutzte wahrscheinlich eine dünne Art Sonde mit einem kleinen Schöpflöffel, der an deren Ende angebracht war.«

»Wie kann sich ein Mensch so etwas überhaupt *ausdenken*, Doc?«

»Nun, in Wahrheit ist das eine uralte Methode, das Gehirn zu entfernen, ohne den Schädel zu beschädigen. Die alten Ägypter benutzten sie bei der Einbalsamierung ihrer Mumien. Man braucht nichts weiter zu tun, als die Sonde so fest hinaufzustoßen, dass ein kleiner Knochen an der Nasenwurzel durchstoßen wird.«

Sein Publikum reagierte erneut und wich entsetzt zurück.

Irgendwann, bei späteren Interviews, begann er Diagramme zu benutzen, Fotos von Gehirnsektionen, Zeichnungen, sogar Röntgenbilder, um eine morbid-neugierige Welt über das eine winzige Organ aufzuklären, das aus dem Leichnam eines kleinen Mädchens gestohlen worden war. Doch bei jener ersten Konferenz hielt er den Sachverhalt einfach.

»Ist sie vergewaltigt worden?«

»Nein.«

»Hat es irgendeinen sexuellen Missbrauch gegeben?«

»Dafür habe ich keinerlei Anzeichen gefunden.«

»Hat man ihrem Körper noch etwas angetan, abgesehen von …«

»Abgesehen von der Entfernung der Zirbeldrüse? Dafür finde ich keine Anzeichen.«

»Wie genau ist sie gestorben?«

»Durch Druck auf ihre Halsschlagader, der hart war und lange genug gehalten wurde, dass er sie getötet hat. So wird die Blutzufuhr zum Gehirn abgeschnitten, müssen Sie wissen. Das ging schnell und relativ schmerzlos, wie ich hinzufügen möchte. Der Druck, den der Mörder auf ihren Hals ausübte, hat ihr vielleicht ein wenig wehgetan, doch sie muss schnell das Bewusstsein verloren haben. Und lassen Sie mich ganz klar zum Ausdruck bringen, dass der, äh, Eingriff bei ihr erst vorgenommen wurde, nachdem sie schon tot war. Sie war tot, als die Sonde in ihr Gehirn eindrang«, versicherte er seinen Zuhörern. »Sie hat nichts davon gespürt.«

»Schwacher Trost«, brummte jemand.

Und doch, wie der Leichenbeschauer zu spüren schien, war das ein großer Trost für ihre Familie und für jeden anderen, der schon bei der bloßen Vorstellung zusammenzuckte, dass Natalie etwas von der körperlichen Verstümmelung gespürt haben könnte, die an ihr vorgenommen wurde. Sie spürte nichts. Jeder sagte sich das immer wieder, sie hat es nicht gespürt. Das machte ihren Tod zwar nicht weniger schrecklich, ließ alle die Scheußlichkeit jedoch ein wenig leichter ertragen.

Und dann stellte jemand die nahe liegende Frage:

»Doc? Warum sollte jemand die Zirbeldrüse an sich nehmen wollen?«

Der Leichenbeschauer musste den Kopf schütteln und zuckte hilflos die Schultern.

»Wer weiß, warum Menschen solche Dinge tun?«

Doch die Wahrheit war, dass »Menschen solche Dinge nicht taten«. Wie die Suche der Polizei von Bahia im Internet ergab, war dies anscheinend ein einzigartiges Verbrechen. Mörder hatten zwar schon Jahrhunderte lang Körperteile gestohlen, doch es war kein Bericht darüber aktenkundig, dass jemand je nur die Zirbeldrüse entfernt hatte. Es ist das am tiefsten versteckte aller Organe im menschlichen Körper, sodass ein Täter wissen muss, wie man an es herankommt, um es herausnehmen zu können.

»Ist das so etwas wie eine Operation gewesen?«, wurde der Leichenbeschauer gefragt. »Wie von einem Arzt?«

»Wissen Sie, ich würde nicht wollen, dass diese Person mich operiert«, erwiderte er zornig. »Ich vermute, dass er bekam, was er haben wollte. Ich nehme an, dass es sogar vorstellbar ist, dass er es unverletzt bekam. Wenn er Sie aber operiert hätte, wären Sie beim Nachlassen der Anästhesie entweder tot oder würden nur noch dahinvegetieren.«

»Er hat alles vermasselt?«

Der Arzt nickte nur, da er es für offensichtlich hielt und keine Lust hatte, länger dabei zu verweilen. Für sich dachte er, dass die Leute solche Fragen nicht stellen würden, wenn sie gesehen hätten, was er gesehen hatte. Glaubten sie wirklich, dass es möglich war, so etwas säuberlich und spurlos zu machen? »Bei bestimmten Verfahren gehen Chirurgen manchmal durch die Nase eines Patienten«, erklärte er, »aber nicht ohne moderne Ausrüstung, die ihnen die Hände führen, wo ihre Augen nichts sehen können.« Im Fall des Mädchens handelte es sich nicht um moderne Chirurgie.

Die ganze Angelegenheit machte die Menschen, die es hörten, sehr nervös. Sie schauderten schon beim bloßen Gedanken daran.

Zunächst war der Mord an dem tauben kleinen Mädchen tragisch und schrecklich erschienen, aber nicht einzigartig.

Ja, da war zwar die dramatische Art und Weise, wie ihr Körper von einer Brücke herabhing und darauf wartete, entdeckt zu werden, sobald jemand die Angelrute bemerkte oder die Ebbe einsetzte. Dies war ungewöhnlich, in den Annalen der Mordgeschichte vielleicht sogar einzigartig, doch es war gewiss nicht das erste Mal, dass ein Mörder eine Leiche so deponiert hatte, dass sie leicht entdeckt werden konnte. Und ja, da war die Tatsache, dass das kleine Opfer taub war, doch dürften seit Anbeginn der Zeit sowohl gehörlose Kinder als auch solche mit intaktem Gehör ums Leben gekommen sein.

Und dann waren da natürlich die Zufälle und die Geschwindigkeit, mit der der Verdächtige schon nach kurzer Zeit aufgespürt und festgenommen wurde. Aber auch das kommt gelegentlich vor, wie Polizisten einem bestätigen werden. (»An einem guten Tag«, fügen sie vielleicht mit einem sarkastischen Lächeln hinzu.)

In Begriffen der Medien und nicht denen der Menschen ergab nichts davon mehr als eine kurze Sensation, da so schnell ein Verdächtiger festgenommen wurde. Das Verbrechen lieferte Entsetzen für die Mittagsnachrichten, und die Festnahme war die Hauptnachricht der Sendungen um sechs und elf Uhr. Am nächsten Morgen war die Ermordung des Mädchens schon durch andere »Knüller« abgelöst worden.

Doch das dauerte nur so lange, bis die Ergebnisse der Autopsie bekannt wurden.

Das war der Moment, in dem der Verdächtige nicht mehr als »Mörder« galt, sondern als »Monster«.

Die kleine Meerjungfrau

von Marie Lightfoot

SECHSTES KAPITEL

Das war gewiss die Ansicht der vernehmenden Beamten, und sie besserte sich auch nicht, als der Verdächtige sich weigerte, sich einem Lügendetektortest zu unterziehen. Die Detectives mussten sich damit begnügen, die relative Wahrheit seiner Antworten selbst zu beurteilen.

»Ray, wissen Sie, was eine Zirbeldrüse ist?«
Er blinzelte mit dem linken Auge. »Eine was?«
»Na kommen Sie schon, Ray, eine Zirbeldrüse. Was ist das?«
»Nie davon gehört.« Inzwischen hatte sich der Verdächtige von seiner anfänglich in sein Schicksal ergebenen Haltung erholt und war zunehmend feindselig geworden. Im Lauf der Zeit würde er in Stimmungen und Haltungen verfallen, die sich so sehr voneinander unterschieden wie die verschiedenen Stadien eines Insekts, das seine Metamorphose durchlebt. Manchmal hätten die Beamten geschworen, der Mann sei leicht zurückgeblieben, bei anderen Gelegenheiten hörte er sich intelligent an. Zunächst hatte er eine zombiehafte Fügsamkeit an sich, die dann einer kämpferischen Haltung wich, der wiederum ein mitteilsames Verhalten folgte, das verdächtig nach Vergnügen aussah, und später kam eisenharter Widerstand.

Paul Flanck warf Robyn Anschutz einen Seitenblick zu. Beide Detectives hatten den gleichen Gedanken: Wenn er nicht weiß, was eine Zirbeldrüse ist, wie soll er dann eine haben wollen? Und warum hatte er sich so viel schauerliche Mühe gemacht, eine zu bekommen?

»Haben Sie aus Natalie McCullens Leiche die Zirbeldrüse entfernt?«

»Teufel, nein!«

Schon die Geschwindigkeit und Heftigkeit dieser Antwort schien darauf schließen zu lassen, dass seine erste Antwort eine Lüge gewesen war. Wenn er nicht wusste, was das Organ war, warum stritt er dann so schnell ab, es an sich genommen zu haben?

»Hat ein anderer die Zirbeldrüse aus Natalie McCullens Leiche entfernt?«

»Woher soll ich das wissen?«

»Wer außer Ihnen hat es denn gewusst?«

»Was ist das hier, eine Art *Multiple Choice?*«

»Ja, und hier kommt Ihre Wahl, Ray: lebenslange Haft oder der Tod auf dem elektrischen Stuhl. Ist das *multiple* genug für Sie? Es könnte davon abhängen, wie gut Sie mit uns kooperieren. Wer hat ihr eine Sonde in den Schädel eingeführt und die Zirbeldrüse herausgenommen?«

»Ungeheuerlich! Wer würde so etwas tun?«

»Ist das Ihre Antwort?«

»Sind Sie taub?«

»Haben Sie was gegen gehörlose Menschen, Ray?«

Der Verdächtige hielt sich eine Hand ans Ohr. »Was haben Sie gesagt?«

Paul Flanck empfand in diesem Augenblick eine solche Wut, dass er das Vernehmungszimmer verlassen und sich draußen im Flur hinstellen musste, um ein paar Mal tief durchzuatmen.

Die Detectives versuchten in Erfahrung zu bringen, was Ray mit der Zirbeldrüse gemacht hatte, die er angeblich nicht entfernt hatte. Robyn konnte kaum glauben, dass sie tatsächlich in einem Zimmer saß und zuhörte, wie jemand Fragen dieser Art stellte.

»Haben Sie die aus Natalie McCullens Leiche entfernte Zirbeldrüse gegessen?«

»Nein.« Aber er leckte sich die Lippen, als er dies sagte.

Robyn glaubte, noch nie eine derart obszöne Geste gesehen zu haben.

»Haben Sie sie irgendwo verstaut?«

»Ich weiß nicht, wovon Sie reden.«

»Haben Sie sie weggeworfen?«

»Spare in der Zeit, dann hast du in der Not.«

Robyn fragte: »Haben Sie die Zirbeldrüse an die Fische verfüttert, Ray?«

»Sind Sie krank im Kopf oder was?«

Ihr Verdächtiger machte tatsächlich einen schockierten Eindruck. Erstaunlich, was einen Killer schockieren konnte. Paul kannte Mörder, die gekränkt spielten, wenn jemand den Namen Gottes unnütz im Munde führte. Paul kannte einen Killer, der eine Frau erstochen hatte, weil sie »Gott verdammt« gesagt hatte, nachdem er ihr gerade *befohlen* hatte, dies nicht zu tun. Verbrecher, dachte Paul, sind alles andere als wirklich hart, sondern dünnhäutiger als die meisten anderen Menschen. Ihr Ego ist nicht stark genug, Dinge zu ertragen, die außerhalb ihres gewohnten Umgangs mit anderen Menschen liegen. Wenn man sie beleidigt, gerät einem das zum Nachteil. Außerdem kann man nie genau vorhersagen, was einen wirklich hart gesottenen Kriminellen kränkt. Wenn man klug ist, geht man ihnen am besten aus dem Weg. Natalie McCullen war zu dieser Einsicht leider zu jung gewesen und überdies viel zu klein und verletzlich.

»Haben Sie sie einem anderen Menschen gegeben?«

»Man kann nicht weggeben, was man nicht hat.« Ray machte ein selbstgefälliges Gesicht.

Robyn, die ihr Verdächtiger gerade nicht im Blickfeld hatte, schüttelte, zu Paul gewandt, den Kopf. Es fiel ihm nicht schwer, ihren Gesichtsausdruck zu deuten: *Das ist doch der schiere Wahnsinn!* Er verdrehte in tief empfundener Übereinstimmung die Augen.

»Wenn Sie sie nicht verschenkt haben, haben Sie sie dann verkauft?«

»Wie – als hätte ich sie in den Gelben Seiten angeboten?«

Als man ihn weggebracht hatte und sie allein im Raum zurückblieben, rief Robyn frustriert aus: »Wozu, zum Teufel, wollte er sie?«

»Wir haben etwas zu fragen vergessen«, sagte Paul.

»Was?«

Er warf seiner Partnerin einen giftigen Blick zu. »Wenn wir das wüssten, hätten wir es nicht vergessen.«

»Er hatte etwas damit zu tun«, sagte Robyn und bestätigte, was ohnehin feststand.

Zur Zeit des Prozesses waren sie noch immer nicht darauf gekommen, was es war. Und obwohl die Geschworenen sich die schauerlichen Einzelheiten anhörten, brauchten sie nicht alle seine Gründe zu kennen, um Ray des Mordes schuldig zu sprechen.

Wenn die Marina der Checker Crab Company schon vor der Durchsuchung durch die Polizei wie ein Trümmerhaufen aussah, war das nichts im Vergleich mit dem, wie sie nach der Durchsuchung des Orts aussah, an dem Ray den Leichnam des Kindes »operiert« hatte. Angefangen bei Donor Millers unordentlicher Schreibtischplatte, den schmierigen dunklen Ecken der Werkstattschuppen bis hin zum Inneren und dem Deck jedes Bootes, von dem bekannt war, dass es in der Nacht des Mordes an seinem Liegeplatz gelegen hatte, alles wurde mit dem sprichwörtlichen Staubkamm durchsucht, allerdings ohne Ergebnis.

»Wir haben Donor ein ziemliches Chaos hinterlassen, das er aufräumen muss«, sagt Paul Flanck, ohne auch nur den Versuch zu machen, zu verbergen, wie sehr ihm das gefällt, »haben aber nicht gefunden, wonach wir gesucht haben. Eine kurze Zeit glaubten wir, etwas gefunden zu haben, doch es war nur der Tisch, auf dem sie ihre Fische putzen.«

Trotz all ihrer Anstrengungen, den Ort der Operation zu entdecken, hatten sie sogar zurzeit des Prozesses noch immer nichts in der Hand. Der Staatsanwalt, Franklin DeWeese, sah sich gezwungen, den Gerichtssaal zu betreten, ohne auch nur eine Vorstellung davon zu haben, wohin Ray die Leiche des Kindes gebracht hatte, in der Zeit seit ihrer Entführung und dem Moment, in dem er sie tötete, und dann bis zu der Zeit, in der er sie an der Brücke in der Thirty-second Street aufhängte. Das war zwar frustrierend, aber wie der Staatsanwalt schon in seinem Eröffnungsplädoyer erklärte: »Lassen Sie mich Ihnen von Anfang an erklären, dass wir nicht wissen, wohin sich Ray Raintree mit Nattys Leiche begab, nachdem er sie getötet hatte, bis zu dem Augenblick, in der er sie an dieser Brücke verließ. Irgendwann zwischen ihrem Tod und dem Aufhängen«, fuhr Staatsanwalt DeWeese fort, »hat er diesem armen kleinen Körper etwas Schreckliches angetan, aber bis zum heutigen Tag wissen wir nicht genau, wo das stattgefunden hat. Die Verteidigung wird Ihnen einzureden versuchen, dass es aber darauf ankomme. Sie werden Ihnen zu erzählen versuchen, dass sie unbedingt wissen müssen, was er in jeder Minute getan hat, um ihn dieser Verbrechen für schuldig zu befinden. Ich schwöre Ihnen aber, dass dies nicht der Fall ist. Es kommt darauf nicht an, jedenfalls nicht nach dem Gesetz, und macht keinen Unterschied für diesen Prozess. Um ihn für schuldig zu befinden, brauchen Sie nichts weiter zu wissen als die Tatsache, dass er sie getötet hat. So einfach ist das. Im Herzen beschäftigt es uns zwar alle, aber vom rechtlichen Standpunkt aus gesehen ist es nicht entscheidend. Er hat dieses Kind entführt und getötet und ihren Leichnam verstümmelt. Punkt, Ende. Ende der Feststellung. Das ist alles, was Sie wissen müssen, um ihn schuldig zu sprechen und der Möglichkeit vorzubeugen, dass dieser Mann je wieder eine ähnliche Scheußlichkeit an einem anderen unschuldigen Kind begeht.«

Obwohl die »Operation« erst nach Eintritt des Todes erfolgt war, musste es außerhalb des Körpers eine bestimmte Menge Blut und Gewebe gegeben haben, doch es wurde nicht viel gefunden. Man fand einiges auf einer Persenning, und bei der Untersuchung unter dem Mikroskop stellte sich heraus, dass sich etwas im Boot befand, wo man auch Haare des Mädchens entdeckte. Die Beamten vermuteten, dass Ray Raintree den Leichnam des Mädchens auf dem Boden des Wassertaxis mit der Persenning bedeckt hatte. Später, ausgehend von dem Fundort der Blutspuren, vermutete man, dass er den Kopf über die Reling des Boots hatte hängen lassen, um seine »Operation« vorzunehmen. Wie immer er sich dabei anstellte, er hatte verhindert, dass der größte Teil von Blut und Gewebe das Mädchen oder das Boot beschmutzen konnte, um die schockierende Wahrheit zu verbergen.

Die Beamten konnten den Finger nicht auf einen Punkt auf einer Karte legen, wo er entweder den Mord oder die Verstümmelung begangen hatte. Sie wussten nicht, was er mit der Zirbeldrüse getan hatte, nachdem er sie entfernt hatte, und sie wussten auch nicht, warum er sie überhaupt an sich genommen hatte. Und nichts davon war für den Staatsanwalt wichtig, und ebenso wenig würde es für die späteren Geschworenen von Bedeutung sein.

Wie Franklin DeWeese ihnen mit Nachdruck klar machte:

»Die Frage ist nicht: Wo hat er sie getötet? Sie lautet nicht: Wie und wo hat er ihren Körper verstümmelt? Sie lautet nicht einmal: Warum hat er es getan? Sie lautet nur: Hat er es getan? Hat er sie entführt? Hat er sie umgebracht? Und die einfache Antwort auf diese einfachen Fragen lautet: Ja, natürlich hat er das getan! Seine eigenen Worte überführen ihn. Die Beweise in dem Boot überführen ihn. Die Augenzeugin, die auf der anderen Seite des Kanals lebt, überführt ihn. Die Aussage des Polizeibeamten in dem Hubschrauber überführt ihn. Der Fußabdruck und die Asche auf der Hatteras-Yacht überführen ihn. Die Fußabdrücke, die neben der Brücke an der Böschung verlaufen, überführen ihn. Die Fingerabdrücke auf der Angelrute überführen ihn, und der blutige Handabdruck eines kleinen Mädchens auf seinem Hemd überführt ihn ebenfalls.«

Der Staatsanwalt ließ seine Blicke von einem Geschworenen zum nächsten wandern.

»Es gibt keinen begründeten Zweifel. Keinen ... begründeten ... Zweifel. Er hat es getan. Niemand sonst hat es getan. Sie werden von dieser unbestreitbaren Tatsache so überzeugt sein, dass es für Sie einfach sein wird, zu einem eindeutigen Urteil zu kommen: Ray Raintree ist der Verbrechen schuldig, die sechsjährige Natalie Mae McCullen entführt und ermordet zu haben.«

»Und so ist es wirklich gewesen«, sagten hinterher einzelne Geschworene. »Es war wirklich einfach, ihn schuldig zu sprechen. Keiner von uns hat auch nur mit der Wimper gezuckt. Schuldig, schuldig, schuldig, zwölf Mal, und das bereits, als wir zum ersten Mal abstimmten. Wir wussten, dass wir nicht sehr viele Fakten hatten, und die Verteidigung versuchte uns einzureden, dass dies wichtig sei, aber wir wussten es besser. Mr. DeWeese hat uns das Richtige gesagt, und wir haben aufgrund von Gesetz und Beweisen die richtige Entscheidung getroffen.«

Es spielte nicht einmal eine Rolle, dass Rays Arbeitgeber, Donor Miller, beim Prozess nicht für eine Aussage zur Verfügung stand. Drei Tage nach Beginn der Ermittlungen – nachdem Ray festgenommen und beschuldigt worden war und nach der intensiven Untersuchung von Millers Betriebsgelände – verschwand der rundliche und schmuddelige Wassertaxibetreiber.

»Wir haben ihn angerufen, und einer seiner Angestellten nahm den Hörer ab«, erinnert sich Robyn. »Er sagte, Miller sei an diesem Tag nicht gekommen, und niemand wisse, wo er sei, aber sobald er auftauche, wollten sie ihn dazu bringen, uns anzurufen. Dann hörten wir ein paar Stunden lang nichts, sodass wir uns schließlich zurückzogen.«

Die Detectives fanden alles so vor, wie sie es zurückgelassen hatten: In einem totalen Chaos, das die jungen Beschäftigten halbherzig zu beseitigen versuchten. Sie reduzierten jedoch ihre Bemühungen, da es Zahltag war und ihr Chef nicht mit ihren Schecks in der Hand erschien. Flanck und Anschutz entdeckten Millers uraltes Oldsmobile-Cabrio, das immer noch auf dem Parkplatz der Marina stand, und seine Papiere waren wie üblich auf dem Schreibtisch ausgebreitet. Nachdem sie erfahren hatten, wo er wohnte, fuhren sie zu einer kleinen Eigentumswohnung, wo sie Dutzende alter Filme auf Videokassetten fanden und Musikinstrumente, die noch älter aussahen. Die heruntergekommene Wohnung schien ihrem Eigentümer gut zu gefallen, doch er war nicht zu Hause, und von seinen Nachbarn hatte ihn seit dem Vortag keiner mehr gesehen.

»Wir gingen davon aus, dass er getürmt war«, sagt Paul Flanck.

»Einige der Angestellten hörten ihn mit irgendeinem Mann an der Marina richtig laut streiten, und sie nahmen an, dass es jemand von einem Inkassounternehmen war«, fügt Robyn hinzu, um die Flucht zu erklären.

»Außerdem hatte er klar gemacht, dass er mit dieser Angelegenheit nichts zu tun haben wollte«, fügt Paul hinzu. »Er wollte nicht, dass man ihm wegen irgendwas die Schuld gibt oder ihn wegen irgendwas verklagt, und wir stellen es uns so vor, dass er einfach sagte, was interessiert mich das alles. Dann hat er sich einen neuen Gebrauchtwagen besorgt und die Stadt verlassen.«

Beide Detectives hatten Recht gehabt, als sie vor Miller gestanden hatten und dieser einen überraschten Eindruck gemacht hatte, als er erfuhr, dass sein Boot tatsächlich eine Zeit lang nicht an seinem Liegeplatz gelegen hatte.

Sie waren überzeugt, dass er nichts mit dem Verbrechen zu tun hatte, denn warum sollte er anrufen, um sein Boot als vermisst zu melden, wenn er in die Sache verwickelt war? Wozu Bullen in seine Marina holen, wenn er schuldig war?

Sollte sich Donor Miller auf und davon gemacht haben, bedeutete dies, dass er ein profitables, wenn auch nicht schönes, kleines Geschäft aufgegeben hatte. Sie opferten aber nicht sehr viel Zeit mit Versuchen, ihn aufzuspüren, aus dem gleichen Grund, weshalb sie nicht die Antworten auf einige andere Rätsel dieses Falls zu finden versuchten: Sie hatten ihren Mann und überdies genug Beweise, um ihn auch ohne jede Hilfe seitens seines Arbeitgebers zu überführen.

Donor Miller war verschwunden, hatte sich in Luft aufgelöst, in die schwüle feuchte Luft von Südflorida – doch außer den Beschäftigten interessierte es niemanden, wem er noch einen Wochenlohn schuldete. Niemand machte sich je die Mühe, Ray Raintree davon zu erzählen. Es war jedem egal, wohin Donor Miller ging oder was er tat, wenn er dort ankam.

Es schien einfach keine Rolle zu spielen.

Das Aufsehen wegen der Autopsie-Ergebnisse hatte sich noch nicht einmal zu legen begonnen, als die Polizisten von Bahia ihre Nachforschungen nicht mehr geheim zu halten versuchten und mit der Wahrheit und einer Bitte an die Öffentlichkeit gingen:

»*Wer ist dieser Mann?*«

Es war nicht etwa so, dass ihr Verdächtiger ihnen nichts erzählte. Das tat er, und zwar zunehmend mehr und ausführlicher. Ray redete einige Menschen in Grund und Boden, bevor er ganz zu reden aufhörte.

Als die Detectives Flanck und Anschutz ihn fragten, woher er stamme, erzählte er ihnen, er sei in Brooklyn geboren und aufgewachsen und stamme aus einer Friseurfamilie. Er sagte, von der Zeit an, als er groß genug gewesen sei, allein in einem Friseurstuhl zu sitzen, sei er sonnabends immer mit seinem Dad und zwei seiner Onkel zur Arbeit gegangen.

Das hörte sich so normal an, dass die beiden fast einschliefen, als sie es hörten.

»Der wichtigste Tag der Woche für Friseure«, sagte er, »weil die Männer nicht zur Arbeit mussten. Sie kamen dann zu dem Haarschnitt herein, den sie schon zu lange aufgeschoben hatten. Ihre Frauen ärgerten sie damit, dass sie sagten, sie sähen aus wie Hippies. Nachdem sie bei uns im Salon gewesen waren, haben sie ihre Autos gewaschen und fuhren noch beim Haushaltswarenladen vorbei. Dann gingen sie nach Hause, um sich im Fernsehen irgendein Spiel anzusehen und abends vielleicht für Freunde ein Barbecue im Hintergarten zu geben, nachdem sie sich das Haar hübsch hatten schneiden lassen, damit ihre Freunde sagten: ›He, wer ist dein Friseur?‹«

Wenn man Ray davon erzählen hörte, klang es, als wäre der

Sonnabend in Brooklyn eine rein männliche und rein amerikanische Veranstaltung. Er malte den Detectives mit Worten ein Bild von sich als kleinem Jungen, der sich vergnügt all diese Männergespräche anhörte.

»Die Frauen kamen während der Woche«, sagte er. »Dienstags, mittwochs und donnerstags nach der Schule mit ihren kleinen Jungen. Am Montag hatten wir natürlich geschlossen. Friseure und Schönheitssalons haben am Montag immer geschlossen, müssen Sie wissen.«

»Wie hieß der Laden, Ray?«

»Rays Friseursalon«, sagte er, als wäre das selbstverständlich. »Mein Dad war Ray senior, und er war der älteste der Brüder, sodass es nur richtig war, den Laden nach ihm zu benennen.«

Später erzählte er den beiden Detectives, dass der Friseursalon vor vier Generationen gegründet worden sei, womit er etwa in der Zeit des Bürgerkrieges angefangen haben musste, wie Robyn ausrechnete. Diese Abstammung ergab angesichts der Tatsachen dieses Falls so etwas wie einen schauerlichen Sinn für sie.

Robyn sagte zu Ray: »Soweit ich weiß, waren Friseure früher auch Chirurgen. Haben Sie daher Ihr Interesse an der … Chirurgie … Ray? Irgendwie ein Teil der Familiengeschichte, könnte man sagen?«

Er lachte, was ihr eine Gänsehaut verursachte.

»Moment mal. Ich dachte, Sie hätten gesagt, der Laden sei nach Ihrem Vater benannt worden«, sagte Paul herausfordernd zu Ray. »Wie kann er Rays Friseursalon heißen, wenn er schon Ihrem Großvater und Ihrem Urgroßvater gehört hat?«

»Oh, sie hießen auch Ray. Raymond. Alle Männer, alle Väter in meiner Familie heißen so.«

»Dann ist Ihr Dad kein Senior gewesen, oder?«

Der Verdächtige zuckte die Achseln, als ginge die Komplexität der Namensgebung von Generationen über sein Begriffsvermögen.

»Wie ich höre, waren Sie früher mal Friseur«, sagte Rays Pflichtverteidigerin, als sie ihm zum ersten Mal begegnete, noch bevor Leanne Englishs Anwaltsfirma auf der Bildfläche erschien.

»Wo haben Sie das gehört?«

»Es steht hier«, sagte sie und tippte auf eine Abschrift seiner Vernehmung durch die Detectives. »Ich habe es gelesen.«

»So ist es nicht gewesen.«

»Nein? Wie war es dann, Ray?«

»Kleinpächter. Meine Vorfahren waren Kleinpächter in Alabama. In der Nähe von Mobile? Wir haben Baumwolle angebaut.« Er hob die Hände hoch, um ihr seine Handflächen zu zeigen. »Immer noch voller Schwielen vom Pflücken in all den Jahren, in denen ich klein war. Wir waren von Sonnenaufgang bis zum Abend draußen auf den Feldern. Das ist der Grund, weshalb ich nie zur Schule gegangen bin. Meine Eltern haben mich immer draußen auf den Feldern arbeiten lassen. Wir brauchten das Geld, sonst hätten sie mir das nie angetan. Man könnte vielleich denken, sie seien schreckliche Eltern gewesen, weil sie mich so hart haben arbeiten lassen, doch sie waren großartig, und wir hatten wirklich viel Spaß miteinander. Meine Mom war eine großartige Köchin, und mein Dad war der stärkste Mann im Bezirk, vielleicht sogar im ganzen Staat. Er verdiente viel Geld, aber reich wurden wir nie, weil er es immer an andere Kleinpächter und deren Familien verschenkte, damit die nicht hungern mussten und ihre Kinder im Winter Schuhe anzuziehen hatten.

Meine Mom beschwerte sich immer, wenn er alles verschenkte, was wir verdienten, doch das meinte sie nicht so, und das wusste ich mit Sicherheit, denn sie kochte immer für andere Leute und brachte ihnen Süßkartoffelpies und Schinkensteaks und Biskuits mit, einfach so.

Sie sind jetzt tot, meine Mom und mein Dad, aber sie waren wundervolle Menschen.«

Seine Pflichtverteidigerin saß da und starrte ihn an.

»Gab es Friseure in Ihrer Familie?«

»Nee, das habe ich ihnen nur erzählt, weil ich sie nicht mag. Meine Leute waren Kleinpächter, wie ich es Ihnen sage.«

Die Anwältin schluckte die ganze Geschichte, bis sie ihrem Chef berichtete, der sie ungläubig ansah und fragte: »Philanthropische Kleinpächter?«

Als ein junger Staatsanwalt ins Gefängnis kam, um Ray in Anwesenheit seiner Pflichtverteidigerin zu vernehmen, fing der junge Staatsanwalt noch einmal ganz von vorn an, indem er sagte: »Wie wollen Sie es nun haben, Ray? Sohn eines Friseurs? Sohn eines Kleinpächters?«

»He!«, wandte die Pflichtverteidigerin ein.

»Na schön«, sagte der Verdächtige, als fügte er sich in das Unvermeidliche. Er warf seiner Verteidigerin, die er so mühelos getäuscht hatte, ein verschlagenes Lächeln zu. »Okay, ich nehme euch nur auf den Arm. Ich habe das hier satt. Ich werde Ihnen sagen, wie es wirklich war, aber dann müssen Sie aufhören, mich über mein Leben auszufragen. Ich meine, all das ist vorbei, und ich habe keine Lust, ständig darüber zu sprechen. Was ich den Detectives und was ich Ihnen erzählt habe« – hier warf er seiner Anwältin, die ihn gleichmütig anblickte, wieder einen verschlagenen Blick zu –, »war irgendwie beides wahr. Mein Dad war Arzt.«

Ray lachte, sodass seine Zähne zu sehen waren. Sie sehen eher wie Babyzähne als die eines Erwachsenen aus, dachte seine Pflichtverteidigerin. Falls er je die Zahnpasta benutzt hatte, welche die Cops unter seinen Habseligkeiten gefunden hatten, entdeckten sie davon nichts.

»Er war Chirurg, so wie Friseure das früher waren. Es war also gar nicht so weit hergeholt, nicht wahr? Und nebenbei war er auch so etwas wie ein Gentleman-Farmer.« Wieder zeigte sich sein verschlagenes Grinsen. »Daher habe ich das mit dem Kleinpächter. Aber die Wahrheit ist, dass wir meist Pferde züchteten, doch wir hatten nur wenige Weiden, um sie zu füttern. Man könnte sagen, dass sei schon so etwas wie Kleinpacht, nicht wahr? Und mein Dad war wirklich ein großartiger Mann, wie ich schon sagte. Er hat vielen Kindern das Leben gerettet. Er war so ein Knochenbrecher, wie nennen Sie das?«

»Orthopäde, Ray«, sagte der Staatsanwalt sarkastisch.

»Ja, das. Er hat den Leuten die Knochen gerichtet und Geburtsfehler beseitigt, lauter solche Sachen.«

»Und Ihre Mutter«, fuhr der Staatsanwalt in demselben sarkastischen Tonfall fort, »war zweifellos eine großartige Köchin. Vielleicht konnte sie aus Fertigbackmischungen Dinge zaubern wie keine andere?«

»Nun ja, wenn Sie mir nicht glauben«, sagte Ray und machte ein gekränktes Gesicht, »werde ich Ihnen nichts anderes mehr erzählen.«

»Na kommen Sie schon, Ray«, sagte der Staatsanwalt. »Erzählen Sie mir noch eine Geschichte.«

»Woher stammen Sie, Ray?«, fragten sie ihn alle.

Er hatte noch weitere Geschichten parat, um sich »zu erklären«.

Er spulte sie eine nach der anderen ab, nachdem jede vorherige geplatzt war oder die Geduld der Detectives sich erschöpft hatte. So wie jede Geschichte kunstvoller zu sein schien als die vorherige, schienen sich auch alle immer weiter von allem wegzubewegen, was der Wahrheit ähnelte.

4

Raymond

Ich spüre, wie sich meine Geduld allmählich erschöpft, und so lege ich das Manuskript beiseite und sehe auf meine Armbanduhr: Fast Mitternacht, und ich weiß noch immer nichts Neues, abgesehen davon, dass ich mit diesen sechs Kapiteln recht gute Arbeit geleistet habe. Ich bin mit ihnen zufrieden. Leider hilft eine gute literarische Leistung nicht bei den Recherchen. Ich stehe auf, strecke mich und gehe in die Küche, um eine Kleinigkeit zu essen, bevor ich mich an die nächsten Seiten heranmache. Mit einer Schale von geräuchertem Fischdip bewaffnet, einer Schachtel mit Reiscrackern, einem Messer und einer Serviette kehre ich in mein Arbeitszimmer zurück, um meine Notizen durchzusehen.

Hier eine sarkastische Bemerkung Paul Flancks über Ray: »Da ist einmal die Geschichte: Mein Vater war bei der Feuerwehr. Dad war ein Arzt, der mir einmal das Leben gerettet hat. Das war eine schöne Geschichte. Dann hatten wir: Meine Mutter war Ärztin, und mein Vater war ein weltberühmter Geschichtsprofessor. Das gefiel mir irgendwie.«

Als sie das hörte, gab Robyn zurück: »Nein, die beste Geschichte war: Ich stamme von einer langen Reihe von Rechtsanwälten ab. In der Geschichte war sein Urgroßvater, glaube ich, Clarence Darrow, und so wie er es erzählte, hätte man glauben können, dass es die reine Wahrheit war.«

Doch die Wahrheit ist anscheinend das, was Ray nicht erzählen kann.

Jede Geschichte hört sich etwa in den ersten fünf Minuten des

Erzählens überzeugend an, bevor sie an irgendeiner offenkundig unlogischen Stelle ausfranst – wie etwa der Zahl der Raymonds in seiner Familie. Dann sagten die Detectives erneut: »Na schön, noch einmal, wessen kleiner Junge waren Sie?« Da zuckte ihr Verdächtiger die Achseln, runzelte die Stirn und gab sich den Anschein, als gäbe er sich wirklich alle Mühe, sich an etwas zu erinnern.

Robyn erzählte mir, sie glaubten, einen Durchbruch erreicht zu haben, als sie Paul eines Nachts zu Hause anrief, ihn weckte und fragte: »Paul? Was für eine Art Kind erfindet Geschichten über einen heldenhaften Vater?«

»Was?« Und dann begriff der verschlafene Detective. »Adoptivkinder?«

»Ja. Oder Kinder, deren Väter gestorben sind.«

»Und Kinder, die ihre Väter hassen ...«

»Ich glaube, ja. Sie fantasieren davon, dass sie zwar adoptiert sind, ihr richtiger Vater aber so etwas wie ein Astronaut sei.«

»Ein reicher Astronaut.«

»Ein reicher, gut aussehender Footballspieler und Astronaut.«

»Ein reicher, gut aussehender Footballspieler und Astronaut, der verzweifelt nach dem Sohn sucht, von dem er versehentlich getrennt worden ist.«

»Also, Robyn, suchen wir nach einem Raymond Raintree, der vor etwa achtundzwanzig Jahren adoptiert worden ist?«

Sie waren sich darin einig, dass es vielleicht so gewesen sei, dass es aber als Anhaltspunkt verdammt wenig hergab. Erstens wüssten sie nicht einmal, ob das sein richtiger Name oder wie alt genau er sei. Und wo er geboren sei, darauf hätten sie nicht einmal den geringsten Hinweis. Als die beiden auflegten, fühlten sich beide so entmutigt und frustriert, wie sie sich gefühlt hatten, bevor Robyn ihre brillante Idee hatte.

Meinen Notizen zufolge war dies etwa um die Zeit, als Ray damit aufhörte, seine prahlerischen Geschichten zu spinnen. Sie stellten ihm weiterhin die gleichen Fragen, aber mittlerweile zuckte er nur seine mageren Schultern und sagte mit einem gequälten Gesichtsausdruck: »Niemand glaubt das, was ich sage, also werde ich nicht mal mehr versuchen, Ihnen etwas zu erzählen.« Dies war, bevor er vollständig zu reden aufhörte; in diesem Augenblick weigerte er sich nur, weitere Geschichten zum Besten zu geben.

»Ich glaube, jemand hat ihn gekränkt«, vermutete Robyn damals.

Paul widersprach. »Nein, ich glaube, er fing an, sich zu langweilen.«

»Vielleicht.« Wenigstens dieses eine Mal hatte Robyn ihrem Partner Recht gegeben. »Wenn wir ihm nicht glauben, macht es ihm vielleicht keinen Spaß mehr.«

Ich war anwesend und sah, wie Paul die Augen verdrehte. »Und sind wir vielleicht nicht einfach deshalb auf der Welt, Ray Raintree zu unterhalten?«

»Eines der Probleme bezüglich der Situation mit Raymond«, gab Robyn Anschutz zu, und ich schrieb es auf, »war, dass alles manchmal so absurd zu sein schien, dass es uns schwer fiel, daran zu denken, wie ernst die Situation war.«

Ich habe das Gefühl, vor Müdigkeit Sand in den Augen zu haben, aber ich denke an die Suchtrupps, die weit erschöpfter sind als ich, und dann denke ich an Kinder in ganz Florida, die nicht sicher sein werden, bis Ray wieder eingefangen ist.

Ich nehme erneut meine Notizen zur Hand und lese:

Was sie aus ihrem Verdächtigen nicht herausbekommen konnten, versuchten sie aus seinen mageren Habseligkeiten herauszuwühlen.

»Der Inhalt dieser Rucksäcke war faszinierend«, berichtete Robyn, »doch sie sagten uns nicht das Geringste darüber, wer er wirklich war oder woher er kam.«

Robyn Anschutz war nicht sonderlich überrascht, die Comic-Hefte zu finden.

»Superhelden«, spottete sie. »Typisch. Diese Typen, diese Mörder, haben solche aufgeblasenen Vorstellungen von sich. Darüber habe ich mit Psychiatern gesprochen. Sie nennen es ›Aufgeblasenheit‹. Es ist so, als würde man einen schlaffen Luftballon mit heißer Luft füllen. Diese Typen – ihr Ego – sind wie schlaffe Ballons. Manchmal sind es auch ihre Schwänze, und die kriegen sie dann hoch, indem sie sich an schwächeren Menschen austoben. Ein geringes Selbstwertgefühl ist nicht mal ansatzweise eine Erklärung.« Bei diesem Thema redete sie sich allmählich in Wut. »Und ihre Meinung über andere Menschen passt auch in ein Comic-Heft. Wir sind für sie nicht real oder dreidimensional, sondern nur diese Bilder, von denen sie meinen, sie können sie herumschubsen, darauf herumtrampeln und alles mit ihnen machen, was ihnen gefällt.«

Du hast ja so Recht, Robyn, dachte ich. Dieses wundervolle Schwanz-Zitat kann ich für mein Buch nicht verwenden, aber den Rest könnte ich gebrauchen. Aus Robyns Lektüre zum Thema wusste sie, wie bedauerlich wahr es ist, dass Psychopathen – falls ihr Verdächtiger einer ist – nicht gerade den bewährten Tugenden der Superhelden von Comic-Heften nacheifern. Sie verlangen nur deren Macht für sich. Psychologen sagen vielleicht, es sei Macht über andere Menschen, weil Soziopathen/Psychopathen jede reale Macht über den eigenen Willen fehle, da sie sich voll und ganz krankhaften Zwängen ergeben hätten.

Ich lege diese Notizen beiseite und nehme mir einen anderen Stapel.

Die Medikamente, welche die Detectives in einem der Rucksäcke gefunden hatten, hatten ihnen Kopfschmerzen bereitet.

Wenn Ray immer wieder Medikamente anderer Leute gestohlen und wahllos geschluckt hatte, könnten seine Anwälte es mit einer anderen Art von wirksamer Verteidigung probieren, wenn es ihnen gelang, verminderte Zurechnungsfähigkeit nachzuweisen.

»Er war ein richtiger kleiner Apotheker«, hatte Paul Flanck

mir erzählt. »Da waren viele rezeptfreie Medikamente, etwa gegen Erkältung, das Zeug, das jeder im Medizinschrank hat, selbst auf einem Boot. Wir fanden, was immer Sie wollen. Er hatte aber auch verschreibungspflichtige Medikamente gegen hohen Blutdruck und Asthma. Wir fanden Antibiotika und Vitamine, Zäpfchen und Mittel zum Inhalieren. Die ganze Palette. Wir dachten, der Kerl sei ein durchgeknallter Hypochonder. Wenn er nicht schon krank war, bevor er all dieses Zeug nahm, würde er es sein, wenn er die Pillen durcheinander brachte.«

Über eines freuten sie sich: Die einzigen Steroide, die sie fanden, waren Cortisteroid-Pillen, die man zur Behandlung von Asthma und Allergien einsetzt.

»Wenigstens«, sagte Robyn vor dem Prozess, »konnten seine Anwälte ihre Verteidigung nicht auf Steroid-Wut aufbauen.«

Sie fragten Ray: »Warum all die Pillen?«

Auch dazu hatte er Geschichten parat.

»Ich sammle sie und gebe sie armen Leuten«, war Robyns Lieblingsantwort.

Ihr Partner gab folgender Äußerung den Vorzug: »Die Leute nehmen zu viele Medikamente. Ich helfe ihnen nur, ihren Organismus zu reinigen.«

Eines Tages fragte Paul ihn: »Von all den Medikamenten, die Sie gern einnehmen, Ray, welche davon ist die Blödsinnspille?«

Wie hätte Paul wissen können, dass diese eine sarkastische Bemerkung – von all den anderen, die von den frustrierten Anwälten und Polizisten geäußert wurden – den Verdächtigen so kränken würde, dass er von da an überhaupt nichts mehr sagte?

Doch das war der Beginn von Rays langem Schweigen, ein Feldzug, den er viele Wochen lang führte, und zwar gegen ein System, das seinen Lügen keinen Glauben mehr schenkte. Das Problem war, dass sie ohne seine Lügen nichts in der Hand hatten außer der nackten Tatsache seiner Gelegenheitsarbeit bei einem Wassertaxiunternehmen und dem Inhalt von drei Rucksäcken.

Unmittelbar nach Rays Festnahme befragten die Detectives nochmals Donor Miller sowie andere Beschäftigte von Checker Crab. Als Nächstes wende ich mich diesen Notizen zu. Einige meiner »Notizen« sind Kopien der Vernehmungen der Polizisten und ihrer Festnahmeberichte. Einige sind nur Erinnerungen nach bestem Wissen, wer was zu wem gesagt hat. Wie sich herausstellte, hielten sich die anderen Beschäftigten – hauptsächlich junge Männer und Frauen – von Ray fern, weil sie ihn für einen Spinner hielten. Folglich konnten sie nichts zu den Ermittlungen beitragen, wenn man davon absieht, dass sie es hassten, wenn Ray aus irgendeinem Grund ein Boot nahm oder auf einem schlief, weil er immer ein Chaos hinterließ: Überall lag dann Einwickelpapier herum, im Klo war nicht gespült, das Wasser lief aus allen Hähnen, auf makellosem Fiberglas waren schmutzige Handabdrücke zu sehen, auf sauberem Segeltuch Fußabdrücke, von Zigarettenkippen und Asche ganz zu schweigen.

»Er hat die Zigaretten zwar nicht gerade auf den Decks der Boote ausgedrückt«, sagte eine der jungen Frauen über die Boote, deren Eigner Liegeplätze gemietet hatten. »Aber er rauchte auf Booten, deren Eigner es uns verboten hatten, und achtete überhaupt nicht darauf, wohin er seine Asche schnipste. Ich habe Mr. Miller deswegen sehr oft brüllen hören.«

»Warum haben Sie sich das alles von ihm bieten lassen?«, fragten Paul und Robyn Miller, bevor dieser verschwand.

»Nun ja, ich habe ein weiches Herz.«

»Ja, und außerdem mussten Sie nie persönlich hinter ihm aufräumen, richtig?«, gab Paul Flanck zurück. »Nicht, so lange andere Leute da waren, die das tun mussten, nämlich Ihre Angestellten.«

»Hören Sie, er ist ein Wurm, aber selbst ein Wurm muss leben. So sehe ich das jedenfalls.«

»Sie haben ein Herz aus Gold, Donor.«

»Wie ich schon sagte.«

Sie fragten, wie lange Ray Raintree in der Marina gelebt und gearbeitet habe.

»Eineinhalb Jahre, vielleicht zwei.«

Das wurde durch die anderen Beschäftigten bestätigt, obwohl keiner von ihnen selbst so lange bei Checker angestellt gewesen war.

»Was hat er Ihnen über seine Herkunft gesagt?«, wollten die Polizisten wissen. »Was hat er Ihnen über sich erzählt, als er hier aufkreuzte?«

»Er sagte, er brauche Arbeit und einen Platz zum Schlafen«, erwiderte Miller. »Ich sagte ihm, ich könnte ihm zwar nichts bezahlen, aber er könne für eine Koje arbeiten.«

»Sie haben ein Herz aus Gold, wirklich.«

»Hören Sie mal! Ich gab ihm auch Geld zum Essen. Sie können doch nicht sagen, dass er am Verhungern ist, oder?«

Sobald sie bei Checker Crab alle befragt hatten, gab es für die Detectives nichts mehr zu tun.

»Eine Sackgasse«, sagte Paul.

»Ich glaube, er ist einfach aus dem Nichts aufgetaucht«, sagte Robyn. »Wie in irgendeinem Science-Fiction-Film, etwa *Akte X*. Er sieht auch aus wie eine Figur aus dieser Serie. Vielleicht kann er seine Haut umkrempeln oder Menschen in Brand stecken, ohne sie zu berühren. Vielleicht ist er tatsächlich eine Art Insekt aus dem Weltraum oder eine Schnecke oder so was.«

»Es ist zu schade, dass er nicht von Aliens entführt worden ist«, witzelte ihr Partner.

In einem waren sich die beiden einig: Es hatte den Anschein, dass die Erde ohne Raymond Raintree ein besserer Ort sein würde.

All das findet sich in meinen Notizen und wartet nur darauf, in ein Kapitel verwandelt zu werden.

Auf meinem Schreibtisch liegt Band neun der *Encyclopedia Britannica* immer noch bei den Seiten 452 und 453 aufgeschlagen, wo ich unter dem Stichwort »Zirbeldrüse« nachgesehen habe. Aus der Enzyklopädie habe ich erfahren, was der Leitende Leichenbeschauer des Howard County nicht der Erwähnung für wert hielt, nämlich dass diese Drüse bei niederen Wirbeltieren wie ein Auge aufgebaut und dass sie ein Licht-Rezeptor ist. Das menschliche Auge soll sich daraus entwickelt haben. Als ich das gelesen hatte, fragte ich mich, ob das vielleicht etwas damit zu tun hatte, warum Ray die Zirbeldrüse des Kindes entfernt hatte. Für mich stellt es sich so dar, als ob die Zirbeldrüse – auch unter dem Name *Epiphysis cerebri* – auch die Quelle der metaphysischen Idee des so genannten dritten Auges sein könnte, was sich einigen spirituellen Überlieferungen zufolge im Stadium der Erleuchtung »öffnen« soll. Ein Anhänger des Spiritismus, dessen drittes Auge sich geöffnet hat, soll, so heißt es, der Empfänger phänomenaler intuitiver Fähigkeiten sein, von altersloser Weisheit und sogar von übernatürlichen Kräften.

Es ist genau das, was ein Superheld braucht.

Es ist genau das, was wir brauchen, denke ich, einige übernatürliche Kräfte, damit wir aus Ray schlau werden.

Leider erwarte ich nicht, dass sich mein drittes Auge an diesem Abend öffnet, nicht mal einen Spaltbreit. Ich stütze mich gegen ein Kissen. Wenn ich Rays Vergangenheit oder Zukunft nicht mit Hilfe übernatürlicher Kräfte lesen kann, werde ich stattdessen weiter in meinem Manuskript suchen. Vielleicht löst das irgendeine Intuition aus. Manchmal ist Intuition nicht geheimnisvoller als Gedanken, die durch Erfahrung inspiriert werden, wie sie in der unbewussten Erinnerung gespeichert sind.

Ich lese noch einmal meine eigenen Worte: »Der Staatsanwalt des Howard County, Franklin DeWeese, sagte: ›Ray kann sich nennen, wie er will, aber wenn er derjenige ist, der dieses Kind ermordet hat, werde ich ihn einen Mörder nennen. Und das ist alles, was wir wissen müssen.‹

Nein, Franklin, das ist es nicht!« Ich werfe das Kapitel frustriert beiseite, bevor ich auch nur die erste Seite zu Ende gelesen habe. »Das ist nicht alles, was wir wissen müssen!« Oder es ist zumindest nicht alles, was meine Leser wissen wollen und von mir zu erfahren erwarten. Einer der Gründe, weshalb normale Menschen Kriminalromane lesen, die auf tatsächlichen Begebenheiten beruhen, ist, dass sie herausfinden wollen, weshalb Menschen böse werden. Werden sie so geboren oder von ihrer Familie erschaffen? Vielleicht würde Franklin einen Mann ohne Vergangenheit verurteilen können, aber ich kann ein Buch über eine solche Person nicht zu Ende bringen.

»Wer ist er?«, frage ich total frustriert.

Mein Abgabetermin rückt immer näher, und ich versuche, nicht in Panik zu geraten.

Schande über mich, weil ich mir um mein eigenes Schicksal Sorgen mache, wenn das Schicksal anderer auf dem Spiel steht. Falls sich Hinweise in den Notizen und Kapiteln finden sollten, die ich gerade noch mal durchgelesen habe, haben sie sich mir nicht offenbart. Vielleicht werden sie das später tun. Ich bin müde und fühle mich dennoch moralisch verpflichtet, weiterzumachen. Vielleicht wird eine Dusche mich wieder munter machen. Wenn ich mich frischer fühle, werde ich die seltsamsten Vernehmungsprotokolle noch einmal durchlesen, die Gespräche, die ich selbst mit Ray geführt habe. Es waren die unheimlichsten Interviews meines Lebens, und das will was heißen, wenn ich bedenke, was für Typen ich gekannt habe.

Mit trüben Augen werfe ich einen abschätzigen Blick auf mein Arbeitszimmer, bevor ich es verlasse.

Meine Schreibtischplatte ist mit acht Zentimeter dicken Manuskriptstapeln verschiedener Fassungen von *Der kleinen Meerjungfrau* bedeckt. Genau in der Mitte von allem steht mein Telefon.

Während ich es betrachte, passiert etwas Unheimliches: Es klingelt.

Ich strecke die Hand nach dem Hörer aus, blicke aber vorher

auf das Display, um zu sehen, wer es ist, bevor ich abnehme. Auf dem kleinen Display steht nur *Extern*, sodass weder ein Name noch eine Nummer erscheint.

»Hallo?«

Niemand antwortet, obwohl ich spüre, dass jemand in der Leitung ist.

Ich warte noch ein bisschen länger, falls es kein »Stöhner« sein sollte, und dann lege ich angewidert auf. Ich hasse es, wenn das passiert. Die Menschen könnten wenigstens sagen: »Tut mir Leid, ich habe mich verwählt.«

Der Anruf unterbricht meinen Abend und setzt ein Komma zwischen das letzte Kapitel und das nächste. Während der Pause gehe ich unter die Dusche, mein Lieblingsplatz, wenn ich mir alte Informationen durch den Kopf gehen lasse, um auf neue Gedanken zu kommen. Leider fällt mir nichts ein, obwohl ich eine gute halbe Stunde damit zubringe, mir den Gerichtssaal vom Körper zu waschen und aus dem Haar zu spülen. Ich trete aus der Dusche, schnappe mir ein Handtuch und trockne mich teilweise ab. Ich bin immer noch halb nass, als ich die Badezimmertür öffne und wieder in mein Schlafzimmer gehe.

Ich schreie laut auf.

Auf meinem Bett liegt ein nackter Mann.

»Du lieber Himmel, Franklin«, rufe ich und lache los. »Du hättest wirklich anklopfen können.«

Er ist der einzige Mensch, der jederzeit am Wachhäuschen vorbei in die Sackgasse hineinfahren darf, und er hat auch Schlüssel zu meinem Haus. So geht das seit kurz vor dem Prozess, und außer uns weiß es niemand. Es ist nicht so, als wäre es Unerlaubtes – ich bin ledig, er ist geschieden –, und besondere Interessenkonflikte gibt es ebenfalls bei keinem von uns. Wenn nun jemand sehr korrekt sein will, könnte er behaupten, dass es für mich ein potenzieller Interessenkonflikt wäre, denn wie kann ich objektiv über jemanden schreiben, mit dem ich schlafe. Doch ich hatte die meisten der Kapitel, in denen er erscheint, schon geschrieben, lange bevor wir auf dem Laken landeten. Außerdem habe ich kein Wort davon verändert. Nein, wir behalten diese Geschichte für uns, weil uns die Vorstellung von Klatsch verhasst ist, und außerdem macht es so mehr Spaß. Geheimnistuerei ist sexy. Wir sind auch übereingekommen, dass es sehr viel leichter sein wird, uns in aller Stille voneinander zu trennen, ohne irgendjemandem ein Wort darüber sagen zu müssen, wenn es mal zu Ende gehen sollte. Keine Erklärungen. Kein Getratsche hinter unserem Rücken. Kein Mitgefühl, keine verstohlenen Blicke, bei keinem von uns. Nur eine gute Zeit und dann ein Lebwohl, falls es so zu Ende gehen sollte.

»Du hast vergessen, dass ich rüberkommen wollte«, beschuldigt er mich.

Ich werde auf keinen Fall zugeben, dass es stimmt. Erstens wäre es unhöflich, und zweitens würde es mich in einem schlechten Licht erscheinen lassen, wenn ich so zwanghaft arbeite, dass ich mir diesen Anblick auch nur für eine Minute aus dem Kopf schlagen könnte.

»Du bietest vielleicht einen Anblick«, sage ich und vermeide sorgfältig jede Anschuldigung. Es gibt Probleme, mit Staatsanwälten befreundet zu sein, denn sie haben die Tendenz, einen ins Kreuzverhör zu nehmen.

»Du siehst aus wie eine sexy Anzeige für Laken und Kopfkissen. Brauner Mann auf weißem Leinen.«

»Komm her«, schlägt er vor, »wollen mal sehen, ob du verschwindest.«

Mit einem Satz stürze ich mich auf ihn, ohne mich vorher weiter abzutrocknen. Er lacht und dreht mich zur Seite, bis ich in meine weißen Laken gepresst werde.

»Wohin wolltest du denn?«, neckt er. »Ich kann dich nicht mal mehr sehen.«

Ich bekomme eine Hand frei und setze sie strategisch ein.

»Ah.« Er schließt die Augen und lächelt. »Da bist du.«

Als ich mich zum zweiten Mal dusche und er sich abtrocknet, spreche ich durch die Tür der Duschkabine mit ihm. Ich übertöne das Geräusch des fließenden Wassers und erzähle ihm, was ich in den letzten Stunden getan habe. »Captain Giancola bittet uns, unsere Notizen über Ray durchzusehen, ob wir vielleicht irgendeinen Hinweis darauf finden, wohin er vielleicht fliehen wird.«

»Hast du Hunger?«

»Heißt das, dass du Hunger hast? Nimm dir doch was, Dummkopf.«

»Willst du was aus der Küche?«

Ich stecke den Kopf aus der Tür der Duschkabine und sage mit einem selbstzufriedenen und befriedigten Lächeln: »Ich habe schon alles, was ich brauche, vielen Dank.«

Er haucht mir einen schnellen Kuss auf die Lippen.

»Stets gern zu Diensten«, sagt der Mann.

»Franklin?«

Jetzt steckt er den Kopf in die Duschkabine.

»Warum irritiert es dich nicht stärker, dass Ray sich aus dem Staub gemacht hat?«

»Irritieren?«

»Frustrieren, zornig werden, was auch immer.«

Er macht ein verwirrtes Gesicht und lächelt mich dann an. »Ich habe meine Arbeit getan. Wenn sie ihn fangen, habe ich sie immer noch getan. Wenn nicht, ist es nicht meine Schuld.«

»Nimm es mir nicht übel, aber du kannst wirklich kaltblütig sein, wenn dir danach ist.«

»Deshalb bin ich Staatsanwalt geworden.« Er zieht sich aus der Duschkabinentür zurück und fügt hinzu: »Und ich nehme es nicht persönlich.«

Ich ziehe mich wieder an und gehe in mein Arbeitszimmer zurück, während er sich in meiner Küche ein spätes Abendessen macht. Ich höre, wie Töpfe und Pfannen klappern, und weiß, dass bald reizvolle Aromen zu mir ins Zimmer dringen werden.

Er ist ein Zauberer mit Omeletts. Während Franklin seine kulinarischen Künste vollführt, nehme ich ein paar Kapitel, die ich mir wieder vornehmen möchte, weil sie in Ich-Form geschrieben sind. Normalerweise mag ich es nicht, selbst in meinen Büchern zu erscheinen. Ich kenne meinen Platz: Ich bin der distanzierte Beobachter, unsichtbar hinter den Scheinwerfern, mit denen ich in die Seele anderer Menschen hineinleuchte.

Mit knurrendem Magen fange ich an zu lesen.

Die kleine Meerjungfrau

von Marie Lightfoot

SIEBTES KAPITEL

Sollten Sie je den Wunsch haben, das wohlige, aufregende Gefühl der Freiheit zu spüren, brauchen Sie nur in der Nähe des Bezirksgefängnisses von Howard County, das an das Gerichtsgebäude angrenzt, einen Spaziergang zu machen. Es gehört zu einem Justizgebäudekomplex in der Innenstadt von Bahia, nur drei Meilen vom Bahia Boardwalk, der Strandpromenade am Atlantik, entfernt. Wenn Sie zufällig einer der sechs Millionen Menschen sind, die jedes Jahr in dieser Region zu Besuch sind, können Sie einen Trolleybus besteigen und sich alles ansehen, angefangen bei einem angeklagten Mörder in einem Gerichtssaal bis hin zu String-Bikinis am Strand. Wenn einem der Trolleybus nicht zusagt, braucht man mit dem Wagen nur fünf Minuten vom Meer bis zur Innenstadt, mit dem Boot eine halbe Stunde. Ein freier Mann oder eine freie Frau kann sogar zu den Sehschlitzen in den Wänden des Bezirksgefängnisses, die man Fenster nennt, hinaufwinken, obwohl man keine Möglichkeit hat, festzustellen, ob jemand zurückwinkt. Sie können einen von dort oben in ihren Zellen sehen, aber umgekehrt kann man sie nicht sehen.

Das Gefängnis, in dem Ray Raintree vor und während seines Prozesses untergebracht war, ist ein fünfzehnstöckiges beigefarbenes

Gebäude, das nur einen kurzen Spaziergang von Hausbooten auf dem New River entfernt ist, von Parkbänken und Innenhofcafés. Es gibt wahrscheinlich nur wenige Orte in der Welt, an denen das Nebeneinander von Einkerkerung und Freiheit erschreckender ist als dort, in der Innenstadt von Bahia. Was könnte wohl freier sein als das Leben auf einem Boot und einem Fluss, der zum Meer führt?

Als ich zu meinem ersten Termin mit Ray Raintree ins Gefängnis ging, ertappte ich mich dabei, dass ich zu den Sehschlitzen hinaufstarrte und dachte: *Seid ihr Typen verrückt? All das hier unten für das da oben aufzugeben? Was habt ihr euch dabei gedacht?* Es gibt in Bahia jedes Jahr an die dreitausend Stunden Sonnenschein, und diese Burschen haben es geschafft, sich ausgerechnet an den einen Ort in der Stadt zu manövrieren, an dem die Sonne nicht scheint.

Gefängnisgemeinschaften sind durch persönliche Eigenarten bestimmt. Andere Wärter, andere Methoden. Doch allgemein lässt sich sagen: Je schlimmer das Verbrechen, umso größer die »Ungestörtheit« eines Gefängnisinsassen. Vor allem Verbrechen an Kindern bedeuten für die Häftlinge mit hoher Wahrscheinlichkeit Einzelhaft, um sie so vor den übrigen Häftlingen zu schützen, vor all diesen lauteren, tugendhaften Charakteren, die für ihre Selbstgerechtigkeit so viel Raum haben. Der Himmel weiß, dass ein Mann, der eine Verkäuferin mittleren Alters in einem Lebensmittelladen ermordet, um keinen Preis dabei ertappt werden möchte, dass er sich mit einem Kinderschänder abgibt. Du lieber Gott, bloß nicht!

Die »Ungestörtheit«, die den schlimmsten Kriminellen zugestanden wird, bedeutet oft, dass auch Interviews unter vier Augen stattfinden und nicht draußen auf dem Hof beim »Bärentanz«, wo jedermann zuhören und zusehen kann, sogar die Mütter. Manchmal werden privatere Interviews in Nebenzimmern abgehalten, die bis auf einen Tisch und ein paar Stühle vollkommen leer sind. Ein Aufseher wird das Gespräch beobachten, wenn auch nicht in dem Raum selbst.

Ich ziehe es vor, wenn die Aufseher möglichst nahe sind und außerdem schwer bewaffnet, ohne dabei so sehr zu stören, dass sie die Person einschüchtern, die ich zu befragen versuche. Die Mörder sind meist an Händen und Füßen gefesselt. Sie können zwar eine Zigarette schnappen, aber nicht mich. Wenn sie Gegenstücke von Hannibal Lecter sind – unkontrollierbare Psychopathen, die jederzeit jeden mit allem angreifen werden, was ihnen zur Verfügung steht, wenn es sein muss, auch mit dem eigenen Körper –, werde ich mich nicht in ein Zimmer mit ihnen setzen, nicht einmal mit einem ganzen bewaffneten Bataillon zu meinem Schutz; stattdessen interviewe ich sie durch mit Panzerglas gesicherte Scheiben.

Mir war zu Ohren gekommen, dass Ray Raintree nicht so war.

Ich kam zu dem Schluss, dass es sicher war, sich mit ihm in einem Raum aufzuhalten, vorausgesetzt, dass dort auch ein bewaffneter Aufseher saß. Wenn ein Aufseher während eines Gesprächs vollkommen still dasitzt, vergisst der Gefangene meist, dass er anwesend ist. Dann fangen Mörder wirklich an zu reden.

Als ich Ray Raintree zum ersten Mal interviewte, sah die Umgebung etwa so aus: ein stämmiger Wärter in der Ecke eines großen leeren Raums mit schmutzig grauen Wänden, keine Fenster mit Ausnahme eines Fensters in der Tür, drei graue Metallstühle und ein Kartentisch, der in der Mitte des Zimmers für Ray und mich hingestellt worden war.

Der Kartentisch vermittelte mir ein unbehagliches Gefühl.

Er brachte mich in zu große Nähe von Ray, obwohl wir beide unsere Stühle auf dem kalten Zementfußboden zurückschoben und uns zurücklehnten wie ein Paar introvertierte Menschen, die viel Raum für sich beanspruchen. Dieser Tisch war zu zwanglos, besonders mit meiner Tasse Kaffee und Rays Cola-Dose darauf.

Mein Kassettenrekorder bekam bei diesem ersten Mal nicht viel zu hören, nur den Ton meiner Stimme, die eine Unterhaltung in Gang zu bringen versuchte, und die Töne von Ray, der mir auf seiner Gitarre antwortete.

Auf meine Bitte hin rauchte er nicht.

Die Gitarre war ein altes Instrument, das schon bessere Tage gesehen hatte. Das Muster um die Öffnung herum war fast ganz verschwunden, und die Ränder sahen aus, als hätte jemand an ihnen genagt. Trotzdem war es einigermaßen verblüffend, dass man ihm das Instrument ließ. Manche Gefängnisse kommen denjenigen gern ein wenig entgegen, die ein Todesurteil zu erwarten haben, wie man es bei Ray vermutet und womit man auch einverstanden ist. Man macht auch einige kleinere Zugeständnisse bei denjenigen, die in Einzelhaft sitzen und sich als fügsam erweisen, wie Ray es zu sein schien. Er machte offensichtlich niemandem Kummer.

Im Raum hing ein süßlicher Tierduft von all den Männern, die in ihren orangefarbenen Gefängnisoveralls hier gesessen und geschwitzt hatten.

Man hatte mir gesagt, dass Ray nach seiner Festnahme nicht mehr aufgehört hatte, den Detectives Geschichten zu erzählen – eine nach der anderen –, doch als ich ihn zum ersten Mal interviewte, sprach er kein Wort mit mir, was mir recht war, da ich sonst vielleicht einen Schrecken bekommen hätte.

»Hallo.« Ich klang selbstbewusster, als ich mich fühlte.

Zur Antwort auf meinen Gruß schlug Ray einen C-Dur-Grundakkord an: CEG.

Ich erkannte ihn nur dank der erzwungenen Klavierstunden in meiner Kindheit: zehn Jahre Unterricht und Üben, um eine Frau hervorzubringen, die in Panik gerät, wenn sie anderen und nicht nur sich selbst etwas vorspielen soll.

Ich deutete diesen Akkord so: »*Selber Hallo.*«

»Vielen Dank, dass Sie mich empfangen, Ray.«

Er schlug einen C-Dur-Subdominantakkord an: FAC.

Das schien zu bedeuten: »*Was soll's, ich habe nichts Besseres zu tun.*«

»Wie geht es Ihnen hier?«

C-Dur-Dominantakkord: GBD.

Ich erkannte die Akkorde durchaus, konnte sie aber nicht in Sprache übersetzen. Dieser hier hatte vielleicht bedeutet: »*Okay*« oder »*Was für eine dämliche Frage*« oder »*Das Essen hier ist wirklich zum Abgewöhnen*«. Ich redete mir jedoch nicht ein, dass wir tatsächlich eine Unterhaltung führten.

»Ich weiß nicht, wie viel Sie über mich wissen, Ray, oder was Ihre Anwältinnen Ihnen über meine Arbeit erzählt haben?«

Er begann, jeweils auf einer Saite eine Melodie zu zupfen, plonk, plonk, plonk: »The Naughty Lady of Shady Lane.«

Ich wusste nicht, wie ich darauf antworten sollte.

Ich hatte gehört, dass er einen verdrehten Sinn für Humor hatte.

Dann wechselte er zu einer neuen Melodie: »*I wish I was in the land of cotton …*«

Wieder bemühte ich mich, mir meine Überraschung nicht anmerken zu lassen. Ich bin in Birmingham in Alabama geboren, konnte aber nicht glauben, dass diese Melodie für mich gemeint war. Wie hätte er das überhaupt wissen sollen? Auf den Schutzumschlägen meiner Bücher gibt es zwar eine kleine biografische Kurzinformation über mich, aber die konnte er nicht gelesen haben; er war Analphabet.

Ich beschloss, mit dem Reden aufzuhören und zu warten, was er als Nächstes spielte. Das gab mir Gelegenheit, mich an seine äußere Erscheinung zu gewöhnen, die unerwartet schockierend war. Man hatte mich zwar gewarnt, aber nicht nachdrücklich genug. Ich hatte gehört, dass er Furcht erregend aussah, aber nicht wirklich verstanden, wie unnatürlich klein er war oder wie verwirrend jung er erschien. Es war nicht nur, dass er kleinwüchsig war, er war etwa ein Meter fünfunddreißig groß, sondern vielmehr, dass er wie ein eigenartiger Typus von Junge aussah und nicht wie ein Mann. Mager, knochig. Er wog vielleicht nicht einmal neunzig Pfund.

Es war merkwürdig, dass ein kleinwüchsiger Mensch so erschreckend wirken konnte.

Ray sah aus, als hätte er nie »zugelegt«, wie man über erwachsene Männer sagt. Es gibt bei einigen Heranwachsenden ein Stadium, in dem ihre Extremitäten für den Rest des Körpers zu groß aussehen. Ihre Arme und Beine sind vier Stöcke, die in der Mitte, an Knien und Ellbogen, an Scharnieren hängen, und wenn die Jungen die Hemden ausziehen, bestehen sie nur aus Brustkorb. Ray sah so aus, obwohl ich seine Rippen nicht sehen konnte.

Ray Raintree sah aus wie ein Junge in der Kleidung eines Mannes.

Ich hatte auch gehört, dass er ein ausgewachsener Hypochonder sei, der immer wieder Medikamente verlange, die man ihm nicht gab. Um ein Rezept zu bekommen, musste man sich in die Krankenstation des Gefängnisses begeben, und er weigerte sich, das zu tun, da er anscheinend nicht verstand, dass das eine die Voraussetzung für das andere war. Er wollte nur Pillen, irgendwelche Pillen, wie es schien, etwas, das er schlucken, auf die Haut auftragen oder inhalieren konnte. Damit wurde die Fülle von Rezepten anderer Leute verständlich, die man in einem seiner Rucksäcke gefunden hatte.

Als man ihn ins Gefängnis einlieferte und die übliche ärztliche Untersuchung vornahm, bemerkte der Arzt drei besondere körperliche Eigenheiten: eine Narbe auf der vorderen rechten Seite seiner Kehle, eine zweite Narbe gleich unterhalb seines Brustkorbs auf der linken Seite, und außerdem hatte er nur einen Hoden. Ray behauptete, der andere sei ihm einmal bei einem Fußtritt zerquetscht worden, aber wer wusste, ob man ihm glauben konnte?

Als man ihm eine Abschrift seiner eigenen Worte zur Unterschrift vorlegte, behauptete er, nie lesen oder schreiben gelernt zu haben. Er könne nur seinen Namen schreiben. Dann kritzelte er eine Probe davon auf ein gesondertes Blatt Papier. Paul Flanck sagte, es sehe aus wie »Da Tee«, und fragte ihn: »Wo sind Sie zur Schule gegangen, Ray?«

»Was ist eine Schule?«, habe sein Verdächtiger mit einem schiefen Grinsen geantwortet.

»Wo haben Sie spielen gelernt?«, fragte ich ihn jetzt, erhielt aber überhaupt keine Antwort.

Ich konnte die lange, schmale Narbe an seiner Kehle sehen, die sich aus seinem Hemdkragen erhob, und mein Blick blieb einen Moment daran haften, da ich lieber fast überall anders hinsah, statt ihm direkt in die Augen zu blicken.

Sein Gesicht wirkte gleichzeitig zu jung und zu alt. Die »Jugend«

lag zum Teil an der haarlosen Haut. Ray hatte sich wahrscheinlich noch nie rasiert, obwohl er jetzt wohl an die dreißig Jahre alt war. Der Rasierer und die Klingen in seinem Rucksack waren einfach nur Wunschdenken. Das »Alter« lag in den Augen, die von einer langweiligen, unschönen graublauen Farbe waren, und in den Lippen. Er hatte dünne, gräulich-blaue Lippen, die fast die gleiche Farbe hatten wie seine Augen. Sehr ungewöhnlich, ein sehr seltsamer Anblick. Für mich hatte Ray das Aussehen eines zu Eis erstarrten Jungen; ein menschliches Eis am Stiel, geschrumpft und verdampft, weil es zu lange in der Kühlbox gelegen hatte.

Er jagte mir Angst ein.

Jetzt spielte Ray »Dixie«, jeweils nur eine klare Note, bis er sich bis zum Ende des Songs vorgearbeitet hatte.

»Stammen Sie aus dem Süden, Ray?«

Als Antwort schlug er einen G-Dur-Grundakkord an: GBD, dem wieder die subdominanten und dominanten Akkorde folgten, sogar ein dominanter Septimenakkord. Als die Detectives sich nach seiner Herkunft erkundigt hatten, hörte er nicht auf zu reden, obwohl alles nur Lügen waren. Mir spielte er eine Sequenz von Akkorden vor.

Sequenz, dass ich nicht lache! Die Wahrheit war, dass ich bei ihm nicht von der Stelle kam.

Ich fragte mich, ob er ein großes Repertoire an Melodien hatte oder ob ich jetzt immer wieder »Dixie« hören würde.

Unheimlicherweise begann er genau in dem Augenblick, in dem ich das dachte, eine andere Melodie anzustimmen. Diesmal erkannte ich »Stardust«, die alte Standardnummer von Hoagy Carmichael, von der ich nicht gedacht hätte, dass Ray alt genug war, sie zu kennen. Er spielte sie mit jeweils einer Note. »*Sometimes I wonder why I spend the lonely nights dreaming of a star ...*«

Es ist ein melancholischer Song.

Wenn es irgendwo in der Welt jemanden gab, der ihn mochte, musste ihn dieser Song auf der Kassette zu Tränen gerührt haben.

»Hübsches Lied«, sagte ich, als er geendet hatte.

Das quittierte er mit einem dissonanten Arpeggio, was ich als eine Art musikalischer Zurechtweisung empfand, etwa als: »Wen kümmert schon, was du denkst?«

Danach musste ich aufgeben und mich verabschieden.

Auf der Kassette mit diesem »Interview« hört man das Geräusch, wie mein Stuhl auf dem Betonboden zurückgeschoben wird. Dann meine Schritte, eine Tür, die aufgeht, mein höflicher Wortwechsel mit dem Aufseher, der sie öffnete. Währenddessen lief die ganze Zeit der Rekorder und nahm alles auf. Es hört sich dramatisch, grotesk an, denn außer den Geräuschen meines Abgangs ist Ray zu hören, der auf seiner Gitarre »Some Enchanted Evening« zupft.

»You will meet a stranger ...«

Später spielte ich das Band den Detectives Flanck und Anschutz vor, und sie bekamen eine Gänsehaut. Ich habe es seitdem noch einigen wenigen anderen Menschen vorgespielt, um ihnen eines der gespenstischsten Interviews meiner Laufbahn vorzuführen.

Ich wusste nicht, ob er sich damit einverstanden erklären würde, mich wiederzusehen, doch ich vermutete, dass er ja sagen würde. Ich hatte den Verdacht, dass Ray ein Publikum wollte, und wenn er es nicht mit Lügen fesseln konnte, musste er seine Aufmerksamkeit mit seinem Schweigen erringen.

Ich suche mir einen Fall nie ausschließlich wegen des Opfers aus; es ist meist der Mörder, der mich wirklich in eine Sache hineinzieht. Die schreckliche Wahrheit ist, dass Opfer im Großen und Ganzen nicht annähernd so interessant sind, da sie fast definitionsgemäß schwächer sind als ihre Mörder. Kann irgendein Durchschnittsmensch auch nur eine der acht Krankenschwestern beim Namen nennen, die Richard Speck umgebracht hat? Es sind die Namen der Mörder, an die sich die Menschen erinnern, und das liegt nicht nur daran, dass die Medien ihnen so große Aufmerksamkeit schenken.

Es gibt jedoch Ausnahmen von dieser Grundregel. Es gibt Opfer, an deren Namen sich die Menschen erinnern, während ihre Mörder vergessen sind. Doch das liegt daran, dass diese Opfer die

Stärkeren sind, entweder wegen ihrer Berühmtheit oder wegen der großen Empörung und der ihretwegen angestellten Ermittlungen. John Lennon und Mark ... wie heißt er noch? Und wie ist der Name des Burschen, der auf Ronald Reagan schoss?

Was also ist die vermutete *Stärke,* welche die Öffentlichkeit in diesen schrecklichen Männern wahrnimmt, und wie konnte ich überhaupt etwas davon in dem mageren, unheimlichen und ungesund aussehenden Raintree entdecken?

Da war erstens die Stärke seines langen Schweigens, die Art und Weise, wie er unendlich lange Zeit mit niemandem sprach, ohne dafür einen Vorteil für sich zu erlangen, so wie etwa ein Kriegsgefangener nicht mit dem Feind spricht. Was noch eigenartiger war, Ray weigerte sich sogar, jemandem auch nur das Gegenstück von »Rang und Erkennungsnummer« zu nennen. Selbst Kriegsgefangene geben das an. Was seinen Namen anging, diesen eigentümlich poetischen, alliterierenden, beklemmenden Spitznamen, konnte niemand beschwören, dass es sich dabei um den richtigen handelte, jedenfalls nicht nach der Reihe anderer Lügen und Geschichten, die er erzählt hatte.

»Haben Sie einen zweiten Vornamen, Ray?«, fragten sie ihn.

»Steven«, erwiderte er, nannte aber auch Francis, Quentin und Federico. Wir hatten die freie Auswahl. Der nannte alles außer Peter, Paul und Mary. Die ersten vier hatte er sichtlich von Filmregisseuren gestohlen: Spielberg, Ford Coppola, Tarantino und Fellini. Als er schließlich sagte, sein zweiter Vorname sei *Lutsch mir den Schwanz,* hörten sie auf, ihn zu fragen.

Doch schon vorher war da diese absolute Frustration der Stärke, mit der dieser Kerl weiterhin behauptete, Schwarz sei nicht Schwarz und Weiß nicht Weiß. Da konnte man nur noch den Kopf schütteln und verzweifelt die Hände heben. Ja, er habe sie in seinem Boot mitgenommen. Nein, das bedeute nicht, dass er sie getötet habe. Ja, sie habe aufgehört zu atmen. Nein, das bedeute nicht, dass sie tot gewesen sei! Wie Robyn Anschutz sagte: »Es macht mich wahnsinnig, wie er das macht. Ich möchte ihn schütteln, bis ihm die Augen aus dem Kopf kullern. Ich möchte ihn an den Fußknöcheln packen und ihn mit dem Kopf gegen die Gitterstäbe seiner Zelle knallen. Er macht mich wahnsinnig.«

Es war schon August, als ich mein zweites Interview mit ihm hatte. Eine Pflichtverteidigerin hatte er bereits verschlissen und stand kurz davor, auch seine zweite zu verlieren.

An dem Tag, an dem ich ihn zum zweiten Mal aufsuchte, war ich in keiner guten Stimmung. Wenn ich normalerweise Mörder interviewe, versuche ich, sie für mich zu gewinnen, aber Ray hatte mich mit dem Spielchen geärgert, das er mit seiner Gitarre spielte, und je länger ich darüber nachdachte, umso ärgerlicher wurde ich, und ich hatte mich entschlossen, es ihn fühlen zu lassen.

»Jetzt können wir wieder«, sagte ich und knallte meinen Kassettenrekorder auf den Tisch.

Ich war entschlossen, mich ihm gegenüber genauso zu verhalten, wie mir zumute war, also etwa so: »Ob du nun mit mir sprichst oder nicht, ist mir ziemlich egal. Ich will zwar deine Story, aber das heißt noch lange nicht, dass du für mich wichtig bist oder für irgendeinen meiner Leser. Du bist nicht der Held dieses Buches.«

Das war eine tapfere Haltung, aber nicht ganz ehrlich.

Ich hoffte sehr, er würde sich um seinen hässlichen kleinen Kopf reden.

Ich streckte die Beine aus, setzte mich so lässig hin, dass ich es bequem hatte, und verschränkte die Arme vor der Brust. Es war eine distanzierte Haltung, die besagte: Du kannst mich mal. Manche hätten den Fehler gemacht, sie als Abwehrhaltung zu interpretieren, aber das war es nicht; sie bedeutete: »Ich kann dich nicht ausstehen.«

Ich legte meine ganze Abneigung in meine Worte und auch in die Stimme.

»Monolog mit musikalischer Begleitung«, sagte ich.

Er grinste, woraufhin ich mich kerzengerade im Stuhl hinsetzte.

Eine Reaktion! Überdies eine, für deren Verständnis kein musikalisches Wissen notwendig war.

Ray begann anscheinend ziellos die Saiten zu zupfen.

»Es gibt viele Dinge bei Ihnen, über die ich nichts weiß, Ray, über das meiste, wie ich vermute. Ich würde es gern wissen, nicht weil ich um der Dinge willen daran interessiert bin, obwohl das vielleicht sein könnte, sondern weil es meinem Buch mehr Plausibilität und Wahrhaftigkeit verleihen würde.«

Ich hatte mir das Ganze ziemlich laienhaft ausgedacht und geplant.

Er unterbrach sein Gezupfe kurz, und ich wusste, dass ich ihn dabei erwischt hatte, dass er mir zuhörte und dass er dachte, was ist Plausibilität und Wahrhaftigkeit?

»Wahrhaftigkeit. Wie Sie wissen, ist die für jeden Schriftsteller sehr wichtig, aber besonders für jemanden wie mich, der über reale Begebenheiten zu schreiben behauptet. Es ist ein lustiges Wort, finden Sie nicht auch? *Wahr* – wie die Wahrheit. Nicht *die* Wahrheit, sondern nur *wie* die Wahrheit. Und gleichwohl bedeuten die Begriffe, dass sie den Eindruck von Genauigkeit vermitteln sollen.«

Ich hatte keine Ahnung, ob er klug genug war, diesem aufgeblasenen Quatsch zu folgen, aber eines wusste ich genau: Jeder Killer überschätzt seine Intelligenz, und da kann man gar nicht übertreiben. Selbst der schwachköpfigste Psychopath ist überzeugt, er könnte Mitglied einer akademischen Gesellschaft sein, wenn man davon absieht, dass es über seine Geisteskräfte geht, auch nur den IQ-Test zu bestehen.

Und ich machte jetzt den Versuch, dieses Killer-Ego zu schnappen.

»Ich möchte gern auf eine Art über Ihr Leben schreiben, die meinen Lesern ein Gefühl von Wahrhaftigkeit vermittelt, Ray. Wenn ich das nicht tun kann, werde ich alles erfinden. So wie Sie. Ich werde die Geschichten wiedergeben, die Sie uns erzählt haben, und dann werde ich verschiedene gelehrte Leute daran setzen, sie zu analysieren und Vermutungen darüber anzustellen, was diese Geschichten über die Wahrheit Ihres Lebens vermuten lassen. Es kann sein, dass sie näher an die Wahrheit herankommen, vielleicht aber auch total daneben liegen. Aber was immer andere Menschen über Sie sagen, das werde ich schreiben, und das wird dann auch für immer die offizielle Version Ihres Lebens werden.«

Ich verstummte.

Er begann »Yesterday« zu spielen.

Seine Wahl traf mich hart, das tut dieser Song immer, doch ich ließ mir das nicht anmerken. Witzelte er musikalisch schon wieder herum, um mir einen Hinweis zu geben?

Ich nahm es diesmal als folgerichtige Antwort einer realen Unterhaltung und lauschte, als spräche er. Als die Töne verebbten, erwiderte ich, als wäre es jetzt an mir, zu sprechen: »Ich erzähle Fremden auch ungern etwas über mich. Es ist wahrscheinlich verrückt, da ich in meinen Büchern so viel über andere Menschen erzähle, aber ich halte mein Leben ziemlich geheim, so wie Sie Ihres geheim halten. Wenn ich für Zeitschriften interviewt werde, sage ich den Reportern genau das, was sie wissen sollen, und nichts anderes. Und wenn ich ein Buch zu Ende schreiben soll oder die Dinge mir über den Kopf wachsen, verlasse ich die Stadt und begebe mich an einen Ort, von dem außer meiner Anwältin niemand etwas weiß. Ich benutze dann sogar einen anderen Namen wie ein flüchtiger Verbrecher oder so etwas.« Ich lachte kurz. Auch das hatte ich so geplant. »Ich werde Ihnen die Wahrheit sagen, Ray. Die Idee, dass ich etwas mit Ihnen gemeinsam habe, begeistert mich nicht gerade, aber anscheinend ist es so.«

Dann handelte ich, als wäre mir soeben ein Einfall gekommen.

»He, hören Sie mal, haben Sie je von hypnotischer Regression gehört?«

Seine Hand schwebte reglos über seinen Gitarrensaiten.

»Sie könnten unter Hypnose dorthin zurückkehren, als« – ich paraphrasierte den Text des Beatles-Songs, der genau zu meinem Plan passte – »all your troubles ...«

Er zupft die Gitarre, um die nächsten vier Wörter zu begleiten: *seemed so far away.*

»Ich weiß von einer Frau, die Sie in die Vergangenheit zurückführen kann und die Sie direkt über Natalies Tod hinwegführt, Ray, und über all die Jahre, die Sie lieber vergessen würden. Sie kehren dann direkt zu der glücklichen Zeit zurück, die es in Ihrem Leben vielleicht gegeben hat, selbst wenn es nur die ersten fünf Minuten nach Ihrer Geburt waren.«

Seine Hände erstarrten wieder über den Saiten.

»Sie könnten vielleicht das Gesicht Ihrer Mutter oder das Ihres Vaters sehen, vielleicht auch nur einen Arzt oder eine Schwester. Ich weiß es nicht. Aber ein Hypnotiseur wäre vielleicht in der Lage, Sie nur in die glücklichen Zeiten zurückzuversetzen.«

Ich machte eine Pause und hob den Blick von seinen erstarrten Händen zu seinem Gesicht.

Seine Mundwinkel wirkten schlaff, und er starrte auf den Fußboden.

»Denken Sie darüber nach. Nur in die glücklichen Zeiten.«

Unser »Interview« endete in Schweigen. Diesmal begleitete keine Musik meinen Weg zur Tür. Dann hörte ich zum ersten Mal seine Stimme, so wie ich sie zuvor auf den Interviewbändern gehört hatte. Sie war hoch und dünn und hörte sich eher wie die eines Jungen an.

»Haben Sie das mal gemacht?«

Ich drehte mich langsam um, versuchte, nicht vor Aufregung herumzuwirbeln.

»Mich hypnotisieren lassen?«

»Ja.«

»Nein.«

»Haben Sie es schon mal gewollt?«

Ich lächelte ihn leicht an. »Nein.«

Er zupfte an den Saiten, blickte auf seine Gitarre und murmelte: »Noch was, das wir gemeinsam haben.«

Ich wartete einen Augenblick und ging dann hinaus.

Als ich ihn drei Tage später wieder besuchte, geschah es auf seine Bitte hin. Diesmal hatte er seine Gitarre nicht bei sich, und er begann zu sprechen. Nicht mühelos, nicht mit dem Redestrom, mit dem er sonst jeden einwickelte, sondern langsam und vorsichtig wie ein Blinder, der eine Straße voller Schlaglöcher entlanggeht.

»Stellen Sie mir Fragen.«

»Wo wurden Sie geboren?«

»Weiß nicht.«

»Wie alt sind Sie?«

»Weiß nicht.«

»Haben Sie irgendwelche Erinnerungen an Ihre Kindheit?«

»Nein.«

»Keine, Ray? Gibt es nicht ein paar Erinnerungsfetzen? Ein Gefühl, an das Sie sich erinnern können?«

Er schüttelte den Kopf und runzelte die Stirn.

»Was ist denn Ihre *erste* Erinnerung?«

Mit der Antwort darauf ließ er sich sehr viel Zeit. Schließlich sagte er und sprach so, als zögerte er, es mir zu erzählen: »Ein Hund.«

Ich wartete einen Moment und sagte dann: »Erzählen Sie mir von dem Hund, in Ordnung?«

Er sah mir direkt in die Augen, was mich so nervös machte, dass ich mich zwingen musste, seinem Blick standzuhalten.

»Sah aus wie ein Cockerspaniel.«

»Braun und weiß?«

Seine Stirn runzelte sich erneut, als verwirrte ihn etwas. »Nein, irgendwie orange.«

»Ja, das könnte stimmen, Ray. Cockerspaniel haben manchmal eine Färbung, die ins Orangefarbene geht. Was machte dieser Hund?«

Er schüttelte den Kopf. »Er war nur ein Hund.«

»Wissen Sie noch, ob es ein Rüde war?«, fragte ich schnell. »Vielleicht wissen Sie noch seinen Namen?«

Plötzlich stand er auf, was den Aufseher und mich erschreckte.

»Ich möchte wieder zurück.«

In seine Zelle, meinte er.

Er wollte also lieber in seiner Zelle sitzen, als hier über diese Dinge zu sprechen.

Bevor er hinausging, drehte er sich um und sagte zu mir: »Diese Frau, die Leute hypnotisiert. Das wird bei mir nicht funktionieren. Mich kann niemand hypnotisieren, nicht, wenn ich es nicht will.«

Natürlich. Ich hatte vergessen, welch ein Problem das Ego eines Killers darstellt. Natürlich wollte er nicht zugeben, dass jemand außer ihm selbst Macht über seine Gedanken ausüben konnte. So verwundbar wollte er sich nicht machen; das taten nur Opfer. Und doch bedeutete die Tatsache, dass er es erwähnt hatte, dass er darüber nachgedacht hatte.

Ich blieb sitzen, bis die Tür hinter ihm zuschlug.

Das kann ewig so weitergehen, dachte ich, und am Ende würde es vielleicht dennoch nichts wert sein, selbst wenn ich mein Ziel erreichte. Und doch ist bekannt, dass Soziopathen ihr Schreckensregiment bei kleinen Tieren anfangen. Hunde und Katzen sind häufige und leicht verfügbare Ziele. Bereitete die Erinnerung an einen Cockerspaniel Ray vielleicht aus genau diesem Grund Unbehagen?

Nein, widersprach ich mir, denn wenn die Erinnerung an das Quälen eines Tieres ihm Unbehagen bereitet, könnte man ihn nicht als einen Soziopathen bezeichnen, oder? Bei dieser Art Argumentation kommt man leicht zu Zirkelschlüssen, und je mehr Bücher über Psychologie ich las und je mehr Analytiker ich kennen lernte, umso mehr drehte ich mich manchmal im Kreis. Es war gut, dass ich in meinen Büchern »die Experten« zitieren konnte, denn meine Ansichten über diese Dinge waren so fest wie Grießpudding.

Ich wusste nur, dass es mir sehr schwer fallen würde, aus den Begriffen »Hund, orangefarben und weiß« etwas zu erschaffen, was sich nach richtigem Leben anhörte.

Ich wettete mit seiner Anwältin, dass er sich hypnotisieren lassen würde.

Für die hypnotische Regression saß Ray mit gespreizten Beinen auf dem erhöhten Sitz einer Ruheliege, hatte die Finger auf den Armlehnen gespreizt und schloss die Augen.

Es war wirklich eine eigenartige Sitzung.

Nachdem die Psychologin Ray durch eine Entspannungsübung geführt hatte, sagte sie mit ihrer buchstäblich hypnotischen Stimme: »Betrachten Sie jetzt mit geschlossenen Augen Ihre Füße. Was sehen Sie?«

Ray lachte. »Kleine Füße. Kleine weiße Füße. Nackt.«

»Jetzt blicken Sie langsam an Ihrem Körper hoch. Was sehen Sie?«

»Es sieht wie ein Kleid aus, nur ist es keines. Ich weiß nicht, warum. Bedeutet dies, dass ich in Wahrheit ein Mädchen bin?« Die Frage war ironisch gemeint.

»Machen Sie sich keine Gedanken um das, was es bedeutet.« Die Stimme der Ärztin war entspannt, neutral, volltönend. Sie hallte in der Brust des Zuhörers wider wie die tiefen Töne eines Cellos. »Seien Sie einfach nur da. Sehen Sie, was Sie sehen. Glauben Sie, dass es das Kleid eines kleinen Mädchens ist?«

»Nein. Fühlt sich an wie ein Junge. Aber warum trägt er ein Kleid?«

»Ich werde Sie jetzt bitten, sich umzusehen, ob Sie sonst noch jemanden erkennen. Tun Sie das jetzt.«

»Eine Dame.«

»Versuchen Sie, ihr Gesicht zu sehen. Sieht sie jemandem ähnlich, den Sie kennen?«

»Aber ja, sicher, sie sieht aus wie dieser Filmstar. Cool.«

»Filmstar. Kennen Sie ihren Namen?«

»Fällt mir nicht ein.«

»Sagen Sie etwas zueinander?«

»Sie quasselt über etwas, ich weiß nicht, was. Oh, ich liege im Bett, und sie steht neben meinem Bett. Toll.«

»Was empfinden Sie ihr gegenüber?«

»Ooh, ich möchte sie küssen. Ich liebe sie, und sie liebt mich.«

»Also gut, Sie sind also ein kleiner Junge mit nackten Füßen, der etwas anhat, das wie ein Kleid aussieht.«

»Ich trage kein gottverdammtes Kleid.«

»Entspannen Sie sich, gewöhnen Sie sich daran. Es kann Ihnen nicht schaden. Lassen Sie es einfach so, wie es ist. Sie sind an diesem Ort absolut sicher. Jetzt werde ich Sie in der Zeit einen Sprung nach vorn machen lassen, zu der nächsten Sache, die passiert. Ich werde von drei bis eins rückwärts zählen, und wenn ich bei eins angekommen bin, werden Sie da sein. Drei. Zwei. Eins. Sie sind da. Was passiert?«

»Ich sehe sie. Durch ein Fenster. Sie geht weg. Nein! Geh nicht ohne mich! Ich möchte mitgehen! Mami, warte auf mich!«

»Sie ist Ihre Mutter?«

»Ich nehme es an.«

»Und Sie stehen am Fenster und sehen, wie sie weggeht?«

»Nein, ich laufe hinter ihr her.«

»Wohin geht sie?«

»In ein paar Bäume.«

Ray sah aus, als läge ihm etwas anderes auf der Zunge, doch dann sagte er es nicht. Selbst mit geschlossenen Augen sah sein Gesicht aus, als beobachtete er etwas mit großer Intensität. Wieder schien er etwas sagen zu wollen, doch dann biss er sich auf die Lippen und machte ein Gesicht, als wäre er auf irgendeine Szene fixiert, die sich hinter seinen Augenlidern abspielte.

»Ich werde wieder vorwärts springen …«

»Jemand ruft mich.«

»Ja? Wird Ihr Name gerufen?«

»Jimmy! Jimmy! Wo bist du? Alle machen sich wirklich Sorgen um mich. Alle suchen nach mir. Sie glauben, ich hätte mich verlaufen.«

»Haben Sie sich verlaufen?«

»Nein, ich habe sie gefunden.«

»Was passiert jetzt, wo Sie sie gefunden haben?«

»Sie ist tot. Mausetot.«

»Ihre Mami? Wie ist sie gestorben?«

»Weiß nicht.«

»Wie ist Ihnen zumute, als Sie sehen, dass sie tot ist?«

»Ich verstehe das nicht, tot.«

»Nein, Sie sind ein Kind. Ist da Traurigkeit?«

»Ich verstehe nicht, warum sie nicht aufsteht. Nass.«

»Nass? Ist sie nass? Ihre Mami? Ist sie ertrunken?«

»Wir stehen im Wasser, nicht sehr tief, in einem Sumpf. Ich muss Hilfe für sie holen.«

»Sie verlassen sie, um Hilfe zu holen?«

»Ja.«

»Finden Sie Hilfe?«

»Nein, sie finden mich. Mein Dad weint und nimmt mich fest in den Arm.«

»Versuchen Sie, sein Gesicht zu sehen. Sieht er wie jemand aus, den Sie kennen?«

»Unheimlich. Dieser andere Filmstar. Der Tote. Seinen Namen kenne ich auch nicht.«

»Was passiert jetzt?«

»Alle sind wirklich besorgt und haben nach mir gesucht. Sie dachten, ich wäre gestorben. Die ganze Stadt ist glücklich, mich zu finden. Mein Dad aber fühlt sich schlecht, weil meine verrückte Mama tot ist.«

»Verrückt? War sie geisteskrank?«

»Ja, vollkommen meschugge.«

»Aber jetzt, in den Armen Ihres Vaters, sind Sie sicher?«

»Ja.«

Die Psychologin wählte diesen Moment, um Ray aus der hypnotischen Trance zu wecken. Hinterher, als Ray immer noch in dem Lehnstuhl ruhte, machte ihm die Ärztin ein Kompliment. »Sie sind ein sehr begabtes Trance-Subjekt. Es kommt nur selten vor, dass Menschen beim ersten Mal so gut reagieren. Sie gelangen nicht so schnell in so große Tiefe. Nur etwa fünfzehn Prozent meiner Klienten machen es so gut, wie Sie es eben gemacht haben. Es war ein Vergnügen, mit Ihnen zu arbeiten.«

»Großartig«, sagte Ray spöttisch.

»Ray, seien Sie so nett und überdenken Sie noch einmal dieses

Erlebnis. Und sagen Sie mir, stellen Sie irgendwelche Verbindungen zu etwas in Ihrem gegenwärtigen Leben her?«
»Ja, ich würde gern einen Filmstar küssen.«

Unmittelbar nach der Hypnosesitzung waren sich die ermittelnden Beamten darin einig, dass Ray es ihnen wieder einmal gezeigt hatte. In dieser Geschichte spielte erneut eine hingebungsvolle Mutter die Hauptrolle, mochte sie auch verrückt und nicht vollkommen sein, und wieder gab es einen idealisierten Vater und die romantische Vorstellung, dass alle Bewohner einer ganzen Kleinstadt sich um das Wohlergehen des armen kleinen Ray sorgten.

»Könnte schlimmer sein«, bemerkte Paul Flanck. »Diesmal könnte er uns etwas über eine Sache erzählt haben, die er wirklich getan hat. Als hätte er beispielsweise tatsächlich eine Frau getötet. Vielleicht seine Mutter.«

»Im Wasser«, warf Robyn ein, »in einer sumpfigen Gegend.«

»Irgendwo auf der Erde«, fügte Paul sarkastisch hinzu.

»Sehr hilfreich«, erwiderte seine Partnerin. »Wir hätten vielleicht was in der Hand, wenn wir ihren Namen hätten und den des so genannten Vaters.«

»Richtig, wenn es die Namen wirklich gäbe«, witzelte er.

»Es kommt mir vertraut vor«, beharrte sie. »Ich möchte gern wissen, an welche Filmstars er dachte?«

Die Hypnotherapeutin – eine Frau in den Fünfzigern – hörte sich an, wie die jungen Detectives darüber debattierten, und sagte mit einer Miene amüsierten Unglaubens: »Haben Sie noch nie von dem Film *Raintree County (Im Land des Regenbaums)* gehört?«

Sie fuhren zu einer Videothek und kamen sich töricht vor.

Tatsächlich, dort inmitten der »Klassiker« befand sich ihre Antwort: *Raintree County*. Robyn nahm die Kassette und reichte sie Paul, damit er ebenfalls die beiden jungen und schönen Gesichter sehen konnte, die darauf abgebildet waren: Elizabeth Taylor und Montgomery Clift, der »verstorbene Schauspieler«.

Als sie sich den Film ansahen, entdeckten sie die Geschichte, wie sie Ray unter Hypnose erzählt hatte: Die Szene mit einem kleinen Jungen namens Jimmy in einem Nachthemd, das wie ein Kleid aussah, ein Kleidungsstück, wie es alle Kinder nachts anhaben. Der Junge lag im Bett, als seine »verrückte« Mutter ihm Gute Nacht sagte, obwohl das Kind nicht verstand, dass sie »für immer« meinte. Der Junge rannte an sein Schlafzimmerfenster. Er sah sie noch, wie sie in den Wald verschwand. Dann rannte er aus seinem Zimmer, durch die Haustür und quer über die weite Rasenfläche und hinter ihr her.

Die Detectives betrachteten den Film mit vor Verblüffung offenem Mund und schüttelten erstaunt und entsetzt den Kopf über ihren seltsamen, fantasierenden Verdächtigen.

»Da ist es!« Robyn zeigte auf den Bildschirm. »Elizabeth Taylor liegt tot im Sumpf! Genau wie Ray gesagt hat. Und da sind all die Bewohner der Stadt auf der Suche nach dem Jungen. Und hier kommt der Vater.«

Damit meinte sie Montgomery Clift.

»Jimmy« war ein fiktives Kind in einem Film, an den sich ein Mordverdächtiger erinnerte, dessen Nachname dem des Filmtitels entsprach.

»Merkwürdige Zeit«, bemerkte Paul Flanck.

Auf dem Bildschirm sagte die von Montgomery Clift gespielte Figur namens »John« mit resignierter und desillusionierter Stimme: »There is no Rain Tree.«

»Da hast du völlig Recht, Monty«, witzelte Paul. Er drehte sich zu Robyn und mir um. »Wie lautet das altmodische Wort für Geist?«

»Schatten?«, fühlte Robyn vor. »Gespenst?«

»Genau. Vielleicht ist es das, was wir da eingesperrt haben. Kein Mann oder wirklicher Mensch, sondern ein Gespenst. Huuuuh.«

Robyn dachte an eine andere Replik in dem Film, den sie soeben gesehen hatten. An einer bestimmten Stelle sagt eine der handelnden Personen über den vermissten kleinen Jungen: »*Man hat ihn noch nicht gefunden.*« Und Robyn dachte: Der wirkliche Ray Raintree ist auch noch nicht gefunden worden.

Es gab noch weitere Zitate aus dem Film, die sie heimsuchten, etwa: »*Ein weiterer Tag des Leichenmachens*« und »*Morgen beginnst du eine Reise zu einem Ort namens Hölle*«.

Sie hätten zu gern gewusst, was das alles zu bedeuten hatte.

Kurz danach betrat eine bekannte Strafverteidigerin der Stadt namens Leanne English das Bezirksgefängnis des Howard County und verkündete, sie wolle »meinen Mandanten besuchen, Raymond Raintree«. Als ihm dieser Wunsch übermittelt wurde, knurrte »ihr Mandant«, er habe noch nie von ihr gehört.

»Man hat mich engagiert, seine Interessen zu vertreten«, gab Leanne zurück.

»Wer?«, lautete Rays nächste Frage.

»Das geht ihn nichts an«, sagte seine neue Anwältin und fügte für den Gefängniswärter, der mit diesen Nachrichten hin und her eilte, hinzu: »Sie übrigens auch nicht.«

Sie suchte ihn auf, und damit fanden alle Arten von Experimentalpsychologie, Schriftstellerinterviews oder Äußerungen des Beschuldigten zu wem auch immer ein sofortiges Ende. Jetzt wurden nur noch die Anwältin und deren Günstlinge vorgelassen. Raymond Raintree war jetzt das Eigentum der Anwaltsfirma Sounder, McKee, Morrison und English.

5

Raymond

»Normalerweise vertiefe ich mich erst beim Prozess in einen Mordfall«, erzähle ich Franklin bei einem Käse-Gemüse-Omelette, das er mir ins Arbeitszimmer gebracht hat. Er selbst setzt sich mit seinem Teller mir gegenüber auf das Ledersofa. »Wenn ich dieses Buch auf meine gewohnte Weise geschrieben hätte, wäre ich dir erst bei der Verhandlung begegnet.«

Meine Arbeitsmethode scheint ihn unendlich zu faszinieren. Das hat natürlich zur Folge, dass ich ebenso unendlich von ihm fasziniert bin.

»Das ist der Moment, in dem ich anfange, mich persönlich um alles zu kümmern«, fahre ich fort, »aber die Recherchen in einem Fall beginnen schon lange Zeit davor. Außerdem fange ich schon früher an, mit den Hauptbeteiligten zu korrespondieren, mit Leuten wie dir. Ich schreibe Briefe an den Staatsanwalt, den Verteidiger und die ermittelnden Detectives, aber auch an Familien und Freunde von Opfer und Mörder.«

»Was sagst du da?«

»Ich stelle mich nur vor. Ich schreibe auch an den Mörder. Ich muss damit beginnen, eine Art Vertrauensverhältnis herzustellen, das alle diese Menschen dazu bringt, mich in ihr Leben einzulassen.«

»Bei mir scheinst du das ganz gut geschafft zu haben.«

Wir lächeln einander zu – Verschwörer.

»Du bist der beste Omelette-Macher der ganzen Welt.«

»Das ist der Grund, weshalb ich dir vertraue, weil du einen exquisiten Geschmack hast.«

Er möchte wissen, weshalb ich dieses Buch nicht nach dem gewohnten Verfahren konzipiert habe.

»Weil sich der Mord in meiner Heimatstadt ereignet hat«, erwidere ich. »Ich kannte deinen Ruf. Paul und Robyn habe ich schon früher kennen gelernt, als ich in der Polizeibehörde ein paar Recherchen anstellte. Richterin Flasschoen war ebenfalls ein vertrauter Name für mich, den ich schon aus der Zeitung kannte, ebenso Leanne. Es schien also nicht notwendig zu sein, bis zum Prozess zu warten, da ich nur in die Innenstadt zu fahren brauchte, um die meisten von euch zu interviewen. Die einzigen Leute, über die ich nichts wusste, waren die McCullens und Ray. Außerdem dachte ich mir, dass das Buch schneller fertig werden würde, wenn ich rechtzeitig mit den Interviews anfinge.

Geldgier«, gestehe ich jetzt. »Das ist der Grund, weshalb ich es tat.«

Er weiß, welche Probleme es mir jetzt bereitet, meinen Ablieferungstermin einzuhalten.

Ich verstieß gegen meine eigenen Regeln und ließ mich weit früher, als ich es normalerweise tue, eng mit dem Fall ein. Und offensichtlich weit intimer. Dessen ungeachtet schien der gesamte Vorgang dem Verfahren bei jedem anderen Buch ähnlich zu sein, bis ich zu den Strafverteidigerinnen kam, aber ich habe nicht das Gefühl, dass ich dem Staatsanwalt davon erzählen kann, ohne Rays Anwältinnen zu verraten.

Statt an Leanne English zu schreiben, nahm ich den Hörer ab.

»Sounder, McKee, Morrison und English.«

»Hallo. Ich würde gern Leanne English sprechen oder ihre Sekretärin, bitte.«

»Einen Augenblick …«

»Ich bin Miss Englishs Sekretärin. Kann ich Ihnen helfen?«

»Ja. Ich hoffe. Mein Name ist Marie Lightfoot, und ich schreibe gerade ein Buch über den Mordfall Natalie Mae McCullen.

Ich hätte gern einen Termin bei Miss English, um mit ihr über den Fall zu sprechen.«

»Es tut mir Leid, aber Miss English gibt keine Interviews.«

»Meinen Sie über diesen Fall oder überhaupt keine?«

»Das kann ich wirklich nicht sagen.«

»Ich möchte Sie nicht bitten, etwas zu enthüllen, was Ihrem Mandanten schaden könnte, ich möchte einfach nur ...«

»Es tut mir Leid, aber ich habe Anweisung zu sagen: keine Interviews.«

Ich wollte die Sekretärin nicht gegen mich aufbringen. »Na schön. Ich verstehe. Vielen Dank ...«

»Miss Lightfoot? Sind Sie *die* Marie Lightfoot?«

Ich lächelte ins Telefon. »Ich vermute schon.«

»Oh, das ist aufregend! Ich habe alle Ihre Bücher gelesen. Wollen Sie wirklich ein Buch über diesen Fall schreiben?«

»Nun ja, besten Dank. Ja, das will ich. Deswegen muss ich Ihre Chefin interviewen.«

»Oh, ich wünschte, ich könnte Ihnen helfen, aber ich kann nicht.«

Der Frau war aufrichtiges Bedauern anzumerken.

»Ich verstehe. Glauben Sie, die Kanzlei könnte sich in ihrer Einstellung flexibel erweisen? Wenn Sie sagen, ich sei so vertrauenswürdig wie Fort Knox, würde das helfen?«

»Nein, tut mir wirklich Leid.«

»Ist schon in Ordnung. Trotzdem vielen Dank.«

»Würden Sie mich in dem Buch unterbringen, wenn man hier seine Meinung ändert?«

Ich machte mir wieder Hoffnung. »Ich würde sogar Ihren Namen richtig schreiben.«

Die Sekretärin lachte und hörte sich angenehm berührt an, als sie sagte: »Na schön, ich werde es versuchen, ich werde wirklich versuchen, sie dazu zu bringen, es sich zu überlegen.«

»Wissen Sie, wer Ihre Kanzlei beauftragt hat?«

»Nein.«

Die freundliche Sekretärin wurde urplötzlich zu Stein. Die Antwort erfolgte abrupt und wurde genauso schnell durch ein »Auf Wiederhören« ergänzt.

Ich saß in meinem Arbeitszimmer und hörte mir das Freizeichen an, zuckte die Achseln und dachte, ich musste es versuchen.

Ich verstand die Einstellung dieser Leute überhaupt nicht. Als Sounder, McKee mit dem Fall beauftragt wurden, erwartete ich, dass sie das tun, was Strafverteidiger heutzutage tun: dass sie die Medien einsetzen, um Mitgefühl für ihren Mandanten zu gewinnen, bevor sie zu dessen Verteidigung auch nur einen Fuß in einen Gerichtssaal setzen. Doch im Fernsehen trat keine der Anwältinnen auf, und ebenso wenig wurde eine von ihnen um Informationen gebeten, die etwas mit dem Verbrechen zu tun hatten.

»Ich hätte ihr schreiben sollen«, rügte ich mich selbst.

Mein nächster Zug war ein sorgfältig aufgesetzter Brief, in dem ich meine ehrlichen Absichten erklärte. Ich gab mir die größte Mühe, zu betonen, dass ich ein in mich gesetztes Vertrauen nie enttäuschte und nie ein Geheimnis verrate. Das gelte für die Verteidigung ebenso wie für die Staatsanwaltschaft. Ich bat Leanne English in verbindlichster Form um einen Termin, »zu einem Gespräch über den allgemeinen Hintergrund meines Buches«.

Die Anwältin gab auf meinen Brief keine Antwort.

Ich rief Robyn Anschutz bei der Polizeibehörde an und fragte: »Robyn, woher kommen die? Wer hat sie engagiert, wenn Ray es nicht getan hat? Ich könnte wetten, dass Leanne dreihundertfünfzig Dollar pro Stunde kostet, meinen Sie nicht auch?«

»Mindestens. Ich weiß nicht, Marie, aber ich würde es auch gern wissen.«

»Glauben Sie, es könnte der Mann sein, für den Ray gearbeitet hat?«

»Sie meinen Donor Miller?«

»Ja.«

»Könnte sein. Aber selbst wenn er so viel Geld hätte, was ich bezweifle, kam er mir nicht wie jemand vor, der es für einen anderen Menschen auf den Tisch blättern würde. Schon gar nicht für einen Verlierer wie Ray.«

»Aber er hat doch angeboten, Ray einen Anwalt zu besorgen, nicht wahr?«

»Nun ja, aber für dreihundertfünfzig Dollar pro Stunde?«

»Wissen Sie, wo Miller sich neuerdings aufhält?«

»Nicht die leiseste Ahnung.«

»Wenn er nicht für Rays Verteidigung zahlt, haben Sie dann eine Ahnung, wie ich herausfinden könnte, wer es tut?«

»Wenn Sie sich als Hackerin betätigen und in die Buchhaltung von Sounder, McKee eindringen.«

Wir lachten beide über diesen kriminellen Vorschlag.

»Sie kennen wahrscheinlich einige der anderen Strafverteidiger in der Kanzlei«, sagte ich zu Robyn.

»Ja, aber von denen verrät keiner ein Wort.«

»Finden Sie dies nicht sehr seltsam?«

»Das sagen Sie mir?«

Doch dabei blieb es bis zum Ende des Prozesses.

Raymond Raintree, der keine zwei Cent aneinander reiben konnte, hatte als Strafverteidigerteam eine der teuersten Anwaltsfirmen in Bahia Beach. Und niemand wusste, wer diese Rechtsanwälte bezahlte.

Ich streiche mit dem Finger über den Rand des Tellers, um das letzte bisschen gebutterten Wohlgeschmacks von dem Omelette zu erwischen, und komme zu dem Schluss, dass es in Ordnung wäre, Franklins Meinung dazu zu hören.

»Weißt du, wer Rays Anwaltskosten bezahlt?«

»Ich weiß es nicht und habe mich das auch schon gefragt. Weißt du es?«

»Ich hoffte, du wüsstest es. Ich werde dir mal was sagen – was immer man ihr zahlt, es kann nicht genug sein, um sie für das zu entschädigen, was sie heute durchgemacht hat.«

Franklin schaudert sichtlich, als er nach meinem leeren Teller greift.

»Willst du die auch abwaschen?«

»Ich möchte sicher sein, dass ich willkommen bin.«

Ich könnte lernen, daran Gefallen zu finden. Der Mann weiß wahrhaftig, wie man bei Geschworenen und auch bei mir seinen Willen durchsetzt. Aber ich habe meine Zweifel, ob ich mich ernsthaft mit einem Staatsanwalt einlassen darf. Ich kenne zwar viele, die ich bewundere, doch als Gattung neigen sie für mein Gefühl dazu, hart, anspruchsvoll, streitsüchtig und nachtragend zu sein. Während dies für jemanden, der eine Todesstrafe beantragt, notwendige Eigenschaften sind, sind sie für Liebe nicht unbedingt das Beste. Heute Abend erlebe ich die weichere, gewinnendere Seite von Franklin DeWeese, aber er hat auch eine andere Persönlichkeit, die Strafverteidiger mit Stromstößen von mehreren tausend Volt traktieren will, und ich vergesse das keine Minute.

Ich halte ihn auf, bevor er das Zimmer mit den Tellern verlässt.

»Was passiert mit der Richterin, Franklin?«

»Notwehr. Eine Anhörung vorm Verwaltungsausschuss. Keine Anklage. Das ist für sie nur ein netter kleiner Urlaub. Sie wird schon bald wieder auf der Richterbank sitzen.«

»Wie sieht deine Meinung dazu aus?«

»Ganz offiziell?«

»Für den Anfang, ja.«

»Die Richterin Edyth Flasschoen ist eine prominente Vertreterin der Justiz von Florida«, verkündet er schlagfertig. »Ihre schnelle Rückkehr auf die Richterbank wird für die Kriminellen dieses Staates eine schlechte Nachricht sein.«

»Sehr hübsch. Und inoffiziell?«

Er lacht und sagt in einem Ton gespielter Gekränktheit: »Was? Du verdächtigst mich, etwas Politisches zu sagen. Was ich wirklich denke? Ich denke, sie hätte mit einer größeren Pistole auf ihn schießen sollen.«

»Ganz deiner Meinung«, stimme ich ihm zu.

Es ist ein Uhr nachts an dem Tag, der auf Rays Flucht folgte, und der Staatsanwalt ist in meiner Küche beim Aufräumen, und ich habe das beendet, worum Robyn mich gebeten hat. Ich habe alles noch einmal durchgelesen, was ich je über diesen Fall geschrieben habe, und ich weiß nichts, was ich nicht schon vorher wusste.

Als ich gerade mein Arbeitszimmer verlassen will, klingelt das Telefon erneut.

Wieder heißt es auf dem Display *Extern,* und wieder greife ich nach dem Hörer, sage »Hallo« und bekomme keine Antwort.

Aber ich habe all diese Interviews gelesen, und das ist vielleicht der Grund, warum mich diesmal eine Art Ahnung überkommt, und so sinke ich auf meinen Stuhl und sage: »Ray?«

»Woher wissen Sie das?«

Diese unheimliche schrille Stimme ist seine, kein Zweifel.

Mir bleibt das Herz stehen, und im Geiste schreie ich zu Franklin, der nur wenige Meter von mir entfernt ist: *Franklin! Komm her!* Du lieber Himmel, was soll ich jetzt tun? Ich kann Franklin von meinem Zimmer aus nicht auf mich aufmerksam machen, ich kann auch nicht die Polizei holen, so lange Ray in der Leitung ist, ich kann nicht den Notruf wählen, ich kann niemanden dazu bringen, diesen Anruf zurückzuverfolgen. Ich wage Ray nicht zu bitten: »Bleiben Sie eine Minute dran?« Einen verrückten Augenblick lang fühle ich mich versucht, mit der Faust gegen die Wand zu schlagen, damit Franklin angerannt kommt, aber wenn ich so etwas tue, wird Ray es hören.

So tue ich sofort das Einzige, was ich tun kann: Ich schalte ein Aufnahmegerät ein, das ich benutze, wenn ich jemanden am Telefon interviewe, dann allerdings mit seiner oder ihrer Erlaubnis. Bei diesem Anrufer bitte ich nicht um seine Erlaubnis.

»Ich hab's einfach gewusst«, sage ich und bekomme meine Nerven allmählich wieder unter Kontrolle.

Eine lange Zeit, wie mir scheint, höre ich keinen Laut.

Für solche Gespräche habe ich, weiß der Himmel, nicht die nötige Ausbildung.

Bitte, Franklin, *bitte,* sieh zu, dass du fertig wirst, und komm wieder her.

Ich habe Angst davor, Ray eine direkte Frage zu stellen, weil ihn so etwas zu verscheuchen pflegt oder dazu bringt, Geschichten, Lügen und Fabeln zu erzählen. Ich möchte ihn fragen: »Warum rufen Sie mich an?« Ich möchte ihn fragen: »Was wollen Sie? Wo sind Sie? Warum haben Sie diesen Leuten so wehgetan?«

Ich erwidere nichts, weil es ein Fehler wäre.

Schließlich sage ich vorsichtig: »So ...«

»Sie suchen nach mir.«

»Ja.« Ich mache eine Pause und taste mich behutsam vor, wie jemand, der am Rand eines bröckelnden Vulkans geht. »Geht es Ihnen ... gut?«

»Sagen Sie ihnen, sie sollen mich in Ruhe lassen.«

»Ich glaube, das werden sie nicht tun, Ray.«

»Ich kann auf mich selbst aufpassen.«

Das ist so absurd, dass ich einfach stumm bleibe.

»In der Wildnis gibt es fünf Überlebensgrundsätze.«

Ich blinzle, da ich nicht auf das vorbereitet bin, was jetzt aus seinem Mund kommt.

»Schütze dich, sei in der Lage, in einem Notfall Hilfe zu holen, sei fähig, Nahrung und Wasser zu besorgen, habe ein Ziel und bleibe gesund.«

Er hört sich an, als plapperte er nach, was er von jemandem gelernt hat.

»Wo haben Sie das gelernt?« Verdammt, eine direkte Frage! Das wollte ich doch gar nicht! Es fällt mir schwer, die Wirkung jedes Worts zu durchschauen, bevor ich es ausspreche.

Als hätte ich nichts gesagt, erklärt er, immer noch mit dieser seltsam belehrenden Stimme: »Sich zu schützen, das hat absoluten Vorrang, und das bedeutet Kleidung und Unterkunft. In Florida braucht man nicht viel Kleidung, aber wenn man sich versteckt, braucht man etwas zur Tarnung.«

Ich lasse es darauf ankommen und sage: »Woher bekommen Sie die Kleider?«

»Dafür sind Strände da.«

Ich versuche zu erraten, was er meint. »Sie meinen, um die Sachen zu stehlen?«

»Ja, oder man sucht sich ein Fußballfeld und schnappt sich die Sporttasche irgendeines Jungen und holt sich die Kleider dort.«

»Kleidung ist also kein Problem.«

Ich achte sorgfältig darauf, es zu einer Feststellung zu machen und nicht zu einer Frage. Der zweite »Grundsatz«, den er nannte, wenn ich mich richtig erinnere, war: »In einem Notfall Hilfe zu holen«. Er befindet sich in einer Notsituation, das stimmt schon. Und dann trifft mich die Erkenntnis: Ich bin diejenige, die er um Hilfe bittet. Glaubt er im Ernst, ich könnte der Polizei die Anweisung geben, die Suche abzublasen? Glaubt er, sie würde es tun?

»Sorge dafür, dass du keinen Hunger und keinen Durst hast«, sagt er und unterbricht das Schweigen, »denn Hunger und Durst bringen dich um, sie schwächen deine Kraft, wenn du sie brauchst. Ein Mensch könnte ohne Nahrung zwar lange Zeit leben, aber er würde nicht mehr richtig denken, nervös und wütend werden und anfangen, Fehler zu machen. Er könnte zwar ein bisschen Geld auftreiben und sich etwas kaufen, aber er müsste sehr vorsichtig sein und in Supermärkte gehen. Wenn man kann, ist es besser zu stehlen, obwohl das riskant ist. Man kann dabei erwischt werden.«

»Ja«, sage ich liebenswürdig, da ich mich bei diesem Gespräch vollständig überfordert fühle.

»Man möchte natürlich nicht erwischt werden. Man tut alles, was man tun muss, darf sich aber nicht erwischen lassen. Und wenn man doch erwischt wird, muss man den Mund halten und Lügen erzählen. Man darf nie jemandem die Wahrheit über irgendwas sagen.«

Es fasziniert mich, was ich da höre, und entsetzt mich, wer es sagt.

»Und mit Lebensmitteln? Was habe ich dazu gesagt? Man ist besser dran, wenn man jagt und fischt, sogar wenn man Seetang isst, wenn man muss. Die Stiele, Wurzeln und Blätter der meisten Gräser können roh gegessen werden, Teichkolben sind eine großartige Nahrungsquelle, Kiefern sind voll von essbarem Mist, und grüner Seetang ist gut, solange man ihn aus dem Meer bekommt oder von Felsen und nicht am Strand sammelt.«

Ich spüre einen hysterischen Drang zu lachen.

»Warum nicht am Strand, Ray?«

»Weil er dort schimmelig wird.«

»Oh.«

»Manche Beeren sind in Ordnung, nur nicht die weißen oder roten. Käfer, Wegschnecken, Maden, Ameisen, Regenwürmer, Grashüpfer. Jede Schlange, so lange man ein Messer hat, um sie zu häuten und auszunehmen, und ein Feuer, um sie zu braten. Man muss wissen, wie man eine Pflanze auf ihre Essbarkeit hin prüft, wie man Vögeln eine Falle stellt, sich eine provisorische Keule besorgt oder eine Zwille und für Niederwild eine Falle baut.«

Er benutzt Wörter – *Zwille, Essbarkeit* –, die ich ihm nicht zugetraut hätte. Ich vermute, dass jemand ihm das beigebracht und es ihm wieder und wieder gesagt hat, bis er es sich einprägte.

»Und Wasser?«, sagt er, als hätte ich danach gefragt. »Man braucht nur nach Rasensprengern zu suchen oder Springbrunnen. Außerdem kann man sich am Strand ein Wasserloch graben, oder den Tau der Blätter an den Bäumen auffangen. Außerdem lassen die Leute überall halbleere Mineralwasserflaschen herumliegen.«

Ich nicke und fühle mich dann ziemlich albern.

»Was ist das Nächste?«, fragt er mich.

»Das Nächste ...«

»Überlebensprinzip.«

»Ich weiß nicht mehr, was Sie gesagt haben.«

»Das ist, dass man sich auf etwas zubewegen muss und nicht einfach weglaufen darf.«

O Mann, ob ich wohl je fragen möchte: »Wohin gehen Sie?«

»Erinnern Sie sich noch an das Letzte?«

»Nein, tut mir Leid, das ist alles neu für mich.«

»Man muss gesund bleiben, also muss man sich von Ärzten und Krankenhäusern fern halten. Und das bedeutet Kampf, wenn es sein muss, aber nicht, wenn man sich dabei so verletzen würde, dass man nicht mehr für sich sorgen könnte. Es ist fast immer besser wegzulaufen, statt zu kämpfen. Denken Sie daran. Seien Sie keine Kämpferin, es sei denn, Sie müssen. Kämpfen Sie nicht, denn es lohnt sich meist nicht, und außerdem wird man dabei verletzt, wenn man es tut.«

»Sie haben heute gekämpft.«

»Konnte nicht zurück.«

»Ins Gefängnis.«

»Nein.«

Plötzlich geht mir ein Licht auf. Alles wird klar. »Sie würden lieber sterben, und wenn Sie nicht sterben, würden Sie kämpfen, um weg zu kommen.«

Schweigen in der Leitung, und ich glaube, es bedeutet – ja.

Dies alles ist sehr seltsam, und es gibt so viele andere Dinge, die ich ihn fragen möchte.

»Sie haben nicht gekämpft, als man Sie festnahm.«

»Teufel auch, ich wusste doch nicht, dass sie mich für immer festhalten wollten!«

Er hört sich aufgeregt an, und ich bekomme es mit der Angst zu tun. Sofort versuche ich, uns beide wieder zu beruhigen. »Sie haben nicht gewusst, dass man Sie für so lange Zeit ins Gefängnis schicken würde.« Ich bemühe mich sehr, meine Sätze nicht als Fragen zu formulieren, sondern eher als Bestätigung dessen, was er sagt. Mit jedem Schweigen spüre ich, wie er einverstanden ist, und jetzt schweigt er.

»Ray?«

»Ja.«

»Haben Sie etwas dagegen, wenn ich frage ... ich meine ... all diese Dinge, die Sie darüber wissen, wie man überlebt ...« Ich weiß nicht, wie ich das anders ausdrücken soll als in einer Frage. »Wie haben Sie das alles gelernt? Hat es Ihnen jemand beigebracht?«

Er antwortet nicht, und das Schweigen wird sehr lang.

»Scheiße«, sagt er. Er hört sich wieder erregt an, diesmal ist es schlimmer. »Es passiert schon wieder. Ich hasse es, wenn dieser Mist passiert.«

»Was denn, Ray?«

»Es ist, als ob ich plötzlich blöd werde, als würde im Gehirn alles taub. Dann kann ich nicht mehr denken und mich an nichts mehr erinnern. Scheiße, es ist ein Gefühl, als würde ich in Ohnmacht fallen, und ich hasse es, ich hasse das!«

Und dann legt er auf, einfach so.

»Franklin!«, rufe ich und rufe weiter, bis er in der Tür erscheint. »Ray hat mich eben angerufen! Was sollte ich tun?« Ohne auch nur auf seine Antwort zu warten, nehme ich wieder den Hörer ab und drücke dann den Knopf mit dem Stern, dann die sechs und die neun, um die Anrufwiederholung zu aktivieren. Wenn ich es jetzt nicht tue, wird es nicht funktionieren. Anrufwiederholung funktioniert nur bei dem letzten eingegangenen Anruf. Ray könnte immer noch da sein, und wenn ich ihn wieder an den Apparat bekomme ...

Doch das Telefon klingelt und klingelt, und niemand nimmt ab.

Franklin ruft: »Ruf Anschutz oder Flanck an!«

Ich schlage Robyn Anschutz' Privatnummer nach. Die Beamtin nimmt vor dem zweiten Klingeln ab.

»Robyn? Hier Marie Lightfoot. Ray hat mich angerufen.«
Ich erzähle ihr, was soeben passiert ist. Sie reagiert begeistert.
»Teufel auch! Warum ruft er ausgerechnet Sie an?«
Ich erzähle ihr, dass Mörder mich manchmal irrtümlich für eine Freundin halten.
»Wie schön für Sie«, witzelt sie. »Darf ich Sie um einen Gefallen bitten? Würden Sie etwas Kaffee aufsetzen? Wir sind gleich bei Ihnen.«
Ich lege auf und sage zu Franklin: »Du musst jetzt gehen.«
Uns fällt kein guter Grund ein, weshalb er bei mir bleiben und warten sollte, bis die Polizisten ankommen. Wenn sie ihn anrufen und informieren wollen, werden sie es tun. Doch das ist nicht meine Entscheidung. Zum ersten Mal frage ich mich, ob wir einen Fehler gemacht haben und ob es hier vielleicht einen potenziellen Interessenkonflikt gibt, obwohl ich mir nicht genau vorstellen kann, worin er bestehen sollte. Franklin haucht mir einen schnellen Kuss auf die Wange und ist verschwunden. Er hinterlässt sogar eine blitzsaubere Küche.

»Hallo, Robyn«, sage ich, als ich die Haustür aufmache.
In genau diesem Augenblick begreife ich, dass es mir nicht gelingen wird, mich aus diesem Buch herauszuhalten. Rays Leben überschneidet sich jetzt mit meinem. Das ist ein seltsames Gefühl für eine Frau, die stolz darauf ist, eine distanzierte Beobachterin von Verbrechen zu sein, die aber nie an deren Auswirkungen teilhat. Ob es mir gefällt oder nicht, ich bin jetzt Teil seiner Geschichte.
»Ein Handy« sind die ersten triumphierenden Worte aus dem Mund von Robyn Anschutz. »In diesem Bezirk. Nordwestlich von hier. Wir haben ihn. Wir werden diesen Standort unter Beobachtung halten und die ganze Gegend absperren, bevor er Sie wieder anrufen kann.«
»Ein Handy? Woher hat denn Ray ein Handy?«
Und ich frage mich: Kann es wirklich so einfach sein?

»Kommen Sie doch rein«, fordere ich sie auf, nur um zu entdecken, was das bedeutet: Ich lasse ein halbes Dutzend uniformierter und ziviler Polizeibeamten in mein Haus.

Ich habe nicht annähernd genug Kaffee gemacht.

6

Raymond

Es spielt keine Rolle, wie viel Kaffee ich mache oder wie viel die Polizisten trinken, weil Ray Raintree nicht zurückruft. Die Anrufe werden zu einem Handy an Bord eines Wohntrawlers in einem Seitenarm des New River zurückverfolgt. Der Eigentümer des Boots, ein älterer Hippie mit einer Geheimnummer, wird vermisst. Man vermutet, dass er ermordet worden ist. Rays Fingerabdrücke finden sich überall.

Außerdem ist er längst verschwunden.

Mich macht der Gedanke krank, dass er den Mann vielleicht getötet hat, nur um an das Handy heranzukommen und mich anzurufen. Wenn man Menschen bei dem verzweifelten Versuch, der Todesstrafe zu entgehen, wehtut, ist das eine Sache, zwar schrecklich, aber auf eine krankhafte Weise auch verständlich. Aber einen Mann zu töten, um sein Handy zu stehlen?

Mein Verständnis für Rays Psyche endet an dieser Stelle.

Einen Tag später trompetet die lokale Tageszeitung anklagend: »Ein einsamer Verdächtiger, verwundet, unbewaffnet und angeblich nicht mit großen Geistesgaben ausgestattet, hat es bis jetzt geschafft, Polizeibeamte aus drei Bezirken zu demütigen, indem er durch das Netz entwischt ist, das sie am Nordende des Howard County vergeblich ausgeworfen haben. Bedauerlicherweise sind es die Polizisten, die sich darin verfangen haben.«

Angesichts der Natur des Mordfalls, mit dem all dies begonnen hat, finde ich die Wahl dieser Metaphern entsetzlich.

Es ist nicht klar, wie Ray in dieser langen Zeit der Gefangennahme entgangen ist. »Es ist möglich«, sagt Detective Paul

Flanck, »dass Ray aufs Meer hinausgeschwommen ist und uns allen einen Gefallen getan hat und ertrunken ist.«

»Ich wünschte, es wäre so«, sagt seine Partnerin Robyn Anschutz.

Am dritten Tag, nachdem er mit verängstigten und wütenden Anrufen der Mütter und Väter Floridas bombardiert worden ist, setzt der Gouverneur die Nationalgarde der Armee ein. Diese Männer werden beauftragt, bei der Suche nach dem entflohenen Häftling, der als »extrem gefährlich« gilt, den Polizeibeamten zu helfen. Ein Bündnis aus privaten Spendern und gemeinnützigen Organisationen, die sich um vermisste Kinder bemühen, setzt eine Belohnung in Höhe von einer Million Dollar aus. Über Nacht werden Internet-Seiten eingerichtet, auf denen fieberhaft und morbide spekuliert wird. Eine davon mit der Bezeichnung »Gesichtet« meldet pro Stunde durchschnittlich einhundert neue Informationen, nach denen Ray angeblich »gesichtet« worden sei. Spinner und Leute, die wirklich helfen wollen, blockieren den Notruf 911 und andere Leitungen der Polizei.

Die Meldungen über die Entwicklungen in dem Fall werden über die landesweiten Rundfunk- und Fernsehsender sowie über CNN verbreitet, was ein weit größeres und dichteres Kommunikationsnetz bildet, als die Entführung und der Mordfall bis jetzt herstellen konnten. In der beliebten Fernsehshow *Entertainment Tonight* wird sogar gemeldet, Ray Raintree sei eine Hauptfigur in »einer wahren Kriminalgeschichte, die demnächst von der Bestsellerautorin Marie Lightfoot veröffentlicht werden wird«.

Kaum ist die *ET*-Sendung vorbei, erhalte ich E-Mails von Lesern und Leserinnen, die sich nach der bevorstehenden Buchveröffentlichung erkundigen. Ich beantworte diese E-Mails gruppenweise und versuche, mit ihnen Schritt zu halten. Wie immer sind einige dabei, auf die keine Antwort die einzig angemessene Erwiderung wäre, aber die meisten stammen von Fans, und ich bin dankbar für die Gelegenheit, sie meiner Wertschätzung zu versichern. Ich scrolle ein Dutzend davon herunter, bin aber nicht auf die Überraschung vorbereitet, die mich elf Nachrichten weiter erwartet.

> Liebe Miss Lightfoot, ich bin ein Stellvertretender Sheriff im Ruhestand und habe vor vielen Jahren im Fall eines vermissten Kindes ermittelt. Ich habe guten Grund zu der Annahme, dass dieser Fall mit dem Fall des Mannes, den Sie als Raymond Raintree kennen, in Verbindung steht. Bitte rufen Sie mich so schnell wie möglich per R-Gespräch an. Mit freundlichen Grüßen, Jack L. Lawrence, Olathe, Kansas.

Diese E-Mail gibt mir zu denken. Ich lese sie zweimal und suche nach Hinweisen darauf, was sie bedeuten könnte, finde aber keine. Die Tatsache, dass er ein »R-Gespräch« vorschlägt, ist zumindest ein Anzeichen dafür, dass er es gut meint, auch wenn seine Information nichts wert sein sollte. Trotzdem, ich hasse es, mich am Telefon mit Spinnern abgeben zu müssen, und so schicke ich ebenfalls eine E-Mail, statt ihn anzurufen.

»Lieber Mr. Lawrence«, tippe ich, »Ihre Nachricht fasziniert mich. Wie sieht die Verbindung zwischen Ihrem Fall und Ray Raintree aus? Mit freundlichen Grüßen Marie Lightfoot.«

Die Antwort erreicht mich innerhalb von Minuten, als säße er an seinem Computer, um auf eine Reaktion von mir zu warten. Und was ich diesmal zu lesen bekomme, lässt meinen Pulsschlag rasen. Er schreibt:

> Vor zweiundzwanzig Jahren ermittelte ich in dem tragischen Fall eines kleinen Jungen namens John Kepler, der eines Tages aus dem Vordergarten seines Elternhauses verschwand und vermisst blieb. Wir haben nie eine Spur von ihm gefunden. Doch Johnnie Kepler hatte einen eingebil-

deten Spielkameraden, wie es bei Kindern manchmal vorkommt, und der Name dieses eingebildeten Freundes war Raymond Raintree. Bitte nehmen Sie so bald wie möglich mit mir Verbindung auf. Mit freundlichen Grüßen Jack Lawrence.

Diesmal rufe ich ihn an, und das nicht einmal per R-Gespräch.

»Ich bin nur ein pensionierter alter Kauz aus Kansas.«

Ich höre eine raue, gebieterische Stimme und kann mir sehr gut vorstellen, dass Jack Lawrence einmal Polizeibeamter gewesen ist.

»Ich bin kein wichtiger Mann«, sagt er mir am Telefon. »Welcher Großstadtcop da unten bei Ihnen wird schon einem pensionierten Polizisten aus einem Bezirk zuhören, von dem er noch nie etwas gehört hat? Ich habe bei der Polizei die Nummer für Hinweise aus der Bevölkerung angerufen, aber die haben meine Information einfach nur aufgeschrieben wie die aller anderen Bürger, und ich nehme an, dass sie tausend Anrufe bekommen haben müssen. Es hätte Wochen dauern können, bevor sie die Liste so weit abgearbeitet haben, dass sie mich anrufen würden. Ich kann mir vorstellen, dass Sie wissen, wie es läuft. Ich habe mal ein paar Cops in Florida gekannt, einen in Sarasota und einen oben in Naples, aber die sind so alt wie ich, die kennt heute niemand mehr.«

Er sagt, er habe den Sheriff seines Orts dazu gebracht, mit dem Sheriff des Howard County Kontakt aufzunehmen. Dieser habe nicht persönlich mit ihm sprechen können, aber seine Sekretärin habe versprochen, sofort jemanden auf die Sache anzusetzen.

»Ich habe genau gehört, dass sie mich nur abwimmeln wollte«, sagt er.

Achtundvierzig Stunden später hat sich noch immer niemand bei ihm gemeldet.

»Ich habe unseren Sheriff dazu überredet, noch einmal anzurufen, und habe auch versucht, den Leuten da unten lästig zu fallen.«

Es hat jedoch den Anschein, als wäre die Polizei in Florida in dieser Woche anderweitig beschäftigt, nämlich mit der Suche nach dem Entflohenen.

»Sie sind jetzt irgendwie unsere allerletzte Hoffnung«, sagt mir der pensionierte Polizeibeamte. »Kimmie hat Ihren Namen aus der Fernsehsendung, außerdem hat sie Ihre Bücher gelesen und ist ein großer Fan von Ihnen.«

»Kimmie?«

»Kim Kepler. Schwester des vermissten Jungen. Sie scheint zu glauben, dass Sie uns zumindest zuhören werden.«

»Das werde ich mit Sicherheit.«

»Hören Sie«, sagt er in einem Tonfall, der sich streng und liebenswürdig zugleich anhört, »diese Leute, die Keplers, haben eine ganze Menge durchgemacht, und sie wollen kein großes Aufsehen, wenn sie es vermeiden können.«

»Ich nehme an, sie hoffen, Ray Raintree könne sie zu Informationen über ihren Jungen führen? Ich möchte den Keplers nur ungern Hoffnungen machen, Mr. Lawrence. Vielleicht hat Ray den Namen nur irgendwo gehört und kann Ihnen überhaupt nicht helfen. Ich will Ihnen nicht verschweigen, dass es nahezu unmöglich ist, ihm Informationen zu entlocken. Oder zumindest aufrichtige Informationen. Manchmal redet er einen in Grund und Boden, aber man kann kein Wort von dem glauben, was er sagt.«

Am anderen Ende, in Kansas, herrscht Schweigen.

Dann sagt der pensionierte Polizeibeamte: »Ich habe mich anscheinend nicht klar genug ausgedrückt. Als ich sagte, es könnte eine Verbindung zwischen John Kepler und Raymond Raintree geben?«

»Ja?«

»Was habe ich Ihrer Ansicht nach wohl damit gemeint?«

»Nun, dass er den Entführer vielleicht kennt. Vielleicht hat er auch den Jungen irgendwann mal gesehen und den gleichen Namen für sich ausgesucht.«

»Nein. Teufel auch, vielleicht ist das der Grund, weshalb da unten niemand auf mich hören wollte. Meine Frau – ich bin Witwer – hat mir früher immer gesagt, dass niemand etwas versteht, wenn ich etwas zu erklären versuche. Was wir sagen möchten, ist Folgendes: Ray *ist* John. Es ist nicht so, dass er Johnnie vielleicht gesehen oder von ihm gehört hat. Er ist Johnnie Kepler.«

Ein Stromstoß durchzuckt mich, sodass ich buchstäblich keuche.

»Ray ist der Junge, nach dem Sie suchen?« Ich kann es kaum fassen. Ich bin sprachlos. Dies ist das Wunder, auf das ich gewartet habe, und es wäre vielleicht nie dazu gekommen, wenn die Richterin nicht auf Ray geschossen hätte und Ray nicht geflüchtet wäre. »Mein Gott, Mr. Lawrence. Sie sagen, dass dieser Mann, der ein Kind entführt hat, Ihrer Ansicht nach selbst entführt wurde, als er noch ein Kind gewesen war?«

»Ja, genau das sage ich.«

»Wie viele Jahre ist das her?«

»Zweiundzwanzig.«

»Dann wäre er jetzt ...«

»Achtundzwanzig.«

Das traf auf Ray zu, der von sich sagte, er sei achtundzwanzig, sich dessen aber nie sicher zu sein schien. Ray Raintree ist ein vermisstes Kind? In meinem Kopf dreht sich alles, so grausam verwickelt ist dieser Fall. Kann es wahr sein? Das würde bei Ray viele Dinge erklären, die bisher keinen Sinn ergeben haben. »O mein Gott«, sage ich erneut, atemlos. »Aber was gibt es noch außer dem Namen? Ist das alles, worauf Sie Ihre Vermutung gründen?«

»O nein, Ma'am, dies ist kein Wunschdenken, und ein Zufall ist es auch nicht, ebenso wenig eine Vermutung. Wir wissen es. Wir *wissen* es. Deswegen wollen die Keplers mit jemandem sprechen, und wenn die Cops nicht mit mir sprechen wollen, werden wir mit Ihnen sprechen. Wir müssen uns in diese Sache unten in Florida einschalten, so schnell wir können. Die Keplers haben eine Todesangst, man könnte ihn auf den elektrischen Stuhl schicken, sodass sie ihn nie mehr lebend wiedersehen, jetzt, wo sie ihn endlich gefunden haben. Verstehen Sie?«

»O ja.« Ich versuche, schnell zu denken und mir für meinen Gesprächspartner Lösungen auszudenken. »Ich könnte für Sie eine Verbindung mit dem Staatsanwalt herstellen, Mr. Lawrence, soll ich das tun? Oder wie wär's mit den beiden Detectives, die Ray festgenommen haben?«

»Nein, Katherine hat es sich anders überlegt …«

»Katherine?«

»Johnnies Mutter.«

Seine Mutter. Bei dem Gedanken, Ray Raintrees Mutter kennen zu lernen, klappt mir der Unterkiefer herunter.

»Was hat sie sich anders überlegt?«

»Sie möchte noch nicht mit ihnen sprechen. Bald, schon bald, nur nicht gleich. Sie werden noch ein wenig warten müssen, bevor sie sie erwischen. Sie können sich vorstellen, dass dies alles für die Keplers sehr schwierig ist, es ist äußerst schwierig für sie. Sie haben beschlossen, nicht von Polizisten und Reportern belästigt zu werden. Sie wollen sich davon überzeugen, dass er mit absoluter Sicherheit ihr Junge ist, und sie wollen ihn wiedersehen.«

Es fällt mir schwer, auf diesen verblüffenden Wunsch die richtige Antwort zu finden.

»Aber ich dachte, Sie hätten gerade gesagt, sie wissen, dass es sich um ihr Kind handelt.«

»Ich weiß es, aber das ist nicht das Gleiche, als stünde man vor ihm. Es ist irgendwie so, dass sie es zwar wissen, es aber nicht wirklich glauben können, bis sie ihn mit eigenen Augen sehen.«

Ich halte das angesichts der gegenwärtigen Menschenjagd für eine vergebliche Hoffnung.

»Teufel auch, er ist vielleicht schon tot«, sagt der pensionierte Polizeibeamte wie ein Echo auf meine Gedanken. »Katherine macht sich Sorgen wegen der Todesstrafe. Mir macht es eher Sorgen, irgendein schießwütiger Glücksritter, der auf die Belohnung aus ist, könnte ihn erwischen. Wenn sie ihn einfangen und ins Gefängnis stecken, werden die Keplers reichlich Zeit haben, ihn kennen zu lernen. Und genau das ist es, was ich Ihnen zu sagen versuche – die Keplers wollen ihn zwar sehen, wenn sie können, sie wollen die ganze Sache aber möglichst lange unter dem Deckel halten. Es ist nicht so, dass sie in der Sendung *Entertainment Tonight* auftreten wollen.«

»Hören Sie, Deputy Lawrence …«

»Nicht mehr. Ich bin einfach Jack.«

»Vielen Dank. Und ich bin Marie. Jack, kann ich sie kennen lernen?«

»Ja, sie wollen jemandem ihre Geschichte erzählen.«

»Die Polizei muss sie anhören, Jack. Es könnte ihr dabei helfen, Ray zu finden oder ihn sogar einzubuchten, falls er auf die Idee kommt, sich zu seiner Familie durchschlagen zu wollen.«

»Diesen Weg werden wir schon sehr bald beschreiten, aber erst möchten sie mit Ihnen sprechen.«

»Warum?«

»Der Grund ist einfach. Weil Sie ein Buch über ihn schreiben. Sie sind diejenige, die seine Geschichte erzählt, ob er am Leben bleibt oder stirbt, und seine Mutter möchte sicherstellen, dass jemand alles wahrheitsgemäß erzählt. Sie sind ihm schon begegnet, richtig?«

»Ja, ein paar Mal.«

»Sie möchte mit jemandem sprechen, der ihn kennt.«

Ich möchte ihm sagen, dass niemand Ray Raintree »kennt«.

»Wir gehen davon aus, dass Katherine nicht mit anderen Zeitungsleuten oder anderen Journalisten sprechen muss, wenn sie mit Ihnen spricht.«

Ich kann nicht einmal versuchen, ihm zu erklären, wie naiv diese Hoffnung ist.

»Außerdem«, fügt er in einem energischen und beschwingten Tonfall hinzu, »haben Sie alle Kontakte, wenn wir so weit sind.«

»Wollen sie am Telefon mit mir sprechen?«

»Sie wollen Sie kennen lernen.«

»Kommen sie nach Bahia?«

»Könnten Sie herkommen?«

»Und ob ich das könnte! Wann?«

»Je eher, umso besser.«

»Ich werde den ersten Flug nehmen, den ich bekommen kann, Jack. Heute Abend noch, wenn ich es schaffe, oder ist das früher, als Ihnen lieb ist?«

»Nein, das ist fabelhaft. Das hatten wir gehofft.«

»Gut. Nun, sagen Sie mir, wo Sie mich erwarten und wie ich dorthin komme.«

»Sie fliegen zum Kansas City International Airport. Ich werde Sie dort abholen, und dann fahren wir direkt zu Katherines Haus. Sie lässt Ihnen auch sagen, dass es ihr wirklich gefallen würde, wenn Sie in Johnnies Zimmer wohnten.«

Diese Chance würde ich mir um keinen Preis entgehen lassen.

»Bitte sagen Sie ihr, dass ich ihre freundliche Einladung dankend annehme.«

»Sie werden ihr gefallen«, sagt er mit einem plötzlichen Lächeln in seiner Stimme.

»Woher wollen Sie das wissen?«

»Sie sind höflich und nicht wie diese hohen Tiere.«

Ich habe mich schon lange nicht mehr so geschmeichelt gefühlt, weiß aber auch, dass ich jetzt das Risiko eingehen muss, sein Wohlwollen zu verlieren.

»Jack?«

»Ja, Ma'am?«

»Hören Sie, ich muss die Behörden hier unten über unser Gespräch informieren. Ich kann nicht einfach nach Kansas fliegen wie ein Privatdetektiv, ohne es der Polizei zu erzählen.«

»Wissen Sie«, sagt er in zweifelndem Ton. »Katherine sagt ...«
»Sie muss nicht mit ihnen sprechen, Jack, erst wenn sie es wünscht.«

Schließlich erklärt er sich damit einverstanden, dass ich der Polizei Bescheid sage, weil ich ihm klar mache, dass mir in moralischer Hinsicht keine andere Wahl bleibt. Ich werde nicht nach Kansas fliegen, ohne Anschutz und Flanck über die revolutionäre Entwicklung ihres Falls zu informieren. Ich kann mir sehr gut vorstellen, wie sie reagieren würden, wenn sie später herausfänden, dass ich ihnen diese erstaunliche Neuigkeit vorenthalten habe.

Kaum hatten wir beide aufgelegt, rufe ich eine Reihe von Leuten an. Ich beginne mit meinem Reisebüro. Dann sind die Detectives an der Reihe sowie Franklin und Leanne English. Ich muss unparteiisch sein, sonst werde ich in meiner Heimatstadt meine Quellen verlieren. Ich habe es mir zum Prinzip gemacht, zu allen Leuten, die ich interviewe, aufrichtig zu sein. Ich mache auch nie den Versuch, einen gegen den anderen auszuspielen. Ich lüge weder die Cops, die Familien der Opfer noch die Mörder an – besonders die nicht, weil ich mir nämlich sage, dass Lügen kurze Beine haben, und mich würde man sofort ertappen. Wenn einer der anderen Hauptbeteiligten in diesem Fall mich fragen würde: »Haben Sie eine Affäre mit dem Staatsanwalt?«, würde ich darauf ja sagen müssen, und ich habe ihm sogar gesagt, dass ich das tun würde. Davon abgesehen bewahre ich alle ihre Geheimnisse, es sei denn, ich erhalte die Erlaubnis, sie zu veröffentlichen. Meine Laufbahn hängt davon ab, dass ich mir das Vertrauen von Dutzenden von Menschen verdiene und auch erhalte. Viele dieser Menschen sind Journalisten gegenüber misstrauisch, und alle sind verwundbar, jeder auf seine Weise. Mit einer achtlosen Bemerkung könnte ich einen unschuldigen Menschen demütigen oder den guten Ruf eines Gesetzeshüters oder Rechtsanwalts ruinieren. Ich vermeide das, indem ich meine Fakten recherchiere. Sollte ich mich entscheiden müssen, ob ich so handle oder eine ungerechtfertigte Grausamkeit veröffentliche, entscheide ich mich immer dafür, mich auf der liebenswürdigen Seite zu irren. Das ist auch der Grund, weshalb niemand – mit Ausnahme der Schurken – in meinen Büchern »hässlich« ist; sie sehen alle nur »interessant« aus. Niemand ist dick oder mager; sie sind entweder »von attraktiver Stämmigkeit« oder »modisch schlank«. Inzwischen habe ich mir den Ruf erworben, diplomatisch und offenherzig zugleich zu sein, was manchmal ein Drahtseilakt ist. Aber es ist auch hilfreich, berühmt zu sein, weil selbst mir vollkommen fremde Menschen dann eher bereit sind, sich mit mir auf ein Telefongespräch einzulassen.

Ich habe keinerlei Mühe, mit dieser verblüffenden Nachricht aus dem Mittelwesten die beiden Detectives zu erreichen.

»Sie glauben diesen Leuten?«, fragt mich Robyn Anschutz.

»Ich denke ... dass sie es glauben«, lautet meine vorsichtige Erwiderung.

»Wenn es wahr ist, ist es verdammt erstaunlich.«

»Das ist es.«

»Es würde eine Menge erklären.«

»Ja.«

»Aber nicht alles, etwa, wo er in all diesen Jahren gesteckt hat.«

»Und wer ihn entführt hat«, unterbricht Paul Flanck, der sich von seinem Apparat aus in das Gespräch einschaltet.

»Wer hat den Entführer entführt?«, fragt Robyn nachdenklich. »Mann o Mann.«

Die Detectives versprechen mir, mit Jack Lawrence Kontakt aufzunehmen, bevor sie den Versuch machen, die Familie Kepler anzurufen.

Diesmal nimmt sogar Leanne English meinen Anruf entgegen.

»Wie geht es Ihnen?«, frage ich mitfühlend.

Sie spricht durch einen verdrahteten Kiefer und ist kaum zu

verstehen. »Ist mir schon besser gegangen«, sagt sie undeutlich. »Geben Sie mir die Telefonnummer dieser Leute.«

»Ich werde ihnen Ihre Nummer geben«, entgegne ich. Ich überlege mir kurz, ob ich ihr einen Handel vorschlagen soll: Sie erzählen mir, wer Rays Anwaltskosten trägt, und ich erzähle Ihnen, wie Sie seine Mutter erreichen. Aber das kann ich nicht tun.

Sie muss sich mit meinem ersten Angebot zufrieden geben.

Danach rufe ich Franklin an, und wir verbringen mehrere Minuten damit, unserem beiderseitigen Erstaunen über diese Wendung der Ereignisse Ausdruck zu geben. Schließlich sage ich zu ihm: »Okay, gib mir ein offizielles Zitat für mein Buch, Süßer.«

Er überlegt einen Augenblick und sagt dann:

»Wenn sich dies als wahr herausstellt, ist es eine schreckliche Wendung des Schicksals.«

Er legt seine »Staatsanwalts«-Stimme an und gibt mir reichlich Zeit, alles aufzuschreiben. »Soviel ich weiß, ist dies der erste bekannte Fall, dass ein entführtes Kind als Erwachsener selbst zum Entführer wird. Der Grundsatz, dass Unrecht neues Unrecht hervorbringt, ist den meisten Menschen vertraut, aber diese Variante ist mir unbekannt.«

»Fabelhaft«, murmele ich beim Schreiben. »Sonst noch was?«

»Wir hätten es kommen sehen sollen«, bietet er mir an. »Denk nur an all die Kinder, die entführt werden. Meist ist es eine Entführung durch ein Elternteil, aber es bleibt Entführung. Ich habe das Gefühl, dass wir schon bald Entführer der zweiten und dritten Generation erleben werden.« Plötzlich hört er sich wirklich wie ein Staatsanwalt an, zornig und bereit, gegen anonyme Legionen von Kindesentführern in den Kampf zu ziehen, ob es nun biologische Eltern sind oder völlig fremde Menschen. »Wenn man nichts weiter kennt als Gewalt, dann übt man meist auch Gewalt aus. Wenn man nichts weiter kennt als Entführung, dann ist Entführung vielleicht das Metier.«

»Ja, aber Franklin, was ist mit Kindern, die mit grausamen Eltern aufwachsen und sich trotzdem gut entwickeln?«

Ich weiß, was er sagen wird, aber ich brauche es als Zitat.

»Dann ist Gewalt eben *nicht* alles, was sie kennen gelernt haben.«

»Na schön, was ist dann mit den ersten sechs Jahren von Rays Leben, Franklin? Was ist, wenn sich herausstellt, dass er damals geliebt und freundlich behandelt wurde?«

»Was ist damit?«

»Nun ja, hätte ihn das nicht vor dem hier bewahren müssen?«

»Nicht unbedingt. Wenn man die am besten angepasste Ratte der Welt in einen Käfig sperrt und sie willkürlicher Folter aussetzt, wird sie die Hoffnung aufgeben und sterben. Die liebevollste Rattenmutter der Welt könnte so eine Ratte zur Welt bringen und sie – dem Ratten-Äquivalent eines sechsjährigen Kindes entsprechend – liebevoll aufziehen. Wenn man dann diese niedliche, geliebte kleine Ratte einem Experimentalpsychologen übergibt, bekommt man innerhalb von Tagen erst eine psychotische Ratte und dann eine tote.«

»Aber Ratten sind keine Menschen, Franklin.«

»Nein«, gibt er mit einem stählernen Unterton in der Stimme zu. »Aber viele Menschen sind Ratten.«

Das ist genau das, was ich mir von ihm erhofft hatte. Es wird in dem Buch großartig aussehen.

Ich glaube, dass er zu Ende gesprochen hat, und lege meinen Kugelschreiber hin, nur um ihn schnell wieder aufnehmen zu müssen, als er zornig fortfährt: »Deshalb ist es so wichtig, dass Erwachsene nett zu Kindern sind. Zu jedem einzelnen Kind, wie lästig es auch sein mag. Lächeln Sie jedes Kind an, sage ich den Leuten, weil es vielleicht das einzige Lächeln sein wird, das es während der ganzen Woche von einem Erwachsenen zu sehen bekommt. Wenn ich einen meiner Assistenten dabei erwische, dass er grob zu Kindern ist, dann sage ich, herzlichen Glückwunsch, Sie haben gerade mitgeholfen, wieder einen entfremdeten und unglücklichen Menschen hervorzubringen.«

»Wenn dies auch bei Ray zutrifft«, sage ich, »und sie buchten ihn wieder ein, wirst du dann immer noch die Todesstrafe beantragen?«

»Absolut! Die Tatsache, dass er als Kind vielleicht entführt oder sogar missbraucht worden ist, bringt Natty doch nicht zurück, oder? Versuch mal, ihren Eltern zu sagen, dass der arme kleine Ray Raintree ihnen Leid tun soll. Dann wollen wir mal sehen, wie weit du damit kommst. Es ist mir gleichgültig, wo diese Teufelskreise anfangen, wir müssen sie irgendwo beenden, Marie, und wenn es bedeutet, dass ich Ray auf den elektrischen Stuhl bringen muss, dann werde ich das tun.«

»Aber was ist, wenn er einer dieser unglücklichen und entfremdeten Menschen ist, die von anderen unglücklichen entfremdeten Menschen geschaffen worden sind?«

»Nun, dann sollten wir ihn von seinem Unglück erlösen«, sagte Franklin in einem Tonfall sarkastischen, grimmigen Humors.

Es ist leichter, mit ihm einer Meinung zu sein, bevor ich Rays Mutter kennen lerne.

Vierundzwanzig Stunden nach diesen Gesprächen ertappe ich mich dabei, dass es mich einfach erstaunt, in Kansas auf Rays Kindheitsbett zu sitzen. Die Tapete stammt aus den 70er Jahren. Ich bin von seinen Spielsachen umgeben und sehe einige, die heute als Sammlerstücke gelten würden. Seine Mutter sitzt wach im Wohnzimmer, denn sie sagt, sie wisse nicht, wie sie je schlafen solle, bis sie ihn wiedersehe.

Ich klappe meinen Laptop auf und beginne, ein neues Kapitel für ein Buch zu schreiben, in dem es plötzlich nicht nur um eine Entführung geht, sondern um zwei.

ZWEITER TEIL
JOHNNIE

Die kleine Meerjungfrau

von Marie Lightfoot

ACHTES KAPITEL

Während Florida nach Ray Raintree suchte, begann sich das Rätsel seiner Identität an einem Ort zu lösen, von dem die meisten Polizisten noch nie gehört hatten, nämlich im Haus einer Frau, von der sie nicht das Geringste wussten.

Der Ort war Olathe in Kansas, dreißig Meilen südlich von Kansas City.

Die Frau war Kim Kepler. Sie war dreißig Jahre alt, unverheiratet und hatte keine Kinder. In genau dem Augenblick, in dem sich das Rätsel auflöste, aß Kim gerade ein chinesisches Gericht aus einem Lokal, das auch außer Haus verkaufte, und sah sich im Fernsehen *Entertainment Tonight* an. Das Gericht war Moo Shoo, Hackfleisch, das in dünne Pfannkuchen gerollt war, die sie in Sojasauce tauchte. Es war ihr chinesisches Lieblingsgericht, für den Geschmack mancher Leute vielleicht ein wenig mild, doch für sie war es würzig, und sie bestellte es jedes Mal, wenn sie chinesisch aß. Sie hatte mehrere Gewohnheiten dieser Art und blieb bei ihren bewährten Lieblingsgerichten, ob es nun Käse-Enchiladas in mexikanischen Restaurants waren oder ein Viertelpfünder mit Käse bei McDonald's oder Fettucine Alfredo in italienischen Lokalen. Diese vertrauten Gerichte hatten etwas Tröstliches an sich. Es gab keine Überraschungen, keine Enttäuschungen, und nichts, was sie wegwerfen musste, falls sie es nicht mochte.

Die anspruchslose Show, die jeden Abend um 18.30 Uhr in den lokalen Sendern begann, kam dem noch am nächsten, was man möglicherweise als »Nachrichtensendung« bezeichnen konnte. Anspruchsvollere Kost mochte sie weder sehen noch lesen oder hören. Kim Kepler vermied es wie ihre Mutter Katherine Kepler, sich die Nachrichten anzusehen. Die beiden Frauen konnten es nicht ertragen, davon zu hören, dass kleine Kinder entführt und ihren Eltern entrissen wurden. Das tat zu weh und brachte zu viele Erinnerungen zurück, da Kims jüngster Bruder im Alter von nur sechs Jahren verschwunden war. Sie konnte nicht wissen, wann eine so entsetzliche Geschichte gesendet wurde oder in Zeitschriften oder Zeitungen zu lesen stand. Dann würde alles wieder wach werden, das ihr die Tränen in die Augen trieb und den Tag ruinierte. Kindesentführungen schienen in den Vereinigten Staaten eine Epidemie geworden zu sein, sodass solche Geschichten fast alltäglich waren. Doch Kim Kepler gab sich die größte Mühe, sie zu meiden, ohne dass es auffiel. Wenn an Kims Arbeitsplatz jemand den Versuch machte, über eine solche Geschichte zu sprechen, entschuldigte sie sich unter irgendeinem Vorwand und entfernte sich.

Das Thema war zu persönlich, zu schmerzlich, sogar noch nach dreiundzwanzig Jahren.

Die Sendung *Entertainment Tonight* schien Kim jedoch immer ziemlich sicher zu sein. Da ging es nur um Filmstars, Fernsehstars und Klatsch und nicht um vermisste Kinder.

Die Sendung half ihr dabei, sich ein wenig zu entspannen, während sie ihre einsame Abendmahlzeit einnahm. Dabei war sie kein einsamer Mensch. Sie war sogar sehr gesellig, hatte viele Freundinnen und fühlte sich besonders ihrer Mutter und ihrer jüngeren Schwester eng verbunden, etwas weniger eng ihrem zweiten Bruder.

Kim wollte einfach nichts von schlechten Neuigkeiten hören oder sehen, das war alles.

So erging es vielen Menschen, und sie entschuldigte sich nicht dafür.

Ebenso wenig entschuldigte sie sich dafür, dass sie im Mittelwesten lebte, obwohl sie wusste, dass diese Gegend für viele Menschen nicht gerade dem Bild von kultivierter Lebensart entsprach. Diese Menschen würden den Mittelwesten – besonders Kansas – vielleicht für sicher halten. Doch für Kims Art zu denken war das eine Illusion. Man brauchte sich nur anzusehen, was mit ihrem Bruder geschehen war. Und dann mit ihrem Vater, der eines Tages einfach wegging und nicht mehr wiederkam. Trotzdem hatte sie nie einen Grund gesehen, aus Kansas wegzuziehen. Wenn dieser Staat nicht sicher war, dann war es vermutlich auch kein anderer. Außerdem würde ihre Mutter nie wegziehen, und Kim würde ihre Mutter nicht allein lassen.

Also saß sie nun da, aß von einem Tablett und sah sich *Entertainment Tonight* an, und das inmitten der Stadt Olathe in Johnson County in Kansas, das von der Stadt Bahia Beach im Howard County in Florida sehr weit entfernt ist.

Olathe, der Sitz der Bezirksverwaltung des Johnson County, ist die am schnellsten wachsende Stadt in Kansas. Wenn man sie überfliegt oder auf dem Interstate Highway 35 passiert, sieht sie aus wie eine Schlafstadt von Kansas City, aber aus der Nähe erkennt man, dass Olathe Reste seines ursprünglichen kleinstädtischen Charmes bewahrt hat, mit kleinen weißen Holzhäusern, Vorderveranden und Schaukeln und großen Gärten. Der Name der Stadt wird OL-LAJ-tha ausgesprochen, zumindest von den Weißen, die sie gegründet haben. Die Betonung liegt auf der zweiten Silbe. Hier ganz in der Nähe lebte einst auch Wild Bill Hickock.

Kim lebte in einem dieser kleinen weißen Häuser.

Ihre Mutter lebte in einem anderen, das zwei Straßenblocks entfernt lag. Ihre Schwester und deren Familie lebten in einem Vorort weiter nördlich in Lenexa, und ihr überlebender Bruder und dessen Familie wohnten nur zwanzig Autominuten entfernt in Prairie Village.

Kim lauschte, als Mary Hart im Fernsehen sagte: »In Florida tut sich was! Dort läuft eine massive Menschenjagd nach einem entflohenen Mörder an, der außerdem Hauptperson in einem Kriminalroman mit realem Hintergrund ist, den die Bestsellerautorin Marie Lightfoot demnächst veröffentlichen wird. Als Lightfoot schon glaubte, das Ende ihres Buches sei ihr bekannt, flüchtete der Killer vor zwei Tagen aus dem Gerichtsgebäude von Bahia Beach. Er war soeben der Entführung schuldig gesprochen worden und ...«

Kim griff nach der Fernbedienung.

»der Ermordung ...«

Sie tastete mit fettigen Fingern, um den Aus-Knopf zu finden.

»... eines sechsjährigen Mädchens namens Natalie Mae McCullen. Der Mörder ...«

Kim drückte wie wild auf den Knopf, doch nichts geschah. Manchmal klappte es nicht beim ersten Mal.

»... der nur unter dem Namen Raymond Raintree bekannt ist ...«

Als Kim Kepler diesen Namen hörte, hatte sie das Gefühl, als hätte ihr jemand mit einem Holzhammer gegen die Brust geschlagen. Sie keuchte und richtete sich mit einem Ruck auf. Sie schrie, als hätte ein unsichtbarer Feind sie mit ungeheurer Wucht getroffen, presste die Arme an die Brust und konnte nicht atmen. Ihr Kopf füllte sich mit einem lauten Dröhnen. Ihr wurde schwindelig, und ihr Blickfeld verdunkelte sich an den Rändern, als würde sie plötzlich erblinden. Die Fernbedienung glitt ihr aus der Hand, prallte auf dem hölzernen Tablett ab und fiel dann auf den Teppich. Die Rückseite klappte auf, und eine der beiden AA-Batterien rollte heraus. Kims Mund öffnete sich und schloss sich wieder, ging auf und zu, doch kein Laut kam heraus.

Sie bemühte sich fieberhaft, zu hören, was die Fernsehsprecherin sagte, doch das laute Pochen des Bluts in den Ohren machte es ihr schwer, etwas zu verstehen. Das Geräusch ihres eigenen Atems machte sie taub. Sie hörte nur noch den Rest eines Satzes: »... Filmvertrag schon unterzeichnet, doch niemand weiß, wie diese Geschichte zu Ende gehen wird.« Als Kim sah, dass dies der Übergang zu einer anderen Geschichte war, presste sie die Hände an den Mund und stand so schnell auf, dass das Tablett umkippte, sodass ihr Abendessen auf den Teppich fiel.

»Raymond Raintree«, flüsterte sie mit zitternder Stimme.

Und dann schrie Kim und schrie erneut. Sie begann zu weinen und lief dann völlig verstört von einem Zimmer ihres kleinen Hauses zum nächsten, rang die Hände, schlug mit Fäusten und Handflächen gegen die Wände und die Türrahmen. »O mein Gott, o mein Gott!« Hatte sie es gehört? Hatte sie diesen Namen wirklich gehört? »Was soll ich tun, was soll ich tun?« Sie schrie es immer wieder und hatte das Gefühl, als fiele sie in einen tiefen Brunnen ohne Halt an den Wänden, als fiele und fiele sie, ohne dass ein Ende abzusehen war.

»Mama!«, schrie sie in dem leeren Haus, und dann, als sie neben dem Telefon auf die Knie niedersank, wimmerte sie: »Johnnie!«

Raymond Raintree war der Name, den ihr kleiner Bruder Johnnie Kepler im Alter von sechs Jahren einem imaginären Spielkameraden gegeben hatte. Sie hatte diesen Namen nie vergessen und bis jetzt nie wieder von irgendeinem Menschen, mit Ausnahme ihrer Mutter, gehört. Hatte dieser schreckliche Mann, der in Florida geflüchtet war, etwas mit der Entführung ihres Bruders vor dreiundzwanzig Jahren zu tun?

Sollte sie ihre Mutter anrufen und ihr erzählen, was sie gerade gehört hatte?

Aber was wäre, wenn dieser Mann mit dem einzigartigen Namen absolut nichts mit ihrem seit so langer Zeit verschwundenen Bruder zu tun hatte? Würde das für Katherine Kepler nicht noch mehr Leid bedeuten, ob er nun etwas mit ihrem Bruder zu tun hatte oder nicht?

»Ich weiß nicht, was ich tun soll«, schluchzte Kim. Sie fühlte sich verzweifelt allein.

Sie nahm den Hörer ab, um ihre Schwester anzurufen, und legte dann wieder auf. Dann nahm sie erneut den Hörer ab, um ihren Bruder anzurufen, überlegte sich es aber auch wieder anders.

Sie wollte die Sache mit ihren Geschwistern besprechen und sie fragen, was sie ihrer Meinung nach tun sollte.

»Nein.« Kim wusste plötzlich, dass sie keine Wahl hatte. Ihre Mutter würde ihr nie verzeihen, wenn sie sie nicht auf der Stelle anrief, gleichgültig, was aus der Angelegenheit wurde. Wenn es jemanden gab, der ein Recht darauf hatte, es als Erste zu erfahren, war es Katherine Kepler. »Ich muss sie anrufen.«

Kim nahm erneut den Hörer ab und hielt ihn in der Hand, während sie versuchte, ihre Tränen und ihre Stimme unter Kontrolle zu bringen. Doch als die sanfte Stimme ihrer Mutter sagte: »Hallo?«, verlor sie die Beherrschung und begann zu schluchzen wie ein kleines Mädchen, was ihre Mutter zu Tode erschreckte, bevor sie die Neuigkeit überhaupt gehört hatte.

Als sie John Michael Kepler zum letzten Mal gesehen hatten, war er sechs Jahre alt. Es war an dem Tag, an dem er aus dem Vordergarten seines Elternhauses entführt wurde. Doch anders als Natalie Mae McCullen wurde der kleine Johnnie Kepler nicht mehr gesehen, weder tot noch lebendig.

»Raymond Raintree. Das war der Name, den Johnnie seinem imaginären Freund gegeben hatte«, erklärten seine Mutter und Kim später all den Leuten, die sie danach fragten: der Polizei, den Reportern, dem FBI, den Anwältinnen. »Wir haben nie erfahren, woher er ihn hatte. Von den Leuten, die wir kannten, hieß niemand Raymond. Wir hatten nicht einmal den Namen Raintree gehört, nur in diesem alten Film mit Elizabeth Taylor. Wir haben nie erfahren, ob er diesen Namen irgendwo gehört oder sonstwie aufgeschnappt hatte.«

Doch wie viele Kinder dachte sich John Kepler einen Fantasiefreund aus, und wenn seine Brüder und Schwestern sowie seine Eltern ihn fragten, mit wem er spreche, antwortete er geradeheraus: »Raymond Raintree.« Er sagte es, wie sich seine Familie erinnerte, in vier deutlichen Silben, was vielleicht daran lag, dass dieser Name für einen kleinen Jungen nicht ganz leicht auszusprechen war. Ray –

mond – Rain – tree. Und genau wie andere Kinder mit imaginären Spielgefährten nahm Johnnie seinen unsichtbaren Freund fast überallhin mit.

Als Kim zum ersten Mal den Namen des entflohenen Häftlings aus Florida hörte, dachte sie nur, dass dieser Mann irgendeine indirekte Beziehung zum Verschwinden ihres Bruders haben musste. Ihre Familie hatte es immer für eine Entführung gehalten, doch die Wahrheit war, dass sie nicht wussten, was mit Johnnie geschehen war. In einer Minute spielte er im Vordergarten, und in der nächsten war er nicht mehr da. Es schien unmöglich zu sein, dass er weggeschlendert, in einen Brunnen gefallen war oder irgendwo ein leeres Haus betreten hatte, um dann *nie* mehr gefunden zu werden. Doch sie wussten es nicht.

Erstaunlicherweise kam Kim gar nicht in den Sinn, dass der Mann, der diesen Namen trug, vielleicht ihr Bruder *war*. Wenn es überhaupt eine Verbindung gab, ging sie lediglich davon aus, dass dies vielleicht der Verbrecher war, der ihr Leben ruiniert hatte. Später begriff sie, dass der Mann, den sie im Fernsehen zeigten, zu jung war, um der Entführer sein zu können. Doch ihr kam noch immer nicht der Gedanke, dass es Johnnie selbst sein könnte, weil der Mann weit jünger aussah als die achtundzwanzig Jahre, die John inzwischen war.

»Die Wahrheit«, gab sie später zu, »war für mich schrecklich schwer zu begreifen. Ich weiß nicht genau, warum. Es lag vielleicht daran, dass irgendwo in mir sich etwas weigerte, die Möglichkeit anzuerkennen, dass der eigenartig aussehende Mann, den ich da sah, dieser scheußliche Mensch, der vielleicht ein kleines Mädchen umgebracht hatte, dass der mein Bruder sein könnte. Nein. Ich wollte einfach ... nein.«

Ihrer Mutter fiel es nicht so schwer, zu begreifen.

»Ich wusste es«, sagte Katherine Kepler später. »Es war mein Sohn.« Sie wusste es in der Minute, in der sie Kim den Namen sagen hörte. »Logik hatte damit nichts zu tun. Ich wusste es einfach. Ich spürte die eigenartigste Hoffnung in mir aufsteigen und gleichzeitig dieses schauerliche Grauen, als müsste ich mich übergeben. Ich hatte das Gefühl, in einer Achterbahn gleichzeitig hinaufzufahren und hinunterzurasen. Es überwältigte mich. Ich habe mich sogar tatsächlich übergeben, wenn Sie das wissen wollen. Ich zitterte und weinte. Aber ich wusste Bescheid!«

Kim rannte buchstäblich zum Haus ihrer Mutter, von wo sie ihre Geschwister anrief. Sie rief auch Jack Lawrence an, einen inzwischen pensionierten Stellvertreter des Sheriffs von Johnson County. Er hatte in all diesen Jahren mit den Keplers Verbindung und nie ganz den Gedanken aufgegeben, Johnnie zu finden. Die Keplers liebten Jack und kannten seine Frau und seine Kinder und behandelten ihn wie ein Familienmitglied.

Kim erzählte dem pensionierten Polizeibeamten, was sie soeben im Fernsehen gehört hatte. Er versprach, sofort mit der Polizeibehörde von Bahia Beach Kontakt aufzunehmen und alles in Erfahrung zu bringen, was nur möglich war, um sich dann sofort wieder bei ihnen zu melden.

»Wie geht es deiner Mutter?«, fragte er Kim, und sie konnte die Erregung und die Besorgnis in seiner tiefen Stimme hören. Kim erzählte ihm, dass Katherine in diesem Augenblick nicht ansprechbar sei – sie habe sich im Badezimmer übergeben und geweint, als sie wieder herauskam –, und jetzt gebe es nur eines, was ihr helfen würde, nämlich weitere Informationen zu erhalten.

Er versprach, sich sofort darum zu kümmern.

Leider erwies sich das zu diesem Zeitpunkt als unmöglich, weil er in Florida keinen Beamten dazu bringen konnte, ihm zuzuhören.

Wie konnten die Keplers sicher sein?

In den zwei Tagen, die verstrichen, bevor irgendjemand in Florida auf sie hörte, arbeiteten die Familienmitglieder selbst fieberhaft daran, herauszufinden, ob Raymond Raintree ihr verloren geglaubter Junge war.

Kim Kepler hatte von einem Videolabor am National Center for Missing and Exploited Children in Arlington in Virginia gehört.

Das NCMEC, wie es international heißt, hatte beim Verschwinden ihres Bruders noch nicht existiert. Irgendwann machte es die Organisation jedem möglich, ihre Datenbank kostenlos zu durchsuchen. Man brauchte dazu nur die NCMEC-Website anzuloggen und Beschreibungen über ein vermisstes Kind oder einen Entführer einzugeben. Johnnie Kepler war schon seit vielen Jahren beim NCMEC aufgeführt. Jetzt waren die dortigen Techniker dabei, mit Hilfe des wirksamen Zusammenspiels von Technologie und Familienfotos Bilder vermisster Kinder künstlich altern zu lassen.

Als Kim dort anrief, wurde sie gebeten, En-Face-Fotos von Johnnie sowie Fotos von Familienmitgliedern in dem Alter zusammenzustellen, das auch Johnnie jetzt erreicht hätte, falls er noch am Leben wäre.

»Haben Sie Videokassetten von ihm?«, fragte man sie behutsam.

»Nein«, musste sie erwidern.

Genau an dem Weihnachtsfest vor Johnnies Verschwinden hatte ihr Vater daran gedacht, ihrer Mutter eine Videokamera zu schenken. Er entschloss sich schließlich, es nicht zu tun, weil in Wahrheit er derjenige war, der die Kamera wollte. Es wäre nicht recht, hatte Fred Kepler den älteren Kindern gesagt. Das wäre etwa so, als würde ihre Mutter ihm das Waffeleisen schenken, das sie selbst haben wollte. Später wünschte sich jeder in der Familie, er wäre so egoistisch gewesen, wie er es gewöhnlich war. Doch weil Fred Kepler an jenem Weihnachtsfest einen untypischen Anflug von Nachdenklichkeit an den Tag gelegt hatte, gab es keine Videokassetten von Johnnie, keine Bilder davon, wie der kleine Junge lief, spielte, aß, lachte, im Arm gehalten wurde, ein Bad nahm oder schlief. Es gab nur normale Fotos. Eines davon war eine große und klare Studioaufnahme, ein Farbfoto im Format zwanzig mal fünfundzwanzig Zentimeter. Es zeigte Johnnies kleines Grinsen, seine graublauen Augen und seine zerzauste braune Haarmähne.

»Bringen Sie das Foto mit«, wurde Kim gebeten, denn sie hatte vor, zum NCMEC zu fahren.

Keine vierundzwanzig Stunden später war Kim in Arlington und fügte den Fotos eine möglichst ausführliche Beschreibung ihres Bruders hinzu. Sie brachte auch jedes andere gute Bild ihres Bruders mit, das sie finden konnte, außerdem eine Studioaufnahme von sich mit achtundzwanzig Jahren sowie mehrere Schnappschüsse ihres älteren Bruders. Sie brachte sogar Fotos ihrer Eltern in etwa dem gleichen Alter mit. Zusätzlich hatte sie aus dem Internet einige Zeitungs- und Zeitschriftenfotos des Verdächtigen in Florida kopiert.

»Ich muss selbst hinfahren«, erklärte sie ihren Geschwistern. »Ich kann dieses kostbare Material doch nicht einfach in einen Briefkasten stecken und wegschicken. Ich muss es in den Händen und im Auge behalten, denn wenn etwas damit passiert, würde das Mom umbringen.«

Im Lauf der Jahre hatten sich viele wohlmeinende Menschen erboten, Kopien dieser kostbaren Fotos anfertigen zu lassen, doch Katherine Kepler wollte nie ihre Einwilligung dazu geben. Sie hatte zu viel Angst, es könnte etwas geschehen, das die Fotos beschädigte oder zerstörte. Dieses Risiko wollte sie nicht eingehen. Abgesehen von einer Haarlocke von seinem ersten Haarschnitt, einem Milchzahn und seinen Spielsachen, waren diese Bilder alles, was sie von ihrem jüngsten Kind hatte.

Doch ihre Tochter ließ sie mit den Bildern nach Virginia fahren.

Katherine Kepler ließ Kim damals nicht wissen, dass sie in der Minute, in der sie die Bilder zum ersten Mal aus der Hand gab, in Tränen ausbrach. Ebenso wenig gestand sie ihrer zweiten Tochter und ihrem Sohn, dass sie unendliche Ängste ausstand, bis Kim zurückkehrte und die Bilder unbeschädigt wieder in ihre Hände gab.

»Wenn ich das gewusst hätte«, sagte Kim, »hätte ich vielleicht weder den Mut noch das Herz gehabt, mit ihnen wegzufahren.«

Als sie im Labor zum ersten Mal versuchten, das Bild zu aktualisieren, sahen Kim und der Techniker das Gesicht eines Mannes auftauchen. Er sah ihrem älteren Bruder sehr ähnlich, aber überhaupt nicht wie Ray Raintree. Dieser Mann auf dem Phantombild hatte ein zu volles Gesicht, sah zu gesund aus und wirkte durchaus wie achtundzwanzig, was Ray nicht tat.

In einem Augenblick tragischer Inspiration stieß Kim zu dem Techniker an der Tastatur hervor: »Was ist, wenn ihn niemand in dieser ganzen Zeit geliebt hat? Was ist, wenn man ihn vernachlässigt hat und er unterernährt gewesen ist? Würde er dann anders aussehen?«

Der Techniker tippte wieder auf seine Tasten.

Das Foto auf dem Bildschirm begann dahinzuschmelzen und sich zu wandeln und zu verändern. Das Gesicht wurde schmaler und irgendwie kleiner. Die ganze Gestalt schien zu schrumpfen. Und urplötzlich befand sich dort das Bild von einem Mann, der »Raymond Raintree« wie aus dem Gesicht geschnitten war.

Kim weinte während des gesamten Rückflugs und hielt dabei die alten und neuen Fotos in dem wattierten Umschlag auf dem Schoß. Sie fürchtete sich davor, sie ihrer Mutter zu zeigen.

Katherines Kind war am Leben. Doch ihr Kind war ein Monster.

Katherine Kepler hatte noch exakt das gleiche Gewicht wie an dem Tag, an dem ihr Sohn verschwand: 123 Pfund, verteilt auf zartgliedrige 165 Zentimeter. Das waren an jenem Tag genau wie an diesem zehn Pfund mehr, als sie gern gewogen hätte. Sie hatte auch genau die gleiche Frisur und gleiche Haarfarbe wie damals im Jahre 1976: einen von blonden Strähnen durchzogenen »Keil«-Schnitt, der damals große Mode war. Zum Glück war es ein klassischer Schnitt, der immer gut aussah, doch das war nicht der Grund, weshalb Katherine ihre Haare immer so trug oder weshalb sie ihr Körpergewicht auf zehn Pfund über ihrem persönlichen Limit hielt.

»Ich wollte, dass John mich wiedererkennen kann«, erklärte sie. »Falls er irgendwelche Erinnerungen an mich hatte, dann an seine zweiunddreißigjährige Mutter mit diesem Haarschnitt.« Sie tippte sich mit der Hand an die Frisur. »Und mit diesem Körper.« Sie zeigte auf die Figur, die sie durch Übungen jugendlich hielt. Mit dem Einsetzen des mittleren Alters war der Tag gekommen, diese zusätzlichen zehn Pfund daran zu hindern, zu zwanzig zu werden. Doch mit Diät und Aerobic hatte sie es geschafft.

»Und mit diesem Gesicht«, fügte sie hinzu.

In dem relativ jungen Alter von vierundfünfzig Jahren hatte sich Katherine schon zweimal das Gesicht liften lassen, was ihr desperater Versuch war, das Gesicht, das ihr Kind gekannt und geliebt hatte, zu bewahren. Es war ein gutes, offenes Gesicht einer Frau aus dem Mittelwesten mit Lippen, deren Mundwinkel auf natürliche Weise einen angenehmen Ausdruck zeigten, und mit einer schmalen Nase und blauen Augen, einem fein geschnittenen Kinn, zierlichen Ohren und einer breiten Stirn. Dank dieser chirurgischen Eingriffe sah Katherine Kepler der jüngeren Frau auf den Fotos mit ihrem jüngsten Sohn immer noch bemerkenswert ähnlich.

Wenn Johnnie Kepler, der jetzt achtundzwanzig Jahre alt sein würde, sie je wiedersah, hoffte sie, dass der Anblick Erinnerungen an das erste und liebevollste Gesicht auslösen würde, das er je erblickt hatte.

»Als er geboren wurde«, erinnerte sich Katherine, »kniff er ständig die Augen zusammen und weinte. Bis sie ihn mir gaben. Auf der Stelle, wie durch ein Wunder, hörte er auf zu weinen. Er schlug die Augen auf, und ich sah ihn an, und er sah mich an. Ich war buchstäblich der allererste Mensch, den er auf dieser Erde sah.«

Siebenundzwanzig Jahre später war seine Mutter entschlossen, auch der letzte Mensch zu sein, den ihr Sohn je sehen würde. Er war auf diese Welt gekommen, als er Liebe in ihren Augen sah, und so würde er sie auch verlassen, nämlich im Anblick der Liebe, die ihm immer noch entgegengebracht wurde.

Im Grunde ihres Herzens wusste sie, dass er sie vielleicht so anstarren würde, wie er sie damals nach seiner Geburt angestarrt hatte: wie eine Fremde, die nett und irgendwie vertraut aussah.

Als Kim ihrer Mutter die Altersprogression von Johnnies Bild zeigte, zögerte Katherine Kepler keinen Augenblick. Sie sah einmal hin und presste das Bild an die Brust. »Dies ist mein geliebter Sohn, und ich würde mein Leben für ihn hingeben.«

Kims Bruder bemerkte sarkastisch, wenn seine Mutter außer Hörweite war, dass sie wahrscheinlich nicht das Leben hergeben müssten, sondern einfach nur fast alles, was sie besäßen, wenn sie Johnnies Anwaltskosten bezahlen würden. »Ich möchte mehr Beweise sehen als dieses Foto«, sagte er zu seinen Schwestern. »DNS. Fingerabdrücke.«

Als Kim das hörte, dachte sie, dass Johnnie sie vielleicht dennoch nicht erkennen würde, trotz all dieser Beweise, dass er sie nicht wiedererkennen würde oder sie nicht seine Familie nennen würde. Und selbst wenn er es tat – wollten sie ihn jetzt wirklich wiederhaben? Ihrer Mutter fiel die Antwort darauf leicht, ein natürliches Ja. Aber für seinen zornigen Bruder, der einen Mörder nicht als Bruder anerkennen wollte, und für seine verwirrten Schwestern waren die Antworten alles andere als leicht.

Sobald sie die Bestätigung durch das Foto hatten, sagte sich Katherine Kepler und warnte auch ihre Kinder, dass Johnnie sich wahrscheinlich nicht an sie oder überhaupt an jemanden von ihnen erinnern werde. Er sei zu jung gewesen, und außerdem sei es so lange her. Es müssten ihm in den zurückliegenden Jahren viele schreckliche Dinge widerfahren sein, denn warum hätte er sich sonst so entwickeln sollen?

Sie erzählte ihnen dies, um sie und sich zu schützen.

Es gibt wissenschaftliche Erkenntnisse, die der Gültigkeit von Katherines Vorstellungen physiologische Unterstützung geben. Sowohl das Langzeit- als auch das Kurzzeitgedächtnis ist mit einer Zwillingsregion im Gehirn verbunden, den so genannten Hypocampi. Das normale menschliche Gehirn hat einen linken Hypocampus und einen rechten. Einige Studien haben bei Vietnam-Veteranen eine dramatische Schrumpfung der Hypocampi festgestellt, bei Männern, die an dem Syndrom des so genannten posttraumatischen Stresses litten. Bei diesen Veteranen hat die Schrumpfung nachweislich bis zu sechsundzwanzig Prozent des Gesamtvolumens der Hypocampi betragen, was auf lange Sicht zu Gedächtnisverlust und Schwierigkeiten mit dem Kurzzeitgedächtnis führte. Eine Schrumpfung ist auch bei den Opfern schwerer

Kindesmisshandlung beobachtet worden. Manche Wissenschaftler haben die Ansicht geäußert, dass dieses Phänomen unter Umständen für die Tatsache verantwortlich sei, dass viele Opfer von Kindesmisshandlung sich offenbar nicht an große Zeiträume ihrer Kindheit erinnern zu können scheinen. Diese Erinnerungsstücke sind einfach verschwunden, behaupten die Opfer; und heute sagt die Wissenschaft, es könne buchstäblich wahr sein, dass ganze Jahre unter Umständen in dem Schrumpfungsprozess eines hochempfindlichen und wichtigen Organs im Gehirn verloren gehen. Es hat den Anschein, dass starker Stress jeder Art Auswirkungen auf das Gedächtnis haben kann.

Wenn diese Studien zutreffen, könnte es einen realen physiologischen Grund dafür geben, weshalb der entflohene Mörder in Florida vielleicht nie mehr in der Lage sein wird, eine frühere Identität zurückzuholen. Unter Umständen erinnerte sich Ray Raintree tatsächlich nicht daran, Johnnie Kepler zu sein. Katherine erwartete, dass ihre Ansicht sich als richtig erweisen würde; ihr Sohn – falls es ihr Sohn war – würde sich vielleicht nicht an sie erinnern oder sie als Mutter anerkennen. Das sagte ihr das Gehirn. Ihr Herz sprach eine andere Sprache und sagte: »Erinnere dich an mich.«

Aber selbst wenn »Raymond Raintree« behauptete, sich an eine Identität als Johnnie Kepler zu erinnern, wie sollten sie beweisen, ob dies zutraf oder nicht?

»Der modernen Wissenschaft sei Dank«, sagte Jack Lawrence zu den erwachsenen Kepler-Kindern. »Und den gefühlvollen Müttern, welche die Milchzähne ihrer Kinder und Haarlocken ihrer Babys aufheben.«

Dank also, mit anderen Worten, der DNS-Typisierung.

Der kürzeste Weg zur Feststellung der Identität einer Person besteht in der so genannten Gen-Analyse oder dem »Profiling«. Dazu entnimmt man beiden Elternteilen DNS-Material und vergleicht es mit der DNS des Probanden. Wenn es bestimmte Ähnlichkeiten zwischen seiner DNS und ihren gibt, ist er wahrscheinlich das Kind dieser beiden Menschen. (Beim DNS-»Profiling« gibt es keine vollkommene »Entsprechung«, sondern nur statistische Wahrscheinlichkeiten. Es ist anders als bei einem Fingerabdruck, den jemand irgendwo hinterlässt und der einen perfekten »Abdruck« darstellt. Bei der Gen-Analyse gibt es keine allgemeingültige Definition dessen, was eine »Entsprechung« ist. Wie der Prozess gegen O. J. Simpson gezeigt hat, ist diese Analyse nicht die exakte Wissenschaft, für die viele sie halten. Viel hängt von der Zuverlässigkeit des Labors und der Techniker ab, die den Nachweis führen.) In diesem Fall wäre es leicht, DNS-Material der Mutter zu erhalten, doch niemand wusste, ob Johnnies Vater noch am Leben war, geschweige denn, wo er sich aufhielt.

Es würde wahrscheinlich jedoch genügen, festzustellen, ob der Mann namens Ray Raintree durch DNS mit Katherine Kepler verbunden war. Überdies hatte Katherine eine Locke von Johns Haar bei dessen erstem Haarschnitt aufgehoben, als er im Alter von nur elf Monaten mit seinem Vater zu einem Friseur gegangen war. Außerdem hatte Katherine noch einen seiner Milchzähne, sodass zumindest theoretisch reichlich biologisches Material für eine DNS-Analyse zur Verfügung stand. Falls Ray Raintree ihre DNS in sich trug und seine eigene zu der der Zähne und des Haars passte, würde er mit Sicherheit als Johnnie Kepler identifiziert werden.

»Wenn sich Dinosaurier-DNS Millionen von Jahren in Bernstein erhalten kann«, sagte Katherine zu Jack Lawrence, »sollte die DNS meines Sohnes sich wohl nur zweiundzwanzig Jahre in einer Plastiktüte halten können.« Zumindest betete sie dafür, dass es so sein möge, obwohl jeder, der etwas über DNS wusste, ihr hätte sagen können, dass sie sich nicht mit letzter Sicherheit darauf verlassen könnte. DNS »hält sich« in Bernstein, weil kein Sauerstoff drankommen kann. Katherine hatte im Verlauf der Jahre, ohne sich darüber klar zu werden, dass es vielleicht ihre Chancen ruinieren würde, je Bescheid zu wissen, die kostbare Locke weichen Haars aus dem Plastikbeutel herausgenommen und in der Hand gehalten, sie liebkost, sie an die Wange gehalten oder an die Lippen, um sie zu küssen, und außerdem hatte sie den winzigen Milchzahn in der

Hand gehalten, über ihm Tränen vergossen, als sie sich an das Kopfkissen erinnerte, unter dem er gelegen hatte, und ihr die Münze wieder einfiel, die sie stattdessen hingelegt hatte. Sie erinnerte sich an die Aufregung des kleinen Jungen, als er den glänzenden Schatz fand, den die Zahnfee dagelassen hatte, während er schlief. Und bei all dem hatte Katherine vielleicht die DNS zerstört oder sie unauflöslich mit der eigenen vermischt.

»Was die DNS von Zahn und Haar angeht, habe ich nicht viel Hoffnung«, gestand Lawrence Kim gegenüber, sagte es Katherine aber nicht so direkt. Er brachte es nicht über sich, ihr zu sagen, dass diese Dinge inzwischen wahrscheinlich nicht mehr zu gebrauchen waren. Schließlich waren sie nicht gerade unter Laborbedingungen aufbewahrt worden; immerhin war Desoxyribonukleinsäure 1976, zu der Zeit, als Johnnie verschwand, für kriminaltechnische Labors immer noch ein relativ neues Spielzeug. Im Gefängnis schmachteten Vergewaltiger, die eines Tages vielleicht aufgrund der DNS-Analyse ihres Samens entlassen werden würden. Und was den DNS-Vergleich von Mutter und Sohn anging, war Jack nicht einmal sicher, ob die Gerichte von Ray verlangen konnten – oder es tun würden –, sich einem DNS-Test zu unterwerfen, um seine Identität festzustellen, wenn er jede Zusammenarbeit verweigerte. Hatte er ein verfassungsmäßiges Verweigerungsrecht? Jack Lawrence machte sich in Kansas an die Arbeit, Richter anzurufen, um es herauszufinden.

DNS-Analysen brauchen einige Zeit, mitunter Wochen, und die Familie wollte natürlich schon früher Bescheid wissen. Die Keplers wollten sofort Klarheit haben. Sie wollten *jetzt,* auf der Stelle, Bescheid wissen. Doch wie es schien, konnte ihnen nichts, nicht einmal Kims Flug nach Arlington, einen unwiderleglichen Beweis ohne jeden Schatten eines Zweifels geben.

Kim Kepler scherzt, dass sie sich all die Pfunde auf die Rippen futtert, die ihre Mutter abnimmt. Es stimmt zwar, dass die dreißigjährige Kim zweieinhalb Zentimeter kleiner und siebenundzwanzig Pfund schwerer ist als ihre Mutter, aber sie sieht trotzdem fabelhaft aus. Mit ihren großen braunen Augen – sie sind wie die ihres Vaters, sagt sie – und ihrem dunkelbraunen lockigen Haar, das ihr Gesicht einrahmt, ist sie eine Doppelgängerin des früheren Filmstars und der späteren US-Diplomatin Shirley Temple. Sie hat den gleichen intelligenten Ausdruck in den Augen, der sich auch bei Katherine findet, und ihr Lächeln zeigt die ebenso fröhlich hoch gezogenen Mundwinkel. Überdies strahlt sie auch eine besondere Intensität aus, die den Rest der Familie an Katherine erinnert. Beide wirken nett, ja sogar weich, aber wenn man ihnen eine Aufgabe gibt, an der sie sich festbeißen können – etwa alles Menschenmögliche zu tun, um zweiundzwanzig Jahre lang genauso auszusehen! –, dann spürt man schon bald die Entschlossenheit, die dahinter steckt. Kim selbst, die von ihrer Familie Kimmie genannt wird, bezeichnet sich als eine Frau, »die losmarschiert und was tut«. Jeder, der sie kennt, scheint mit dieser Einschätzung übereinzustimmen. Wenn Kimmie Kepler da ist, *bewegt* sich was.

Kim zieht sich schön an – an jedem Arbeitstag einen hübschen Anzug mit Bluse – und hat eine aufrecht würdevolle Haltung, die eine Diplomatin beschämen würde. Ihre Gefühle treten gleichwohl immer schnell zu Tage.

»Ich weine im Kino«, sagt sie, »lache aber auch über jede Ausrede.«

Liebenswert – mit diesem Wort könnte man zusammenfassen, wie andere Menschen Kimmie Kepler sehen. Damit und mit dem Wort *aufrichtig*. Und *verantwortungsbewusst*. Und *tapfer*.

»Oh, im Herzen bin ich nur eine Pfadfinderin«, sagt sie und lacht. »Bitten Sie mich bloß nicht, zwei Stäbchen aneinander zu reiben und Feuer zu machen.«

Das würde Kim als höchst unpraktische Bitte erscheinen, denn sie hat immer ein kleines Schweizer Armeemesser und eine Zündholzschachtel in der Handtasche, denn man weiß nie, was man im Feldlager des Lebens vielleicht brauchen kann oder was von einem verlangt wird.

Man sollte sie auch nicht bitten, über ihren Vater zu sprechen.

»Dad ist gegangen«, sagt sie lakonisch. Sie spricht diese wenigen Worte knapp und präzise. *Dad ist gegangen.*

Ihre Mutter sagt zu diesem Thema nicht viel mehr, fügt nur einige zusätzliche, sorgfältig gewählte Wörter hinzu. »Es war zu hart für ihn«, sagt Katherine, wenn jemand sie fragt … *warum.*

Die übrigen Kinder, Kims älterer Bruder und ihre jüngere Schwester, sind bei dem Thema nicht so zurückhaltend.

»Als Johnnie verschwand, zerstörte das unsere Familie«, sagt Christie Kepler-Warneke, die jetzt selbst Mutter von drei Kindern ist. Mit fünfundzwanzig Jahren ist sie das Baby der Familie Kepler. »Ich nehme an, man könnte sagen, wir haben sie wieder aufgebaut, Mom, Kimmie, Cal und ich, doch es hat lange gedauert, und außerdem mussten wir es ohne Dad schaffen.«

Also wo ist Frederick James Kepler, jetzt dreiundsechzig Jahre alt?

Wohin ist er gegangen?

Warum hat er sie verlassen?

»Ich habe früher immer fantasiert«, sagt Christie, »dass Dad Johnnie entführt hat. Dass es einfach ein Sorgerechtsfall war, weil Mom und Dad nicht miteinander auskamen. Da ist er eben gegangen und hat einen der Jungen mitgenommen.«

Jahrelang hatte sich die kleine Christie eingeredet, dass Johnnie behütet und geliebt wurde und irgendwo mit Daddy lebte. Das hielt sie nicht davon ab, ihren Vater verzweifelt zu vermissen, trug aber dazu bei, ihre Angst zu beherrschen. Ein Psychologe würde es vermutlich einen »Bewältigungsmechanismus« nennen. Und einen recht wirksamen dazu.

»Wenn mein Bruder bei meinem Vater war, war die Welt nicht so unheimlich«, sagt Christie bei der Erinnerung an den hoffnungsvollen, unmöglichen Traum ihrer Kindheit. »Wenn Dad ihn entführt hatte, konnte nichts Schlimmeres passieren, als dass es ihm gut ging – auch wenn er uns vermisste –, und außerdem würden wir sie eines Tages beide wiedersehen. Und die Welt war dann nicht voll von bösen und grausamen Fremden, die *mich* schnappen und für immer entführen konnten.«

Das sachliche Problem bei dieser schlauen Theorie war leider die Tatsache, dass ihr Bruder 1976 verschwand und ihr Vater die Familie erst 1979 verließ.

Noch bis heute hat Christie eine Lieblingsfantasie.

In ihrer gegenwärtigen Fantasie hat Fred Kepler seine Familie 1979 verlassen, um sein Leben mit der Suche nach seinem verlorenen Sohn zu verbringen.

»Das könnte wahr sein«, sagt sie erregt und rechtfertigend, obwohl alle anderen Familienmitglieder über ihre Ideen spotten. »Ich meine, es könnte sein! Schließlich hat Dad uns nie genau gesagt, weshalb er uns verlassen hat!«

Die Augen ihrer Mutter trüben sich, als sie das hört. Freds Verschwinden war vielleicht nicht von einem Strom erklärender Worte oder auch nachträglicher Briefe begleitet, aber rätselhaft war sein Weggang auch nicht gerade. Zumindest war er für seine Frau kein Rätsel. Sie sagt, Fred habe sich immer mehr von ihr und den Kindern zurückgezogen. Er habe sich geweigert, einen Eheberater aufzusuchen. Er habe ihre Kirche verlassen. Schließlich habe er auch seinen Job aufgegeben und begonnen, fast jeden Tag mit Leuten, die Katherine nicht kannte, viel zu trinken, und das in Stadtteilen, in denen sie noch nie gewesen war.

Dann habe er um die Scheidung gebeten, sonst nichts. Keine Vermögensaufteilung, kein Sorgerechtsstreit, keine Besuchsrechte, nichts als die Scheidung. Sie habe sich ohne Streit einverstanden erklärt. Inzwischen habe sie von ihm die Nase voll gehabt, denn er »machte mehr Ärger, als er wert war«, wie sein verbliebener Sohn heute über ihn sagt.

»Dad brach zusammen, nachdem Johnnie weg war«, sagt Calvin, der Cal genannt wird. »Das wäre wohl jeder, nehme ich an, aber er war nie ein besonders starker Charakter. Ein irgendwie schwacher Mann, vermute ich. Mom ist für uns immer der Fels in der Brandung gewesen.«

Er denkt noch einmal darüber nach, dieser vierunddreißig Jahre alte, gut aussehende Mann, dessen kleiner Bruder sein Spiegelbild war. Wenn man Cal heute sieht, fragt man sich, ob – wenn alles anders gekommen wäre – die beiden vielleicht wie Zwillinge ausgesehen hätten, wenn sie gemeinsam hätten aufwachsen können. Als er seine letzten Worte, die er als Klischee zu erkennen scheint, noch einmal überdenkt, korrigiert sich Cal mit einem leicht überraschten Gesichtsausdruck: »Oder vielleicht war Kimmie das. Ich möchte Mom nichts absprechen, aber vielleicht war das alles, was sie tun konnte, um sich selbst auf den Beinen zu halten. Uns andere hat Kim über Wasser gehalten, würde ich sagen.«

Cal ist dafür bekannt, dass er kein Blatt vor den Mund nimmt. »Grob« nennt das seine jüngste Schwester, »unverblümt« sagt seine zweite. »Aufrichtig« ist das, was ihm nach seinen eigenen Worten selbst am Herzen liegt. Er beendet viele seiner Feststellungen mit dem Ausdruck »würde ich sagen«.

Fred Kepler tauchte nie wieder in ihrem Leben auf, nicht einmal während all der öffentlichen Aufregung im Zusammenhang mit ihrem Wiedersehen mit John/Ray. Man begann erneut, nach ihm zu suchen. Er wurde nicht gefunden, und kein Aufruf in den Medien brachte ihn wieder zum Vorschein.

»Er könnte tot sein«, sagt sein älterer Sohn, und Cal fügt mit fester Stimme hinzu: »So stelle ich ihn mir vor. Alle beide. Diese Menschen, die ich kannte – mein kleiner Bruder und mein Vater –, die sind tot. Sie sind vor langer Zeit gestorben. Ich werde sie nie wiederbekommen. Ich habe mich daran gewöhnt. So sehe ich es.«

Und das ist der Grund, weshalb Cal sich weigerte, sich mit der Idee seiner Mutter und seiner Schwestern anzufreunden, nach Bahia Beach zu fliegen, um dort zu versuchen, »Raymond Raintree« zu besuchen, sobald man ihn gefunden und wieder in Gewahrsam genommen hatte.

»Das ist nicht mein Bruder«, sagt er fast zornig. »Ich möchte nichts mit dieser Person zu tun haben, und er hat keine Ansprüche an mich. Ich muss schon sagen, dass ich mich schämen würde, falls sich herausstellen sollte, dass wir tatsächlich das gleiche Blut haben.«

Kim versuchte, Cal zu einer Änderung seiner Meinung zu bewegen, aber ihre Mutter wurde deutlich und sagte: »Lass Cal in Ruhe, Kim. Lass es.«

Katherine Kepler glaubt, dass die Menschen unterschiedliche Grenzen haben und dass wir diese Grenzen zu unterschiedlichen Zeiten erreichen. »Vielleicht ist es für eine Mutter leichter«, sagt sie, »alle ihre Kinder so zu lieben, wie sie sind, als für die Kinder, einander zu lieben.«

Sie waren vier Geschwister und standen am Vorabend eines möglichen Wiedersehens. Und was waren sie ... genau ... in diesem Augenblick? Nun, Kim war aufgeregt, voller Hoffnung und Tränen, voll nervöser Energie, hinzufahren und ihn zu sehen und ihm zu helfen. Christie fürchtete sich vor dem Wiedersehen, hatte Angst vor dem, was sie über ihren Bruder gehört hatte, und litt unter Albträumen. Cal war peinlich berührt und wütend und ablehnend. Und John war ... böse. Zumindest sah Katherine ihre Kinder in diesem Moment so. »Man hat die Kinder, die man hat«, sagt sie einfach, »nicht unbedingt diejenigen, die man zu haben glaubte. Man muss sie einfach so akzeptieren, wie sie wirklich sind, und sie auf jede erdenkliche Weise lieben.«

Das war ein edles Ziel, geboren aus nie nachlassender Liebe und Hoffnung, und würde sich als äußerst schwer erreichbar erweisen, denn wie kann selbst die liebevollste und sehnsuchtsvollste Mutter den Teufel als ihr Kind akzeptieren?

7

Raymond

Auf dem Weg zum Flughafen von Bahia Beach halte ich am Haus von Susan und Anthony McCullen an. Ich möchte bei meinen Recherchen für diese Story weder sie noch ihre Tochter vergessen. Zwar kann es sein, dass ich jetzt unterwegs bin, um Rays Mutter kennen zu lernen, aber wie steht es mit Nattys Mom? Ich mache mir Sorgen, wie die McCullens diese zweite Suche nach dem Mörder ihrer Tochter aushalten.

Tony macht mir die Tür auf und sagt: »Warum, zum Teufel, hat sie ihn nicht getötet, Marie?«

»Das hätte die Dinge bestimmt leichter gemacht«, gebe ich ihm Recht. »Wie geht es Ihnen, Tony? Wie geht es Susan?«

»Kommen Sie rein.« Er tritt zur Seite, damit ich in die Halle ihres schönen und jetzt tragischen Zuhauses eintreten kann.

»Ich möchte Sie nicht stören, Tony. Ich bin nur vorbeigekommen, um Hallo zu sagen.«

»Susan!« Er ruft zur Rückseite des Hauses. »Es ist Marie Lightfoot.«

Nur Sekunden später kommt Susan McCullen angelaufen und wischt sich die Hände an einem Geschirrhandtuch ab. »Ich werde froh sein, wenn er tot ist«, sind ihre ersten Worte, die identisch mit dem sind, was ich die Familien anderer Opfer habe sagen hören. »Es ist unerträglich, sich vorzustellen, dass er wie irgendein normaler Mensch da draußen herumläuft. Ich könnte es nicht ertragen, wenn ich mir vorstellen müsste, dass er während meines restlichen Lebens ... noch am Leben ist.«

»Es gibt nur eines, was mich glücklicher machen würde«,

pflichtet Tony ihr bei, »und das wäre, wenn ich ihn selbst töten könnte.« Er trägt eine schwarze Badehose, die lose an seinem großen Körper hängt, der in den letzten qualvollen Monaten sichtlich abgenommen und etliche Pfunde verloren hat. Es fällt den Menschen nicht mehr leicht, ihn anzusehen und zu denken: »Exboxer«. Doch in dem Augenblick, in dem er diese Worte äußert, denke ich, dass er bis hin zu den geballten Fäusten wie ein Berufsboxer aussieht. »Man sollte uns Familien die Wahl überlassen. Uns den Schalter umlegen oder die Kugel fallen lassen.«

»Oder die Spritze geben lassen«, sagt Susan mit Nachdruck. »Ich würde es tun.«

»Würden Sie?«, frage ich sie.

Natalies Mutter nickt mit dem Kopf, bis ihre Haare fliegen. Als ich Susan am ersten Tag des Prozesses im Flur des Gerichtssaals sah, dachte ich, dass die trauernde junge Mutter genauso hübsch war wie die Schönheitskönigin, die sie einmal gewesen war. Sie hat blaue Augen wie Natalie und schulterlanges braunes Haar mit blonden Strähnen, das sie wie ihre Tochter mit einem Pony trägt. Damals glaubte ich, Susan sei viel zu dünn, um gesund zu sein; und seitdem hat der Kummer weiter an ihr gezehrt. Jetzt hat es den Anschein, dass Wut das Einzige ist, was sie auf den Beinen hält, und ich frage mich, wie lange das so weitergehen kann. Bis Ray tot ist? Falls ich auf der Grundlage der Erfahrung anderer Familien, die ich gekannt habe, eine Vorhersage machen soll, wird Susan bei Rays Tod eine gewisse Erleichterung verspüren und dann zusammenbrechen.

Und erst dann kann der langwierige Heilungsprozess einsetzen.

»Darauf können Sie Gift nehmen«, erwidert Susan, während Tony, schwankend wie ein alter Boxer, dasteht, zwar erschöpft, aber bereit, gegen jemanden anzutreten. »In einer Minute. Lassen Sie mich die Spritze füllen. Zeigen Sie mir die Ader, die ich treffen muss.« Sie macht mit der rechten Hand eine wütende

Stichbewegung, als würde sie Ray Raintree eine Nadel in den Arm jagen. Ihre Lippen werden dabei schmal und pressen sich zu einem Strich zusammen.

Schockiert begreife ich, dass Susan nicht mehr schön ist. Ihre Haut hat einen grauen Ton wie bei einer Krebskranken, und ihr Teint ist fleckig. An jedem Tag, an dem sie zum Gerichtsgebäude ging, schien ihre äußere Erscheinung ein wenig mehr zu leiden, bis es für jeden, der sie täglich zu sehen bekam, erkennbar war. Und jeder sah sie jeden Tag. Die Leute sahen sie auch nicht nur an, sondern starrten sie an. Sie starrten zwar unauffällig – die liebenswürdigeren Menschen –, aber gleichwohl waren die Augen aller auf »die Eltern« gerichtet.

Susan und Tony empfinden dieses Starren als anklagend.

Für Susan sagen diese starrenden Augen: *Da ist sie, die Mutter, die nicht auf ihr Kind aufpasste.* Und Tony rufen sie zu: *Da ist er, der Vater, der die Hintertür nicht abschloss, bevor er ins Bett ging.*

Ich glaube, dass die meisten Menschen, die Susan und Anthony ansehen, Entsetzen und Mitgefühl empfinden. *Da sind sie, die Eltern, deren kleines Mädchen umgebracht wurde. Oh, die Ärmsten!* Das ist es, was sie hinter dem Rücken der Eltern in einem stillen, mitfühlenden Tonfall sagen. Natalies Eltern steht ein Universum von Mitgefühl zur Verfügung, doch es fällt dem jungen Paar schwer, das zu glauben oder zu akzeptieren, weil sie selbst so ungeheure Schuldgefühle haben. Sie können einfach nicht glauben, dass andere Menschen sie nicht so sehr hassen wie sie sich selbst.

Tony leidet ständig Höllenqualen und denkt: *Warum habe ich die Tür nicht abgeschlossen!*

Und Susans Zwangsvorstellung ist: *Ich hätte wissen müssen, dass etwas nicht stimmt, ich hätte es träumen oder ein Geräusch hören müssen, als sie hinausging, ich hätte es wissen und nach ihr sehen müssen! Ich bin ihre Mutter, ich hätte es wissen müssen!*

Man kann den beiden diese Selbstvorwürfe nicht ausreden.

Wir hoffen alle, dass sie im Lauf der Zeit dazu kommen, anders zu denken.

Ich habe Natalies aufblasbaren Rettungsring noch in ihrem Swimmingpool treiben sehen. Ich weiß, dass Susan langsam im Pool ihre Runden dreht, sich daran festklammert und weint. Es bricht den Leuten das Herz, wie selbst nach all diesen Monaten die Habseligkeiten des Kindes noch überall im Haus verstreut sind. Aber Susan wird wütend, wenn jemand den Vorschlag macht, sie beiseite zu räumen oder zu verschenken.

»Du würdest dich besser fühlen«, sagen ihr die Leute.

»Ich will mich aber nicht besser fühlen!«, explodiert sie dann.

Die McCullens klammern sich so fest an ihren Zorn und ihren Schuldgefühlen fest, wie sich Susan an dem Rettungsring aus Kunststoff im Swimmingpool festhält.

»Der Fernseher läuft gerade«, sagt Tony. »Wir warten immer auf die Kurznachrichten – dass sie uns mitteilen, dass sie ihn gefasst haben. Ich hoffe, dass er auf der Flucht verblutet. Entweder das, oder sie erschießen ihn, wenn sie ihn finden und er zu entkommen versucht. Ich hoffe, sie machen es dann besser als die Richterin. Ich glaube nicht, dass ich je wieder schlafen kann, bis ich weiß, dass der Scheißkerl tot ist.«

Plötzlich habe ich das Gefühl, dass mir der Raum mit den beiden viel zu eng wird.

»Wo sind die Zwillinge?«, erkundige ich mich.

Susan sieht verwirrt aus, als hätte sie vorübergehend vergessen, dass sie noch andere Kinder hat. Dann sagt sie fast abweisend: »Wir haben sie zu einem Nachbarn ins Haus gebracht, damit sie die Nacht mit deren Kindern verbringen können.«

Ich fühle mich mutlos. Ich habe dies schon öfter erlebt: Eltern, die ein Kind durch Mord verlieren, werden so von Kummer und Rachegefühlen beherrscht, dass sie die Existenz, geschweige denn die Bedürfnisse ihrer anderen Kinder kaum erkennen können. Ebenso schmerzlich ist die gegenteilige Reaktion, wenn trauernde Eltern sich an ihre verbleibenden Kinder klammern wie abgestürzte Bergsteiger an eine Rettungsleine. In beiden Fällen ist es für die überlebenden Kinder die Hölle.

»Bleiben Sie zum Dinner bei uns, Marie?«

»Ja, bitte«, wiederholt Tony. »Wir müssen sowieso mit Ihnen sprechen.«

»Vielen Dank, aber ich muss meine Maschine bekommen. Ich wollte Ihnen nur sagen, dass ich an Sie denke. Worüber wollten Sie denn mit mir sprechen? Kann es warten? Ich könnte Sie anrufen, sobald ich angekommen bin.«

Die beiden tauschen Blicke aus. Plötzlich bin ich auf der Hut.

»Wir möchten nicht in Ihrem Buch erscheinen«, sagt Tony schroff.

Der Marmor unter meinen Füßen scheint sich aufzutun.

»Es richtet sich nicht gegen Sie«, versichert mir Susan.

»Wir haben die Seiten gelesen, die Sie uns geschickt haben, und beschlossen, dass wir in diesem Buch nicht vorkommen wollen«, sagt Tony. Obwohl die meisten Journalisten den Personen, über die sie Artikel schreiben, vor der Veröffentlichung nie etwas zu lesen geben, handle ich anders, besonders dann, wenn es um die Familie des Opfers geht. Ich möchte diesen Menschen nicht wehtun und möchte nichts falsch darstellen. Ich hatte den McCullens die Teile meines Manuskripts geschickt, in denen es um Natty und sie geht.

Es ist ein gewagtes Spiel, und dies ist das Risiko, das ich eingehe.

»Warum?«, frage ich mit plötzlich taub gewordenen Lippen.

»Es ist all dieses Zeug über das Haus hier«, entgegnet Tony. Er sieht peinlich berührt, aber eigensinnig aus. »Ich will nicht, dass die Leute all das wissen, dass wir kostenlos hier leben und so. Das lässt uns wie Schnorrer aussehen.«

»Das glaube ich nicht«, entgegne ich.

»All dieses Zeug darüber, dass wir zu viel Geld ausgeben«, fährt Susan fort. »Ich will nicht, dass die Leute das über uns lesen. Das verstehen Sie doch, nicht wahr, Marie?«

Ich möchte ihnen sagen: Ist Ihnen nicht klar, dass ich Ihre Genehmigung für irgendeinen Teil meines Buches nicht brauche? Begreifen Sie denn nicht, dass Sie Nachrichtenwert haben? Ich kann alles schreiben, was ich will, solange es wahr ist und ich es beweisen kann. Aber das kann ich diesen leidenden Menschen nicht sagen, das ist unmöglich.

»Das verstehe ich«, sage ich, weil ich den Gedanken, dass man sich bestimmte Dinge anders überlegt, voll und ganz verstehe. Wenn ihnen nur klar wäre, welche Mühe ich mir gemacht habe, um sie zu schützen, selbst in der Form, in der es jetzt geschrieben ist! Aber für den Moment muss ich es auf sich beruhen lassen. Später werde ich versuchen, sie zu überreden, oder vielleicht kann ich diese Szenen auf eine Weise umschreiben, die sie beruhigt, ohne dass meine Integrität dabei geopfert wird. Ich wünsche und brauche die Mitarbeit der beiden. Ohne sie könnte die Werbekampagne für das Buch zu einer Katastrophe werden. Ich sehe schon die Schlagzeilen und Interviews vor mir: »Familie des Opfers verklagt Autorin.« Und Susan würde im Fernsehen sagen: »Wir haben sie angefleht, es nicht zu schreiben.«

Tony sieht jetzt ein wenig entspannter aus.

»Passen Sie auf sich auf«, sage ich, als ich gehen will.

Susan erwidert bitter: »Warum sollten wir?«

»Wegen der Jungen!«, beschwöre ich sie.

Sie umarmt mich schnell. »Vielen Dank dafür, dass Sie so nett zu uns sind.«

Natürlich fühle ich mich wie die schlimmste Heuchlerin der Welt, als ich wieder in meinen Wagen einsteige, Notizblock und Kugelschreiber herausnehme und damit beginne, Notizen hinzukritzeln. Ich werde sie dazu bringen, ihre Ansicht über diese Szenen in dem Buch zu ändern. Das muss ich, mehr ist dazu nicht zu sagen. Aber was werden sie sagen, wenn sich herausstellt, dass der Mann, der ihr Kind ermordet hat, selbst entführt worden ist, als er in Nattys Alter war? Werden sie ihn dann weniger hassen? Ich erinnere mich an Franklins Worte und bezweifle es. Ray wird trotzdem noch der Mörder sein, und Natty wird immer noch tot sein. Mit einem Seufzer für die Familie McCullen und jede Familie wie sie, die ich je gekannt habe, fahre ich los, um meinen Flug nach Kansas zu bekommen.

Sobald wir in der Luft sind, nehme ich eine Tasse Kaffee von der Stewardess entgegen und denke über die Wahrheit nach, die ich zwar kenne, aber nicht veröffentlichen werde, die Wahrheiten über den Tod von Natalie McCullen.

Manche Dinge werde ich niemandem je erzählen.

So wie ich beschrieb, wie Tony McCullen in der Nacht zu Bett ging, in der seine Tochter starb, entsprach die Geschichte nicht ganz den Tatsachen. Ich werde meinen Lesern und Leserinnen nicht den wahren Grund verraten, weshalb er nicht daran dachte, noch einmal nach seinen Kindern zu sehen. Und ich werde auch nicht die wahrscheinliche Wahrheit darüber preisgeben, weshalb Natalie aufwachte.

Tony hat nicht mehr nach den Kindern gesehen, weil er scharf war.

»Ich weiß nicht«, erzählt er mir, als er etwas zu erklären versuchte, was wahrscheinlich keiner Erklärung bedurfte. Dies ist der Grund, weshalb normale Menschen von den Journalisten geschützt werden müssen, die etwas über sie schreiben; sie haben keine Erfahrung damit, einen »Nachrichtenwert« zu haben, und verstehen nicht einmal ansatzweise, wie verwundbar es sie macht, wenn man sie korrekt zitiert. Wenn sie so offenherzige Menschen sind wie Tony und Susan, werden sie wahrscheinlich Wahrheiten hinausposaunen, von denen sie aber niemals wollen, dass Millionen Menschen sie lesen. »Es war – o Gott – ich wette, es war schon eine Woche her, dass Susan und ich es gemacht hatten. Immer wieder kam was dazwischen, entweder unterbrachen uns die Kinder, oder einer von uns oder wir beide waren müde, irgendwas war immer. Und ich sah mir Jay Leno an, aber der hatte gerade einen Gast, der sich zu gern reden hörte, und so habe ich zu HBO geschaltet, und die zeigten diese Episoden ausländischer Sexshows. Französische. Englische. Ich kann mich nicht mehr an alles erinnern, weiß aber noch, dass da sogar was aus irgendeinem arabischen Land war. Können Sie sich das vorstellen? Was es auch war, eine Bauchtänzerin war jedenfalls dabei.

Wie auch immer: Sie zeigten alles, es waren praktisch Pornofilme, und das in diesem Sender. Massen großer Titten und schmutziger Witze und Leute beim Bumsen, lauter sexy Zeug, und ich saß da und war scharf wie Nachbars Lumpi. Aber ich dachte, Sue sei schon eingeschlafen, und sie hasst es, wenn ich sie aufwecke, um zu vögeln.«

Doch dann hörte er, wie in ihrem Badezimmer die Toilettenspülung betätigt wurde.

»Ich wusste, dass sie wach war. Verdammt. Ich machte die Glotze aus und schob meinen jungen Hintern durch den Flur. Himmel, an die Kinder habe ich keine Sekunde gedacht, verstehen Sie?«

An die Türschlösser auch nicht.

»Ich wollte nur schnell da sein, bevor sie wieder einschlief.«

Falls die Sicherheit ihres Hauses in jener Nacht überhaupt einen Gedanken wert war, dachte er nur, dass er sich hinterher darum kümmern würde. Doch Tony schlief gleich ein, nachdem sie sich geliebt hatten.

Die Vordertür war geschlossen. Dafür hatte Susan früher gesorgt, als sie draußen nachgesehen hatte, ob die Kinder ihr Spielzeug in die Garage gebracht hatten.

»Es war alles im Haus«, wie sich Susan erinnert und ich es hinschrieb. »Also verschloss ich die Haustür und verriegelte sie. Dann ging ich ins Wohnzimmer und sah, dass Tony sich Jay Leno ansah – er liebt den Eröffnungsmonolog –, und so habe ich ihm einen Kuss auf den Scheitel gedrückt, und er hat mir das Haar getätschelt. Ich sagte ihm, dass ich fix und fertig sei und ins Bett gehen wolle.«

Sie wünschten einander eine gute Nacht.

Von Liebemachen war keine Rede.

»Die Zwillinge hatten am Morgen bei Tagesanbruch das ganze Haus geweckt«, sagte Susan. »Ich erinnere mich nicht, warum, wahrscheinlich schiere Energie. Es kommt mir vor, als wären sie darauf programmiert, jeweils nur ein paar Stunden zu schlafen. Wie auch immer: So war das schon ein paar Nächte hintereinander gegangen, und ich hatte genug davon. Ich brauchte wirklich etwas Schlaf, aber ich konnte nicht gleich einschlafen. Ich weiß nicht, was es war. Ich glaube, ich machte mir Sorgen wegen all unserer Rechnungen, und ob ich mir einen Job suchen sollte und wie viel eine Kinderbetreuung kosten würde. Ich fragte mich auch, ob wir nicht einfach aus diesem Haus ausziehen und ein kleineres mieten sollten, wo das Leben billiger sein würde.« Susan warf sich ein paar Mal unruhig im Bett herum, dann stand sie auf und ging ins Badezimmer.

»So spät war es noch gar nicht. Zwanzig nach elf. Ich sah auf unsere Uhr, die im Dunkeln leuchtet. Ich verließ das Badezimmer, und da kam plötzlich Tony durch die Tür. Er zog sich die Hosen aus, und ich konnte sofort sehen, was ihm vorschwebte.« Susan lächelte schwach, doch das Lächeln war nicht von Dauer. Ihre Lippen begannen zu zittern, als sie erzählte, was dann geschah. »Ich dachte mir, was soll's, ich kann sowieso nicht schlafen, und außerdem ist es schon einige Zeit her.«

Sie sagte: »Wir versuchten, leise zu sein, doch dann kam ein Moment, an dem wir beide über irgendetwas Dummes lachen mussten, und da schwang ich das Bein aus dem Bett und schaffte es, gegen meinen Nachttisch zu stoßen.«

Dort hatte Susan mehrere Bücher aufgestapelt, Romane, die sie lesen wollte. Ihre Schwester, die eine Schwäche für Liebesromane hat, hatte sie ihr aufgedrängt und gesagt, sie würden ihr gefallen. Der unglückliche Tritt traf den Nachttisch, was genügte, um den wackeligen Bücherstapel umzukippen.

»Die Bücher krachten zu Boden«, sagte Susan. »Wir hielten den Atem an, um zu hören, ob der Lärm jemanden geweckt hatte.« Ihre Augen füllten sich mit Tränen. »Wir glaubten nicht, dass wir die Kinder geweckt hatten. Wir konnten von keinem von ihnen ein Geräusch hören.«

Sie schätzte, dass sie selbst und Tony schon nach wenigen Augenblicken eingeschlafen waren. Sie hatten sich in ihrer Lieblingsstellung zusammengekuschelt, bei der sie den Kopf auf seine rechte Schulter und ihm den rechten Arm quer über die Brust legte. Beide glaubten, dass die Vibrationen der heruntergefallenen Bücher wahrscheinlich Natalie im Nebenzimmer geweckt habe. Ihr Bett stand nämlich genau an der Wand, gegen die die Bücher gefallen waren. Natalie hatte das Geräusch nicht hören können, war aber gegenüber Vibrationen und kleinsten Bewegungen so empfindlich wie hörende Menschen gegenüber Geräuschen. Für sie *waren* Vibrationen Töne.

Diese Wahrheit würde ich in meinem Buch niemals preisgeben.

Die beiden hatten keine Scheu gehabt, es mir zu erzählen, aber wie wäre es für sie, wenn ich es schilderte, sodass jeder sie sich vorstellen konnte, wie sie scharf waren und lachten und sorglos den Lärm machten, der ihre Tochter im Nebenzimmer vielleicht geweckt hatte? Ich weiß, dass Susan immerzu Ursache und Wirkung miteinander in Verbindung bringt. Sie denkt etwa so: Wenn sie und Tony nicht in dieses Haus gezogen wären, wären sie nie in Versuchung geraten, über ihre Verhältnisse zu leben, und wenn sie sich nicht so sehr verschuldet hätten, wäre sie in jener Nacht nicht wach gewesen, um sich über Geld den Kopf zu zerbrechen.

Tony hätte nicht gehört, wie sie ins Badezimmer ging.

Sie hätten keinen Sex gehabt.

Die Bücher wären auf dem Nachttisch geblieben.

Natalie hätte in ihrem Bett weitergeschlafen.

Ray wäre mit dem Motorboot direkt an ihrem Anleger vorbeigefahren.

Es konnte sehr gut sein, dass etwas anderes Natalie in jener Nacht geweckt hatte, doch davon konnte man weder ihre Mutter noch ihren Vater überzeugen. Susan und Tony hassten Ray, gaben sich aber selbst die Schuld.

Nein, das werde ich nicht schreiben, denke ich, während die Maschine mich in den Mittelwesten bringt. Wer muss das wissen? Ich glaube nicht, dass das irgendjemanden etwas angeht. Die beiden sind Menschen. Er wollte mit seiner hübschen Frau schlafen. Es hat ihnen so viel Spaß gemacht, dass sie ein wenig sorglos wurden. Jedes Paar sollte das Glück haben, ein normales Geschlechtsleben zu führen.

Beide McCullens hatten mir gegenüber durchblicken lassen, dass dies das letzte Mal gewesen war, dass sie miteinander geschlafen hatten. Und das werde ich auch nie schreiben. Außerdem muss es nicht unbedingt stimmen. Ich kann nicht immer darauf vertrauen, dass die von mir interviewten Leute mir die ganze Wahrheit sagen, auch wenn sie glauben, dies zu tun. Die Menschen vergessen, deuten etwas falsch oder bringen etwas durcheinander. Und außerdem lügen mich manche Leute an. Manchmal wissen sie, dass es eine Lüge ist, manchmal nicht. Manchmal erkenne ich, dass es eine Lüge ist, oder ich habe das Glück, die Wahrheit zu entdecken, doch manchmal passiert das nicht. Ich mag es nicht, das später herauszufinden, wenn das Buch schon veröffentlicht ist, um dann zu erleben, dass Leser, Rezensenten oder Polizisten meine Irrtümer berichtigen.

Wenn ich diese Story über Raymond Raintree, der Johnnie Kepler ist, wirklich veröffentlichen werde, sollte sie besser unangreifbar wahr sein, geht mir durch den Kopf, als das Flugzeug zum Landeanflug ansetzt. Wenn nicht, werde ich kein Ende haben, keine Identität für den Mörder, kein Motiv, keinen Tatort, keine Vorstellung davon, wo Ray ist, und außerdem wollen die Eltern des Opfers nicht in dem Buch erscheinen.

Davon mal abgesehen, Mrs. Lincoln, wie war das Theaterstück?

Ich fühle Panik in mir aufsteigen und versuche, mich mit der Erinnerung daran zu beruhigen, dass es schlimmere Dinge im Leben gibt als die Überschreitung eines Abgabetermins. Und eines dieser schlimmen Dinge werde ich gleich zu hören bekommen. Ich greife nach Lippenstift und Haarbürste und mache mich innerlich darauf gefasst, einen Stellvertretenden Sheriff im Ruhestand namens Jack Lawrence kennen zu lernen.

8

Raymond

»Aus den neuen Fakten werde ich nicht so recht schlau.«

Der pensionierte Polizeibeamte fährt mich vom Internationalen Flughafen von Kansas City in einem zweitürigen grünen Ford-Pickup nach Süden. Er hat die Klimaanlage zunächst auf volle Kraft eingestellt, sodass wir die Stimmen heben müssen, um einander zu hören. Draußen ist es um neun Uhr abends immer noch einunddreißig Grad warm, und selbst die Innenseite der Autotür fühlt sich warm an.

»So viele Jahre lang habe ich mir Johnnie Kepler als einen unschuldigen kleinen Jungen vorgestellt«, erzählt er mir. »Er hat mir Leid getan, und seine Familie auch. Sie sind so gute Leute, besonders seine Mutter und die ältere Schwester von ihm, Kimmie. Von seinem Vater werde ich nicht sprechen, weil wir nicht wissen, wie wir uns an seiner Stelle gefühlt hätten. Aber jetzt bekommen wir die Nachricht, dass der kleine Junge, den wir alle betrauert haben, noch am Leben ist. Nur dass er jetzt ein erwachsener Mann ist, der ein Kind entführt haben soll, so wie es jemand mit ihm gemacht hat. Das ist sehr verwirrend und bestürzend, sehr.«

»Das kann ich Ihnen nachfühlen, Jack.«

Um uns herum sehe ich nichts weiter als Highway, dunkle, offene Felder und hell erleuchtete Einkaufszentren. Der Mann selbst ist hoch gewachsen, schlank, höflich. Er hat mir meine Reisetasche abgenommen, die Beifahrertür aufgemacht und mich beim Einsteigen mit einer festen Hand am Ellbogen gestützt. Er hat eine aufrechte Körperhaltung, die auch mich dazu bringt, mich gerader hinzusetzen, sein Gesicht ist von sympathischen Falten durchzogen, und sein schütteres graubraunes Haar sieht aus, als müsste es mal gebändigt werden. Ich schätze sein Alter auf annähernd Siebzig, womit er beim Verschwinden des Jungen Ende Vierzig gewesen wäre.

Nachdem ich fünfzehn Minuten in seiner Gesellschaft verbracht habe, habe ich das Gefühl, ihn schon seit fünfzehn Jahren zu kennen. Wie so oft, wenn ich einen netten Mann seines Alters kennen lerne, frage ich mich, wie mein Leben wohl ausgesehen hätte, wenn ich von jemandem wie ihm adoptiert worden wäre statt von der Schwester meiner Mutter und deren Mann. Ich schüttele den sentimentalen Tagtraum ab, um aufmerksam den Worten dieses Mannes zu lauschen, den ich letztlich überhaupt nicht kenne.

»Sie wollen wahrscheinlich alles darüber wissen, richtig?«, fragt er mich.

»Sie meinen darüber, wie Johnnie verschwand?«

»Ja, aber das soll Ihnen Katherine selbst erzählen.«

»Es ist schon spät. Wird sie mich heute Abend noch sprechen wollen?«

Er wirft mir einen schnellen Seitenblick zu. »Kim sagte mir, dass sie notfalls die ganze Nacht aufbleiben würden. Sie sind das erste Bindeglied zu ihm seit 1976. Sie wollen alles wissen, was Sie ihnen über ihn erzählen können.«

Ich zucke zusammen. »Nichts davon ist gut.«

»Nun ja, stellen wir uns den Jungen für den Moment einfach als Kriegsgefangenen vor, wie wär's damit?«, rät mir der pensionierte Polizeibeamte. »Man hat ihn entführt, vielleicht sogar gefoltert, ihn einer Gehirnwäsche unterzogen, und jetzt kommt er nach Hause. Ist es ein Wunder, dass er nicht derselbe Mann ist, der er unter anderen Umständen geworden wäre?«

»Das ist eine sehr humane Sichtweise, aber ich bezweifle, dass die Familie seines Opfers mit Ihnen einer Meinung ist. Sie könnten sagen, dass er immer noch Wahlmöglichkeiten hatte. Sie könnten sagen, dass nicht jeder Kriegsgefangene zum Mörder wird.«

»Ich erwarte nicht, dass sie es anders sehen.«

»Sie wissen, dass er nie nach Hause kommen wird, Jack.«

»Ich weiß das, die Keplers aber nicht. Sie werden es ihnen sagen müssen.«

Ich drehe mich zur Seite und sehe aus dem Fenster. Ich spüre, wie ich wieder mutlos werde.

»Vor dem Abflug«, sage ich, »bin ich noch kurz bei den Eltern des kleinen Mädchens vorbeigefahren, das Ray umgebracht hat. Natürlich hassen sie ihn. Sie wünschten, die Richterin hätte ihn getötet. Jetzt hoffen sie, dass irgendjemand ihn erwischt, der die Belohnung haben will, und wenn das nicht funktioniert, würden sie ihn gern selbst töten. Nattys Mutter sagte mir, sie würde nur zu gern den Schalter am elektrischen Stuhl betätigen oder ihm eine Chemikalie spritzen, um ihn zu töten.«

»Wenn ich sie wäre, würde es mir genauso ergehen. Haben Sie ihnen von den Keplers erzählt?«

»Nein. Ich weiß nicht genau, warum ich es nicht getan habe. Wahrscheinlich wäre es zu viel verlangt gewesen, von ihnen so etwas wie Mitgefühl zu erwarten.« Ich sehe zu ihm hinüber, und als ich entdecke, dass er zustimmend mit dem Kopf nickt, füge ich hinzu: »Es ist schwierig, sich Nattys Mutter und die von Ray auf dem gleichen Bild vorzustellen.«

»Wie ich schon sagte, aus den neuen Fakten werde ich nicht so recht schlau.«

Als er in eine Auffahrt neben einem kleinen Holzhaus einbiegt, frage ich: »Ist es hier passiert, Jack?«

»Ja. Sie ist nie umgezogen. Er ist aus diesem Vordergarten verschwunden.«

»Wie erträgt sie es, weiter hier zu leben?«

»Sie will, dass alles so wie früher ist, falls er versucht, sie zu finden.«

»Aber hat sie nicht angenommen, dass er tot ist?«
»Ich glaube, dass Mütter nicht so denken.«
»Und damit hat sie die ganze Zeit Recht gehabt.«
Er macht Anstalten, die Tür zu öffnen, doch ich halte ihn zurück. »Können wir noch eine Minute warten? Ich muss das hier erst in mich aufnehmen.« Als ich sein verblüfftes Gesicht sehe, sage ich: »Damit ich meinen Lesern berichten kann, wie es hier aussieht. Ich weiß, dass es sich verrückt anhört, und ich möchte die Leute auch nicht warten lassen, aber ich muss die Atmosphäre in mich aufnehmen. Ich muss einschätzen, um wieviel die Bäume in zweiundzwanzig Jahren gewachsen sind, und das heutige Aussehen des Hauses mit Fotos von damals vergleichen.«

Was ich ihm nicht erzähle, ist, dass ich mir auch das Gefühl für die Tragödie vergegenwärtigen möchte, spüren möchte, wie die Empfindung in meinem Körper aufsteigt, und dass ich versuchen möchte, eine Ahnung davon zu bekommen, wie man sich an jenem Tag in diesem Haus gefühlt haben muss.

»Ich weiß, dass Ihnen das als sehr merkwürdige Art vorkommen muss, seinen Lebensunterhalt zu verdienen.«

Er überrascht mich mit der Antwort: »Ich mag Ihre Bücher. Sie vermitteln ein gutes Bild davon, wie Polizeiarbeit aussieht. Wenn dies hier jetzt nötig ist, um so gute Qualität zu erreichen, habe ich nichts dagegen. Mein Job war auch ziemlich merkwürdig, wenn man es sich genau überlegt.«

Nach einigen Augenblicken bin ich in der Lage, zu sagen: »Vielen Dank, gehen wir.«

Ich bin noch nie drei nervöseren Frauen begegnet als Katherine Kepler und ihren Töchtern. Kim und Christie sitzen wie beschützend links und rechts von Katherine auf einer Couch im Wohnzimmer ihrer Mutter. Ihr Bruder Cal hält sich zurück und steht in der Türöffnung zwischen diesem Zimmer und dem Esszimmer, hat die Hände in die Hosentaschen gesteckt und runzelt zornig die Stirn. Das jüngste der Kinder, Christie, sieht zu

Tode verängstigt aus, als befürchtete sie, ihr mordender, vermisster Bruder könnte jeden Augenblick ins Haus stürmen und alle töten.

Wir sitzen auf Polstermöbeln und sind von Dekorationen umgeben, die seit zweiundzwanzig Jahren nicht verändert worden sind. Katherine hat abgenutzte Stellen mit Zierdeckchen bedeckt, Kratzer mit Farbe repariert und die Wände immer wieder in den gleichen Farben gestrichen.

Alle drei Frauen tragen Bluejeans und T-Shirts, und die Familienähnlichkeit ist stark. Auf den ersten Blick wirken sie wie drei Schwestern, und es ist ein wenig unheimlich, zu erkennen, dass es daran liegt, dass die wirklichen Schwestern auf natürliche Weise gealtert sind, während ihre Mutter sich bemüht hat, das Altern hinauszuzögern. Cal ist groß und dünn, hat dunkles Haar und dunkle, tief in den Höhlen liegende Augen. Er wirkt steif und reserviert, als er mir zur Begrüßung die Hand gibt. Er trägt schwarze Hosen und ein weißes kurzärmeliges Hemd und sieht aus, als käme er direkt aus dem Büro der Telekommunikationsfirma, in der er arbeitet.

Kim hat ihrer Mutter einen Arm um die Schultern gelegt.

Katherine weint gelegentlich, während sie ihre Geschichte erzählt.

»Es war ein schöner Tag. Der zweiundzwanzigste November, dreizehn Jahre nach der Ermordung Präsident Kennedys. Es hatte geschneit, aber die Sonne schien. Johnnie war aufgeregt wegen des Schnees und konnte es gar nicht erwarten, hinauszugehen und zu spielen. Ich hatte ihn für den Nachmittagskindergarten angemeldet, damit wir den Vormittag gemeinsam genießen konnten, nachdem er aufgestanden war. Wissen Sie, ohne diese Anspannung, die entsteht, wenn man ein kleines Kind zu wecken versucht und es füttern und anziehen muss, wenn es noch halb schläft. Haben Sie Kinder, Miss Lightfoot?«

»Bitte nennen Sie mich Marie. Nein, ich habe keine Kinder.«

Mit ihrer Erlaubnis nehme ich die Unterhaltung auf Band auf.

»Oh, ich habe alle meine Kinder im Nachmittagskindergarten gehabt, mit Ausnahme von Cal, der ein Frühaufsteher war.«

»John wollte also im Schnee spielen?«

»Ja, und Cal wollte natürlich auch zu Hause bleiben und im Schnee spielen. Aber ich habe sie alle in den Wagen einsteigen lassen und Cal zur Schule gebracht und bin dann mit Johnnie und Christie nach Hause gefahren. Da wir immer noch unsere Stiefel und Mäntel anhatten, blieb ich eine Zeit lang mit ihnen draußen. Wir machten Schneebälle und fingen sogar an, einen Schneemann zu bauen. Aber es war noch früh und ein bisschen kalt, und so ließ ich die Kinder reinkommen, damit sie sich aufwärmen konnten.« Ihr Gesicht legt sich in Falten, und ich habe das Gefühl, ich könnte darin zweiundzwanzig Jahre des Leidens sehen, als Katherine zu weinen beginnt und ihre Töchter ihr Papiertaschentücher reichen. »Er hatte gerade eine Mittelohrentzündung hinter sich und konnte auf einem Ohr noch immer nicht sehr gut hören. Es hat mich in all diesen Jahren furchtbar gestört, dass ich mich nicht erinnern konnte, welches Ohr es war. Ist das nicht verrückt?«

Es versetzt mir einen Schock, diese Frau sagen zu hören, dass ihr Sohn eine Mittelohrentzündung gehabt hatte, die ihn vorübergehend fast taub gemacht habe.

Die Parallele zu Natalie Mae McCullen ist unheimlich.

»Und dann«, fährt Katherine fort, »nachdem er verschwunden war, konnte ich an nichts anderes denken als daran, wer sich um ihn kümmern sollte, wenn er krank wurde. Ich konnte den Gedanken nicht ertragen, dass er krank war oder ihm etwas wehtat und ich nicht da war, um ihn zu trösten.«

Sie holt unsicher Luft, bevor sie fortfährt.

»Nach dem Frühstück wollte Johnnie wieder nach draußen und spielen, und ich dachte, das sei in Ordnung.«

Katherine sieht erst Jack an, dann mich.

Ich habe das Gefühl, dass sie selbst nach all dieser Zeit noch darauf wartet, dass jemand ihr bestätigt, nichts Falsches getan zu haben, und ich fühle mich schmerzlich an Susan McCullen erinnert. Wird Susan sich in zweiundzwanzig Jahren immer noch Vorwürfe machen, weil sie ihren Mann in der Nacht lieben wollte, in der ihre Tochter starb? Jack Lawrence meldet sich so schnell zu Wort, dass es sich anhört, als hätte er schon oft ähnliche Dinge gesagt, und versichert ihr freundlich: »Du kannst einen kleinen Jungen nicht im Haus halten, wenn es schneit, Katherine.«

»Nein, wahrscheinlich nicht«, sagt sie und trocknet sich die Tränen.

Es ist herzzerreißend, denke ich, wie der pensionierte Polizeibeamte seinen Part in einem Chor übernimmt, dessen einziger Zweck darin besteht, die Mutter eines vermissten Kindes zu trösten. Er war Witwer, wie er mir erzählt hatte, und ich habe den Verdacht, dass er sich ein wenig – oder mehr – in Katherine Kepler verliebt hat.

Das Ende ihrer Geschichte kommt mit grausamer Geschwindigkeit.

»Also habe ich ihn wieder warm angezogen und zum Spielen hinausgeschickt.«

Ich warte auf den nächsten Satz, doch es kommt keiner.

Im Raum verdichtet sich ein unheilvolles Schweigen.

»Sie meinen, das war ...« Ich bringe es nicht über mich, es zu sagen.

»Ich ging, um selbst meinen Mantel und die Stiefel anzuziehen«, sagt Katherine, »und als ich hinausging, war Johnnie nicht da. Die Spuren seiner Stiefel führten bis zur Bordsteinkante, und dort hörten sie auf, und das war alles, was ich je gefunden habe. Er hatte eine kleine Schneeschaufel aus Kunststoff, die er mitgenommen hatte.«

Ich spüre, wie mir Trauer in der Kehle aufsteigt.

»Mrs. Kepler ...«

»Katherine, bitte.«

»Katherine.« Ich hole Luft und sage dann alles auf einmal.

»Als die Polizisten in Florida die Habseligkeiten von Ray Raintree durchsuchten, fanden sie eine Spielzeugschaufel.«

»O mein Gott, war sie rot?«

In meinen Augen brennen Tränen. »Ja.«

»Es ist Johnnie!« Katherine springt von der Couch auf, schluchzt und blickt wild um sich, als könnte er plötzlich vor ihr auftauchen. »Ich weiß, dass es mein Junge ist.«

Während ihre Töchter sie in den Arm nehmen und trösten, dreht sich Katherines zweiter Sohn, Cal, um und verschwindet in einem der hinteren Zimmer des Hauses. Er kommt erst wieder, als ich zögernd beginne, ihnen von dem Mann zu erzählen, den ich als Raymond Raintree kenne. Sie fragen nicht nach Natty McCullen, und ich bringe es nicht über mich, sie zu erwähnen. Als ich mit meinem Bericht fertig bin, bei dem ich nur wenig verschwiegen habe, weil die Frauen mich bitten, es nicht zu tun, sagt Katherine Kepler: »Es kommt nicht darauf an, wie er heute ist.«

Doch Calvin, der in der Tür zum Esszimmer steht, macht ein Gesicht, als käme es ihm sehr wohl darauf an. Als ob sie seine Feindseligkeit spürt, blickt Kim über die Schulter, um ihm einen warnenden Blick zuzuwerfen. Trotzdem platzt er mit den ersten Worten seit meiner Ankunft heraus: »Mom, wie kannst du sagen, dass es nicht darauf ankommt? Er hat jemanden umgebracht. Er ist heute ein entsetzlicher Mensch. Er ist nicht der süße kleine Junge, an den du dich erinnerst, sondern ein Perverser, ein Mörder, und wir sollten uns von ihm so fern halten, wie es nur möglich ist.«

»Du willst nur kein Geld für seine Verteidigung ausgeben!«, sagt Kim anklagend.

»Niemand kann ihn verteidigen«, erwidert Cal. »Er ist schuldig. Er wird auf dem elektrischen Stuhl sterben, wenn ihn nicht vorher ein Cop erschießt. Das hat sie dir nicht erzählt, oder? Diese Typen kommen nicht mit dem Leben davon. Vergiss es einfach, falls du glauben solltest, du würdest ihn je wiedersehen. Außerdem weiß ich nicht, weshalb du das überhaupt willst.«

»Cal, halt den Mund«, fleht ihn seine jüngste Schwester an. Sie sieht verängstigt aus.

Seine Mutter geht zu ihm und versucht, seinen steifen Körper zu umarmen. Ich sehe, wie Katherine ihrem Sohn etwas zuflüstert, doch das beunruhigt ihn nicht. Er schiebt sie sanft von sich und läuft wieder in eines der hinteren Zimmer des Hauses. In einem Augenblick hören wir eine Tür aufgehen, die dann zugeschlagen wird, danach, wie ein Wagen in der Auffahrt anspringt.

Katherine, die jetzt wieder weint, sagt zu ihren Töchtern: »Bitte seid eurem Bruder nicht böse. Lasst ihm Zeit. Es ist sehr schwer für ihn.«

Ich denke, dass es für sie alle unerträglich ist und dass es nur noch schlimmer werden wird. Sie setzen sich wieder hin, und jetzt befrage ich die Frauen ausführlich. Wir sehen uns Dutzende von Fotos aller Kinder an, als sie noch klein waren. Als ich Bilder von Johnnie Kepler sehe, kann ich die Tragödie kaum ermessen, die dem lächelnden kleinen Jungen bevorsteht. Ich sehe Bilder von seinem Vater Fred Kepler, der ein unauffällig aussehender Mann war, nicht sehr groß und ein wenig dicklich. Mehrere Fotos zeigen Mitglieder der Familie mit einem orange-weißen Cockerspaniel.

»Dieser Hund!«, rufe ich aufgeregt aus. »Er erinnert sich an diesen Hund.«

Katherines Augen weiten sich. »Tatsächlich? Er erinnert sich an Daisy?«

Einen Augenblick lang bedaure ich es fast, es gesagt zu haben, wegen der Erklärung, die ich hinzufügen muss. »Er erzählte mir, dass er keine Erinnerung mehr an seine Kindheit hat, sondern nur noch von einem orange-weißen Hund weiß.«

»Sonst erinnert er sich an nichts ... nicht an mich?«

Mir treten wieder Tränen in die Augen wegen der hübschen Frau, die neben mir sitzt und die Alben durchblättert.«Vielleicht erinnert er sich an mehr, als er mir erzählt hat.« Ich möchte keine falschen Hoffnungen wecken, aber angesichts von Rays Talent zum Lügen könnte es so sein.

Als ich das computertechnisch gealterte Foto mit meiner Erinnerung an Rays Erscheinung vergleiche, sehe ich keinerlei Unterschied zwischen ihnen.

»Er ist es«, bestätige ich Katherine und empfinde dabei eine schreckliche Scheu. »Er ist es wirklich.«

Seine Mutter nickt, als hätte sie es schon immer gewusst.

Sehr spät gehe ich mit Jack zu seinem Laster in der Auffahrt zurück, unter dem Vorwand, ein Notizbuch auf dem Sitz liegen gelassen zu haben. Überall auf dem Grundstück stehen hohe schmale Bäume, und ihre Blätter rascheln in dem warmen Wind mit einem Laut, der sich wie leiser Applaus anhört.

»Pappeln«, sagt er, als ich ihn danach frage.

Wir bleiben einen Moment in nachdenklichem Schweigen stehen, während die Pappeln unseren Gedanken Beifall zollen. Hier sieht alles so anders aus als in Florida. Ich bin mir schmerzlich bewusst, dass ich mich in der Mitte des Landes befinde, von den Ozeanen gleich weit entfernt, was mir fast Platzangst macht. Selbst das Gras unter meinen Füßen ist bemerkenswert anders als das Riedgras, das ich gewöhnt bin. Dieses hier ist dünner, zarter und fühlt sich unter meinen Schuhen weicher an. Hier in Kansas herrscht auch mehr Wind, so wie Dorothy in *Der Zauberer von Oz* herausfand. Hier scheint der Wind sich nie zu legen. Doch wenn er mir sanft über die Haut fährt, ist er doch nicht sehr viel anders als zu Hause: so feucht, als beträte ich ein Badezimmer, nachdem jemand eine heiße Dusche genommen hat.

»Ich könnte nie in Florida leben«, bemerkt Jack. »Zu verdammt heiß.«

»Und wie nennen Sie das hier?«, frage ich zurück, da ich schwitzend neben ihm stehe. »In Florida ist es auch nicht wärmer als hier, und außerdem haben wir das Wasser in der Nähe.«

»Ja, ich nehme an, das würde ein wenig helfen.«

Es gibt etwas, was ich noch sagen muss.

»Da ist noch etwas, was ich ihnen nicht gesagt habe, Jack. Ich habe ihnen nicht gesagt, wie Ray heute aussieht. Fotos von ihm geben noch längst keinen zutreffenden Eindruck wieder. Sie sollten sie lieber vorbereiten, falls sie je Gelegenheit erhalten sollte, ihn von Angesicht zu Angesicht zu sehen. Es ist nicht so, als wäre er verstümmelt oder missgebildet oder so etwas. Es ist ... man kann den Leuten nur schwer erklären, wie Rays Erscheinung ist. Wie soll man das einer Mutter sagen: Hier ist Ihr erwachsener Sohn, der immer noch sämtliche Finger und Zehen hat und dem man auch nicht das Gesicht weggeschossen hat, nichts dergleichen, aber trotzdem kann niemand seinen Anblick ertragen?«

Ich hole tief Luft, als ich mich an meine eigenen Eindrücke erinnere.

»Was Sie ihr sagen sollten, ist Folgendes: Wenn der Teufel einen Sohn hätte, würde er so aussehen, wie irgendein eigenartiges, schleimiges, böses Geschöpf.« Ich schüttele den Kopf. »Nein, das stimmt auch nicht. Das hört sich ja an, als wäre er irgendein Ungeheuer aus der Unterwelt. Er ist einfach ein normal aussehender Mensch, nur ... dass er es nicht ist.«

Jack wartet geduldig, und ich versuche es erneut.

»Ich glaube, ich würde ihr sagen, dass Ray eine eigentümliche Erscheinung ist, die sich von den Bildern nicht unterscheidet, die man im Fernsehen gesehen hat. Es ist, als stimmte etwas nicht mit ihm, aber man kann nicht den Finger darauf legen und genau sagen, was.« Und dann sprudle ich schließlich die Wahrheit hinaus. »Ray ist abstoßend, Jack. Er ist einer der widerwärtigsten Menschen, die ich je gesehen habe.«

Selbst in der Dunkelheit kann ich erkennen, dass Jack schockiert aussieht.

Nachdem er einen Moment nachgedacht hat, sagt er: »Für Sie und mich vielleicht. Aber nicht für seine Mutter.«

Doch ich frage mich, ob selbst die Liebe einer Mutter so stark sein kann.

Er hat mir erzählt, dass er sich mit einem Gefolge von Windhunden auf zehn Morgen bewaldeten, unbebauten Weidelands zurückgezogen hat. Dorthin werde er jetzt fahren, sagte er, als wir zur Fahrerseite des Pickup herumgehen.

»Die Hunde sind auch pensioniert«, erklärt er, »wie ich.«

»Ich werde mich jetzt auch für die Nacht zurückziehen«, sage ich erschöpft. »Aber ich möchte gern noch ein wenig schreiben.«

Er reicht mir zum Abschied die Hand.

Überrascht ergreife ich sie und spüre einen festen Händedruck.

»Dieser Abend hat ihnen gut getan, Marie. Ich bin sehr froh, dass Sie gekommen sind.«

»Vielen Dank. Ich bin froh, dass die Familie Sie in all diesen Jahren gehabt hat.«

Er gibt meine Hand frei und sagt mit einem schmerzlichen Bedauern in seiner rauen Stimme: »Obwohl es kein verdammtes bisschen genützt hat.«

»Das stimmt nicht, Jack. Sie waren ein Trost für sie. Und außerdem haben Sie nie damit aufgehört, nach ihm zu suchen. Das muss ihnen viel bedeutet haben.«

»Wahrscheinlich kann ich jetzt damit aufhören«, sagt er traurig.

Ich winke ihm zum Abschied, nachdem er versprochen hat, früh am nächsten Morgen wiederzukommen.

Die Schwestern hätten die ganze Nacht reden können, aber Katherine ließ es nicht zu und sagte, ihr Gast brauche ein wenig Schlaf. Ihr Gast gibt ihr Recht. Katherine scheucht die »Mädchen« aus dem Haus, damit sie zu sich nach Hause gehen, und bringt mich dann großzügig in einem kleinen Schlafzimmer unter. Sie reicht mir ein frisches Handtuch und ein Stück Seife.

»Dies war das Zimmer von Johnnie und Cal«, erzählt sie mir.
»Oh, Katherine, sind Sie sicher, dass Sie mich hier unterbringen wollen?«
Sie nickt. »Sonst hat seitdem niemand darin geschlafen. Sie werden die Erste sein.« Eine Welle von Traurigkeit huscht über ihr Gesicht. »Nun, von mir einmal abgesehen. Ich habe oft hier geschlafen, obwohl ich nicht gern möchte, dass die Mädchen es erfahren. Doch jetzt ist es an der Zeit, dass sich all das ändert.«
»Sind Sie sicher? Ich würde auch gern auf der Couch schlafen.«
»Nein, würden Sie nicht.« Sie lächelt sanft. »Sie ist total durchgelegen. Nachdem Johnnie nicht mehr da war, wollte Cal nicht mehr in seinem Zimmer schlafen, und so habe ich ihn auf der Couch schlafen lassen. Er hat sogar bis zum Ende der High-School-Zeit dort gelegen, wenn Sie das glauben können, und seine Kleider im Esszimmer an der Wand aufgestapelt.« Sie verstummt kurz, und ein trauriger Zug huscht ihr erneut übers Gesicht. »Ich nehme an, dass Cal einen Groll gegen Johnnie hegt, von dem ich nichts weiß, aber so ist das Leben nun mal für diese Familie.« Ihre Augen sind klar, und ihr Ausdruck tapfer. »So ist das Leben nun mal.«
Angesichts ihrer Liebenswürdigkeit und ihres Muts fehlen mir die Worte.
Es ist ein sehr kleines Haus mit zwei weiteren kleinen Schlafzimmern, sodass es einen spürbaren Raumverlust bedeutete, ein ganzes Zimmer nicht mehr zu nutzen. Das Schlafzimmer der Mädchen wurde zum Abstellraum, als würde es nichts ausmachen, wenn Katherine dieses eine Zimmer vor Johnnies Rückkehr veränderte.
Als sie mich allein lässt und leise die Tür hinter sich zuzieht, habe ich das Gefühl, als hätte man mir die Erlaubnis erteilt, die Nacht in einem Heiligtum zu verbringen. Es ist sauber, es findet sich kein Staubkörnchen, und abgesehen von der Tatsache, dass alles darin dreißig Jahre alt aussieht, hätte es noch gestern bewohnt sein können.

Yesterday, all my troubles seemed so far away ...
Ich habe vergessen, ihr von Rays Gitarre zu erzählen.
Ich nehme mir vor: Sag's ihnen morgen früh.

Die zentrale Klimaanlage bläst durch Belüftungsschächte in der Wand kühle Luft herein, sodass ich in Ray und Cals Zimmer das Fenster nicht aufmachen kann. Ich wünschte, ich könnte es, denn so heiß es draußen auch sein mag, würde ich gern bei dem Klang des Winds einschlafen, der die Blätter dieser Pappeln rascheln lässt.

Andererseits kann ich es mir nicht leisten, jetzt schon einzuschlafen.

Ich arbeite bis drei Uhr morgens, und als ich fertig bin, habe ich ein neues Kapitel geschrieben, das ich nie hätte vorhersagen können:

> *Während Florida nach Ray Raintree suchte, begann sich das Rätsel seiner Identität an einem Ort aufzuklären, von dem die meisten Polizeibeamten noch nie gehört hatten ...*

9
Raymond

Um sieben Uhr morgens weckt mich der Duft von Wurst.
 Nachdem ich geduscht und mir Shorts, T-Shirt und Sandalen angezogen habe, folge ich meiner Nase in die Küche, wo ich Katherine finde, die in einer gusseisernen Bratpfanne gerade Kartoffeln und Zwiebeln brät und dabei fernsieht. Sie ist barfuß, hat nackte Beine und trägt einen Jeansrock, der ihr knapp bis zu den Knien reicht, sowie ein einfaches, ärmelloses weißes Baumwollhemd, das lose über den Rockbund fällt. Von hinten könnte sie als Sechzehnjährige durchgehen, und selbst wenn sie sich umdreht, sieht sie immer noch jünger aus, als ich mich nach zwei Stunden Schlaf fühle: Wenn ich nachts aufbleibe und schreibe, bin ich zu aufgekratzt, um gleich einzuschlafen, und heute Nacht war es sogar schlimmer als sonst. Ein Fernsehmeteorologe erzählt uns: »Die Luftfeuchtigkeit entspricht heute haargenau der Lufttemperatur, Leute. Neunzig Prozent Luftfeuchtigkeit, neunzig Grad Fahrenheit, das bedeutet 33 Grad Celsius, was einen Hitze-Index von …«
 »Ich wünschte, sie hätten diese Hitze- und Windkälte-Indizes nie erfunden«, sagt Katherine und begrüßt mich mit einem Lächeln. Sie beugt sich vor, um den Fernseher leiser zu stellen. »Geht es uns auch ohne das nicht schon schlecht genug? Fühlt man sich etwa besser, Marie, wenn man weiß, dass es in Wahrheit draußen fast vierzig Grad Celsius hat?«
 »Nein, kein bisschen. Guten Morgen, Katherine.«
 Sie zeigt mit einem Kopfnicken auf eine Kaffeekanne, und ich gieße mir ein wenig Kaffee ein. Dann gehe ich zu einem Küchen-

tresen in ihrer Nähe und lehne mich dagegen, damit wir uns unterhalten können, während sie kocht.

»Rühreier, in Ordnung?«

»Rühreier sind wundervoll. Sie müssen sich aber nicht solche Mühe machen …«

Sie lacht leise. »Doch, muss ich. Wenn ich mich nicht jede Sekunde beschäftige, bis ich Johnnie wiedersehe, werde ich noch verrückt, und dann werden mich meine Kinder in eine Anstalt einweisen müssen.«

Ich lächele mitfühlend. »Dann kochen Sie einfach drauflos.«

Sie nimmt mit einem Pfannenheber Wurstpastetchen aus der Pfanne, gießt dann eine Eimischung hinein und fängt an, sie umzurühren. Ich kann mich nicht mehr erinnern, wann ich mir zum Frühstück mehr gemacht habe als Cornflakes und Grapefruit. Hinter mir ist ein Fenster mit einem Vorhang, aber als ich mich umdrehe, um hinauszusehen, sehe ich nur einen Hintergarten und das Haus und den Hintergarten ihres Nachbarn. Bei dem Gedanken an all die Häuser und all das Land, die in allen Himmelsrichtungen von hier ausstrahlen, bekomme ich wieder Platzangst. Kansas erscheint jemandem wie mir, der daran gewöhnt ist, am Rand des Universums zu leben, eher wie dessen Mittelpunkt.

Wir schweigen beide einen Moment, bis ich bemerke, dass sie ein besorgtes Gesicht macht. Ich warte, und schließlich sagt sie den Bruchteil eines Satzes: »Das kleine Mädchen, das Johnnie umgebracht hat.«

Ich bin zu nervös, um das Frühstück zu essen, das sie zubereitet.

Sie blickt nicht hoch, als sie die Eier mit einer Gabel umrührt. »Jack will mir nicht erzählen, was er ihr angetan hat, und so, denke ich, muss es etwas wirklich Schlimmes gewesen sein. Was hat er getan?«

»Es ist schlimm. Wollen Sie wirklich, dass ich Ihnen das erzähle?«

Katherine hebt einen Block Chesterkäse auf und raspelt ihn mit einer Reibe auf die Eier. »Ich möchte es wissen.«

»Er hat sie in einem Boot von ihrem Elternhaus mitgenommen.« Ich hole tief Luft und bringe es dann schnell hinter mich. »Er tötete sie, indem er ihr die Halsschlagader zudrückte. Das hat er ihr angetan.«

Sie presst die Lippen zusammen und sieht mich nicht an.

»Das ist schlimm«, sage ich, »aber das Nächste, was ich sagen werde, ist noch schlimmer. Wollen Sie das wirklich hören?«

»Hat er dieses Kind vergewaltigt?«

»Nein, nein, das hat er nicht getan. Es hat keinen sexuellen Missbrauch gegeben.«

Sie beginnt, eine der Würste in die Eiermischung zu schneiden, erstickt ein Schluchzen und versucht dann mit großer Anstrengung, nicht weiter zu schluchzen. Ich strecke den Arm aus und berühre ihren Rücken.

»Was hat er getan?«, fragt sie mich mit brechender Stimme.

Oh, Himmel, ich möchte ihr das nicht erzählen! »Nachdem sie tot war, hat er ihr eine dünne Sonde in die Nase eingeführt, um einen Teil ihres Gehirns herauszuholen.«

Jetzt gibt sie jeden Versuch auf, so zu tun, als koche sie.

»Unser Leichenbeschauer glaubt, dass Ray ihre Zirbeldrüse gestohlen hat.«

»Ihre was?« Ihre Gabel fällt scheppernd in die Bratpfanne. Sie dreht sich zu mir um, und ich schiebe sie behutsam zur Seite und hole einen Topflappen, um die Pfanne mit den Eiern vom Herd zu nehmen, damit nichts anbrennt. Sie lässt mich widerstandslos übernehmen. »Um Himmels willen, warum sollte er so etwas tun?«

»Ich weiß es nicht. Niemand weiß es.«

»Was, um alles in der Welt, ist eine – wie haben Sie das genannt?«

»Zirbeldrüse. Es ist die kleinste Drüse, die wir im Körper haben.« Ich zeige auf meine Schläfe. »Sie wiegt nur etwa ein Gramm und sitzt hier oben, in der Mitte im Gehirn. Um es ganz genau zu sagen, sitzt sie zwischen den Hemisphären unseres Großhirns, direkt über dem dritten Ventrikel unserer Wirbelsäule.«

»Wozu ist sie denn da, um Himmels willen?«

»Sie sondert Melatonin ab, das Derivat einer Aminosäure namens Tryptophan.« Ich sprudele die Fakten heraus, in der Hoffnung, dass sie das Entsetzen lindern werden, wenn ich genug darüber erzähle. »Manche Forscher glauben, dass sie etwas mit dem Beginn der Pubertät zu tun hat.« Ich versuche mich an das zu erinnern, was der Leichenbeschauer gesagt hat, und an das, was ich bei meiner Lektüre noch erfahren habe. »Früher glaubten die Leute, sie sei wie eine Art Ventil im Gehirn, das unsere Erinnerungen kontrolliere.«

»Was meinen Sie?«

»Nun ja, wie ein Tor, das uns bestimmte Dinge im Gedächtnis behalten lässt, andere aber nicht.«

»Ist es das, was sie bewirkt?«

»Ich glaube nicht.« Ich zucke entschuldigend die Schultern. »Ich wünschte, ich wüsste mehr. Wenn wir mehr über die Zirbeldrüse wüssten, könnten wir uns besser erklären, weshalb Ray sie genommen hat.«

»Für so etwas kann es keinen Grund geben«, flüstert sie stockend. »Oh, dieses arme Kind!« Sie starrt mich entsetzt an. Ich weiß nicht, welches Kind sie meint, aber sie könnte sehr gut beide meinen. Mit einem Aufschrei aus tiefster Seele ruft sie: »Oh, ihre arme Mutter!«

Die Einzige von uns, die wirklich verstehen kann, wie Susan McCullen zumute sein muss, ist Katherine Kepler, die Mutter des Mannes, der deren Tochter getötet hat.

Jack Lawrence kommt gerade rechtzeitig an, um sich mit uns zu einem Frühstück hinzusetzen, das weder Katherine noch ich genießen können. Er trägt ein gelbes kurzärmeliges Hemd, gebügelte Bluejeans und braune Cowboystiefel. Haarsträhnen stehen ihm an mehreren Stellen vom Kopf ab, als hätte er falsch gelegen. Sein Gesicht sieht frisch und feucht und sauber rasiert aus. Katherine scheint sich zu freuen, ihm den Teller füllen zu können, und er scheint dankbar zu sein, von ihr etwas zu essen zu bekommen.

»Er ist also entkommen«, sagt Jack zu mir.

»Ja«, erwidere ich und beschäftige mich mit einer Kaffeetasse.

»Das hätten sie nicht zulassen dürfen.«

»Da bin ich mit Ihnen ganz einer Meinung, Jack.«

»Wie ist es passiert?«, will Katherine wissen. Ich dachte, mein Gedächtnis schon am Vorabend von allem geleert zu haben, was ihren Sohn betrifft, doch da hatten wir noch über den Mord zu sprechen, und jetzt dies.

Jack sagte: »Ich habe gehört, dass er den Bewusstlosen gespielt hat, und als dann die Sanitäter in ihrer Wachsamkeit nachließen, soll er geflüchtet sein.«

»Mehr oder weniger.« Ich werfe einen Blick zu Katherine hinüber und komme dann zu dem Schluss, dass es gönnerhaft wäre, diese Frau schützen zu wollen, die schon zu viel Kummer überlebt hat. »Er schnappte sich die Waffe eines Polizisten, verletzte diesen und seine Anwältin und zwei Sanitäter.«

»Johnnie war ein schlauer kleiner Junge«, bemerkt Jack. »Nicht wahr, Katherine?«

»Ja«, bestätigt sie weich.

Irgendwie überrascht es mich nicht, das zu hören. Es gab bei Ray luzide Augenblicke, sogar Anzeichen von Intelligenz und Gerissenheit, die sich mit den seltsamen, konträren Zuständen abwechselten, in die er manchmal geriet und in denen er fast zurückgeblieben wirkte. Wir sitzen einen Augenblick schweigend da, während Jack isst, und die beiden scheinen in Gedanken über das Kind und den Mann versunken zu sein.

»Sind diese Leute wieder gesund?«, fragt sie mich.

»Ray hat sie ziemlich schlimm verletzt, aber sie sind dabei, sich zu erholen.«

»Es tut mir so Leid«, flüstert sie.

»Wohin ist er wohl gegangen? Was glauben Sie, Marie?«, fragt Jack.

»Ich weiß nicht, weil ich wirklich nichts über ihn weiß, nur dass die Checker Crab Company sein letzter Arbeitsplatz war.« Nach einem kurzen Moment füge ich hinzu: »Ich habe kein sehr klares Bild von Johnnies Vater. Hätten Sie was dagegen, mir mehr über ihn zu erzählen?«

»Fred?«, sagt sie und macht ein überraschtes Gesicht. »Ich denke nicht mehr viel an Fred, es ist schon so lange her. Was kann ich Ihnen sagen? Er war ein anständiger Mann und Vater, nehme ich an, bis Johnnie verschwand, denn danach brach Fred total zusammen und war nicht mehr wiederzuerkennen. Er fing an zu trinken und war für nichts mehr zu gebrauchen.«

»Ich konnte den Kerl nicht ausstehen.«

Sie starrt zu Jack hinüber. »Wirklich nicht?«

»Nein, ich hielt ihn für einen Mann ohne Rückgrat. Außerdem war er dir nicht im mindesten eine Stütze, als du so viel leiden musstest.«

Katherine sieht gerührt aus und streckt die Hand aus, um ihm den Handrücken zu tätscheln.

»Ich habe nie gewusst, dass du so zu Fred stehst, Jack.«

Er nickt. »Ich fürchte, ich bin wütend, besonders ihm gegenüber.«

»Und Sie haben keine Ahnung, wohin er gegangen ist?«, frage ich sie.

»Ich habe nie wieder was von ihm gehört«, erwidert Katherine.

»Und ich habe mich nicht sehr angestrengt, es in Erfahrung zu bringen«, bemerkt Jack trocken.

Katherine wirft ihm einen Blick zu, als sähe sie ihn jetzt zum ersten Mal, und lacht dann leicht. »Wirklich nicht?«

»Ich war froh, ihn los zu sein, Katherine.«

Sie blickt kopfschüttelnd zu mir herüber und lächelt. Ich bin froh, dass sie sich durch dieses Eingeständnis nicht gekränkt fühlt. »All die Dinge, die ich nicht weiß.«

Doch der Ausdruck »den sind wir los« ist genau das, was Jaime Suarez sagte, als die Sanitäter Ray in den Fahrstuhl des Gerichtssaals schoben. Dies ist eine unangenehme Verbindung zwischen einem Vater und einem Sohn, und ich habe entschieden, sie ihr nicht mitzuteilen. Ich möchte ihr stattdessen lieber etwas – irgendetwas Gutes über Ray mitteilen, und so fällt mir wieder ein, was ich mir gemerkt hatte.

»Habe ich Ihnen schon gesagt, dass er gut Gitarre spielt?«

Ihr Gesicht schmilzt dahin. »Wirklich? Woher wissen Sie das, Marie?«

»Er hat mir etwas vorgespielt, als ich ihn interviewte.«

»Tatsächlich? Er spielt gut?«

»Ja, und außerdem mehr als nur die einfachen Rock'n'Roll-Akkorde. Jemand hat ihm beigebracht, Akkordfolgen zu spielen, und ...«

Ich verstumme urplötzlich, weil sie ins Leere starrt, als würde ihr plötzlich etwas Schreckliches einfallen.

»Katherine?«, fragt Jack. »Du siehst aus, als hättest du einen Geist gesehen.«

Ich beuge mich zu ihr. »Was ist? Was habe ich gesagt, Katherine?«

»Wer hat ihm das beigebracht?«

»Das Gitarrespielen? Ich weiß nicht. Der Mann, für den er arbeitete, hat mal als Musiker gearbeitet, und wir dachten, er hat es Ray vielleicht beigebracht.«

»Wie ist sein Name?«

»Von Rays Arbeitgeber? Äh, Miller. Donor Miller.«

Katherine stößt einen erstickten Schrei aus, und Jack und ich springen auf, da uns der Laut zutiefst erschreckt hat. Jack ist als Erster bei ihr, beugt sich über sie und sagt eindringlich: »Was ist, Katherine?«

»Mr. Miller!«, sagt sie. Sie sieht verstört und verängstigt aus.

»Cals Musiklehrer. Das war sein Name. Ein seltsamer Name. Donor Miller.«

Jack macht ein Gesicht, als könnte er jeden Augenblick einen Herzanfall bekommen.

»Donor Miller?« Ich schreie es fast.

»Ich habe noch nie von dem Mann gehört!«, ruft Jack.

Katherine schüttelt den Kopf, und kurze Zeit später zittert sie am ganzen Körper. Sie ergreift beide Hände Jacks, um sich zu beruhigen, und starrt zu ihm hoch. »Das konntest du auch nicht. Wir haben ihn nicht erwähnt. Er soll weggezogen sein, bevor Johnnie verschwand. Er hörte auf zu unterrichten. Sie sagten, er sei nach« – sie blickt mit noch größerem Entsetzen zu mir hoch – »Florida gezogen.«

»O mein Gott«, ist alles, was ich hervorbringe.

»Ihn haben wir nicht unter die Lupe genommen«, sagt Jack zu mir und sieht ganz krank aus.

Er kniet neben Katherine, während sie sich noch immer an ihn klammert.

»Mr. Miller«, sagt Katherine mit tonloser Stimme. »Cal hörte mit dem Musikunterricht auf, nachdem Mr. Miller weggegangen war. Wir versuchten, ihn dazu zu bringen, bei einem anderen Lehrer wieder anzufangen, aber er bekam einen Wutanfall und weigerte sich einfach. Es war wirklich schwierig, ihn zum Üben zu bewegen und dazu, dass er zum Unterricht ging ...«

Wieder dieser Ausdruck von plötzlichem, schrecklichem Verstehen.

Sie unterbricht sich, steht steifbeinig auf und geht zum Telefon. Plötzlich sieht sie aus wie eine ältere Frau. Wir hören, wie sie eine Nummer eingibt und dann mit zitternder, liebevoller Stimme sagt: »Cal, mein Lieber? Könntest du noch heute Vormittag mal rüberkommen, bitte? Ich weiß, mein Lieber, dass du zur Arbeit musst, aber kannst du dann später herkommen? Du weißt, dass ich dich nicht bitten würde, wenn es nicht äußerst wichtig wäre. Ich muss dich wirklich dringend etwas fragen.«

Sie kommt wieder an den Tisch zurück.
»Katherine ...«, beginnt Jack.
Sie hält die Hände hoch, als wollte sie etwas Böses abwehren.
»Bitte, ich möchte jetzt nicht sprechen. Wir werden warten, bis Cal da ist.«
Jack und ich bleiben besorgt schweigend bei ihr sitzen.

Als ihr älterer Sohn ankommt und sieht, dass wir auf ihn warten, bekommt er sofort einen wachsamen Gesichtsausdruck und setzt sich langsam auf den vierten Stuhl am Küchentisch. Er trägt ein frisches weißes Hemd, aber die Hosen sehen aus, als hätte er sie schon gestern angehabt. Katherine hat mir erzählt, dass er etwas Geheimnisvolles arbeitet, das mit Datenverarbeitung zu tun hat. Er habe versucht, es ihr zu erklären, aber sie verstehe es nicht. Jetzt nimmt sie seine beiden Hände in ihre, sodass er nicht weglaufen kann, und sagt sanft und mit zitternder Stimme, die mir die Tränen in die Augen treibt: »Cal, Liebster, kannst du dich noch an deinen alten Musiklehrer erinnern?«
»Nein«, erwidert er so schnell, dass wir wissen, dass es eine Lüge ist.
»Bitte, Cal.« Seine Mutter bettelt. »Bitte, sag's mir.«
»Nein! Ich habe nichts zu sagen. Ich weiß nicht mal mehr, wie er aussieht.«
»Du warst zwölf Jahre alt, Cal. Du hast diese Musikstunden gehasst. Warum, Cal?« Sie ist hartnäckig, lässt nicht locker, obwohl ihr Gesicht von Liebe und Mitgefühl überströmt. »Warum hast du sie so sehr gehasst?«
»Oh, Mutter!« Er macht ein wütendes Gesicht, weil er sich in der Falle fühlt. »Frag mich nicht.«
»Cal, hör mir zu. Der Mann, für den dein Bruder unten in Florida gearbeitet hat, als er dieses Kind tötete, der Name dieses Mannes ist Donor Miller.«
Ihr Sohn zuckt zusammen und fängt an, schwer zu atmen, kämpft aber immer noch dagegen. »So? Was soll das denn be-

deuten, Mutter? Dieser Name bedeutet mir gar nichts. Ich habe ihn noch nie gehört.«

»Doch, das hast du, Cal. Ich weiß, dass du dich an Mr. Miller erinnerst.«

Er wirft mir einen feindseligen Blick zu, woraufhin ich sofort aufstehe und sage: »Das müssen Sie untereinander besprechen. Ich werde hinausgehen.« Bevor Katherine etwas einwenden kann, gehe ich eilig durch die Küchentür hinaus. Einige Momente später kommt Jack hinterher und sagt: »Cal will nicht, dass ich dabei bin.«

Er hört sich verletzt an, und ich tätschele ihm den Arm, um ihn zu trösten.

»Worum geht es denn überhaupt? Was meinen Sie?«, fragt er mich.

Ich bin erstaunt, dass er das überhaupt fragt, aber manchmal möchten selbst pensionierte Polizeibeamte nicht alles wissen. Ich sage ihm mit wenigen Worten, was Cal meiner Ansicht nach seiner Mutter erzählt.

Schließlich kam es heraus, voller Zorn und unter Tränen von einem erwachsenen Mann mit schmerzlichen und von Schuldgefühlen beladenen Erinnerungen: Wie Mr. Miller die Tür zu dem kleinen Musikraum im Keller des Musikalienladens geschlossen hatte und die kleinen Jungen sexuell missbrauchte, während deren Mütter draußen im Flur auf Stühlen warteten.

»Ich wusste nicht, was ich tun sollte, Mom«, sagte Cal, während sie um seinetwillen weinte. Beim Erzählen hörte er sich eher wie ein Kind an als wie der erwachsene Mann, der er ist. »Mr. Miller sagte mir, er würde meinem kleinen Bruder wehtun, wenn ich es jemandem erzählte.« Sein Mund zitterte, und er presste die Lippen zu einem zornigen Strich zusammen. »Ich war froh, als sie sagten, er sei aus der Stadt weggezogen und könne keinen Unterricht mehr geben. Da wusste ich, dass wir alle in Sicherheit waren.«

In diesem Moment begriff Cal Kepler endlich die Wahrheit.

Seine Mutter sah es an seinem Gesicht, doch sie sah auch, dass er nicht zerbrechen würde, nicht einmal jetzt. »Es ist nicht meine Schuld!«, rief er. »Ich habe nichts gesagt! Es ist nicht meine Schuld!«

Seine Mutter versuchte, ihn zu trösten, und sagte: »O mein Kind, natürlich ist es nicht …«

Doch er riss sich von ihr los und rannte im Garten an Jack und mir vorbei, als wären wir Buschwerk. Jack rief Cals Namen, erhielt aber keine Antwort. Cal stieg in seinen Wagen und raste davon, ohne auf andere Wagen zu achten. Ich sprach ein schnelles Gebet für sein Wohlergehen und dachte: *Dies ist ein Heilungsprozess, der lange und harte Arbeit erfordern wird.*

Katherine erzählte uns den Rest der Geschichte:

Einmal in der Woche habe sie Cal zu seinen Gitarrestunden gefahren und Cals jüngeren Bruder mitgenommen. Cal sei oft weinend aus dem kleinen Raum herausgekommen, doch der Musiklehrer, Mr. Miller, habe sie beruhigt. Cal mache gute Fortschritte; die Jungs fänden den Unterricht oft frustrierend, doch sie solle sich nicht durch ein paar Tränen aus der Fassung bringen lassen, »*oder sollte sie, Cal, aber du liebst doch deinen Gitarrenunterricht wirklich, nicht wahr, Cal?*« Mr. Miller sei ein etwas schmuddeliger Mann gewesen, wie Katherine dachte, aber er war immer so nett zu den Jungs gewesen, besonders zu Cals kleinem Bruder. Er habe immer einen Augenblick Zeit gehabt, zu sagen: »*Was für ein niedlicher Junge. Cal, du kannst dich glücklich schätzen, einen so netten kleinen Bruder zu haben, nicht wahr?*«

»Wo ist er?«, will Katherine von mir wissen. »Kann man ihn jetzt festnehmen?«

Ich muss ihr sagen, dass Donor Miller ebenfalls flüchtig ist.

Sie hebt die Hände, als wäre die Welt ein hoffnungsloser Ort, steht auf und verlässt den Tisch. Kurz darauf hören wir, wie die Badezimmertür geschlossen wird.

Der alte Polizeibeamte sieht zutiefst betroffen aus und scheint plötzlich zehn Jahre älter geworden zu sein.

»Wir hätten ihren Jungen finden müssen«, sagt er unglücklich und nimmt damit die Schuld auf sich. »Vielleicht waren wir nicht gut genug. Ich war nicht gut genug. Nun ja, das dürfte ziemlich klar sein, denke ich. Ich habe Katherine im Stich gelassen.«

»Wie hätten Sie etwas von einem Namen wissen sollen, den man Ihnen gar nicht genannt hat, Jack?«

»Wir hätten es wissen müssen.«

»Aber Jack, woher sollten Sie es denn wissen? Sie hatten damals nicht den gleichen Kenntnisstand wie wir jetzt. Und Polizeibehörden hatten noch nicht die Mittel wie heute. Sie hatten keine DNS-Analysen. Es gab keine Profiler wie beim FBI. Ich möchte wetten, Sie konnten damals auch keine Kleiderfasern analysieren oder Lügendetektoren einsetzen. Es gab noch keine Rasterfahndung, um vermisste Menschen oder Täter zu finden.«

»Wir mussten einfache altmodische Polizeiarbeit leisten.«

»Das wäre selbst heute nicht genug, geschweige denn damals.«

»Wir hatten nicht viele Anhaltspunkte«, erzählt er, aber nicht, um sich zu entschuldigen, sondern mehr zu sich selbst. »Keine Zeugen. Kein Motiv. Keine Beweise. Und keine von den Möglichkeiten, die Sie eben erwähnten. Wir waren so verzweifelt, dass wir sogar dachten, Nathan Leopold könnte es getan haben.« Er sieht mich an. »Erinnern Sie sich an ihn?«

»Loeb und Leopold?«

»Ja.«

Mir fällt wieder ein, dass es reiche und hochintelligente Teenager aus Chicago waren, die einen Jungen entführten und ermordeten, nur weil sie so was mal erleben wollten. Außerdem wollten sie feststellen, ob sie damit durchkommen konnten.

»Richard Loeb wurde im Gefängnis umgebracht«, erzählt

mir Jack, »aber Leopold wurde wenige Monate vor Johnnies Verschwinden entlassen. Es gab dieses Gerücht, Leopold hätte ihn entführt. Ich glaubte es selbst beinahe, bis er auftauchte und wir feststellten, dass er in einem Krankenhaus in Puerto Rico arbeitete. Hat dort den Rest seines Lebens verbracht und nie mehr Schwierigkeiten gehabt. Aber das zeigt doch nur, wie verzweifelt wir waren.«

»Ich weiß, dass Sie alles getan haben, was Sie tun konnten.«

»Wissen Sie, ich hörte mal einen Privatdetektiv sagen, er könne jeden finden. Mehr noch, er behauptete, er brauche nur das Internet abzusuchen. Nun, ich kann Ihnen nur sagen, dass es nicht so einfach ist, jemanden zu finden – etwa ein Kind –, das entführt worden ist. Manche Menschen werden einfach nie gefunden. Und ihre Leichen werden ebenfalls nie gefunden.«

»Ich weiß.«

Er neigt den Kopf und taxiert mich. »Sie wissen es wirklich, nicht wahr? Ich nehme an, bei Ihren vielen Recherchen …?«

Ich mache Anstalten, ihm Recht zu geben, um es dabei bewenden zu lassen. Aber dieser Mann offenbart mir seine tiefsten Gefühle. Es könnte so etwas wie Freundlichkeit sein, um das emotionale Gleichgewicht wieder herzustellen. »Meine Eltern sind vor langer Zeit verschwunden, Jack. Zehn Jahre vor Johnnie. Ich war noch nicht mal ein Jahr alt. Ich weiß also ein wenig darüber, dass manche Menschen nie wieder auftauchen.«

»Ich will verdammt sein«, sagt er und macht ein verblüfftes Gesicht. »Was ist passiert?«

Ich möchte es ihm wirklich nicht erzählen, denn das tue ich nie. Etwas über meine Eltern aus mir herauszubekommen ist etwa so, als wollte man Ziegelsteine mit Gewalt durch Zement drücken, es sei denn, ich suche aktiv nach den beiden. Dann stelle ich überall und jedem Fragen nach ihnen, als wären sie nichts weiter als ein neues Paar Menschen in einem meiner Tatsachenromane. Dann kann ich durchaus die objektive und professionelle Rechercheurin sein. Anders ist es, wenn ich als ihre Tochter über sie sprechen muss. »Ich weiß nicht, was passiert ist.« Das ist die einfache Antwort und insofern auch wahrheitsgemäß. »An einem Tag waren sie da, und wir drei lebten zusammen zu Hause, und am nächsten Tag waren sie nicht mehr da, und mich fand man in einer Wiege in einem Motelzimmer am Rande der Stadt.«

»Wo war das?«

Wie es scheint, lenke ich ihn ab, und er lässt sich ablenken. Die Situation hat jetzt eine Aura von Wirklichkeitsferne, aber ich kämpfe nicht dagegen an.

»Birmingham in Alabama.«

»Zehn Jahre vor Johnnie?«

»Sechsundsechzig.«

»Waren sie Bürgerrechtler?«

Das ist schnell gedacht von ihm, aber natürlich bringt so gut wie jeder den Namen Birmingham mit Bürgerrechten in Verbindung.

»Das waren sie – sie hatten etwas mit dem zu tun, was da unten passierte.« Ich spüre, wie ich unruhig werde. Ich möchte wirklich, wirklich nicht, dass diese Unterhaltung so weitergeht. »Außerdem sind sie nie wieder aufgetaucht, und ich suche weiter. So wie Sie immer nach Johnnie gesucht haben. Vielleicht sind sie wie er und leben irgendwo unter einer anderen Identität und haben vergessen, dass ich existiere. Oder vielleicht liegen sie tot auf dem Grund eines Ozeans. Ich werde es wahrscheinlich nie erfahren.«

»Johnnie ist schließlich aufgetaucht.«

»Ja«, gebe ich ihm ein wenig sarkastisch Recht, »das ist er.«

»Gegen alle Wahrscheinlichkeit.«

»Und manchmal schlägt der Blitz zweimal ein.«

»Kann es sein, dass ich von Ihren Eltern gehört habe? Hat man es in den Nachrichten gebracht?«

»Ja.«

»Ich erinnere mich nicht daran.«

»Lightfoot ist nicht mein richtiger Name, das ist ein Pseudonym für meine Bücher.«

»Oh. Wie waren die Namen Ihrer Eltern?«

Ich starre ihn an wie ein Reh das Scheinwerferlicht eines Wagens. »Folletino. Daniel und Angela Folletino.«

»Da klingelt bei mir nichts, tut mir Leid.«

Mir tut das nicht Leid, ich bin erleichtert. In meinem ganzen bisherigen Leben habe ich meine Sehnsucht, sie zu finden, nicht mit meiner Furcht in Einklang bringen können, ich könnte etwas *über* sie herausfinden. Dort, wo sie herkamen, waren sie ein umstrittenes, sogar berüchtigtes Paar, und ich kenne einige Leute, denen bei der Erwähnung dieser Namen die Galle überläuft.

Jack sagt verlegen: »Wahrscheinlich habe ich gehofft, ich könnte für Sie auf der Stelle ein Wunder vollbringen. Wenn ich für Katherine schon Johnnie nicht finden konnte, hätte ich vielleicht Ihnen erzählen können, dass ich die Namen Ihrer Eltern von irgendeinem alten Fall her kenne, an dem ich vor langer Zeit mal gearbeitet habe.«

Ich bin gerührt. »Sie sind ein netter Mann, Jack Lawrence.« Ich strecke den Arm aus und ergreife eine seiner Hände. »Ich fühle mich geehrt, Ihre Bekanntschaft gemacht zu haben.«

»Verstehe gar nicht, warum«, brummt er mit gesenktem Kopf.

Katherine kommt wieder in die Küche zurück und lässt sich auf den Stuhl sinken. Sie sieht aus, als hätte sie geweint und sich dann das Gesicht gewaschen. Sie macht einen niedergeschlagenen Eindruck. »Wir müssen Cal helfen«, sagt sie mit einer Stimme, die nicht nach ihr klingt. Diese letzte Enthüllung scheint sie so getroffen zu haben, dass ihre Spannkraft und ihr Mut verloren gegangen sind. Ihre Worte sind tapfer, aber der Ton, in dem sie sie äußert, zeugt mehr von Niedergeschlagenheit als von Mut. »Wir müssen jetzt alles tun, was wir können, um ihm zu helfen.«

Da ich nicht weiß, was ich sonst tun soll, fange ich an, schmutzige Teller zusammenzutragen und zur Spüle zu bringen. Ich drehe den Wasserhahn auf und fange an abzuspülen, alles in den Geschirrspüler zu stellen. Ich bin froh, in einem Augenblick, in dem ich sonst vielleicht nur hilflos die Hände ringen würde, etwas Vernünftiges tun zu können.

Es dauert nicht lange, da will Jack von mir wissen: »Sollten wir Sie jetzt nicht lieber zum Flughafen bringen?«

Es stimmt, dass ich in ein paar Stunden einen Flug gebucht habe.

Bevor ich gehe, dränge ich Katherine: »Kommen Sie nach Florida, und wohnen Sie bei mir. Es wird ein ungeheures Interesse der Medien an Ihrer Geschichte geben, und vielleicht sieht Ray es auch. Vielleicht stellt er sich freiwillig, Katherine, wenn er weiß, dass er eine Familie hat und Sie nach ihm suchen. Es ist zumindest einen Versuch wert, meinen Sie nicht auch?«

Ich halte das für eine gute Idee und gehe davon aus, dass sie auch dieser Meinung ist.

Zunächst sieht sie völlig verzweifelt und verblüfft aus. »Ich weiß nicht, Marie.«

»Was ist, wenn es Johnnie dazu bringt, sich zu stellen?«

Ihr Blick hellt sich auf, als hätte ich ihr wieder Hoffnung gegeben. »Oh! Ja, dafür würde ich alles tun. Ja!«

Ich sage ihr, dass ich sofort daran arbeiten werde, sobald ich wieder zu Hause bin. Sie verspricht, alles so einzurichten, dass sie möglichst bald nach Florida nachkommen kann. »Vielleicht kann Kim mitkommen.«

»In meinem Gästezimmer stehen zwei Betten.«

Sie ergreift meine Hand. »Vielen Dank, Marie.«

Doch als Jack mich in seinem Pickup vom Haus wegfährt und ich mich umdrehe, um Katherine zuzuwinken, die auf ihrer Vorderveranda steht, kann ich mich des Gefühls nicht erwehren, als wäre ich hier wie ein Tornado durchgesaust und ließe diese netten Menschen allein zurück, damit sie die Trümmer aufräumen können, die ich hinterlassen habe. Das war nicht meine Absicht, und doch musste es so kommen. Aber für jemanden, der wie ich von sich behauptet, nichts Böses anrichten zu wollen, scheine ich auf meinem Weg viel Schmerz zu hinterlassen. Sollte Katherine ihren jüngsten Sohn je wiedersehen, wird ihr auch das Schmerz bereiten. Die Erinnerung an Johnnie Kepler ist eine Sache, aber die lebende Realität von Ray Raintree – das ist etwas vollkommen anderes.

Fünfundvierzig Minuten später schlage ich Jack vor, er solle mich einfach am Bordstein absetzen, aber davon will er nichts hören. Wieder nimmt er mir meine Reisetasche ab, und auf dem Weg durch die Eingangstüren sagt er: »Sagen Sie diesen Polizisten in Florida, dass sie von mir jede Information erhalten können, die sie brauchen. Ich werde mir diese Zeit noch einmal vornehmen und sehen, ob ich mehr über diesen Miller herausfinden kann.«
»Das werde ich tun, Jack.«
Ich danke ihm und stelle mich dann auf die Zehenspitzen, um ihn impulsiv zu umarmen und ihm einen Kuss auf die Wange zu geben.
»Niemand hätte ihn finden können, Jack.«
»Vielleicht nicht, aber er wird mich noch bis ins Grab verfolgen.«
Ich glaube es ihm und weiß, dass nur die Gnade Gottes es ihm je leichter machen wird, ihm und Katherine Kepler.

Nachdem Jack gegangen ist, suche ich mir ein Münztelefon und rufe die Polizei von Bahia Beach an, wo ich das Glück habe, Robyn Anschutz an ihrem Schreibtisch zu erwischen. Ich erzähle ihr alles, was ich erfahren habe, aber als ich mit meinem Bericht zu Ende bin, sagt sie: »Ja, das hilft uns aber nicht, Ray zu finden.«

Das stimmt, denke ich. Für die Leute da unten ist er immer noch Raymond Raintree. Für mich ist er Johnnie Kepler geworden, zumindest vorübergehend, obwohl es schwieriger wird, an seiner früheren Identität festzuhalten, je mehr ich mich von seiner Familie entferne. Mein Wissen über Ray kehrt zurück und vergiftet die Erinnerung an den kleinen Jungen, der er einmal gewesen ist.

»Ich kann es nicht ausstehen, wenn Täter mir am Ende Leid tun«, sagt Robyn. »Da gibt es diesen Moment in ihrem Leben, Sie wissen, welchen ich meine? Der Augenblick, in dem sie aufhören, Opfer zu sein, und zu Tätern ihrer eigenen Verbrechen werden. Das ist für mich ein sehr verwirrender Augenblick. Auf der einen Seite dieses Moments tun sie mir Leid. Auf der anderen Seite marschiere ich los und nehme sie fest.«

»Es ist wie der Moment, kurz bevor ein misshandeltes Kind einem Tier wehtut.«

»Was meinen Sie damit?«

»In einer Minute ist es unschuldig, in der nächsten ein Monster.«

»Ja. Das ist die Trennlinie.«

»Unser gesamtes Mitleid gilt einer Seite, und unser gesamter Hass der anderen.«

»Sobald sie diese Linie überschreiten, ist für sie alles vorbei.«

»Kein Mitleid mehr.«

»Nein, wir brauchen sie nur noch festzunehmen und aus dem Verkehr zu ziehen. Das denke ich zumindest über unsere Arbeit, aber es stört mich manchmal. Wenn es an meinem Job etwas gibt, was mich nicht einschlafen lässt, dann ist es das.«

»Vielleicht sollte es uns alle wach halten.«

»Vielleicht.«

»Es ist der Moment, den ich in meinen Büchern zu definieren versuche.«

»Wirklich?«

»Das ist auch der Moment, in dem jemand zu einem Opfer wird. In einer Minute ist er lebendig und sicher, in der nächsten nicht.«

»Ja! Es ist der gleiche Augenblick, nicht wahr?«

»Ja, das ist sehr rätselhaft.«
»Nun ja«, erwidert sie unbeholfen.
»Werden Sie nach Donor Miller suchen, Robyn?«
»Ja, wahrscheinlich sollten wir das tun.«

Nach einigem Überlegen über Protokollfragen rufe ich auch im Büro des Staatsanwalts an.
»Wo bist du?«, will er wissen, und schon der bloße Tonfall seiner Stimme löst in meinem Körper ein Prickeln aus. »Ich höre ein Dröhnen.«
»Ich befinde mich etwa dreißigtausend Fuß über Missouri.«
Ich habe mir aus der Rückenlehne des mittleren Vordersitzes ein Telefon genommen. Ich sitze am Fenster und drehe jetzt Gesicht, Körper und Telefon in den Himmel, um so einen kleinen und privaten intimen Raum zu schaffen, in dem ich mich mit Franklin unterhalten kann.
»Du rufst von der Maschine aus an?« Er scheint geschmeichelt zu sein, das zu hören. »Ist das ein Notfall oder ein Kompliment?«
Als ich ihm erzähle, was ich getan habe, zeigt sich, dass Franklin einen völlig anderen Standpunkt einnimmt als die Polizistin.
»Es interessiert mich einen Dreck, ob Ray als Baby in die weiße Sklaverei verkauft worden ist oder nicht. Er hat das Baby eines anderen umgebracht, und mehr brauche ich nicht zu wissen.«
Es hört sich an wie ein Zitat aus seinem Schlussplädoyer an die Geschworenen.
»Du willst dich also immer noch um die Todesstrafe bemühen?«
»Darauf kannst du Gift nehmen.«
In seinem Staatsanwaltsgehirn scheint das keine Frage zu sein, aber in meinem Kopf arbeitet es jetzt. Natürlich, er hat Katherine nicht kennen gelernt.
»Wenn du von einem Flugzeug aus anrufst, kommst du jetzt wohl nach Hause.«
»Ich komme mit jeder Sekunde näher.«

»Ich vermisse dich. Heute Nacht bei dir oder bei mir?«

Ich zögere, will sagen »bei dir«, korrigiere mich aber dann: »Ich wünschte, ich könnte, Franklin, aber heute Abend geht es einfach nicht.«

»Was ist los?«

»Es war eine anstrengende Reise.«

Er zeigt Verständnis und sagt, wir könnten uns stattdessen auch morgen treffen.

Da bin ich nicht so sicher. Nachdem ich bei Rays Mutter gewesen bin, verletzt mich der Gedanke, mit einem Mann zu schlafen, der ihren Sohn töten lassen will. Wäre ein Leben im Gefängnis nicht genug, um einen Menschen zu bestrafen, dessen Leben ohnehin schon eine einzige lange Strafe gewesen ist? Ich denke an die McCullens und empfinde nichts als Mitgefühl, und trotzdem ...

Als die Maschine sich über Bahia Beach in eine Kurve legt, gestehe ich mir, dass zwischen Franklin und mir schließlich doch ein Interessenkonflikt entstanden ist. Ich entdecke weit unter mir die Bahia Bridge, und von dort kann ich die Linie funkelnden Wassers zu meinen sechs hoch aufragenden Zypressen verfolgen. Und da ist es, ein aprikosenfarbener Punkt: wieder zu Hause, wieder zu Hause. Bei dem Anblick des Hauses spüre ich einen plötzlichen Stich von Einsamkeit, obwohl ich normalerweise nur Erleichterung und Glück empfinde.

Unter den Nachrichten, die ich zu Hause vorfinde, sind fünf, denen ich besondere Aufmerksamkeit widme, beginnend mit einer von Franklin. »Hallo, Süße. Vielen Dank für den Anruf, aber das war nicht genug. Ich werde heute Abend noch lange im Büro bleiben, also ruf mich an, falls du es dir noch mal überlegst, in Ordnung? Meinst du nicht, dass eine müde Frau verdient, dass man ihr den Rücken massiert?«

Das ist verführerisch genug, um mich am Telefon lächeln zu lassen.

Aber ich lösche sie trotzdem und höre die nächste ab:

»Marie? Hier ist Kim Kepler. Mom und ich haben für morgen einen Flug nach Florida gebucht, ist das okay? Sie sagt, Sie hätten gesagt, wir könnten bei Ihnen wohnen, aber wir möchten uns nicht aufdrängen. Wir könnten auch gut in einem Motel bleiben. Ob Sie mich bitte zurückrufen können?«

Ich schalte den Anrufbeantworter zunächst aus, um mich erst mal um diesen Anruf zu kümmern.

»Möchte Ihre Mutter Aufsehen erregen?«, frage ich Kim.

»Wir wollen alles tun, was Johnnie nach Hause bringen kann.«

»Es wird zugehen wie in einem Irrenhaus«, warne ich sie.

»Das tut es bereits«, klärt sie mich auf. »Mom hat heute schon Anrufe von Ihrer Polizei bekommen. Die Leute seien sehr nett gewesen, sagte sie, obwohl sie viele Fragen gestellt hätten. Außerdem haben wir einige Anrufe von ein paar Zeitungen und Fernsehsendern bekommen, aber Mom war einfach noch nicht danach zumute, mit ihnen zu sprechen.«

»Wird es morgen soweit sein?«

Ich möchte sie nicht drängen, und trotzdem weiß ich, dass ich es tun sollte.

»Sie wird tun, was sie zu tun hat«, erwidert Kim einfach.

Als ich das Telefonat mit Kim beende, haben wir vereinbart, dass ich sie morgen am Flughafen abholen werde und sie bei mir bleiben werden. Ich verspreche, sie sicher durch die Klippen der Publicity zu lotsen. Als ich auflege, fühle ich mich nicht einmal wie eine Heuchlerin. Ich bin nicht nur eine geldgierige Schriftstellerin, die sie hier haben will, um zu hören, was sie zu sagen haben, sondern es liegt auch daran, dass Motels und Hotels in Bahia teuer sind. Mein Haus ist der billigste Aufenthaltsort für sie, und herumfahren werde ich die beiden auch.

Ich rufe die Detectives und den Staatsanwalt an und sage ihnen, dass die beiden Keplers nach Florida kommen. Alle wollen sie kennen lernen.

»Bring sie in mein Büro«, drängt mich Franklin und verstummt dann kurz, als warte er darauf, dass ich ihn doch noch zu mir bitte. Als ich es nicht tue, verabschieden wir uns unbeholfen.

Und dann wende ich mich wieder den Nachrichten auf dem Anrufbeantworter zu.

»Hallo, Marie«, sagt eine liebenswürdige Stimme, die ich als die meiner Lektorin erkenne, die aus New York City anruft. Sofort melden sich Schuldgefühle. »Wie geht es Ihnen? Was macht das Buch? Ich will keinen Druck auf Sie ausüben. Sie dürfen diesen Anruf nicht so interpretieren, als wollte ich Sie irgendwie drängen, in Ordnung? Ich bin nur so voller Erwartung und aufgeregt, es zu lesen, das ist alles. Habe zuletzt vor dem Prozess von Ihnen gehört, und der Grafiker hat mir gerade die neuen Andrucke Ihres Umschlags gezeigt. Ich will Ihnen nur sagen, dass ich den geänderten Schutzumschlag für großartig halte. Ich schicke Ihnen per Eilboten eine Kopie zu, damit Sie selbst entscheiden können, was Sie davon halten. Lassen Sie mich das morgen wissen, ja? Die Vorbestellungen sind übrigens enorm. Jetzt brauchen wir nur noch das Buch, aber glauben Sie ja nicht, dass ich irgendwie Druck auf Sie ausüben will. Ich weiß ja, dass wir uns in der Beziehung keinerlei Sorgen zu machen brauchen. Schade, dass ich Sie verpasst habe! Kann es gar nicht erwarten, zu hören, wie sich die Dinge entwickeln. Lassen Sie mich wissen, was Sie von dem Umschlag halten!«

Ich liebe meine Lektorin, aber das war unglaublich clever von ihr.

Jetzt muss ich sie morgen zurückrufen und ihr meine Meinung über den Schutzumschlag sagen, und was soll ich erzählen? »Ich habe den Anfang und das Ende, aber keine Mitte. Jetzt weiß ich über die ersten sechs Jahre in Rays Leben Bescheid und über die letzten, sodass mir nur noch die neunzehn Jahre dazwischen fehlen. Und ich weiß immer noch nicht, weshalb er sie getötet hat oder wo er es getan hat, und wie können wir ein Buch über ihn veröffentlichen, wenn wir nicht wissen, ob er am Leben bleiben oder sterben wird, und, ach ja, Natalies Eltern wollen nicht in dem Buch erscheinen.«

Ich habe das Gefühl, dass mir meine Karriere aus dem Ruder läuft.

Wenn die Polizei nur Donor Miller finden könnte ... wenn sie Ray einfangen könnte ...

Ich kehre zu meinem Anrufbeantworter zurück und höre eine Nachricht an, die mir die Kopfhaut kribbeln lässt:

»Ich suche eine Frau namens Marie Folletino. Ich habe ihre Eltern gekannt und muss wirklich mit ihr sprechen. Ich werde wieder anrufen.«

»Wann?«, verlange ich von der anonymen Anruferin zu wissen. »Wann werden Sie mich wieder anrufen?«

Kein Name, keine Nummer, nur diese unklare Nachricht.

Und das Display am Telefon gibt mir auch keine Hinweise auf die Anruferin. Dort steht nur *extern* ohne eine Telefonnummer. Oh, ich liebe diese modernen Kommunikationsmittel – sie schenken mir so viele neue Möglichkeiten, mich *frustriert* zu fühlen! In diesem Augenblick möchte ich am liebsten schreien und mit den Füßen aufstampfen wie ein kleines Mädchen, das einen Wutanfall bekommt. Erst mein Buch, und dann das hier ...

Sie hat meine Eltern »gekannt«. Das kann also nicht bedeuten, dass sie noch am Leben sind und die Anruferin sie heute kennt. Nun, viele Menschen haben meine Eltern »gekannt«, doch das hat mir nicht dabei geholfen herauszufinden, wohin sie gegangen sind, nachdem sie mich im Stich gelassen hatten. Doch die Stimme dieser Frau hatte einen dringlichen Unterton, der mich nervös macht. Ich hasse dieses Warten, bis man etwas herausfindet. Warum konnte sie nicht einfach ihren Namen und ihre Telefonnummer nennen wie ein normaler Mensch, damit ich sie zurückrufe?

Du weißt, warum, flüstert mir eine leise Stimme zu.

Aber eigentlich weiß ich es nicht. Ich weiß nur, dass die Leute mein ganzes Leben lang nur höchst ungern ausführlich über meine Mutter und meinen Vater gesprochen haben. Eine Menge von dem, was sie nicht sagen, habe ich alten Zeitungsartikeln entnommen. Doch es bleibt noch viel übrig, was ungesagt und unerzählt bleibt, und das meiste von dem, was ich gehört oder gelesen habe, steht im Widerspruch zu anderen Dingen, die ich lese oder höre. Sie waren dies. Nein, sie waren das. Sie sind dorthin gegangen. Nein, dort sind sie nie gewesen. Sie haben dies gesagt. Unmöglich, das haben sie nie gesagt. Und jeder spricht immer im Brustton der Überzeugung, als wüssten sie Bescheid. Ich habe den Verdacht, dass niemand etwas weiß. Kein noch lebender Mensch kennt die Wahrheit über sie, und ich werde sie auch nie herausfinden.

Und jetzt dieser verdammte Anruf von einer Frau.

Es ist unheimlich. Es kommt mir vor, als hätte ich etwas Neues damit in Gang gesetzt, dass ich ihren Namen bei meiner Unterhaltung mit Jack Lawrence wieder an die Oberfläche brachte.

Nun, ich kann nichts unternehmen, bevor sie anruft.

Aber wie soll ich mich bis dahin auf etwas anderes konzentrieren?

Die fünfte wichtige Nachricht nimmt glücklicherweise meine Aufmerksamkeit gefangen:

»Hallo, Marie! Hier Robyn. Hören Sie, wenn wir uns einer Sache aufmerksam zuwenden, passiert was. Raten Sie mal, wen wir gefunden haben? Donor Miller! Man könnte sagen, er hat auf uns gewartet. Rufen Sie mich an, dann erzähle ich Ihnen alles.«

Die kleine Meerjungfrau

von Marie Lightfoot

NEUNTES KAPITEL

Tief in den Everglades spie die Erde ein Geheimnis aus: die Leiche eines Menschen. Die Überreste kamen in einem besonders abgelegenen Teil der Everglades an die Oberfläche, rund fünfundneunzig Kilometer südwestlich von Bahia Beach. Die unglücklichen Fischer, die den Leichnam entdeckten, meldeten, sie hätten Teile eines menschlichen Oberkörpers in dem getrockneten Riedgras und im Schlamm am Rand eines Alligatorlochs gesehen.

Unter natürlichen Bedingungen ist der Wasserspiegel in den Everglades nicht konstant; er steigt und fällt in unregelmäßigen Abständen. In den feuchten Jahreszeiten leben Geschöpfe aller Art darin: Fischotter, Schildkröten, Alligatoren, Schlangen sowie eine Vielzahl von Fischen und Vögeln. Doch wenn der Sumpf trocknet, bleiben manchmal nur diejenigen Tiere übrig, die in Nistlöchern von Alligatoren gefangen werden. Das bietet dem Alligator ein Festmahl, stellt aber auch sicher, dass einige Tiere zurückbleiben, um die Sümpfe neu zu bevölkern, wenn der Wasserspiegel wieder steigt. Biologen erkennen darin eine evolutionäre Vorsichtsmaßnahme.

Für Fischer bedeutet es einen leichten Fang.

An jenem Abend waren zwei altgediente Fischer in ihrer Nussschale von Ruderboot unterwegs. Das Wasser war so seicht, dass sie das Boot praktisch durch den Sumpf schoben. Sie suchten genau nach dem, was sie auch fanden: einem hohen, runden, von Wasser umgebenen Hügel sowie Alligatorspuren, die zu dem Hügel hin und von ihm weg führten.

Es war verdammt harte Arbeit.

Wenn einer von ihnen sich ein Sumpfboot mit Propellerantrieb hätte leisten können, hätten sie das alte Ruderboot auf der Stelle verlassen und wären »wie ein Sumpfhuhn mit einem Ventilator am Arsch« über das flache Wasser gesaust, wie einer von ihnen später sagte. Doch selbst gemeinsam brachten sie kaum Angelhaken zusammen, geschweige denn genügend Geld, um sich ein solches Propellerboot kaufen zu können. Sie jagten auf die mühselige Art, ruderten, wenn sie konnten, zogen und schoben, wenn sie mussten, hatten die Gewehre zu ihren Füßen liegen und die Blicke sowohl am Himmel wie im Sumpf.

Außerdem hielten sie Ausschau nach dem Bewohner des Nests.

Obwohl Alligatoren weithin als Menschenfresser gelten, sieht die Wahrheit eher so aus, dass sie eine Tiergattung sind, die keinen großen Appetit auf Menschen hat. Allerdings ist dies nicht eine Theorie, die ein Fischer an sich selbst testen möchte. Alligatoren können mit ihren mächtigen Kiefern so hart zubeißen, dass sie sich selbst die Zähne zertrümmern, und ihr Atmungssystem erlaubt ihnen, ein sich wehrendes Opfer so lange unter Wasser zu halten, bis der Kampf vorüber ist.

Die beiden Fischer bewegten sich vorsichtig näher auf den Hügel zu.

Wenn der Alligator nicht da war, sodass sie mit ihren Netzen und Spießen nahe genug herankamen, würden sie vielleicht ein Festessen mitnehmen und noch viel mehr verkaufen können. Es war ungesetzlich, so viel für sich zu nehmen, doch die Everglades sind ein riesiges Gebiet, und die Wildhüter können nicht überall gleichzeitig sein und aufpassen.

Aus der Ferne entdeckten die beiden Männer etwas Großes und Aufgedunsenes, das am Hang des Alligatornests angeschwemmt worden zu sein schien. Wenn es ein großer Fisch war, wollten sie ihn in diesem Zustand nicht haben. Als sie näher herankamen, wurde der fischige Verwesungsgestank in der brütenden Hitze des Sumpfs fast unerträglich, obwohl die beiden Männer sich bunte Halstücher vor die Nase gebunden hatten.

Sie kamen zu dem Schluss, dass es der riesige tote Fisch war, der diesen Gestank verursachte. Und als sie dann noch näher kamen, entdeckten sie, dass es kein Fisch war.

»Hol mich der Teufel!«, rief einer der Männer. »Das ist ein toter Mann.«

»Was machen wir jetzt?«, fragte der andere.

Voller Wut auf den Kerl, der ihren Fang ruiniert hatte, weil er dort gestorben war, bemühten sich die beiden Freunde, ihr Boot zu wenden. Sie gaben die Hoffnung auf einen guten Fang auf und ruderten nach Hause. Sie debattierten, ob sie der Polizei melden sollten, was sie gesehen hatten, und beschlossen schließlich, es zu tun, weil beide bei der lokalen Polizei ein paar Pluspunkte gebrauchen konnten.

Sie waren nicht sicher, und die Polizisten ebenso wenig, dass die menschlichen Überreste noch da sein würden, wenn sie in ihren Motorbooten, dem Sumpfboot und dem Hubschrauber danach suchten.

Erstaunlicherweise war die Leiche aber noch da.

Vielleicht hatte der hier beheimatete Alligator den Leichnam verschmäht. Vielleicht hatten auch die anderen Räuber der Region an jenem Morgen schon gefressen. Folglich lehnten die beiden guten Staatsbürger es anschließend ab, ihre Namen zu nennen, als man sie nach ihrer bedauerlichen Entdeckung fragte.

Bei der Autopsie wurde schon recht früh festgestellt, dass es sich bei den sterblichen Überresten um einen übergewichtigen weißen Mann handelte, vermutlich im späten mittleren Lebensalter. Doch obwohl ein erheblicher Teil der Leiche zur Verfügung stand, würde es eine Weile dauern, bis der Leichenbeschauer des Bezirks das Opfer zweifelsfrei identifzieren konnte. Noch länger würde es dauern, bis er entscheiden konnte, ob der Mann eines natürlichen Todes gestorben war oder ob es sich um einen Unfall, einen Selbstmord oder einen Mord handelte. Und noch etwas länger würde es dauern, bis eine Verbindung zwischen dem Toten in den Everglades und dem vermissten Marina-Besitzer in Bahia Beach hergestellt werden konnte.

Als diese Verbindung schließlich hergestellt wurde, waren es eine Brieftasche und ein Halsband mit einem Skorpion, die auf die richtige Spur führten. Die beiden Fischer hatten diese Schätze in ihrem Netz gefunden, sie den Behörden aber zunächst vorenthalten. Als die Brieftasche mit Donor Millers Führerschein und Kreditkarten der Polizei übergeben wurde, enthielt sie eigenartigerweise kein Geld.

Einer der befreundeten Fischer hatte eine hilfreiche Erklärung zur Hand, was mit dem Bargeld vielleicht geschehen war: »Muss sich aufgelöst haben«, sagte er.

10

Raymond

»Ich habe ein paar Neuigkeiten für Sie«, sage ich fast genau in der Minute, in der Katherine und ihre Tochter die Maschine verlassen und wir einander schnell umarmen. Ich spüre eine solche Sehnsucht, diese Frauen zu beschützen, und mache trotzdem auf Anhieb einen Fehler. Als ich sie in eine abgeschiedene Ecke des Terminals ziehe, sehe ich zu meiner Bestürzung, dass Katherine von mir offenbar etwas ganz anderes erwartet.

»Haben sie Johnnie gefunden?«, fragt sie und legt eine Hand auf den Mund.

»Nein, nein, tut mir Leid, sie haben Donor gefunden.« Es ist ein schreckliches Gefühl für mich, in ihr Hoffnungen – oder Ängste – zu wecken. Ich verstumme kurz, um sie anzusehen und ihre Gemütsverfassung einzuschätzen. »Katherine, er ist tot. Sie haben seine Leiche in den Everglades gefunden, und sie sagen, dass er schon seit mehreren Wochen tot ist. Sie wissen noch nicht, wie er gestorben ist, aber es kann so etwas wie ein Bootsunfall gewesen sein.«

»Er ist tot?« Katherines blaue Augen haben sich geweitet, und ich sehe, dass es ihr schwer fällt, diese Neuigkeit aufzunehmen. Sie schüttelt den Kopf, als wollte sie wieder einen klaren Gedanken fassen. »Er kann nicht tot sein, Marie. Man muss ihn festnehmen und vor Gericht stellen wegen all dem, was er uns angetan hat. Er muss bestraft und ins Gefängnis gesteckt werden. Ich dachte, er könnte hingerichtet werden. Ich dachte …«

Kim und ich wechseln einen Blick, und wir sind uns ohne Worte darin einig, ihre Mutter hier schnell herauszubringen.

»Ich hole meinen Wagen«, sage ich zu den beiden.

»Und ich bleibe bei Mom und hole das Gepäck.«

Ich sage Kim, nach was für einem Wagen sie Ausschau halten soll, und keine zwanzig Minuten später fahren wir gemeinsam vom Flughafen weg.

»Das hier macht mich wütend!«, sagt Katherine.

Das kann ich mir mühelos vorstellen.

»Wenigstens ist er nicht mehr da, Mom«, sagt Kim in einem Versuch, ihre Mutter zu trösten. »Er kann uns nicht mehr wehtun. Er kann weder Johnnie noch Cal wehtun. Anderen Kindern auch nicht. Das ist doch gut, Mom.«

Doch sie will sich nicht von einer Wut abbringen lassen, die sich in ihr aufbaut, einer Wut, die sich erst seit gestern auf Donor Miller konzentrieren konnte und jetzt auf normale Weise kein Ventil findet.

»Ich wollte bei seinem Prozess im Gerichtssaal sitzen«, sagt sie grimmig. »Ich wollte gegen ihn aussagen. Ich wollte hören, wie Geschworene ihn schuldig sprechen, und wollte hören, wie ein Richter ihn verurteilt, und außerdem wollte ich, dass wir alle die Chance bekommen, aufzustehen und der Welt zu erzählen, was für ein entsetzlicher Mensch er ist! Ich fühle mich betrogen! Es ist ungerecht.«

Sie erinnert mich an Nattys Eltern.

Ich habe heute Morgen Susan und Tony McCullen angerufen, um sie auf das vorzubereiten, was auf sie zukommt: Rays Mutter und Schwester im Fernsehen, die ihn anflehen wollen, sich zu stellen, und um sein Leben bitten. Sie waren wie betäubt, als sie meine Geschichte hörten, und schienen nicht fähig zu sein, alles auf einmal zu verarbeiten, was ich ihnen sagte. Ihren Reaktionen konnte ich nicht wirklich entnehmen, wie ihnen dabei zumute war.

Ich könnte Katherine sagen, was ich bei den Familien anderer Opfer gelernt hatte: dass die »Befriedigungen« eines Prozesses und einer Bestrafung nicht lange anhalten und dass sie die

Wut und die Trauer nicht auflösen. Ich sage es jedoch nicht, weil es anmaßend wäre.

Ich fahre nur und höre zu und versuche, ihre Fragen zu beantworten.

»Ich verstehe nicht, Marie«, sagt sie, »dass die Polizei hier unten zwar die Leiche des Mannes finden kann, der meinen Sohn entführt hat, meinen Sohn aber nicht. Es sind doch fast schon zwei Wochen her, seit Johnnie verschwunden ist! Warum können sie ihn nicht finden?«

»Flüchtige bleiben oft für lange Zeit auf freiem Fuß, Katherine, besonders in Staaten mit riesigen unbewohnten Gebieten wie hier in Florida. Er könnte sich in den Everglades aufhalten. Er könnte sich in den Höhlen von Mittelflorida verstecken. Er könnte sich etwa im Ocala National Park verstecken.« Ich sage ihr nicht, dass Ocala ein riesiger Wald ist, in dem heute noch Schwarzbären und Panther die Wildnis durchstreifen. »In Ihrer Gegend gab es mal einen flüchtigen Kriminellen, der drei Monate in den Ozarks auf freiem Fuß blieb, und in Bergwerksschächten in North Carolina hat sich ein Mann einmal jahrelang versteckt.«

Dies ist wahr. Der Flüchtige aus Missouri überlebte, indem er in leere Blockhütten einbrach und Lebensmittelvorräte stahl, bis er erschossen wurde. Der Flüchtige aus North Carolina, der gesucht wurde, weil er Sprengstoffanschläge auf Abtreibungskliniken verübt hatte, entzog sich drei Jahre lang zweihundert Staats- und Bundespolizisten und befindet sich immer noch auf freiem Fuß.

»Ray könnte sich lange in Freiheit halten«, warne ich die Frauen.

»Vielleicht ist er dann auch sicherer«, sagt Katherine. Dann huscht ihr ein gequälter Ausdruck übers Gesicht, als fiele ihr erst in diesem Moment der Grund ein, weshalb er auf der Flucht ist. »Oh, aber ich denke an dieses kleine Mädchen und an ihre Eltern und fühle mich schuldig. Ich weiß, was sie durchmachen. Wenn wir Johnnie nur hätten zurückbekommen können, wäre ihre Tochter nicht gestorben. Das ist eine schreckliche Sache.«

Dem kann ich nur beipflichten.

»Es ist schön hier«, sagt Kim auf dem Rücksitz, und ich spüre, dass sie das zu tun versucht, was sie schon seit zweiundzwanzig Jahren versucht: ihre Mutter aufzumuntern. Ihre Stimme hört sich spröde an, als müsste sie sich zwingen, fröhlich zu sein, als sie sagt: »Sind wir sehr weit vom Ozean entfernt? Besteht die Möglichkeit, dass wir am Strand entlangfahren?«

Bei einem Lunch mit Meeresfrüchten, in einer Fensternische mit Aussicht auf Strand und Atlantik, versuche ich, sie ein wenig zu beruhigen. Beide sehen bezaubernd aus. Kim hat einen Baumwollanzug an, der ihren Körperbau perfekt betont, und Katherine ein Hemdblusenkleid mit Gürtel. Kim trägt Rot, Katherine Schwarz, weshalb ihr jetzt wahrscheinlich heiß wird. Aber ob die beiden es wissen oder nicht, sie haben sich für die Interviews im Fernsehen perfekt angezogen.

»Bis jetzt haben wir Folgendes erledigt«, erzähle ich ihnen. Ich spreche langsam, damit sie alles erfassen können. Vor uns stehen beschlagene Gläser mit Eiswasser und eine Platte mit Steinkrebsen, die sie nicht angerührt haben. Ich habe eine Menge Informationen für sie, mit denen ich sie überfalle.

»Ich habe mit den Detectives Anschutz und Flanck gesprochen …« Ich blicke prüfend in ihre Gesichter, ob sie diese Namen erkennen, und das tun sie. »Sie haben mir erzählt, dass sie mit Ihnen gesprochen haben, um Sie auf den neuesten Stand zu bringen, was ihre Ermittlungen und die Suche betrifft. Stimmt das?«

Beide Frauen nicken. Sie sehen blass aus und haben vor Angst große Augen.

»Das ist gut. Haben sie Ihnen auch gesagt, was der für die Öffentlichkeitsarbeit zuständige Beamte getan hat? Er hat die größte lokale Tageszeitung angerufen, die *Bahia Sun*, und alle Fernsehstationen, auch Kabelsender, und ihnen von Ihrer Geschichte erzählt. Alle sind äußerst begierig und bereit, mit Ihnen eine Sendung zu machen. Er hat schon ein paar Interviewtermine für Sie vereinbart und hofft, dass Ihnen das recht ist?«

Sie sehen verwirrt aus, nicken aber zustimmend.

Die Detectives und der Pressesprecher haben mir diese Arbeit überlassen, weil ich die Erste bin, die Katherine und Kim heute zu sehen bekommt. Eigentlich brauche ich diesen Vorwand nicht, um mich einzumischen, weil dies alles als Recherche für mein Buch dient. Außerdem kann ich den Gedanken nicht ertragen, diese unschuldigen Frauen in die Wildnis von Südflorida zu entlassen, ohne dass eine Einheimische sie bei der Hand nimmt. Da dies alles meine Idee war, ist das Mindeste, was ich tun kann, dass ich sie zu den verschiedenen Terminen fahre.

»Zu den Mittagsnachrichten sind Sie nicht rechtzeitig gekommen, aber er hat Sie live in eine der Sechs-Uhr-Sendungen eingeplant, und für die anderen werden Aufzeichnungen gemacht.«

Normalerweise würde sich der für die Öffentlichkeitsarbeit zuständige Beamte der Polizeibehörde von Bahia niemals auf so etwas einlassen, aber da die Polizei hofft, dass diese Frauen Ray dazu bringen können, sich wieder in Gewahrsam zu begeben, hat er seine Hilfe angeboten. Von diesen eher schüchternen Frauen ist das recht viel verlangt, doch immerhin ist es einer der Gründe, weshalb sie hergekommen sind, und inzwischen habe ich eine so hohe Meinung von ihnen, dass ich ziemlich sicher bin, dass sie es schaffen können.

»Einige der Sender wollten Sie woanders interviewen, und ich habe mir gedacht, dass Sie sich vielleicht wohler fühlen, wenn das Gespräch in meinem Haus stattfindet. Die Reporter werden also für die Spätnachrichten heute Abend rechtzeitig kommen. Sie denken vielleicht, dass eine einzige Pressekonferenz wirkungsvoller wäre, aber dieser Irrsinn hat schon seinen Sinn.«

Sie machen den Eindruck, als würden sie begierig nach jedem Hoffnungsschimmer greifen, den ich ihnen anbiete.

»So wird jedes Interview einzigartig sein. Wenn man sehen würde, dass Sie in jedem Sender immer wieder das Gleiche sagen, würden die Leute sich vielleicht langweilen und umschalten.«

»Sich langweilen«, sagt Kim, als wäre das unglaubhaft.

»Marie hat Recht«, sagt ihre Mutter. »Ich sollte versuchen, jedes Mal ein paar andere Dinge zu erzählen, meinen Sie nicht auch? Kann auch Kim einige dieser Interviews geben?«

Ihre Tochter macht sofort ein erschrecktes Gesicht.

Ich beruhige Kim: »Es ist einfach, und es wird so schnell vorbei sein, dass Sie nicht mal wissen, dass man Sie gefilmt hat. Alle werden sehr nett zu Ihnen sein, das verspreche ich, und Ihnen dabei helfen, es hinter sich zu bringen. Ja, Sie beide können Interviews geben. Ich finde das gut, obwohl es wahrscheinlich den größten Eindruck machen wird, wenn Sie sprechen, Katherine. Was die Dinge betrifft, die Sie sagen sollten …«

Ich mustere die attraktiven, nervösen Frauen, die mir am Tisch gegenübersitzen.

»Sagen Sie, was mit ihm passiert ist. Sagen Sie, dass es Ihnen das Herz brechen wird, wenn Sie ihn nie mehr lebend wiedersehen. Flehen Sie die Leute an, ihn gefangen zu nehmen, ihm aber nicht wehzutun. Und bitten Sie Ray, sich freiwillig zu stellen. Erzählen Sie einfach die Wahrheit.«

»Wie lange ist es noch bis zu unserem ersten Interview?«, fragt Kim nervös.

»Sie fangen um fünf Uhr an«, kläre ich sie auf. »In vier Stunden.«

»O du lieber Himmel«, sagt sie.

Ihre Mutter ergreift sie am Handgelenk. »Wir können es für deinen Bruder tun.«

»Ich kann«, sagt Kim und presst die Augen zusammen. »Ich kann, ich kann, ich kann.«

Ich halte es für besser, nicht zu sagen, dass es eine gute Übung für die *Today*-Show sein wird, für *Good Morning, America* und die *CBS Morning News*, falls auch die sich melden sollten.

»Der Staatsanwalt möchte Sie kennen lernen«, erkläre ich ihnen als Nächstes, als die Vorspeisen aufgetragen werden. Sie haben sich gebratene Shrimps bestellt, und ich bezweifle, dass sie sie essen werden. Für den Fall, dass sie später Appetit darauf bekommen, kann ich alles mit nach Hause nehmen. Ich stelle sie wieder vor die Wahl: »Wollen Sie ihn kennen lernen?«

»Warum?«, fragt Kim, und ich erkenne, dass ihr klar ist, von wem ich spreche: von dem Mann, der den Schuldspruch für ihren Bruder bewirkt hat. »Warum will er uns kennen lernen?«

»Ich weiß nicht«, sage ich aufrichtig.

Er wollte es mir nicht sagen, als er darum bat, nachdem ich ihm erzählt hatte, dass sie mich besuchen würden.

»Möchtest du, Mom?«, fragt sie Katherine.

»Wenn es hilft«, erwidert ihre Mutter.

Wie könnte es helfen?, frage ich mich.

Das Gespräch mit Franklin, in seinem Büro, verläuft überraschend gut.

Ihm fällt alles aus der Hand, als ich unangemeldet mit den beiden Frauen erscheine. Er zeigt sich jedoch von seiner mitfühlendsten und rücksichtsvollsten Seite, und die beiden Frauen sind bezaubert von diesem Mann, der ihren Sohn und Bruder töten will. Wenn man sie alle zusammen sieht, bin ich nicht überzeugt, dass die Frauen die direkte Verbindung zwischen dem Staatsanwalt und dem elektrischen Stuhl voll und ganz verstehen.

»Wenn Sie ihn dazu bringen können, sich zu stellen, werden wir dafür sorgen, dass Sie ihn sehen werden.«

Diese Entscheidung trifft Franklin spontan.

»Was meinen Sie?«, fragt Kim ihn und spricht damit für beide.

Die beiden Frauen und ich sitzen auf Stühlen vor Franklins großem Holzschreibtisch, über den er sich zu uns vorbeugt. Er hat einen weißen Fussel auf dem linken Ärmel seiner schwarzen Anzugjacke, und ich kann mich gerade noch bremsen, um nicht hinüberzugreifen und ihn zu entfernen.

Er sagt: »Damit meine ich, dass wir es Ihnen ermöglichen werden, ihn unter Bewachung so bald wie möglich zu sehen. Ich bin überzeugt, dass diese Situation äußerst schwierig für Sie ist, und ich möchte sie nicht noch schwieriger machen als unbedingt nötig. Ich möchte nicht, dass Sie warten müssen, bis Sie auf normalem Weg eine Besuchserlaubnis erhalten, sondern dass Sie ihn schneller wiedersehen können.«

Mir kommt der Gedanke, dass es für dieses Treffen keinen richtigen Grund gibt.

Er weicht meinem Blick aus, und das sowie die Tatsache, dass er mir nicht sagen wollte, was er vorhat, lässt mich auf ein politisches Motiv schließen. Der Staatsanwalt möchte im Verlauf dieser Geschichte nicht als der Böse dastehen; er möchte zwar als hart gegenüber Ray gelten, aber voller Mitgefühl für dessen Familie. Das ist zwar zynisch, aber wenn es Katherine ermöglicht, ihren Sohn schneller zu sehen, als es anders möglich wäre, bin ich ganz und gar dafür.

Als wir gehen, sagt Katherine: »Was für ein toller Mann.«

»Ich weiß gar nicht, warum er uns überhaupt treffen wollte«, sage ich.

»Wirklich nicht?« In ihren Augen sehe ich ein schelmisches Glitzern, den ersten Anflug von wirklicher Klarsicht, die ich bereits bei der ersten Begegnung mit ihr entdeckt habe. »Ich glaube zu wissen, warum, und es war weder meinetwegen noch wegen Kim.«

»Nicht?«

Sie zwinkert mir zu, bis ich begreife und erröte.

»Meinetwegen?« Ich fühle mich von ihr ertappt.

»Natürlich Ihretwegen, das war doch sonnenklar, dass er Sie mag.«

»Mich?«, frage ich, vollständig von ihr durchschaut.

Kim seufzt gutmütig. »Ich wünschte, er würde mich mögen.«

Nein, das tust du nicht, denke ich. Am Ende werden die beiden Franklin hassen, und ich hoffe nur, dass es mir nicht auch so geht.

Ich habe völlig vergessen, ihnen Leanne Englishs Telefonnummer zu geben, wie ich es ihr versprochen hatte. Um dieses Versäumnis wieder gutzumachen, sage ich ihnen, wer sie ist, und frage sie, ob sie auch sie kennen lernen wollen.

»Ich denke, das sollten wir, meinen Sie nicht auch?«, fragt mich Katherine.

Wenn wir nicht in einer so schrecklichen Angelegenheit unterwegs wären, würde ich so etwas wie Macht empfinden, denn selbst Leanne English lässt alles stehen und liegen, um sich mit uns zu treffen.

Die beiden Keplers scheinen in jedem das Beste zum Vorschein zu bringen, und selbst die forsche kleine Leanne bringt ihnen Wohlwollen entgegen, was besonders angesichts der Tatsache bemerkenswert ist, dass es Katherines Sohn war, der ihr den Kiefer brach und ihr die Schulter ausrenkte. Leanne ist sogar so nett, dass ich gerade zu dem Schluss komme, dass sie Schmerztabletten genommen haben muss, als ich den wahren Grund für ihre Freundlichkeit herausfinde.

»Werden Sie Rays Anwaltskosten übernehmen?«, erkundigt sie sich honigsüß.

Es ist nicht leicht, sie zu verstehen, und von Zeit zu Zeit muss sie uns etwas auf einen Notizblock schreiben. Diese Botschaft ist jedoch laut und deutlich zu vernehmen.

»Seine Anwaltskosten?«, fragt Kim. »Wer hat sie bisher bezahlt?«

Ich halte den Atem an und denke: *Bitte, bitte, bitte sag es uns.* Leannes Augen werden schmal, und ich kann sehen, wie sie mit sich kämpft, ob sie es uns sagen soll. Bitte verlang nicht von mir, dass ich das Zimmer verlasse, flehe ich stumm wie ein kleines Kind in einem Zimmer voller Erwachsener, die etwas Verbotenes besprechen wollen. Doch zum Glück scheint die Habgier gegenüber den Skrupeln die Oberhand zu gewinnen, denn sie legt einen braunen Umschlag vor sich hin und öffnet ihn.

Ich sehe, wie sie etwas in die Hand nimmt, was ein Scheck zu sein scheint.

»Dies ist eine höchst merkwürdige Angelegenheit«, sagt sie, während wir uns bemühen, ihre Worte durch ihre verdrahteten Zähne zu verstehen. »Unter normalen Umständen würde ich Ihnen so etwas nie erzählen, aber diese Umstände jetzt lassen mir keine Wahl.« Sie steht mit dem Scheck in der Hand auf und kommt auf unsere Seite ihres Schreibtischs. Dann lehnt sie sich dagegen, sodass sie zwischen Katherine und Kim einerseits, die links von ihr auf zwei Stühlen sitzen, und mir steht. Ich sitze rechts von ihr. Es ist ein Spiegelbild der Szene im Büro des Staatsanwalts.

»Ich muss Ihnen eine Geschichte erzählen …«

Himmel, die Frau weiß, wie man Spannung aufbaut. Ich könnte etwas von ihrem Talent gebrauchen. Hat man ihr das an der Universität beigebracht? Es irritiert mich, dass sie die Sache so in die Länge zieht und die armen Frauen auf die Pointe warten lässt, wie immer die aussehen mag.

»Etwa drei Wochen nach der Festnahme Ihres Sohns, Mrs. Kepler, erhielt ich einen Anruf von einem Mann, der mich fragte, ob ich Ray Raintree verteidigen würde.«

»Wer war das?«, will Kim wissen.

»Darauf komme ich noch«, erwidert die Anwältin. »Damals sagte ich, ich hätte noch etwas Zeit und könne den Fall übernehmen. Ich fragte ihn, in welcher Verbindung er zu Ray Raintree stehe und ob er mich aufsuchen wolle, um mit mir über meine Verteidigung zu sprechen. Auf die erste Frage gab er keine Antwort, und seine Antwort auf die zweite Frage lautete, er wolle mich nicht aufsuchen, werde mir aber einen Honorarvorschuss schicken.«

Sie wedelt mit dem Scheck.

»Das ist er. Der Grund dafür, dass ich ihn noch habe, ist, dass der Scheck geplatzt ist. Das habe ich erst erfahren, als ich schon mit der Vorbereitung der Verteidigung begonnen hatte, und als ich diesen Mann anrief, um mich zu beschweren, habe ich ihn nicht erreicht. Ich habe ihn seitdem nicht mehr erreichen können.«

»Leanne, warum haben Sie mit der Verteidigung weitergemacht?«, frage ich.

Sie wirft mir einen harten Blick zu, als wollte sie mich irgendwie herausfordern.

»Lassen Sie mich Ihnen den Rest der Geschichte erzählen.« Sie wolle sie auf ihre Weise erzählen und bitte, nicht von uns unterbrochen zu werden. »Als dieser Mann damals anrief, legte er bestimmte Bedingungen für meine Verteidigung von Ray Raintree fest. Ich dürfe nie jemandem erzählen, wer die Kosten übernehme. Ich dürfe nie Ray oder sonst jemandem gegenüber den Namen des Auftraggebers nennen. Ich solle nach Möglichkeit jede Publicity vermeiden, wenn es meine Verteidigung nicht behindere. Ich war nicht dieser Meinung, denn je mehr Publicity Ray bekam, umso mehr hassten ihn die Leute, aber damals wollte ich ihnen ganz gewiss nicht diese Art Geschichte erzählen.«

Sie blickt Katherine einen Moment lang an.

»Ich fragte den Mann, weshalb ich für Ray vor dem Prozess keine Publicity arrangieren soll, woraufhin er erwiderte, er wünsche nicht, dass Rays Mutter die Wahrheit über ihren Sohn herausfinde.«

Katherine stößt ein Keuchen aus und macht ein Gesicht, als hätte sie einen Dolchstoß ins Herz erhalten.

Aber Leanne hält eine Hand hoch, als wollte sie diese Reaktion unterbinden.

»Ich glaube nicht, dass er grausam sein wollte, Mrs. Kepler. Er sagte nämlich, dass es Rays Mutter das Herz brechen würde, falls sie je herausfände, dass ihr Sohn ein kleines Mädchen umgebracht hatte. Ich bin der Meinung, dass es falsch von ihm war, diese Information zurückzuhalten. Ich glaube aber, dass er es gut gemeint hat.«

»Wie kann er es wagen!«, ruft Katherine wütend. »Wer ist dieser Mann?«

Leanne fährt unerbittlich fort, als hätte Katherine die Frage nicht gestellt.

»Ich sollte ihm die Rechnungen an die Adresse auf diesem Scheck schicken, da die Kosten laufend steigen würden, und er werde weiterhin an mich zahlen. Er wolle den Mann allerdings nicht treffen, für dessen Verteidigung er zahle, obwohl er erklärte, er werde mich vielleicht bitten, irgendwann mit ihm ins Gefängnis zu fahren, damit er sich Ray ansehen könne. Ich erklärte mich damit einverstanden. Allerdings dürfe ich nie und unter keinen Umständen enthüllen, wer für die Verteidigung Rays aufkomme.«

Mit einer dramatischen kleinen Gebärde überreicht sie Kim den Scheck. Diese sagt: »O mein Gott!« und legt sich die Hand aufs Herz, bevor sie ihn an ihre Mutter weiterreicht. Katherine klappt der Unterkiefer herunter. Sie macht ein Gesicht, als wolle sie etwas sagen, doch sie bringt kein Wort heraus.

Sie gibt den Scheck an mich weiter.

Mir stockt der Atem, als ich die Unterschrift sehe, was für Leanne English befriedigend sein muss.

Der Scheck ist sehr deutlich mit *Frederick Kepler* unterschrieben.

»Ich habe nicht gewusst, dass er Rays Vater ist«, sagt sie, »bis Marie mich anrief und mir von Ihnen erzählte. Selbst da wusste ich noch nicht, dass die beiden Vater und Sohn waren, sondern nur, dass dieser Mann den gleichen Nachnamen trug wie Sie. Jetzt, wo Sie mir Ihre Geschichte erzählt haben, wird mir klar, wer er ist. Nur weiß ich leider nicht, wo er sich aufhält.«

»Und der Scheck ist geplatzt«, werfe ich ein. »Warum haben Sie *trotzdem* weitergemacht, Leanne?«

Sie sieht mich wütend an, als wollte sie mich davor warnen, ihre Gründe in Zweifel zu ziehen. »Ich habe weitergemacht, weil ich eine Strafverteidigerin bin! Das bin ich, und diesen Beruf übe ich aus. Ich verteidige Leute, die von anderen Menschen gehasst werden, und Ray Raintree wurde von jedem gehasst. Niemand wollte sich seiner annehmen. Er konnte nicht mal die verdammten Pflichtverteidiger auf seiner Seite halten. Er brauchte eine Anwältin. Außerdem hatte ich schon viele Vorarbeiten geleistet, und zudem wusste ich, dass niemand ihn vor einem Schuldspruch bewahren konnte. Ich dachte mir, es würde nicht sehr lange dauern, es zu versuchen ...«

Es kommt mir vor, als ob sie versuchen wollte, einen schlechten Eindruck zu machen, indem sie das sagt, aber die Wahrheit, die hinter ihrer Erklärung steckt, sieht so aus, dass die hart gesottene kleine Leanne English eine Frau mit Idealen und Grundsätzen ist. Sie war bereit, auch kostenlos für Ray tätig zu werden, falls es nötig wurde, um einem Mann eine Verteidigung zu ermöglichen, der nicht zu verteidigen war.

Katherine steht auf, geht zu Leanne und umarmt sie behutsam. Während die Anwältin vor der Berührung zurückzuckt und sie dann stoisch über sich ergehen lässt, beginnt Katherine zu weinen und immer wieder vor sich hin zu murmeln: »Ich danke Ihnen.« Als sie Leanne schließlich freigibt, ist das Gesicht der Anwältin so rot wie ihr Haar, und sie funkelt mich an, als wollte sie mich davor warnen, diese Begebenheit in meinem Buch zu erwähnen.

Bedaure, Leanne.

Du musst es einfach ertragen, wie eine Heldin auszusehen.

Jetzt verstehe ich die Abneigung, die ihre Mitarbeiter ihrem Mandanten gegenüber zum Ausdruck brachten: Er zahlte keine Rechnungen! Kein Wunder, dass Manny Meade abschätzig von ihm sprach und dass Jaime Suarez seine Verachtung so offen zeigte. Anwaltskanzleien sind auch nur Unternehmen, die Geld verdienen wollen. Die ganze Kanzlei muss Leanne in dieser Sache zugesetzt haben; wäre sie keine gleichberechtigte Partnerin und ein harter Brocken dazu, hätte sie das Mandat sicher niedergelegt, um den anderen einen Gefallen zu tun.

Dann tut sie noch etwas Mutiges, indem sie nämlich eine Meinung äußert, die keiner von uns hören will.

»Hören Sie, ich möchte Ihre Gefühle nicht verletzen, Mrs. Kepler, aber ich glaube nicht, dass Ray sich stellen wird, nur um Sie zu sehen. Er erinnert sich vielleicht nicht einmal an Sie. Selbst wenn er es tut, ist er ein seltsamer junger Mann, Mrs. Kepler. Es tut mir Leid, das sagen zu müssen, doch das ist er. Und wenn er sich überhaupt stellt, bedeutet das, dass er ins Gefängnis wandert, und dann werden wir verdammt hart kämpfen müssen, um ihn vor dem elektrischen Stuhl zu bewahren.«

Katherine empfindet diesen Mut wie eine Art Wette und nimmt sie an.

»Was sollen wir tun?«, fragt sie mit fester Stimme.

»Ich weiß nicht, was wir tun müssen, um ihn dazu zu bringen, sich zu stellen. Aber wenn sie ihn lebend bekommen, werde ich versuchen, den Staatsanwalt dazu zu bringen, uns eine Chance zu geben«, sagt Leanne. »Er muss die Umstände von Rays Leben berücksichtigen und sich damit einverstanden erklären, nicht unbedingt auf die Todesstrafe hinzuwirken.«

Darauf wird sich Franklin nicht einlassen, denke ich, und selbst wenn er es täte, würde Ray nicht zulassen, dass er lebenslang eingesperrt wird. Er hat schon bewiesen, dass er lieber sterben würde. Ich erinnere mich an seine »Überlebensregeln«, die er wahrscheinlich von seinem Entführer Donor Miller hat: *Tu, was immer du tun musst, um nicht gefasst zu werden.* Ray hat

Menschen verletzt und wahrscheinlich einige getötet, um auf freiem Fuß zu bleiben.

Aber Katherine und Kim sehen jetzt hoffnungsvoll aus.

»Wir werden Ihre Rechnungen bezahlen«, sagt Kim der Anwältin. »Alle, nicht wahr, Mom?«

Ihre Mutter nickt lebhaft mit dem Kopf, während ich Leannes Blick zu fangen versuche, um ihr meine Botschaft zu übermitteln: *Das können sie nicht. Das wird sie finanziell ruinieren, so wie Katherines zweiter Sohn es schon vorhergesagt hat. Sie sind keine reichen Leute, sie ...*

»Vergessen Sie das«, sagt Leanne rau. »Ich werde Fred finden.«

Als wir ihr Büro verlassen, fühle ich mich geehrt, als sie mir die Hand gibt.

Danach, da wir noch ein wenig Zeit totschlagen müssen, fahren wir zur Polizeibehörde von Bahia.

Robyn Anschutz und Paul Flanck sind völlig verdutzt, Ray Raintrees Mutter und Schwester kennen zu lernen. Zu Katherine sagen sie immer wieder »Ma'am« und sehen mich dabei an, als hätte ich ein paar Kaninchen aus dem Zauberhut gezogen.

»Sind Sie sicher, dass der Tote Mr. Miller ist?«, will Katherine wissen.

»Ziemlich sicher«, bestätigen sie ihr und erläutern dann, dass man das Skorpionhalsband und die Brieftasche mit dem Führerschein und den Kreditkarten gefunden habe. »Das Einzige, was von der Leiche noch übrig ist, ist der Oberkörper, Ma'am, sodass es keine Fingerabdrücke gibt.« Sie entschuldigen sich wegen der grausigen Details, erklären aber, dass es keinen Kopf bei der Leiche gegeben habe, sodass sie den Mann nicht darüber identifizieren könnten.

»Ich erinnere mich an dieses Halsband«, sagt sie zu ihnen.

Ich bin ein wenig schockiert, sie das sagen zu hören. Für sie führt das sehr weit in eine schmerzhafte Geschichte zurück.

Kann sie sich tatsächlich daran erinnern, oder ist hier nur die Macht der Suggestion am Werk?

»Es ist nicht etwas, das man leicht vergisst«, gibt Robyn mit einem Schaudern zu. Das überzeugt mich, dass Katherine tatsächlich in der Lage sein könnte, sich an ein solches Detail zu erinnern. »Ich könnte mir nicht vorstellen, so etwas ständig auf der Haut zu tragen.«

»Wo war das Halsband?«, frage ich Paul.

»Es wurde mit anderem Unrat in einem Fischernetz hochgezogen.«

»Zusammen mit der Brieftasche«, fügt Robyn hinzu.

»Hören Sie, Mrs. Kepler«, sagt Paul unverblümt, »Sie tun uns allen wirklich sehr Leid, aber da draußen läuft immer noch ein Killer frei herum, selbst wenn er Ihr Sohn ist. Verstehen Sie, was ich damit sagen will? Ich muss Ihnen sagen, dass Ray gefährlich ist, und wir können nicht das Risiko eingehen, dass er Ihnen etwas antut, oder der Polizei und anderen unschuldigen Leuten. Wir können zwar hoffen, dass er sich freiwillig stellt, aber ich werde nicht garantieren, dass ich das für die wahrscheinliche Entwicklung halte. Ich glaube, Sie sollten sich auf schlechte Nachrichten gefasst machen, Ma'am.«

Katherine sieht ihm offen in die Augen. »Ich bin seit zweiundzwanzig Jahren auf schlechte Nachrichten gefasst, Detective.«

Als wir hinausgehen, sage ich leise zu Paul und Robyn: »Könnten Sie sich vielleicht nach dem Aufenthaltsort eines Mannes namens Frederick James Kepler erkundigen? Es kann sein, dass er hier irgendwo in der Nähe lebt, doch das weiß ich nicht mit Sicherheit. Er ist Katherines Exmann und Rays Vater.«

Die Detectives versprechen, sich darum zu kümmern.

Und dann beginnen die Interviews mit den Medien. Sie laufen ab wie ein Uhrwerk, eines nach dem anderen, während ich Mutter und Tochter von einem zum nächsten Gespräch fahre, bis wir um acht Uhr abends eine Pause machen, um zu essen. Um zehn Uhr geht es wieder weiter, und wie ich vorhergesagt habe, erweisen sich die Journalisten als liebenswürdig und hilfsbereit. Die beiden Keplers kommen vor der Kamera außergewöhnlich gut an. Beide weinen bei den Interviews. Beide blicken offen in die Kameras und bitten um Gnade für ihren Johnnie. Und sie flehen den Mann namens Ray an, sich zu stellen.

Und je öfter sie das tun, umso mutloser fühle ich mich.

Dies wird nicht funktionieren, denke ich, sage es ihnen aber nicht.

Ray kann nicht lesen, sodass die Interviews mit den Zeitungen zu nichts führen werden. Und es gibt keinen Grund zu der Annahme, dass er sich irgendwo in der Nähe eines Fernsehers oder eines Radios befindet. Und selbst wenn er diese Frauen sieht und hört – wird es Eindruck auf ihn machen? Wird er überhaupt glauben, dass sie diejenigen sind, die sie zu sein behaupten?

Um halb elf ist es vorbei.

Das letzte Fernsehteam hat mein Haus verlassen, und die Keplers und ich sitzen draußen auf dem Patio, mit Blick auf die Brücke, und leeren eine Flasche Wein. Der Kanal sieht heute Abend sehr schön aus, und die beiden sind entzückt von meiner Aussicht. Wir sind erschöpft, aber sie scheinen überdreht, ermutigt, optimistisch zu sein, obwohl ich bezweifle, dass das von Dauer sein wird. Ich habe den Verdacht, dass es nur eine Reaktion auf die Spotlights und die Kameras ist, ein Gefühl, dass etwas passiert, was Hoffnung erzeugt. Ich bleibe noch eine Stunde mit ihnen auf, spreche mit ihnen noch mal jedes Interview durch, prüfe alle Möglichkeiten dessen, was als Nächstes passieren könnte, und höre mir erneut ihre Erinnerungen an Johnnie an.

Es ist unheimlich, sich ihn irgendwo da draußen vorzustellen und seine Mutter und Schwester bei mir im Haus zu haben. Mit Hilfe des Weins scheinen sie nach einiger Zeit zum ersten Mal fast entspannt zu sein. Ich gewinne den Eindruck, dass keine der beiden sehr viel trinkt, sodass der Wein ihnen vielleicht zu einem guten Schlaf verhelfen wird. Der Himmel weiß, dass sie das gebrauchen können. Auf mich hat der Wein jedoch die gegenteilige Wirkung: Ich werde auf irrationale Weise zunehmend nervös. Ich bekämpfe den Drang, über die Schulter zu blicken, alle Lichter im Haus anzumachen und mit einer Taschenlampe die Schatten unter meinen Zypressen zu untersuchen.

Als ich gerade einschlafen will, ruft Franklin an.

Er weiß, dass ich oft bis spät in die Nacht arbeite und gern von ihm unterbrochen werde, besonders wenn er anruft, um mir zu sagen, dass er gern zu mir rüberkäme, wenn ich es wünschte. Heute Abend weiß er, dass ich Gäste habe, und so will er nur mit mir sprechen.

»Nette Menschen«, sagt er.

»Hm«, gebe ich ihm Recht und drehe mich herum, um wieder das Licht anzumachen.

»Das sind die McCullens auch«, fügt er betont hinzu.

»Du ahnst gar nicht, wie Recht du hast.«

»Aber du willst nicht, dass ich die Todesstrafe beantrage.«

»Ich weiß es nicht mehr, Franklin. Ich weiß nur, dass seine Mutter bei mir im Haus schläft, und in den vergangenen drei Tagen habe ich nur Tragödien zu hören bekommen. Es bringt mich um, mir vorzustellen, dass sie ihn sterben sehen soll.«

»Ich dachte, du willst, dass er stirbt.«

»Ja, das dachte ich auch. Wenn ich an Natalie denke, wünsche ich einfach, dass Ray vom Angesicht der Erde verschwindet. Aber jetzt habe ich seine Mutter kennen gelernt und seine Geschichte gehört und bin verwirrt.«

»Ich nicht. Mir ist es egal, ob seine Mutter die Jungfrau Maria ist. Er verdient es, zu sterben, und wenn ich noch mal die Chance dazu bekomme, werde ich dafür sorgen, dass er gegrillt wird.«

»Ich glaube, du könntest dich in diesem Punkt irren.«

»Nein, tue ich nicht. Du irrst dich.« Plötzlich lacht er. »So sieht das Vorspiel unter Juristen aus.«

»Nenne mich nicht eine Juristin«, erwidere ich, und dann muss auch ich lachen.

»So.« Seine Stimme wird weicher. »Morgen Abend?«

»Dann werde ich immer noch Gäste haben.«

»Marie?« Der weiche Tonfall der Stimme ist misstrauisch geworden. Er hat in meiner Stimme etwas gehört, was ihn wissen lässt, dass ich ihn erneut zurückweise. Der Mann ist daran gewöhnt, sachkundige Zeugen ins Kreuzverhör zu nehmen, und im Vergleich dazu bin ich ein Windbeutel. Er verdient seinen Lebensunterhalt damit, bis zur Wahrheit vorzudringen, so wie ich das tue. »Du willst doch nicht unsere Beziehung beenden, nur weil wir in der Frage der Todesstrafe unterschiedlicher Meinung sind?«

»Nur?« Ich spreche in Zitaten, um seiner Frage aus dem Weg zu gehen. »Wäre das nicht ehrenhafter, als wenn man Schluss macht, weil jemand … beispielsweise schnarcht?«

»Willst du etwa sagen, ich schnarche?«

»Nein, Franklin, ich sage nur, dass einige Meinungsunterschiede wichtig sind.«

»Schnarchen scheint nicht trivial zu sein, wenn du diejenige bist, die damit wach gehalten wird.«

Ich kann nicht sagen, ob er mich nur neckt, um mich wieder auf andere Gedanken zu bringen, oder ob er auch seine Frage vergessen machen will. »Na schön! Schnarchen ist wichtig, einigen wir uns darauf, einverstanden?«

»Es würde erheblich sinnvoller sein, mich nicht mehr sehen zu wollen, weil ich schnarche, als weil wir uns in irgendeiner philosophischen Frage nicht einig sind.«

»Ray ist keine philosophische Frage, er ist ein Mensch.«

»Ray ist ein Monster, kein Mensch.«

Wir hören uns an wie Kinder, die auf dem Schulhof höhnische Bemerkungen wechseln.

Es entsteht ein kurzes Schweigen, bevor ich sage: »Hör mal, ich verstehe eines: Wenn überhaupt jemand die Todesstrafe zu verdienen scheint, dann Ray. Das kapiere ich. Aber mir ist wirklich unbehaglich in dieser Sache, wenn ich in einer Minute mit dir flirten und in der nächsten mein Mitgefühl mit Katherine zum Ausdruck bringen soll.«

»Was sagst du da?«

»Lass mir Zeit, damit ich mir über all das Klarheit verschaffen kann.«

»Du willst, dass ich eine Zeit lang wegbleibe?«

Verdammt. »Wahrscheinlich tue ich das, zumindest bis diese Sache vorüber ist.«

»So oder so.«

»Ja«, sage ich und werde traurig, »bis die Sache so oder so vorüber ist.«

»In Ordnung, aber dies ist ausschließlich deine Entscheidung.«

Sein Zorn und seine Verletztheit sind sogar am Telefon zu spüren.

»Ich weiß. Es tut mir Leid. Gute Nacht, Franklin.«

»Gute Nacht, Marie.«

Nach dem Gespräch starre ich mein Telefon an und denke entsetzt: Wie konnte das passieren? Und auch: Was habe ich getan? Vielleicht habe ich richtig gehandelt, vielleicht auch nicht. Vielleicht bin ich eine Frau mit Grundsätzen, aber vielleicht bin ich auch nur eine impulsive, dickköpfige Närrin. Eines steht jedenfalls fest: Ich habe definitiv bewiesen, dass es nicht klug ist, mit einer der Hauptpersonen in einem meiner Bücher befreundet zu sein, bevor es veröffentlicht ist. Das habe ich immer schon gewusst, aber Franklin DeWeese könnte einem jungen Mädchen mit seinem Charme glatt die Sommersprossen aus dem Gesicht zaubern. Wird Franklin die Geschworenen mit seinem Charme dazu bringen, Ray zum Tode zu verurteilen, falls man ihn wieder einfangen sollte? Ich weiß nicht, ob ich ihm danach noch die gleichen Gefühle entgegenbringen kann, wenn er das tut. Vielleicht kann ich es, vielleicht aber auch nicht. Ich weiß, dass er bei anderen Tätern die Todesstrafe erwirkt hat, aber das schien nichts mit mir zu tun zu haben. Ich hätte es sogar fast übersehen können, wie schrecklich sich das auch anhört. Aber das hier schlägt ganz in meiner Nähe ein – im Erdgeschoss meines Hauses, wo Rays Mutter schläft.

Ich bin zu müde, um meinen Gefühlen zu trauen, die an einer empfindlichen Stelle getroffen sind.

Ich sinke wieder auf die Kissen und starre aus dem Fenster auf den Kanal. Ich habe das Gefühl, dass mein Bett für mich allein zu groß ist und diese Aussicht zu schön, um sie für mich zu behalten. Ich vermisse ihn schon jetzt, weiß aber, dass er nicht nachgeben wird. Warum sollte er auch? Er ist schließlich der Staatsanwalt, um Himmels willen, und das in einem Staat mit der Todesstrafe, und das habe ich gewusst, als ich mich auf unsere Beziehung einließ. Er wird seine Meinung nicht ändern, und es wäre verrückt von mir, das zu erwarten. Aber kann ich die Leidenschaft für ihn mit dem Mitgefühl für Katherine und für einen kleinen Jungen namens Johnnie unter einen Hut bringen?

Irgendwann liege ich schon so lange wach, dass mir einfällt, dass ich schon länger meinen Anrufbeantworter nicht mehr abgehört habe. Ich hatte die Klingel meines Telefons leise gestellt, damit die Fernsehteams sich nicht gestört fühlten.

Ein Anruf ist von meiner Lektorin, und Schuldgefühle melden sich, als ich ihre Stimme höre: »Marie! Sie wollten mich heute noch anrufen? Ich kann es nicht erwarten, zu hören, wie das Buch Fortschritte macht. Rufen Sie mich morgen bestimmt an, okay? Wenn Sie mir vielleicht ein paar Kapitel schicken?«

Das will ich definitiv nicht, aber ich schwöre, dass ich sie anrufen werde.

Jetzt meldet sich mein Agent: »Hallo, Schätzchen! Ihre Lektorin hat mir heute Ihren neuen Umschlag gezeigt, und ich finde ihn fabelhaft, nur erscheint Ihr Name nicht groß genug, und ich habe ihr gesagt, dass er etwas auffälliger sein muss. Rufen Sie mich morgen an und lassen Sie mich wissen, wann ich meine Kopie Ihres Manuskripts erwarten kann. Bis bald.«

Ich kann mir die Unterhaltung der beiden vorstellen: »*Haben Sie schon was von Marie gehört?*«, »*Nein, Sie?*«, »*Kein Wort. Sie glauben doch nicht, dass Sie Probleme mit dem Buch hat, oder?*«, »*Ich glaube, das würde sie uns sagen.*«, »*Ja, da haben Sie wohl Recht, das würde sie uns sagen …*«

Ich muss es ihnen sagen, das gehört sich einfach.

Und dann entdecke ich, dass ich den wichtigsten Anruf von allen übersehen habe, den zweiten Anruf der anonymen Frau:

»Ich habe schon einmal angerufen und nach Marie Folletino gefragt«, sagt sie. Diesmal hört sie sich wirklich nervös an. Während das Band weiterläuft, entsteht ein langes Schweigen, und ich warte mit gefalteten Händen. Schließlich sagt sie, zögernd und so sanft, als würde sie ins Telefon flüstern: »Sie muss hören, was ich zu sagen habe. Sie muss einfach. Ich denke, dass ich morgen Abend gegen acht Uhr noch einmal anrufen kann, aber das ist das letzte Mal. Danach werde ich nicht mehr anrufen können. Bitte …«

Sie legt auf.

Ich bin so frustriert, dass ich schreien könnte, und sinke wieder auf mein Kopfkissen.

Nachdem Ray sich einer Hypnose unterzogen hatte, habe ich mich auch hypnotisieren lassen. Wie sich herausstellte, bin ich kein annähernd so gutes Medium wie er. Demütigend, so etwas. Alles, was ich »sah«, war eine traumgleiche Sequenz, in der »ich« ein Baby war und auf dem Rücksitz eines uralten Autos auf einer Decke lag. Auf dem Fahrersitz »sah« ich den Hinterkopf eines Mannes. Dunkles Haar. Es ist Nacht in dieser Szene. Mir ist heiß, doch im Gesicht ist mir kalt. Ist der Mann mein Vater? Vielleicht ist es meine Erinnerung an ihn, wie er mich zu dem Motel am Rande von Birmingham fährt, wo sie mich zurückgelassen haben. Vielleicht ist es auch nicht so. Vielleicht ist es nur eine Szene aus einem Film, aus meinem *Raintree County*.

Ich wünschte, dies geschähe jetzt nicht mir.

Schlechtes Timing – das ist mein letzter Gedanke, bevor ich einschlafe.

11

Raymond

»In den nächsten Stunden wird nichts passieren«, sage ich den Keplers beim Frühstück in meinem Patio voraus. Wenigstens diesmal ist es mir gelungen, Katherine zu bewegen, sich hinzusetzen, sodass ich für die beiden Pfannkuchen machen kann. Wir trinken Kaffee und essen Grapefruit von einem Baum in meinem Garten. »Es hat also keinen Sinn, den ganzen Tag neben dem Telefon zu sitzen. Ich kann mich zwar irren, aber ich denke, es wäre sicherer für uns, wenn wir das Haus verlassen. Gibt es etwas, was Sie gern unternehmen würden?«

Mutter und Tochter wechseln einen Blick, als wollten sie fragen: Gibt es etwas?

Um uns herum dehnt sich Bahia Beach aus, und das an einem wunderschönen Tag mit einer Temperatur um siebenundzwanzig Grad und einem wolkenlosen Himmel. Von Zeit zu Zeit hören wir ein Fahrzeug auf der Brücke oder ein Boot auf dem Wasser hupen. In der Luft liegt ein schwacher Duft von Zitrusfrüchten, und vom Kanal her weht eine angenehme Brise.

Ich denke, dass sie sich gern für eine kurze Zeit ablenken lassen würden, obwohl ich es besser wissen sollte, so wie ich Katherine hätte erlauben sollen, zu kochen, wenn sie sich dabei besser fühlte. Ich rede mir ein, sie würden vielleicht gern eine Sightseeingtour machen. Vielleicht lässt es sich entschuldigen, dass ich so denke, weil ich meine Heimatstadt so sehr liebe, dass sich nach Möglichkeit auch jeder andere daran erfreuen soll. Dabei weiß ich schon jetzt, dass sie es hier unten für zu heiß und schwül halten und sich vor unserer Kriminalität fürchten.

Das geht vielen Menschen so. Das ist eine Einstellung, auf die ich spontan mit Abwehr reagiere: Nun ja, natürlich, welcher denkende Mensch würde nicht lieber Schnee schaufeln, als sich die Mühe zu machen, Sand von den Füßen zu waschen? Es ist so ärgerlich, immer diesen Gartenschlauch auf dem Rasen liegen zu lassen, richtig? Was die Kriminalität hier angeht, ist sie nicht in Bausch und Bogen schlimm, manches ist auf eine verdrehte, Florida-typische Weise sogar zum Totlachen. Meine Lieblingsgeschichte ist die der Transvestitenbande, die vor ein paar Jahren Designerklamotten aus Boutiquen stahl. Als man die Typen einfing, trugen sie die Beweise am Körper. Wie Dave Barry sagt, einer unserer berühmtesten Schriftsteller aus Südflorida, diese Geschichte ist nicht von mir erfunden. Und wie Carl Hiaasen sagt, einer unserer berühmten Romanschriftsteller, in der Belletristik aus dem Süden Floridas wartet das richtige Leben nur darauf, Wirklichkeit zu werden.

Aber was gibt es, was man an fabelhaftem Wetter, entspannten Menschen und einem lockeren Lebensstil nicht lieben kann? Es gibt zwar Verkehrsstaus und Menschenmengen in den Einkaufszentren, und in der Hauptsaison mit den vielen Touristen kann es an einem Freitagabend eine Stunde dauern, um eine Meile am Strand entlangzufahren. Na und? Was soll's. Jedes Ding hat zwei Seiten, nicht wahr? Und was ist der Vorteil von drei Metern Schnee, frage ich Sie? Dass man Skilaufen kann? Schön gefärbtes Laub im Herbst? Besten Dank, ich komme mal zu Besuch. Ich lebe lieber im Sonnenschein. Hier wird man mit so vielen Dingen entschädigt – hier gibt es den Strand, an dem man jeden Tag entlangschlendern kann, wenn man mag, und die Kanäle und die Butterfly World, kubanisches Essen, Restaurants am Wasser, Boote und Cabrios, frisches Obst und kubanischen Kaffee und ...

Katherine sagt: »Ich muss sehen, wo mein Sohn gewesen ist.«

»Natürlich«, erwidere ich, da ich damit in die harte Realität ihres Lebens zurückgeworfen werde, in dem Sightseeingtouren eine sehr geringe Priorität haben. Ich schäme mich, überhaupt gedacht zu haben, sie könnte sich für triviale Vergnügungen interessieren. »Schwebt Ihnen etwas Bestimmtes vor? Wir können überallhin, wohin Sie wollen.«

»Können Sie uns an dem Gefängnis vorbeifahren, in dem sie ihn festgehalten haben?«

»Ja. Außerdem liegt das Gerichtsgebäude ganz in der Nähe.«

»Gut. Und was ist mit seinem Arbeitsplatz?«

»Checker Crab? Ich glaube, das Unternehmen ist geschlossen, aber wir können rausfahren und nachsehen.«

»Vielen Dank, und ... Ich möchte sehen, wo er diesen armen Mann getötet hat.«

Sie meint den alternden Hippie, der den Fischkutter besaß, von dem aus Ray mich anrief. Ich achte sorgfältig darauf, einen neutralen Tonfall zu wahren. »In Ordnung. Möchten Sie vielleicht auch sehen, wo Nattys Familie lebt?«

»Ja, das möchte ich auch sehen.«

»Mom!«

»Ich muss diese Orte sehen, Kim. Du musst ja nicht mitfahren.«

Ihre Tochter wirkt verängstigt und unentschlossen, stößt aber schließlich hervor: »Ich möchte gern mit dir mitkommen, aber ich kann einfach nicht. Hast du was dagegen, wenn ich hier bleibe?«

»Natürlich nicht, Süße.«

Und so machen wir es dann: Katherine und ich lassen Kim bei mir zu Hause zurück, und ich fahre Katherine zu den jüngsten Meilensteinen des gewalttätigen Lebens ihres Sohns. Das dauert lange, denn wie sich herausstellt, gibt sie sich nicht damit zufrieden, sie von meinem Wagen aus anzustarren. Sie möchte aussteigen und tatsächlich ins Gefängnis gehen. Wir müssen parken, in den Gerichtssaal hinaufgehen, in dem gerade ein Prozess stattfindet, und uns die Richterbank ansehen, den Tisch, an dem Ray gesessen hat, und einen Blick in den Fahrstuhl werfen, in dem er mit der Trage nach unten fuhr. Dann will Katherine hinunter in die Tiefgarage, um zu sehen, wo ihr Sohn seine Bewacher angriff und flüchtete, will sehen, wohin er mit seiner Anwältin als Geisel gelaufen war.

Wir folgen einem Weg zum New River hinunter.

Katherine möchte lange dort sitzen bleiben und auf das Wasser starren und die Boote vorüberfahren sehen, während ich schweigend neben ihr sitze.

Schließlich sagt sie: »Ich habe über das nachgedacht, was Sie mir über die Zirbeldrüse gesagt haben, Marie. Und ich habe es damit in Verbindung gebracht, wie mein Sohn auf seinen Fotos aussieht ... Als wäre er körperlich nicht auf normale Weise aufgewachsen. Und ich habe mich gefragt, ob Sie es für möglich halten, dass das der Grund sein könnte, weshalb er sie genommen hat? Aus irgendeiner merkwürdigen Vorstellung heraus, dass sie ihm dabei helfen könnte, sich zu einem Mann zu entwickeln?«

»Das ist eine interessante Theorie.« Dieser Gedanke war mir auch schon gekommen, aber ich habe ihn aus dem Grund abgetan, den ich ihr jetzt nennen werde. »Aber die Zirbeldrüse ist bei einem Kind unter sechs Jahren auffällig größer, und Natty war gerade sechs geworden. Wenn er hinter der Drüse her gewesen wäre, hätte er ein jüngeres Kind genommen, denke ich.«

»Vielleicht hat er ihr Alter nicht gekannt.«

»Vielleicht nicht.« Seitdem sie hier ist, hat sie ihren älteren Sohn nicht erwähnt, und ich habe das Gefühl, dass Kim diesen Teil der Geschichte nicht kennt. »Katherine, wie geht es Cal?«

»Nicht gut.« Sie schüttelt den Kopf. »Er will nicht darüber sprechen, will es niemandem erzählen, nicht seiner Frau, nicht einmal seinen Schwestern. Es würde ihn umbringen, wenn er wüsste, dass ich es Ihnen und Jack erzählt habe, und wenn Sie es in Ihrem Buch erwähnen ...«

»Ich werde mir eine Möglichkeit ausdenken, es wegzulassen.«

»Ich weiß nicht, was wir tun sollen, er ist so schrecklich verletzt worden. Wie könnte ich zulassen, dass ihm so etwas zustößt? Wie war es möglich, dass ich es nicht spürte? Es bleiben nicht mehr genug Tage im Leben, um zu sagen, wie Leid es mir tut.« Sie sieht mich an, und ich entdecke tief in ihren Augen Schmerz. »Marie, in all diesen Jahren habe ich um Johnnie getrauert, und da war Cal, der so verletzt war und mich auch gebraucht hätte.«

»Ich habe den Verdacht, dass Cal und Johnnie nicht die einzigen Kinder sind, die er ...«

»Nein, wahrscheinlich nicht.« Sie holt tief Luft, um sich wieder zu sammeln. »Wohin ist Johnnie von hier aus gegangen?«

Wir suchen die Bushaltestelle auf, von der aus er weggefahren war.

Katherine will sogar zum Strand hinunter, um sich die Toilette dort anzusehen, die der letzte Ort war, an dem er von jemandem gesehen worden war. Während eines langen Essens unten am Strand lässt sie mich wieder alles erzählen, was ihr Junge je zu mir gesagt hat.

»Er könnte lange Zeit überleben, nicht wahr?«, fragt sie mich.

»Es scheint, als könnte er das«, bestätige ich.

»Er hat sich auch lange Zeit durchgeschlagen, bevor all das hier passierte.«

»Nun ja, das hat er wohl, Katherine.«

»Und Donor Miller hat ihm beigebracht, wie.«

Sie schüttelt den Kopf, als gäbe es keine Worte, um die grausame Ironie zu beschreiben. »Ich möchte jetzt das Boot sehen, auf dem er diesen Mann getötet hat.«

»Sind Sie sicher?«

»Ja, und dann zeigen Sie mir, wo die McCullens leben.«

»In Ordnung, Katherine.«

Der Trawler, den der alte Hippie sein Zuhause nannte, liegt immer noch an einem Kanal außerhalb von Bahia vertäut. Als Ray mich anrief, war er nur fünfzehn Meilen von meinem Haus entfernt, eine Tatsache, die ich erst jetzt allmählich erfasse, als ich neben Katherine eineinhalb Meter von dem Deck des Kutters entfernt stehe. Er ist mit bunten Tüchern aus altem Stoff behängt, sodass es aussieht, als hätte der biblische Josef seinen Mantel darüber gebreitet.

»Die Leiche des alten Mannes hat man im Fluss gefunden«, erzähle ich ihr.

»Warum glauben Sie, dass Johnnie ihn getötet hat?«

Ich zögere, bevor ich ihr antworte. Es ist schwer, einer Mutter solche Dinge zu sagen. »Er starb auf die gleiche Weise wie Natalie, durch Druck auf die Halsschlagader. Im Bootsinnern ist alles durcheinander geworfen«, sage ich und zeige auf das Boot, »als hätten sie miteinander gekämpft. Doch er war erheblich älter als Ray und hatte ihm wahrscheinlich nicht viel Widerstand entgegenzusetzen.«

Sie greift nach meiner Hand.

»Ich würde gern ein Gebet sprechen, Marie.«

Unter der glühenden Sonne von Bahia spricht die Mutter des Mörders ein Gebet für die Seele von dessen letztem Opfer.

»Amen«, schließe ich.

»So«, sagt sie mit schwacher Stimme. »Jetzt wollen wir dahin fahren, wo das kleine Mädchen gelebt hat.«

Diesmal fahren wir nur vorbei, da Katherine nicht wünscht, dass Tony oder Susan uns sehen. In der Sackgasse ist niemand zu sehen. Es ist, als hätten alle Eltern plötzlich Angst, ihre Kinder draußen spielen zu lassen. Katherine drängt mich, schnell an dem Haus vorbeizufahren und dann wieder umzukehren. Ich sage ihr, dass die McCullens nicht wissen, wer sie ist, doch sie fürchtet, sie könnten sie im Fernsehen gesehen haben, und hat eine Todesangst davor, sie zu kränken. Sie dreht sich um und blickt zurück, bis von dem Haus längst nichts mehr zu sehen ist.

Als wir am New River entlang zurückfahren, sehen wir eine andere Welt.

Inzwischen ist es später Nachmittag, und Katherine und ich

haben uns an einen Ort voller Schatten und Kühle begeben, an dem an hohen Bäumen bartflechtenartige Tillandsien hängen, armdicke Reben, die sich um die Stämme ranken, und riesige grüne Blätter sich zusammenfalten wie Hände. Hier spüren wir feuchte Düfte und haben das Gefühl, dass hier Millionen Lebewesen krabbeln, fressen, fliegen und beißen. Wir haben die Seitenscheiben heruntergekurbelt und lassen die Arme aus dem Fenster hängen. Wir hören Vogelrufe und Gezwitscher und ein Rascheln von wachsendem üppigem Grün, das sich ständig bewegt. Hier draußen ist es nie still.

»Es ist schön«, sagt sie, »aber es gefällt mir nicht sehr.«

Ich weiß, was sie meint. Obwohl ich Freunde habe, die an verschiedenen Orten wie diesem in wunderschönen Häusern leben, glaube ich nicht, selbst dort leben zu können. Ich brauche Salzwasser, Sonnenschein und frische Luft; an einem Ort wie diesem würde ich mir beim Schlafengehen darüber Gedanken machen, was über die Bettlaken kriechen könnte, um mich zu beißen. Dies ist eine subtropische Region, in der selbst niedliche kleine Eidechsen oder Frösche giftig sein können, und Schlangen und Spinnen gibt es in großer Fülle.

Ich bin bei Recherchen für das Buch schon einmal hier draußen gewesen.

Die Straße macht immer wieder neue Kurven, und plötzlich sind wir da, an einem schadhaften Stacheldrahtzaun mit einem »Tor«, das nur eine offene Einfahrt ist, an der nichts den Zutritt verhindert. Es gibt Hinweise darauf, dass es hier vor langer Zeit mal ein Tor gegeben hat, aber Donor Miller hat es ebenso wenig wie alles andere in Schuss gehalten. Es gibt kein Schild mit der Aufschrift CHECKER CRAB, aber wir fahren an anderen Schildern vorbei, auf denen es heißt BETRETEN VERBOTEN und PRIVATEIGENTUM, KEIN ZUTRITT FÜR UNBEFUGTE.

Der Eigentümer ist verschwunden; es gibt niemanden, der uns den Zutritt verwehren könnte.

»Dürfen wir uns hier aufhalten, Marie?«

»Warum nicht?«

Wir sehen die Gebäude: das Büro, die Werkstatt und einen Schuppen, der allmählich auseinander fällt. Als wir näher kommen, entdecken wir die Anleger, aber jetzt sind mit Ausnahme der Wassertaxis alle Boote verschwunden.

Ich sage: »Kein imposanter Anblick, oder?«

»Wie lange ist Johnnie hier gewesen?«

»Schwer zu sagen, Katherine. Donor Miller hat der Polizei erzählt, Johnnie sei etwa eineinhalb Jahre vor dem Mord hier aufgetaucht, aber wir wissen jetzt, dass das wahrscheinlich nicht stimmt. Es kann sein, dass er in der ganzen Zeit, in der Donor hier war, auch hier gewesen ist, und ich glaube, dass Donor dieses Gelände vor etwa zehn Jahren gekauft hat.«

Sie weiß, dass die Polizei dabei ist, Millers Vergangenheit zu durchleuchten.

Gegenwärtig wissen wir immer noch nicht, wohin er gegangen war, nachdem er Kansas mit Ray verlassen hatte, oder wohin sie danach gegangen waren, obwohl wir den Verdacht haben, dass sie sich direkt nach Florida begaben.

»Ich würde gern aussteigen und ein bisschen herumgehen«, sagt Katherine.

Wir steigen beide aus und gehen auf die Marina zu.

Ich versuche, ihr so dicht auf den Fersen zu bleiben, dass ich ihr auf eventuelle Fragen antworten kann, bleibe aber weit genug zurück, um ihr ein wenig Ungestörtheit zu lassen. Als wir am Fluss ankommen, dreht sie sich zu mir um und fragt: »Welches Boot war es?«

»Nummer sechs, aber es ist nicht hier, Katherine.«

»Oh. Ich nehme an, die Polizei hat es.«

»Richtig.«

»Glauben Sie, wir könnten uns im Büro mal umsehen?«

»Sicher, versuchen wir es doch.«

Wir entdecken, dass es nicht abgeschlossen ist, doch als wir eintreten, wird Katherine von Gefühlen überwältigt und drängt sich an mir vorbei, um wieder hinauszukommen. Ich eile ihr nach und tätschele ihr den Rücken, als sie tief Luft holt.

»Geht es Ihnen wieder gut?«
»Ich bin okay.«
»Möchten Sie jetzt wegfahren?«
»Nein, noch nicht. Wenn es Ihnen nichts ausmacht, Marie.«
»Wir werden so lange bleiben, wie Sie möchten.«
»Würden Sie hier auf mich warten?«
»Natürlich. Wollen Sie ein wenig allein sein?«

Sie schenkt mir die Andeutung eines dankbaren Lächelns und nickt zur Antwort.

Ich beobachte, wie sie auf den Werkstattschuppen zugeht, und folge ihr mit dem Herzen. Es gibt wirklich keine Stelle, an der man sich hinsetzen könnte, ohne dass ich mir um Käferbisse oder Schlangen …

»Katherine!«, rufe ich. »Achten Sie auf Schlangen!«

Sie hebt eine Hand in die Höhe zum Zeichen, dass sie mich gehört hat.

Ich schlendere zu den Anlegern hinunter, um Stöckchen in den Fluss zu werfen, während die Sonne hinter mir langsam unterzugehen beginnt und die Luft hier draußen in den Wäldern kühler wird. Zu Hause wird mein Patio sich jetzt erst richtig aufheizen und Kim vertreiben und ins Haus scheuchen, falls sie dort draußen gesessen hat.

Dreißig Minuten später ist Katherine noch nicht zurückgekehrt, und ich frage mich, wann sie kommen wird. Weitere fünfzehn Minuten später mache ich mir ein wenig Sorgen. Hat sie sich in die dichte Vegetation begeben, die uns umgibt, und sich darin verlaufen? Ich weiß nicht einmal, ob Katherine schwimmen kann, und überall um uns herum ist Wasser.

Das ist doch verrückt, tadle ich mich wegen meiner nervösen Gedanken. Ich schlendere in die Richtung, in die ich sie zuletzt gehen sah, und rufe: »Katherine?«

Aus keiner Richtung kommt eine Antwort.

Sie hat sich wahrscheinlich nur auf einen Baumstumpf gesetzt, um zu weinen, sage ich mir, und wird jetzt jede Minute wieder aus dem Wald herauskommen, um wieder nach Hause zu fahren. Ich nähere mich dem Werkstattschuppen und werfe einen Blick hinein: nur rostiges Gerät und Werkzeuge. Ich gehe daran vorbei auf das dritte Gebäude zu, das fast schon auseinanderfällt. Sobald ich dort bin und erkenne, dass Katherine hier nirgends sein kann, rufe ich wieder nach ihr: »Katherine?«

Immer noch keine Antwort, aber ich entdecke einen Pfad, der in den Wald führt.

Ich fühle mich besser, als ich diesen Pfad sehe.

Dorthin ist sie gegangen, zu einem Spaziergang in die Schönheit des Waldes.

Doch es ist schon spät, und es wird nicht lange dauern, dann ist es dunkel, und obwohl ich ihre Träumerei nur ungern störe, halte ich es für besser, sie jetzt aufzuscheuchen und herauszuholen, solange wir den Weg zum Auto noch sehen können. Im Wagen ist eine Taschenlampe, und ich überlege kurz, ob ich sie holen soll, doch das kommt mir lächerlich vor. Immerhin herrscht erst Dämmerung, und es gibt noch reichlich Licht, um alles zu sehen. So weit kann sie auf dem Pfad doch nicht gegangen sein, oder?

Ich mache mich auf den Weg, um ihr nachzugehen.

Knapp hundert Meter weiter wird der Pfad noch schmaler, und ich wische mir die von den Bäumen herabhängende bartflechtenartige Tillandsie aus dem Haar und mache mir Sorgen wegen Geschöpfen, die in meinem Gesicht oder auf den Schultern landen könnten.

Ich beginne ihren Namen zu rufen, verstumme dann aber.

Musikfetzen wabern zwischen den Bäumen zu mir herüber, und mir stockt das Herz, als ich begreife, was es ist: Eine Gitarre, auf der ein Ton nach dem anderen gezupft wird: *Yesterday, all my troubles ...*

Ich bekomme plötzlich Todesangst, ihretwegen, meinetwegen.

Es ist Ray. Ich weiß es. Er muss es sein.

Sollte ich zurücklaufen, um Hilfe zu holen, oder weitergehen, um nach ihr zu suchen?

Kaum habe ich mir diese Fragen gestellt, kenne ich schon die Antwort: Ich kann sie nicht zurücklassen, ohne zu wissen, wo sie ist oder in was für einer Situation sie sich befindet. Und ohne zu wissen, ob auch Ray da ist.

Ich kann den Pfad nicht verlassen, die Vegetation ist zu dicht, außerdem würde ich Lärm machen und mich überdies schnell verlaufen. Mir bleibt nur eine Wahl: so leise weiterzugehen, wie ich kann, auf die Musik zuzugehen und den Tönen zu folgen, die jetzt mit meinem pochenden Herzen den gleichen Takt zu schlagen scheinen.

Rechts von mir bewegt sich etwas im Wald, und ich schreie fast auf.

... all my troubles seemed so far away ...

Der Gitarrespieler spielt stetig weiter, anscheinend ohne mich zu sehen.

Und dann verpasse ich fast den zweiten Pfad, eine winzige, überwucherte Abzweigung, die nach links und tiefer in den Wald hineinführt. Als ich diesen Pfad betrete, habe ich das Gefühl, in einen großen Umschlag hineinzugehen, der sich hinter mir schließt und dann versiegelt wird. Die Musik ist jetzt lauter, aber immer noch leise, weil sie mit großer Zartheit gespielt wird.

Ich sehe einen Sonnenfleck vor mir und sehe auch Katherine. Sie steht da und schaut auf etwas hinunter.

Ich trete so nahe heran, dass ich erkennen kann, was es ist: Ray, der auf einem umgestürzten Baumstamm sitzt und auf die Saiten einer Gitarre blickt, während seine Mutter ihn anstarrt. Er sieht noch immer fast genauso aus, wenn auch schmutziger und verwahrloster. Sie sprechen über die Musik hinweg miteinander, irgendwie zwischen den langsamen Tönen, und ich bleibe wie angewurzelt stehen, um ihren Worten zu lauschen.

»... im Norden Floridas, da wo Donor ein Blockhaus hatte.«
»Wie lange warst du dort, Johnnie ... Ray?«
»Weiß nicht. Lange Zeit, nehme ich an. Dann hier.«
»Erinnerst du dich an etwas aus deinem früheren Leben?«

Er blickt hoch, und ich zucke zusammen und denke, was muss sie jetzt wohl fühlen, wo sie ihn endlich sieht? Er ist keine Schönheit, ihr Sohn. Er sieht so aus, wie ich ihn in Erinnerung habe, vielleicht schlimmer.

»Huh-hu«, sagt Ray, was nein bedeutet.
»An gar nichts? Nicht an mich oder deinen Vater?«
»Huh-hu.«
»Du hast einen Bruder und zwei Schwestern.«
»Was du nicht sagst.« Er hört sich nicht sehr interessiert an und macht nicht einmal den Eindruck, als schenkte er Katherines Worten Glauben.

»Wir haben nie aufgehört, dich zu lieben, Johnnie.«

Er blinzelt sie an, als wollte er sagen: He?

Nach einer Minute fragt Katherine sehr sanft: »Warum hast du sie getötet?«

»Wollte nicht, dass sie stirbt.«

Diese Antwort verblüfft mich, und ich kann sehen, dass es Katherine genauso geht.

»Was meinst du damit?«

Ray zupft ein paar Saiten und sagt dann: »Donor sagte mir, los, schnapp dir ein kleines Kind und bring es her zu mir. Er sagte, ich bin jetzt zu alt für ihn und er fühlte sich alt und er braucht ein neues kleines Kind. Er sagte, ich sollte ihm eines suchen, so wie früher. So habe ich sie gesucht.«

»Aber du hast sie getötet.«

»Das sollte ich aber nicht!« Er sieht sich um, als hätte er immer noch Angst, gefangen zu werden. »Ich musste es aber tun, ich musste sie töten, damit sie nicht stirbt.«

»Ich verstehe nicht.« Ich höre Tränen in Katherines Stimme.

»Das hier ist der Tod!«, sagt Ray und macht dabei ein entsetztes Gesicht. »Kapierst du nicht? Das, was wir jetzt gerade mitmachen. Leben ist Tod. Tod ist Leben. Das habe ich rausgekriegt. Wenn ich sie Donor geben würde, würde sie sterben. Er würde mit ihr machen, was er immer mit mir gemacht hat, und sie würde dann sterben, so wie ich hier drin tot bin.« Er nahm die rechte Hand von den Gitarrensaiten und schlug sich damit erst gegen die Brust und dann gegen den Kopf, um zu zeigen, wo er »tot« war: im Kopf und im Herzen. »Aber wenn ich sie töten würde, bräuchte sie nicht zu sterben wie ich.«

O Gott, mir dreht sich das Herz um, als ich ihn so sprechen höre.

Wenn ich Ray recht verstanden habe, hat er Natty getötet, um sie vor Donor zu »retten«. Er hat sie vor dem schrecklichen Schicksal gerettet, Donors kleines Mädchen zu werden, so wie Ray Donors kleiner Junge war.

Bitte, Katherine, fragen Sie nach der Brücke ...

Sie weint jetzt, und ihm scheint es nichts auszumachen.

»Aber du hast ihr Gehirn verstümmelt, du hast diese ...«

»Hab ich nicht!« Dies war der Ray, der sich eher wie ein Kind als wie ein Erwachsener anhörte. »Ich habe das nicht getan! Donor hat es getan! Ich habe sie hergebracht und bin dann eine Weile im Wald gewesen, und dann habe ich sie zu der Brücke gebracht.«

»Weshalb ... die Brücke?«

»Angst.«

»Wovor hattest du Angst, Johnnie?«

»Donor. Er hätte mir befohlen, ein anderes Kind zu holen. Ein neues.«

»Und das wolltest du nicht tun, nicht wahr?«

Er schüttelt den Kopf, ohne etwas zu sagen.

»Du hast versucht, Donor aufzuhalten.«

»Ja.«

»Aber dir war nicht klar, dass die Polizei dich ins Gefängnis stecken und schuldig sprechen würde und dass man dich mit dem Tod bestrafen will.«

»Das wäre schon in Ordnung gewesen, das mit dem Tod. Ich konnte nur das Gefängnis nicht mehr ertragen.«

Katherine sinkt auf der sumpfigen Erde auf die Knie.

»Johnnie? Warum hat Donor das getan?«

»Was getan?«

»Diesen Teil ihres …«

»Ich nehme an, weil er eine Seele wollte, was, zum Teufel, auch immer das ist. Er sagte, wenn er eine unschuldige kleine Seele kriegen könnte, würde er … da war so ein Wort, das er benutzte … ach ja, erlöst.« Johnnie schüttelt den Kopf. Er scheint seiner Sache nicht sicher zu sein. »Ich habe nicht gewusst, dass er es so meint. Ich dachte, er wollte nur ein Kind so wie mich damals.«

Einen Moment lang sagt keiner der beiden ein Wort.

»Bist du wirklich meine Mutter?«

»Ja, Johnnie.«

Er nickt, während er eine Melodie spielt, die ich noch nie gehört habe. Ich frage mich, ob er sie komponiert hat. Ich frage mich, was für eine Art Kreativität in diesem eigenartigen, traurigen Menschen steckt, Kreativität, die nie zu Tage treten wird. Aber jetzt muss ich entscheiden, was ich tun werde. Soll ich mich ihnen zu erkennen geben?

Oder soll ich mich davonstehlen und schnell Hilfe holen?

Ist Katherine in Gefahr? Bin ich es?

Ich höre ein Geräusch hinter mir und drehe mich um, aber bevor ich etwas erkennen kann, wird mir ein Gegenstand in den Rücken gestoßen, und ich werde grob nach vorn in Richtung auf die Lichtung geschoben.

»Halt den Mund, Ray! Halt den Mund!«, ruft eine Männerstimme.

Ich werde mit dem Fuß getreten und weitergeschoben, falle

hin, krieche dann weiter, um von den tretenden Füßen wegzukommen und all dem anderen, was mich schlägt und mir wehtut. Jesus, es ist eine Schrotflinte. Ich wirbele herum, blicke hoch und sehe einen Mann, dessen Gesicht so wutverzerrt ist, dass ich ihn nicht erkenne. »Beweg dich, du Miststück!«

Ich stolpere zu Katherine hin, die mich auffängt. Sie sieht völlig verängstigt aus.

Der Mann richtet die Schrotflinte auf uns beide, und wir kauern uns aneinander.

Dann richtet er sie auf Ray. »Was hast du ihnen erzählt?«

»Nichts, Donor! Ich hab gar nichts gesagt!«

Katherine zittert in meinen Armen, und ich denke: *Donor!* Wenn dies Donor ist, wer ist dann der Mann, der tot in den Everglades gefunden wurde, mit Donors Brieftasche und dem Skorpionhalsband?

»Sie beide«, ruft er uns zu, »stehen Sie auf!«

Wir kommen mühsam auf die Beine und tun, was er sagt.

»Kommen Sie her, wir fahren weg.«

Als wir nahe bei ihm sind, packt er Katherine am Haar und reißt sie herum, bis sie hinter ihm ist, und mich starrt er an, als wollte er sagen: Wenn du eine falsche Bewegung machst, tue ich ihr noch mehr weh.

Ich erstarre, aber Ray ruft: »Nein! Lass sie in Ruhe!«

Plötzlich stürzt Ray auf uns zu.

Donor lässt Katherine los und richtet das Gewehr auf Ray. Ich stürze mich auf den Lauf der Waffe, doch der Schuss löst sich, bevor meine Hände ihn zu fassen bekommen. Ich habe das Gefühl, als wäre der Wald explodiert. Ich sehe aufblitzendes Mündungsfeuer, höre ein donnerndes Krachen, und Ray sieht aus, als würde er einen Moment lang fliegen, und dann stürzt er zu Boden. Ich falle gegen die Seite des Gewehrs, werde zu Boden geschlagen. Donor greift nach mir, reißt mich an einem Arm hoch und brüllt: »Aufstehen!«

Katherine schreit und versucht, zu ihrem Sohn zu kommen.

Doch Donor hält mir das Gewehr an den Kopf, um sie aufzuhalten. Ich weiß es ebenso gut wie er: Hätte er ihr das Gewehr an den Kopf gehalten, hätte er schießen müssen, bevor sie stehen geblieben wäre. Der Ausdruck auf ihrem Gesicht ist so desperat, so voller Schmerz, dass ich mich abwende, unfähig, diesen Anblick zu ertragen.

»Wir fahren zusammen weg«, sagt Donor erneut.

Er lässt uns zu dem Fahrzeug marschieren, erst Katherine, dann mich, mit dem Gewehrlauf im Rücken, dann kommt er. Wir lassen Ray auf der Erde liegen, und dann wird erneut auf ihn geschossen und noch einmal. Ich weiß nicht, ob er tot oder lebendig ist. Katherine stolpert, weint, ruft seinen Namen: Johnnie.

Ich fahre uns von der Marina weg.

Katherine sitzt hinter mir auf dem Rücksitz, Donor neben ihr, das Gewehr auf ihre rechte Seite gerichtet.

»Sie sind die Schriftstellerin«, sagt er zu mir.

Ich nicke: Ja.

»Was?«

»Ja, die bin ich.«

»Fahren Sie uns zu Ihrem Haus.«

»Warum?«

»Halten Sie einfach das Maul und fahren Sie.«

Wir fahren schweigend wieder nach Bahia, durch fröhliche vertraute Straßen unter Straßenlaternen, halten an Verkehrsampeln, überholen Hunderte von Autos. Ich bemühe mich fieberhaft, mir eine Möglichkeit auszudenken, meinen Wagen zu Schrott zu fahren, ohne dass Katherine erschossen wird, doch mir fällt keine Möglichkeit ein, wie ich das bewerkstelligen könnte. Ich weiß nicht, was ich tun soll, außer zu fahren. Wenn es nur um mich ginge und der Gewehrlauf in meine Seite gepresst wäre, würde ich einfach die Treppenstufen eines Postamts hochfahren, oder ich würde irgendwo in einer Polizeiwache seitlich in die Hauswand hineinfahren. Ich würde mit dem Wagen einen Hydranten rammen. Doch das Gewehr ist nicht gegen meine Seite gepresst, sondern die von Katherine.

Ich kann mir nicht einmal vorstellen, was sie in diesem Augenblick empfindet.

Mir bleibt nichts anderes übrig, als genau das zu tun, was er sagt.

Wir rollen an dem Wachposten des Tors zu meiner Sackgasse vorbei, und es gibt keinerlei Möglichkeit, ihm eine Botschaft zu übermitteln.

Ich fahre in die Garage, wir steigen aus, und jetzt kann ich nur noch an Kim denken.

Sie wartet nichtsahnend in meinem Haus auf uns, kommt uns entgegen, um uns zu begrüßen, sobald wir durch die Küchentür eintreten.

Ich muss diesem Schrecken auf der Stelle ein Ende machen.

Nachdem ich den Motor abgestellt habe, sage ich leise: »Darf ich Sie etwas fragen?«

»Was?«, sagt er. *Das Ego eines Mörders*, denke ich, *das Ego eines Mörders.* »Ray sagt, sie hätten Nattys Zirbeldrüse entfernt. Die meisten Menschen wissen nicht mal, wo sie liegt. Woher wussten Sie, wie man das anstellt?«

Er knallt mir den Kolben des Gewehrs gegen den Schädel.

Ich schreie vor Schmerz auf und fasse mit beiden Händen an den Kopf.

Blut läuft mir über die Finger.

»Sie sitzt da oben«, sagt er und meint damit die Stelle meines Kopfs, auf die er mich geschlagen hat. »Ich weiß alles über diese Scheiße, seit ich in Korea Sanitäter war. Dort sitzt die Seele. Ich könnte sie nehmen. Ich könnte Ihnen Ihre Seele stehlen, aber die wäre für mich nicht unschuldig genug.«

Sie sind verrückt! Sie sind ein kranker, perverser Irrer!

Er zwingt uns auszusteigen.

»Was wollen Sie?«, frage ich ihn, weil ich es wissen muss.

Er schubst Katherine in meine Küche, bevor er antwortet.

»Sie werden mich zu meinem Haus in Kansas fahren.«

Er fängt an zu lachen, als er meinen Gesichtsausdruck sieht. »Wissen Sie nicht, wer ich jetzt bin?«, fragt er mich.

Ich schüttele den Kopf, als er mit der Hand in die Gesäßtasche greift, während er die Flinte in Höhe meines Bauchs hält. Er zieht eine Brieftasche hervor und wirft sie mir zu. Als ich sie öffne, sehe ich einen Führerschein mit dem Foto eines Mannes in seinem Alter und den Namen: Fred Kepler.

»Ich bin jetzt Fred Kepler«, sagt er und lacht. »Und er ist ich und ist jetzt Futter für die Alligatoren in den Everglades. Erst habe ich mir eine neue Seele besorgt. Jetzt werde ich als Fred Kepler wiedergeboren. Ich kehre als Fred nach Kansas zurück, und dann werde ich verschwinden. Jeder denkt, Donor Miller sei tot. Fred Kepler aber lebt und geht wieder nach Kansas zurück!«

Er schiebt mich in die Küche.

Ich höre, wie mein Telefon klingelt, und sehe, dass es acht Uhr ist. Die Frau, die meine Eltern kannte, ruft genau zu der Zeit an, die sie angekündigt hat. Es klingelt erneut.

Als er hinter mir durch die Tür kommt, trete ich zur Seite.

Und das ermöglicht es dem pensionierten Polizeibeamten Jack Lawrence, ihn zu erschießen.

»Ich bin nach Florida gekommen, um Donor Miller aufzuspüren«, sagt Jack, als er erfährt, wen er getötet hat. »Ich nehme an, ich habe ihn gefunden. Kimmie hat mich reingelassen.«

Mein Telefon klingelt ein drittes Mal, und ich habe die Wahl, entweder loszulaufen, um abzunehmen, oder Katherine Kepler in den Arm zu nehmen. Ich nehme Katherine in die Arme, und auch Kim legt die Arme um uns, und nach einem weiteren Klingeln verstummt mein Telefon.

Stunden später stirbt Johnnie Kepler in einem Krankenhausbett. Seine Mutter sitzt an seiner Seite. Seine Schwester hält ihm die andere Hand, und ich stehe mit Jack in einer Ecke des Zimmers. Es bestand nie die Chance, dass Johnnie überleben würde, nachdem man ihn mit einer tiefen Wunde in der Brust gefunden hatte. Es war ein Wunder, dass er noch so lange überlebte, um seine Mutter sagen zu hören, dass sie ihn liebt. Ich bete darum, dass es tatsächlich so etwas geben möge wie eine Seele und dass er eine hat. Und falls das so ist, weiß ich, dass seine Seele immer noch so unschuldig ist wie an dem Tag, an dem er seiner Familie weggenommen wurde, und dass sie ihm jetzt wieder heil und unversehrt zurückgegeben werden wird.

Die kleine Meerjungfrau

von Marie Lightfoot

ZEHNTES KAPITEL

Die Detectives Flanck und Anschutz begannen mit Donor Millers Behauptung, Fred Kepler sei der tote Mann im Sumpf, und arbeiteten sich, von dort ausgehend, zurück. Mit dem geplatzten Scheck in den Händen, begaben sie sich zu der Adresse, die auf der Vorderseite stand, und gelangten zu einer Eigentumswohnung, deren Hypothekenzinsen in den letzten zwei Monaten nicht bezahlt worden waren.

»Ich habe Fred seit Ewigkeiten nicht mehr gesehen«, erzählte ihnen eine Nachbarin.

»Hat er irgendwelche näheren Verwandten?«, fragten sie sie.

»Wieso, ist er tot? Was ist dem alten Fred zugestoßen?«

Keiner der Nachbarn hatte ihn gut genug gekannt, um nützliche Informationen zu liefern, doch die Bank, die Fred Kepler das Hypothekendarlehen gewährt hatte, zeigte ihnen den Darlehensantrag, auf dem er zwei Arbeitgeber als Referenzen und eine Exfrau als persönliche Referenz genannt hatte.

Die Exfrau war nicht Katherine Kepler, sondern eine Frau namens Ellen.

Als sie sie fanden, erwies sich Ellen Kepler als angenehme Frau mittleren Alters mit zwei halbwüchsigen Kindern, die aber beide nicht von Fred waren. Sie lud sie in ihr kleines Haus ein und weinte, als sie ihr sagten, ihr Exmann sei ermordet worden. Als sie die Detectives fragte, wer es getan habe, und sie den Namen Donor Miller nannten, füllten sich ihre Augen mit Tränen, da sie begriff, um wen es sich dabei handelte.

»Dieser Mann«, flüsterte sie.

»Sie haben von ihm gehört?«

»Er hat vor Jahren Freds kleinen Jungen entführt.«

»Sie wissen von …«

Doch sie unterbrach sie und fragte, als würde die ganze Welt von ihrer Antwort abhängen: »Hat es Fred geschafft, seinen Sohn zu sehen?«

»Seinen Sohn?«, erwiderte Robyn.

»Ray Raintree, den Mann, der dieses kleine Mädchen umgebracht hat.«

»Was wissen Sie darüber, Mrs. Kepler?«

»Fred kam eines Tages herüber, um mich zu besuchen, und war sehr aufgeregt. Es stand in allen Zeitungen, dass ein junger Mann namens Ray Raintree festgenommen worden sei, weil er ein Kind ermordet hatte. Fred war regelrecht hysterisch. Er sagte, sein Sohn, der entführt worden sei, habe sich einen Spielkameraden namens Raymond Raintree ausgedacht, genau wie der Name dieses Mörders. Fred sagte, er habe eine Todesangst, es könnte sich um seinen Sohn handeln. Er sei im richtigen Alter, und am allerschlimmsten sei, dass er bei einem Mann angestellt sei, der Freds älterem Jungen früher Musikunterricht gegeben habe.«

»Woher wusste er das?«

»Es war der Name, ein wirklich ungewöhnlicher Name.«

»Und weswegen ängstigte ihn das?«

Sie runzelte die Stirn und suchte nach einer Antwort. »Es waren Schuldgefühle, glaube ich, und Scham. Es brachte ihn schier um, glauben zu müssen, sein eigenes Kind könnte sich so entwickelt und so viel erlitten haben. Es war sehr merkwürdig. Man sollte meinen, dass jemand überglücklich ist, wenn er sein lange verloren geglaubtes Kind wieder findet. Aber das hier war schrecklich. Fred war nur noch ein Häufchen Elend, als er zu mir kam.«

»Hat er etwas unternommen?«

»Nun ja, ich weiß, dass er es vorhatte. Er las in der Zeitung, dass Ray Raintree Pflichtverteidiger hatte, und erzählte mir, er werde dafür sorgen, dass er zumindest anständige Verteidiger bekomme. Fred hatte nie viel Geld, wollte dem Jungen aber jeden Cent geben, den er zusammenkratzen konnte. Als ich zum letzten Mal mit Fred sprach, hatte er noch nicht entschieden, ob er seinen Sohn wirklich sehen wollte. Ich glaube, er hatte Angst vor dem Jungen, vor der ganzen Sache. Ich weiß, dass sich das schrecklich anhört, aber Fred war kein sehr tapferer Mann. Ich sage das nur ungern, aber er lief immer vor allem davon, besonders vor seiner Verantwortung.«

»Hat er etwas über den anderen Mann gesagt?«

»Den Musiklehrer?«

»Ja.«

»Das brachte ihn wirklich aus der Fassung. Er war außer sich vor Wut. Ich habe noch nie gesehen, dass Fred sich so verhält. Ich dachte, gleich bekommt er einen Schlaganfall. Er behauptete, er werde diesen Mann finden und ihn anklagen, sein Kind gestohlen zu haben. Er werde ihn zusammenschlagen, ihn töten …« Sie starrte die beiden Detectives an. »Ich glaubte ihm nicht. Ich hielt Fred nicht für tapfer genug, das zu tun. Ich glaubte, er würde am Ende zur Polizei gehen und sie den Mann festnehmen lassen.«

Paul erklärte: »Aber stattdessen brachte Miller ihn um.«

»O mein Gott«, stöhnte sie und verbarg das Gesicht in den Händen.

»Wenn wir das, was Sie uns erzählen, mit dem zusammenbringen, was wir schon wissen«, sagte Robyn, »hat es den Anschein, als wäre Ihr Exmann zu der Checker-Crab-Marina hinausgefahren, um Donor Miller zu suchen. Einige von Millers Angestellten hörten, wie die beiden sich anbrüllten, und der eine Mann war vermutlich Ihr Exmann. Miller war ein harter Brocken, Mrs. Kepler. Ich bezweifle, dass normale Männer bei einem Kampf mit ihm eine Chance gehabt hätten. Ich glaube, dass Miller Ihren Exmann tötete und seine Leiche in die Everglades kippte und dann seine Identität annahm.«

Bevor sie das hübsche Häuschen verließen, fragte Ellen die beiden noch mal: »Hat Fred es noch geschafft, seinen Sohn zu sehen?«

Sie mussten ihr erklären, dass er nie die Chance dazu bekommen habe.

»Mrs. Kepler?«, sagte Robyn auf der Schwelle, »Ihr Exmann hat versucht, seine erste Frau davon abzuhalten, etwas über die Identität ihres Sohnes zu erfahren. Haben Sie eine Ahnung, weshalb er das getan hat?«

Ellen nickte, als wäre die Antwort darauf einfach. »Er war ein schwacher Mann, Detective. Er fürchtete sich immer davor, sich der Wahrheit zu stellen, und ging davon aus, dass dies auch bei jedem anderen so war. Es war wirklich sehr tapfer von ihm, loszufahren, um diesen Mann aufzusuchen. Was mich angeht, ist Fred als Held und nicht als Feigling gestorben, und deshalb werde ich immer stolz auf ihn sein, selbst wenn es töricht war, das zu tun. Wollen Sie ihr das bitte sagen? Erzählen Sie ihr, dass er versucht hat, seinem Sohn zu helfen. Erzählen Sie ihr, wie er gestorben ist.«

Robyn versprach, das zu tun.

Als sie wegfuhren, meinte Paul: »Eines muss ich Fred Kepler lassen. Für so einen wertlosen Scheißkerl hat er gute Frauen geheiratet.«

»Wie du«, witzelte Robyn und meinte damit sich selbst als seine Partnerin.

»Wen nennst du da wertlos?«

Es gab noch andere Dinge, die sie ebenfalls kannten.

Die drei Babyzähne, die sie in einem von Rays Rucksäcken gefunden hatten, waren seine eigenen Milchzähne, die er in all diesen Jahren aufgehoben hatte wie ein kleiner Junge, der immer noch darauf wartet, dass ihm die Zahnfee eine Münze unter sein Kopfkissen steckt. Die Medikamente, die er gestohlen und aufgehoben hatte, waren seine merkwürdige Art und Weise, für sich zu sorgen.

Es war ihm verboten worden, Ärzte aufzusuchen, und wenn er krank wurde, war niemand da, der ihn pflegen konnte.

»Man muss vorbereitet sein«, hatte er Katherine im Wald gesagt, »weil man nie weiß, was passieren kann.«

Er fuhr einfach nur auf den Kanälen auf und ab, wie Donor es ihm gesagt hatte.

Es war gut, die Gelegenheit zu haben, mal mit einem der Taxis herumzufahren, was Donor ihm nicht sehr oft erlaubte. Jeder, der mit einem Wassertaxi losfuhr, musste es Donor sagen oder ein Formular unterschreiben. Ray war heute Abend nicht danach zumute gewesen, und er hatte sich einfach ein Boot genommen. Donor würde wütend werden, aber neuerdings hatte es den Anschein, als wäre Donor immerzu wütend.

Von Ray wurde meist erwartet, dass er dort draußen in der Wildnis blieb und für sich selbst sorgte und sich nur dann blicken ließ, wenn er Hunger hatte oder sonst etwas brauchte. Donor war in den letzten paar Jahren ein wenig sanfter geworden und hatte ihn recht oft auf den leeren Booten schlafen lassen. Doch in einer engen Koje fühlte sich Ray nicht so wohl wie draußen in einem der Schuppen, den er selbst gebaut hatte. Donor hatte ihm beigebracht, wie man das macht. Donor hatte ihn alles gelehrt, was er wusste, angefangen beim Gitarrespielen bis hin zum Überleben in der Wildnis, und vor allem, wie man sich vor den Augen jeder Art von Staatsmacht versteckt.

Auf dem Intracoastal Waterway war es böig, sodass er in einen Seitenkanal einbog.

Seit vielen Jahren lebte er nun schon so und hatte sich daran gewöhnt. Er wusste nicht, wie Menschen es ertragen, in Häusern zu leben und zur Arbeit zu gehen, obwohl er sie in ihren Häusern und ihren Autos kommen und gehen sah, und manchmal fragte er sich: Wie wäre es, so zu leben?

»Du bist ein Idiot«, sagte Donor, hatte es ihm eingebläut. »Du bist zurückgeblieben, du bist schwachsinnig, und Schwachsinnige bekommen keinen Führerschein. Sie gehen nicht zur Schule, haben keine Freunde, und niemand will sie kennen. Du hast verdammtes Glück, dass ich mich um dich kümmere. Vergiss nie, dass ich der einzige Mensch bin, der dir je helfen wird. Wenn du etwas brauchst, kommst du zu mir. Bitte sonst niemanden, oder sie werden dich für den Rest deines Lebens in eine Klapsmühle einsperren oder dich ins Gefängnis werfen. Dann kann ich dir nicht mehr helfen. Du wirst mich nie mehr wiedersehen. Ich werde so tun, als hätte ich dein hässliches Gesicht nie gekannt.«

Ray fuhr auf einem Kanal, dessen Ufer von Häusern gesäumt war.

Er tuckerte bis zu dessen Ende und legte an einem Anleger an, um das Taxi wenden zu können. Er erschrak, als ein kleines Mädchen aus dem Garten des Hauses zu ihm heruntergerannt kam. Sie machte ein aufgeregtes Gesicht, als sie sein schwarz-weiß kariertes Boot entdeckte. Und plötzlich wusste Ray, dass dies das Kind war, das er Donor bringen sollte.

Er hatte eine Tüte mit Popcorn im Boot und hielt sie dem Mädchen hin.

»Willst du etwas Popcorn?«

Mit der anderen Hand ergriff er einen Pfosten, damit sein Boot nicht abtrieb.

Sie nahm eine Hand voll Popcorn und sah ihn dabei nicht einmal an, so hingerissen war sie von dem karierten Boot. Und im Handumdrehen war sie zu ihm ins Boot gesprungen.

Verdammt, dies würde einfach werden.

»Bring mir ein kleines Kind«, hatte Donor ihn angewiesen. »Du bist schon viel zu alt für mich. Ich will ein kleines Kind, wie du eines warst, als du noch klein und niedlich warst. Geh jetzt los, und hol mir eines, Ray.«

Das hörte sich für Ray verrückt an, aber Donor war neuerdings verrückt.

Verrückt und gemein war Donor schon immer gewesen, aber jetzt war er manchmal einfach verrückter und gemeiner als je zuvor. Ray kam immer öfter der ernsthafte Gedanke, draußen in der

Wildnis zu bleiben und nicht mehr zurückzukommen, doch Donor fand ihn immer und schlug ihn zusammen. Alles, was mit Donor zu tun hatte, tat höllisch weh.

»Magst du Boote?«, fragte Ray das kleine Mädchen.

Sie schien ihn nicht zu hören.

»He! Magst du Boote?«

Sie blickte noch immer nicht hoch. Stattdessen starrte sie weiter die Häuser an.

»Bist du taub, Kleine?«

Jesus, die ist ja taub, sagte er sich, und bei diesem Gedanken begann in seinem Körper und in seinem Kopf etwas Unheimliches zu geschehen. Es war, als würde er von einer Traurigkeit erfüllt werden, die er nicht ertragen konnte, und plötzlich blitzten vage Erinnerungen auf, wie aus dem Leben eines anderen Menschen. Doch es war sein Leben. Es war sein Leben mit Donor, das ihm einfiel, und Ray blickte das Kind an und begriff, dass auch das Leben des Mädchens so werden würde.

Sie bogen in den großen Intracoastal Waterway ein.

In Ray schrie es innerlich: Nein, nein, nein!

Sie wusste es nicht, bemerkte ihn im Heck des Bootes nicht einmal.

Er steuerte weiter in Richtung des Flusses, als könnte er das Boot nicht anhalten, als könnte er nicht aufhalten, was ihr widerfahren würde. Doch er konnte! Er konnte sie davor bewahren, jeden Tag ein bisschen mehr zu sterben, bis sie ein wandelnder Leichnam war, wie er es schon seit mehr Jahren war, als er sich ins Gedächtnis zurückrufen konnte. Manchmal fühlte er sich tot, zu anderen Zeiten hatte er das Gefühl, im Kopf anderer Menschen zu sein, und die hatten andere Erinnerungen als er und andere Gefühle. Und manchmal war er völlig benommen und durcheinander, und dann wurde alles leer und schwarz – das waren die schlimmsten Momente –, und später konnte er sich an nichts von dem erinnern, was er getan hatte, und wusste auch nicht, wo er gewesen war.

Das Wassertaxi bog in die Mündung des New River ein.

Hier war es dunkler, und das kleine Mädchen drehte sich zu ihm um. Ray sah, dass sie Angst bekam, und das fraß an seinem Herzen. Er konnte es nicht ertragen, sie noch eine Sekunde länger anzusehen. Er musste sie von dieser Furcht befreien. Er musste sie davor bewahren, jeden Tag zu sterben. Er stellte den Motor ab und ließ das Boot treiben. Und dann begann auch er zu treiben, an einen Ort, an den er sich später nicht mehr erinnerte.

Als er am Bootsanleger festmachte, lag sie auf dem Boden.

Ray wusste nicht, was mit ihr los war.

Donor kam aus dem Büro, sonst war niemand da. Bis auf ein paar schwache Lichter an den Anlegern war die Marina dunkel.

»Ray, du dämliches Stück Scheiße, wie kommst du dazu, mit einem meiner Boote loszufahren, ohne dass ich es dir befohlen habe? Ich dachte schon, jemand hätte es gestohlen, du Dummkopf! Ich habe deswegen sogar die 911 angerufen! Was hast du jetzt wieder angerichtet, du dämlicher Scheißkerl?«

»Du hast mir doch gesagt, ich soll dir ein Kind besorgen!«

»He! Hast du eines besorgt?«

»Du solltest das nicht tun, Donor!«

»Wage es nicht, mir zu sagen …«

»Du solltest Kindern nicht wehtun, wie du mir wehgetan hast.«

»Dir wehgetan? Wie kannst du das sagen? Ich bin nur gut zu dir gewesen …«

»Tu keinen Kindern mehr weh!«

»Ich werde dir zeigen, was wirklich wehtut, du Idiot. Komm her!«

Ray rannte los und verschwand in der Wildnis. Er sah sich nicht mehr um.

Er wusste nicht, wie lange es dauerte, bis er wieder genügend Mut hatte, einen Blick zu riskieren. Unten bei den Anlegern war niemand. Donor war nicht da. Ray lief hinunter, band das Boot los und fuhr damit wieder hinaus. Auf dem Boden des Boots lag eine Persenning, und er wusste, dass sie darunter lag.

Donor würde ihm befehlen, ein anderes Kind zu holen.

Wenn Donor dieses Mädchen nicht haben konnte, würde er ein anderes wollen.

Ray konnte es nicht tun. Er wusste nicht, warum er es nicht konnte, er wusste nur, dass es so war. Wenn er aber kein Kind brachte, würde Donor ihm immer und immer wieder wehtun. Er musste dafür sorgen, dass Donor ihn nicht dazu zwingen konnte, noch ein kleines Kind zu holen, und außerdem musste er dafür sorgen, dass er vor Donor sicher war. Aber wie sollte er das anstellen? Wo in der Welt konnte er vor Donor sicher sein?

Im Gefängnis. Dort würde Donor ihn nicht anrühren.

Donor hatte ihm immer gesagt, wenn man ihn erwischte und ins Gefängnis steckte, hätte er Donor zum letzten Mal gesehen.

Ray sagte sich, dass er gefangen genommen werden musste. Er musste ins Gefängnis, er musste der Welt zeigen, was Donor tat, damit er es nie mehr tun konnte.

Er ließ den Motor von Boot Nummer sechs an und verließ die Marina. Sobald er den Intracoastal Waterway erreichte, bog er in einen Seitenkanal, an dessen Ende sich eine Brücke befand.

Als er das Boot zurückbrachte, sagte Donor: »Was hast du mit ihr gemacht?«

»Die bin ich losgeworden.«

Donor sagte: »Gut. Wasch das Boot aus. Beseitige alle Beweise.«

Doch Ray war nicht danach zumute. Das durfte er nicht tun, wenn er erwischt und ins Gefängnis gesteckt werden und vor Donor sicher sein wollte.

Ray wartete, bis Donor nach Hause fuhr, dann schlenderte er in den Wald, um auf den Sonnenaufgang zu warten.

12

Raymond

Katherine steht mit den Blumen in der Hand vor der Tür und wartet.

Ich habe sie zu einem Blumenladen gefahren, wo sie einen wunderschönen Strauß aus weißen Rosen und Schleierkraut kaufte, und dann habe ich sie zum Haus der McCullens gebracht.

Ich bedauere sie ebenso sehr wie die junge Frau, die gleich die Tür aufmacht. Was wird Susan tun? Wird sie Katherine wegschicken? Ich hoffe sehr, dass sie das nicht tun wird, obwohl es niemand ihr übel nehmen könnte. O ja! Susan tritt zur Seite, und Katherine geht ins Haus.

Die Haustür fällt ins Schloss.

Ich lehne den Kopf gegen die Kopfstütze und schließe die Augen.

Ich habe jetzt ein Autotelefon, mit dem ich mit nur einem Knopfdruck automatisch den Notruf wählen kann. Wenn ich Glück habe, werde ich ihn nie brauchen. Doch zumindest für eine kurze Zeit möchte ich die Sicherheit haben, zu wissen, dass ich vom Wagen aus jederzeit Hilfe holen kann, Hilfe für mich und jeden, der zufällig mit mir im Auto sitzt.

Die Nummer habe ich noch keinem Menschen gegeben.

Wenn ich mit jemandem sprechen möchte, werde ich diejenige sein, die anrufen muss.

Ich nehme den Hörer hoch und rufe im Büro des Staatsanwalts an.

»Hast du dein Buch rechtzeitig fertig bekommen, Marie?«

»Mit knapper Not, aber jetzt ist es wenigstens ein vollständiges Buch.«

»Das hört sich gut an. Ich freue mich. Was hast du über mich gesagt?«

»Dass du als Staatsanwalt ein Zauberer bist.«

»Besten Dank, aber es ist zu einfach, wenn es keine Verteidigung gibt.«

Wir glauben zu wissen, weshalb Ray nie die Wahrheit gestanden hatte: Er hatte Donors letzte Worte als Warnung aufgefasst, dass Donor anderen Kindern wehtun würde, wenn Ray etwas sagte. So schwieg er, in der Hoffnung, diese Kinder zu schützen. Selbst wenn er die Wahrheit erzählt hätte, hätte man ihn trotzdem verurteilt, weil er Natty getötet hatte. Seine Gründe mögen konfus gewesen sein, auf ihre eigene grausame Weise vielleicht sogar gut gemeint, doch es blieb die Tatsache, dass er sie ermordet hatte.

»Ich frage mich gerade«, sage ich, »ob du heute Abend bei mir zu Hause bei einem Omelette vielleicht über Philosophie diskutieren möchtest. Das heißt, falls ich nicht schon zu viel Porzellan zerschlagen habe.«

»Es kann sein«, erwiderte er, als hätten wir nie aufgehört, miteinander zu sprechen, »dass Schriftstellerinnen nicht daran gewöhnt sind, über alles zu streiten, wie es Juristen tun. Vielleicht stimmt es auch, dass Autoren leichter fällt als Staatsanwälten, Angeklagte als reale Menschen zu sehen.«

»Willst du damit sagen, wir könnten beide etwas lernen?«

»Erstens das, und zweitens könnte ich Wein mitbringen.«

»Dagegen hätte ich nichts einzuwenden.«

Es ist heiß in meinem Wagen, sodass ich mein neues Telefon mitnehme, als ich aussteige. Ich gehe über den Rasen der McCullens und stelle mich unter eine Palme, die etwa fünfzehn Zentimeter Schatten liefert. Plötzlich streiten wir, lachen, flirten. Ich schwitze, und die Moskitos stechen mich, und eine Ko-

kosnuss fällt nur Zentimeter neben meinem Kopf zu Boden und landet mit einem Krachen auf der Erde. Das Ding hätte mir den Schädel einschlagen können. Für ein paar Minuten, für zehn Cent pro Minute, ist es einfach ein weiterer perfekter Tag in Florida.

GOLDMANN

*Das Gesamtverzeichnis aller lieferbaren Titel erhalten Sie
im Buchhandel oder direkt beim Verlag.
Nähere Informationen über unser Programm erhalten Sie auch im Internet unter:*
www.goldmann-verlag.de

★

Taschenbuch-Bestseller zu Taschenbuchpreisen
– Monat für Monat interessante und fesselnde Titel –

★

Literatur deutschsprachiger und internationaler Autoren

★

Unterhaltung, Kriminalromane, Thriller
und Historische Romane

★

Aktuelle Sachbücher, Ratgeber, Handbücher und
Nachschlagewerke

★

Bücher zu Politik, Gesellschaft, Naturwissenschaft und Umwelt

★

Das Neueste aus den Bereichen
Esoterik, Persönliches Wachstum und Ganzheitliches Heilen

★

Klassiker mit Anmerkungen, Anthologien und Lesebücher

★

Kalender und Popbiographien

★

Die ganze Welt des Taschenbuchs

★

Goldmann Verlag • Neumarkter Str. 18 • 81673 München

Bitte senden Sie mir das neue kostenlose Gesamtverzeichnis

Name: _____

Straße: _____

PLZ / Ort: _____